Het verlangen van atomen

LINUS REICHLIN

Het verlangen van atomen

Uitgeverij
VRIJ
DAG

Oorspronkelijke titel *Die Sehnsucht der Atome*
Oorspronkelijke uitgave 2008 Eichborn AG, Frankfurt am Main
© 2010 Uitgeverij Maarten Muntinga, Amsterdam
Vertaald door Katja Hunfeld
Omslagontwerp Studio Jan de Boer
Foto voorzijde omslag © Lia G/Arcangel Images
Foto auteur © Katharina Behling
Uitgave in MM Boeken oktober 2010
Zetwerk ZetProducties, Haarlem
Druk Bercker, Kevelaer

www.mmboeken.nl
www.linusreichlin.de

NUR 305
Voor Nederland: Uitgeverij Maarten Muntinga
ISBN 978 90 5831 535 9

Voor Vlaanderen: Uitgeverij Vrijdag
ISBN 978 94 6001 098 9
D/2010/11.676/87

Jensen zat achter zijn bureau. Het was de eerste dag van de laatste vijf. Buiten stond een koets in de regen. De koetsier zat voorovergebogen op de bok, gehuld in een zwarte schoudermantel. Zijn hoed was over z'n gezicht gezakt. Het leek of hij sliep. De paarden huiverden. Ze waren nerveus. Ze bliezen dampwolkjes door hun neusgaten.

Er klopt iets niet, dacht Jensen en hij keek naar de klok aan de muur. Hij observeerde de koetsier nu al acht minuten en gedurende die tijd was het bovenlichaam van de man steeds verder voorover gezakt. Zo meteen viel de hoed van zijn hoofd.

Jensen snapte niet waarom de koetsier uitgerekend voor het politiebureau op toeristen stond te wachten. Het was het lelijkste gebouw van Brugge. Toeristen kwamen hier alleen maar om aangifte te doen van zakkenrollerij. Bovendien regende het al drie weken. Dat kon de koetsier onmogelijk zijn ontgaan. Dit jaar waren er in augustus helemaal geen toeristen. Ook geen wespen overigens. Nee, deze koetsier moest een geboren optimist zijn, een onverstandig mens. Iemand die in de regen op de bok in slaap viel, omdat hij geloofde in een gelukkige wending van het lot, een onverwachte omslag van het weer, plotselinge zonneschijn, waardoor de toeristen als paddenstoelen uit de grond schoten en met hen de tasjesdieven. Nadat ze beroofd waren, moesten de toeristen naar het politiebureau, waar de koetsier al op ze stond te wachten, nat, maar wel uitgeslapen. Dat denkt ie waarschijnlijk echt, dacht Jensen geïrriteerd. Hij wendde zijn blik van de koetsier af en keek weer op de klok. Nog zeven en een halfuur dood te slaan.

Zijn collega's bogen zich over nog niet afgehandelde dossiers. Sommigen leunden met hun van verveling zwaar geworden hoofd op hun handen. Als ze gingen verzitten, kraakten de bureaustoelen. Permanent in dezelfde houding blijven zitten kon niet. Deze mensen hielden van beweging. Het waren geen yogi's. Over heggen springen, in dekking gaan, achter een tasjesdief aan over de Brugse keien spurten: daar waren ze geschikter voor dan winden latend achter hun bureau. Ja, winden latend, want winderigheid nam toe naarmate je langer aan je stoel geplakt zat.

Jensen keek weer uit het raam. De koetsier had zijn hoed nog op, ook al stond die nu nog schever op zijn hoofd. Als die hoed van zijn hoofd valt, dacht hij, ga ik naar beneden om te kijken of hij echt alleen maar slaapt.

Een collega schraapte zijn keel. Daarna werd het weer stil.

Stassen, die aan het bureau voor Jensen zat, krabde zijn rug met een potlood, met de punt van het potlood om precies te zijn. Hij bekraste zijn blauwe uniformoverhemd.

Potlood krijg je er moeilijk uit in de was, dacht Jensen. Hij moest zelf wassen, dus hij wist zulke dingen.

Nog vijf dagen. Vijf lange dagen. Omdat tijd en ruimte onafscheidelijk met elkaar waren verbonden, zou volgens de speciale relativiteitstheorie alleen een heel snelle beweging door de ruimte deze vijf dagen tot een verdraaglijk formaat kunnen comprimeren, maar dus niet voor degene die zich snel bewoog. Dat was het voornaamste probleem in dit verhaal. Het was hopeloos. Jensen moest de tijd op een andere manier zien te overbruggen. Ruimtevluchten waren uitgesloten.

Hij koos voor plezierige, maar nutteloze gedachten. Hij dacht aan het glasplaatje dat hij speciaal had laten maken als scheidingswand voor het dubbelspleet-experiment. Het experiment was het enige project dat hij gepland had voor de tijd na intreding van zijn keuzepensioen. De natuurkundige Richard Feynman had ooit gezegd dat dit experiment het hele geheim van de kwantumfysica omvatte en daarmee simpelweg dat van de hoedanigheid van de aarde. Zo'n experiment in je eigen kelder uitvoeren was dus een lonende taak voor iemand die op vijftigjarige leeftijd uit dienst ging, vond Jensen. Hij moest alleen de afscheidsspeech nog overleven. Waarschijnlijk was Stassen die met zijn potlood net op papier aan het zetten.

Jensen sloot zijn ogen. Hij dacht erover na wat Stassen na afloop van deze vijf dagen zou gaan zeggen. Als het zover was en alle collega's in een halve cirkel om Jensen heen stonden met een glaasje jus d'orange in de hand. De afscheidsspeech.

Inspecteur Hannes Jensen, zou Stassen zeggen, geboren en getogen in Konstanz. Dat is een stad in Duitsland, zoals jullie wellicht weten. Ja, Jensen is een Duitser, maar hij spreekt intussen beter Vlaams dan sommigen van ons. Afgezien van zijn accent dan en de woorden die hij niet kan vinden en die hij dan door Duitse woorden vervangt, omdat hij natuurlijk weet dat wij diep in ons hart allemaal uitstekend Duits spreken. Als de oorlog er niet was geweest, als de door ons allen gewaardeerde opa van hoofdcommissaris Dupont niet door de Duitsers zou zijn opgehangen, ja dan... Dan was ik misschien niet de enige collega die deze speech wilde houden. Een aantal van jullie denkt nu: geen wonder, Stassen is zelf een halve Duitser. Kijk maar naar zijn moeder. Tegen jullie zeg ik: lik mijn reet! Het was de liefde die mijn moeder naar Vlaanderen bracht en het was diezelfde liefde die onze collega vijftien jaar geleden naar Brugge deed komen. De liefde voor Margarete Streuper, dochter van de ons welbekende wethouder Jan Streuper, wiens protegé onze collega was. Zo is hij aan zijn baan gekomen. Ik noem het maar even protegé, om niet te hoeven spreken van gesjacher, nepotisme of zelfs corruptie. En nu vraag ik je, lieve Hannes, lieve vriend: waarvan ga je leven na dit ongewoon premature pensioen? Van Margaretes niet onaanzienlijke erfenis? Zie ik dat goed? Wordt het niet eens tijd om open kaart te spelen?

Jensen schrok op. De rillingen liepen hem over de rug.

Ik heb dat geld al die jaren niet aangeraakt, dacht hij. En ik doe het ook nu niet. Ze moeten maar denken wat ze willen.

Hij keek uit het raam. Het beeld buiten was ingrijpend veranderd. De koetsier lag op de grond en de paarden trokken paniekerig aan hun tuig. Ze wilden het liefst op de vlucht slaan.

Twee vrouwen onder rode paraplu's stonden besluiteloos naar de koetsier te kijken. Een van de twee draaide zich om en toen ze Jensen bij het raam zag staan, wenkte ze hem.

'Daar buiten ligt iemand,' zei Jensen. 'De koetsier.'

Alle collega's draaiden zich naar hem om. Een bliksemschicht vrat zich een weg door de wolken.

'Welke koetsier?' vroeg Stassen.

'Wat maakt dat nou uit! Jullie moeten hem helpen. Hij ligt buiten, voor het bureau.'

Iedereen rende naar het raam, hun lijven gespannen. Er gebeurde iets. Godzijdank, dachten degenen die in God geloofden. Ze holden naar buiten om de koetsier te helpen. Jensen bleef als enige achter op het bureau. Nu tikte de wandklok alleen voor hem.

Aardig, dacht Jensen. Hij was aardig geweest, barmhartig. Hij had kunnen zwijgen. Hij had naar buiten kunnen gaan en de koetsier zelf helpen. Maar werk was schaars. Het kwam degenen toe die nog jaren voor de boeg hadden. Bij hem waren het nog maar vijf dagen, een acceptabele eeuwigheid. Voor hem althans, maar misschien niet voor hoofdcommissaris Dupont.

Jensen keek naar het aquarium, de glazen cel waarin Dupont net met iemand aan het bellen was. Zijn huisarts vermoedelijk. Dupont maakte zich voortdurend zorgen om zijn gezondheid. Op zijn bureau stond een met tabletten gevuld Chinees porseleinen schaaltje uit de negentiende eeuw. Dupont slikte zijn pillen in stijl. Toen hij merkte dat Jensen naar hem zat te staren, stond hij op en deed de jaloezie naar beneden.

Buiten dromden de collega's in twee cirkels om de koetsier heen. Een binnen- en een buitencirkel. In de periferie moest men er genoegen mee nemen kritisch te becommentariëren wat de collega's in de binnenste cirkel deden. De regen kwam loodrecht uit de hemel. De twee vrouwen, als enige uitgerust met een paraplu, stonden buiten de buitenste cirkel, waarschijnlijk blij dat ze het zo goed hadden. Ze werden niet nat en ze waren gezond.

Stassen, de oudste van het stel, was net bezig de koetsier voorzichtig overeind te zetten toen de telefoon ging op Jensens bureau. Het was Geldof, die sinds een heupoperatie geen buitendienst meer kon doen en voortdurend benadrukte hoe geweldig hij loketdienst vond.

'Ik heb hier een toerist bij me staan,' zei Geldof. 'En jij bent de enige die er is. De rest staat buiten. Ik stuur hem dus maar naar jou toe. Hij zegt dat hij bedreigd wordt. Maar hij spreekt alleen Engels en je weet het: misschien bedoelt hij wel iets anders. Ik stuur hem naar je toe.'

Jensen, verbaasd dat er opeens zoveel tegelijk gebeurde, zei: 'Ik weet niet of dat zo'n goed idee is. Ik heb liever dat je een van de anderen erbij haalt. Ze zijn toch niet ver weg?'

'Hij is al naar je onderweg. Zie het als afscheidscadeautje.' Geldof verbrak de verbinding.

De man over wie hij het net had gehad, kwam het kantoor binnen: een gezet postuur met een wilde, nu natte, haardos. De man streek zijn haar met een overdreven gebaar uit zijn gezicht. Zijn schoenen piepten bij elke stap. Hij was op pad gegaan zonder paraplu. Het regende al dagen pijpenstelen en er bestonden taxi's. Maar deze man was te voet uit een van de, naar zijn doorweekte kleding te oordelen, dure hotels komen aanzetten, De Tuilerieën, De Swaene, De Orangerie. Van elk van die hotels was je minstens een kwartier onderweg naar het politiebureau. Dus waarom had hij geen paraplu bij zich?

'Ik mocht doorlopen,' zei de man in een plat, nasaal Engels.

Een Amerikaan, dacht Jensen. Uit het zuiden.

'Dat klopt,' zei Jensen en hij wees naar de stoel voor bezoekers.

De man nam plaats tegenover Jensen. Hij paste net tussen de stoelleuningen. Zijn brillenglazen waren beslagen. De man wreef ze droog met de punt van zijn stropdas.

'Wat een vreselijk weer,' zei hij. Voor iemand die zich bedreigd voelde, maakte hij een erg gelaten indruk. 'Hoe kan je in zo'n land leven? Het is zomer! En er is geen licht hier in België. In het hotel ook niet. Ik heb geprobeerd om een boek te lezen, maar dat is onmogelijk. Om elf uur 's ochtends is het donker. En dan die napoleontische lampenkapjes. Ze filteren het licht. Je moet ze van de lamp afschroeven om een boek te kunnen lezen.'

De Tuilerieën dus, dacht Jensen. Het was ingericht in de stijl van de eerste Napoleon.

'Maar daar bent u niet voor gekomen,' zei Jensen.

De man zweeg even. Hij leek na te denken.

'Dat klopt,' zei hij, 'daarom ben ik niet hier.' Hij strekte zijn hand naar Jensen uit. 'Mijn naam is Brian Ritter.'

Jensen schudde de hand van de man, een natte weke hand. 'Ik ben Amerikaans staatsburger, uit Holbrook, Arizona. Ik ben hier met mijn twee zoons. Ik laat ze de vijf continenten zien. Dat begrijpt u hoogstwaarschijnlijk niet. Dat is iets tussen ons.'

Brian Ritter, dacht Jensen. Duitse voorvaderen. Hij laat zijn kinderen de vijf continenten zien. En dat snap ik niet, beweert hij.

'Meneer Ritter, waarom bent u hier?'

'Ik heb de vogels geobserveerd. Dat heb ik van een indiaan geleerd. Als je een belangrijke beslissing moet nemen, moet je kijken naar de vlucht van de vogels. Ik wist niet zeker of ik de politie om hulp moest vragen, maar er vlogen drie meeuwen vanaf de linkerkant over dit gebouw heen, dat overigens een architectonische schandvlek voor deze stad is. Maar ik zie dat u niet naar me luistert. U denkt dat ik een beetje van lotje getikt ben. Voor mijn part. Maar vergeet niet dat er gekkere dingen zijn dan vogels bekijken in verband met een beslissing. Zegt de naam Padre Pio u iets? Kent u die man? Miljoenen christenen denken dat hij de stigmata had en dat hij wonderen kon doen. Hij is officieel zalig verklaard door het Vaticaan. Stelt u zich dat eens voor: een man van wie wordt beweerd dat hij de gave van bilocatie bezat. Hij kon op twee plekken tegelijk zijn! Als ik had gezegd dat ik tot Padre Pio had gebeden en ik plotseling het gevoel kreeg dat het goed is om naar de politie te gaan: zou u dan ook denken dat ik gek ben?'

Dronken, dacht Jensen. En dat op de vroege ochtend. Eigenaardig dat het hem nu pas opviel. Hij herkende een alcoholverslaafde doorgaans al op grote afstand. Maar deze man was anders. Hij was te corpulent. Zijn haar glansde en was niet zo dof en dun als normaal bij alcoholici. En de zuipkerf ontbrak, het typische litteken op de rug van de neus. Ook ontbraken de geaderde neus en de starre, holle blik. Misschien had de fles hem pas sinds kort in de greep?

'Meneer Ritter,' begon Jensen. 'U bevindt zich hier in een politiebureau. Wij zijn niet het juiste adres voor religieuze vragen. Toen u net aan het loket stond, zei u dat u door iemand wordt bedreigd. In dat geval bent u hier wel aan het juiste adres. Dus: wordt u bedreigd? En zo ja, door wie en waarom?

'Ja, ik word bedreigd.' Ritter schoof zijn stoel een beetje dichter naar Jensens bureau toe. 'Iemand wil me vermoorden. En dat verzin ik niet. Er is een brief, een dreigbrief. Ik heb hem vanmorgen gekregen. Hij ligt in mijn hotelkamer en ik wil dat u hem bekijkt. Ik heb niets veranderd. Sporen mag je niet wegwissen, nietwaar?'

'En wat staat er in die brief?'

'Dat moet u zelf maar bekijken. Dan bestaat er misschien een kans.'

'Waarop?'

'Dat ik overleef, natuurlijk. Dat ik morgen nog ademhaal. Dat ik morgen nog warm kan schijten. Ik waarschuw u!' Ritter zwaaide met zijn wijsvinger. 'Dit is serieus. Ik drink anders nooit op dit uur van de dag. Het kan zijn dat ik een beetje dronken ben, maar dat verandert niets aan het feit dat ik het voel. Ik wil vooral dat u met mijn kinderen spreekt. Ze zijn bang. Ze denken dat er iets met hun vader zou kunnen gebeuren. Dat is begrijpelijk. Ze zullen kalmeren als u met ze praat, omdat ze weten dat de politie me beschermt. Doet u mij dat plezier, alstublieft!'

Ritter haalde een zakflacon tevoorschijn. Alles duidde op routine: de precieze draaiing van de dop en ten slotte de vanzelfsprekendheid waarmee hij voor andermans ogen dronk.

'Ik drink anders nooit zo vroeg,' herhaalde Ritter toen hij klaar was met drinken, 'maar als je misschien binnenkort dood bent...' en hij staarde naar een punt in de verte, '...dan maakt het allemaal niets meer uit.'

Het zwaailicht van een ambulance zwiepte over Ritters gezicht. Jensen keek uit het raam. Een ambulance van het Sint-Jan-ziekenhuis. Zonder sirene. Misschien was de koetsier dood. Maar misschien was er ook zo weinig verkeer op straat geweest dat de sirene niet nodig was.

'Goed,' zei Jensen. Hij had geen idee wat hij moest doen. Als er geen kinderen in het spel waren geweest, zou hij Ritter vriendelijk weg hebben gebonjourd. Ga heen en zuip je dood, maar niet hier. Kijk naar de vogeltjes en ga bij de verantwoordelijke congregatie van het Vaticaan klagen over Padre Pio. 'Hoe oud zijn uw kinderen?'

'Tien. Allebei. Het is een tweeling: Hunahpu en Xbalanque.'
'Heten ze zo?'
'Nee, ze heten Rick en Oliver.'
Twee jochies van tien. Het was zijn plicht. Hij moest deze zaak aannemen, de loodzware deur ontgrendelen en afdalen naar het gewelf dat hij anders alleen nog maar in zijn dromen betrad, dromen vol wanhoop over het feit dat het nog steeds niet voorbij was.

Hij wilde zeggen dat hij eerlijk wilde zijn. Hij wilde zeggen dat hij niet geloofde dat de man in gevaar was, behalve dat hij een gevaar voor zichzelf was. Maar hij zweeg. Alcoholverslaafden leden vaak aan achtervolgingswaan. Het had geen zin daarover in discussie te gaan. En uiteindelijk was het zo dat hij vanwege de kinderen deze zaak op zich moest nemen. Hij moest zich er in elk geval van overtuigen dat het naar omstandigheden goed met ze ging.

2

'De privésecretaris van mijn vrouw heeft het hotel uitgezocht,' zei Ritter terwijl ze in Jensens dienstauto naar De Tuilerieën aan de Dijver reden. 'Zijn idee van romantiek is een man in damesondergoed die Oscar Wilde citeert. Het hele hotel wasemt die nichterige sfeer. Maar ik houd me aan de bevelen.'

'U zei dat u uw kinderen de vijf continenten laat zien. Wat bedoelt u daar precies mee? Een wereldreis?'

Ritter verstrengelde zijn handen, wat niet eenvoudig was, omdat hij buitengewoon korte en bijna vette vingers had met eigenaardig platte nagels. Het waren onaangename vingers. Je kon ze je goed voorstellen in walgelijke situaties: gretige, onrijpe vingers.

'Een wereldreis, ja,' zei Ritter. 'In zekere zin wel. Eurazië is het eerste continent. Het volgende is Afrika. Wilt u ook een slok? Wees maar niet bang, ik ben niet besmettelijk. Ik lijd hoogstens aan hersenkrimp.' Hij lachte en bood Jensen zijn zakflacon aan.

'Nee, dank u.'

'Waarom niet? Hebt u een maagzweer?'

'Ik ben in dienst,' zei Jensen.

'Ik toch ook! Ik ben hier niet voor de lol! En moet u mij zien drinken. Mij maakt het niet uit, dienst of niet.' Ritter nam nog een slok en veegde zijn mond af met zijn mouw. 'Weer een paar cellen dood,' zei hij opgewekt. 'Mijn arts zal het niet op prijs stellen. Onlangs dreigde hij dus met hersenkrimp, zoals ik al zei. Ik dacht altijd dat alleen de lever verschrompelt. Maar kennelijk doen de hersenen dat dus ook. Ik ben benieuwd wat dat voor gevolgen heeft.'

Hij is al vergeten waarom hij bij me langskwam, dacht Jensen. Ritters onbekommerdheid irriteerde hem. Dus zei hij: 'U moet naar uw dokter luisteren. Bij bijna alle alcoholici neemt het hersenvolume vroeg of laat af. U wordt achterlijk.'

'Ja, maar daarvóór kom je tot inzichten waar geheelonthouders je om benijden. Neem nou bijvoorbeeld Brugge.' Ritter wees naar de huizen langs de ringweg. 'Het is een alleraardigste stad voor mensen die de gemoedelijkheid van vroeger tijden zoeken, toen de mensen achter die schattige bakstenen gevels bloed op de borduursels hoestten die ze voor een hongerloontje moesten maken. Mijn vader werkte in een slachterij. Ik weet waar ik het over heb. Ik ruik de armoede ook waar hij een toeristische attractie is geworden. Heel Brugge is een weerzinwekkende, want leugenachtige stad en ik wed dat de inwoners mopperige onvriendelijke mensen zijn. Klopt dat?'

'Dat valt mee.'

'En u bent zo knorrig, omdat u uw woonplaats jaar in jaar uit met vreemden moest delen die enthousiast naar kerktorens staan te kijken en elke vervloekte eend op de foto zetten die het afval opvreet dat in die knusse grachtjes drijft. Het is op den duur onuitstaanbaar omgeven te worden door mensen die al dat moois voor het eerst zien, terwijl je zelf zou willen dat je er ver weg van was.'

Hij zit er niet helemaal naast, dacht Jensen.

'Maar wat kan mij het schelen,' zei Ritter en hij nam opnieuw een slok uit de fles die maar niet leeg leek te raken.

Jensen deed de twee zijraampjes open. Er moest dringend worden gelucht. Dit had tot gevolg dat de regen naar binnen spatte, maar nu stonk het tenminste niet meer zo naar drank in de auto.

'Ik word nat,' klaagde Ritter. 'Moeten we er overigens niet allang zijn?'

'We zijn er bijna.'

'Waar je ook kijkt, overal kerktorens,' zei Ritter walgend. 'Je kunt alleen maar hopen dat jullie God niet gaat zitten. Hij zou z'n gat flink prikken. Jullie zijn toch allemaal katholiek? Of niet?'

'Op papier wel.'

'Mijn vader nam vaak een varkenshart voor ons mee, in papier gewikkeld. Papier kan dus heel dicht bij het hart zijn. U bent katholiek. Dat zullen mijn kinderen leuk vinden. Die zijn namelijk ook katholiek. Geworden, moet ik erbij zeggen. Komt door de nabijheid van Mexico. Bij ons in Holbrook heb je veel natte konten, ik bedoel Mexicanen. We laten ze de ramen zemen en de kalkaanslag uit de toiletpot krabben. En na verloop van tijd branden er opeens overal kaarsjes voor Maria en vind je onder de Playstation een rozenkrans die de kinderen daar hebben verstopt. Mijn jongens bidden stiekem tot die God op een wolk en ik zeg u: als hij echt zou bestaan, was ik allang dood.' Ritter lachte. Hij klapte in zijn handen van de pret. 'Was maar een grapje,' voegde hij eraan toe.

Wie weet, dacht Jensen.

De gepantserde deur stond al wijd open. Hij rook zijn moeder, haar badjas die een soort dagboek van haar leven was. Haar braaksel verweven met de stof, net als de gemorste gin en het zoete parfum waarmee ze had geprobeerd zichzelf voor de gek te houden.

Eindelijk waren ze bij het hotel. Jensen reed door een steegje naar de achterkant van het gebouw. De parkeerplaats werd beveiligd door een smeedijzeren poort. Jensen stapte uit, drukte op het knopje van de intercom en zei kort: 'Politie.' De poort ging onmiddellijk open. Dat zal ik missen, dacht Jensen.

Hij parkeerde de wagen. Ritter stapte uit en sloeg het portier te snel dicht. Zijn jasje bleef haken. Ritter rukte eraan en de stof scheurde. Hij trok zijn jasje uit en gooide het op de motorkap. Zonder op Jensen te wachten beende hij in een doorweekt hemd door de plassen naar de serre die toegang bood tot het hotel.

In de lift zei hij: 'Ze zullen wel opkijken.'

'Wie? Uw kinderen?'

'Wie anders? Hebt u een wapen bij u? Dat moet u ze laten zien.'

Ik zou het jou onder de neus moeten houden, dacht Jensen.

Ritter deed de kamerdeur open en nodigde Jensen met een geaffecteerd gebaar uit om binnen te komen. Die aarzelde, want hij herkende de kamer onmiddellijk. Het was een kopie van de slaapkamer van zijn moeder. Als in een nachtmerrie drong de stank in zijn neus. Op klaarlichte dag heerste hier in deze kamer de duistere sfeer die zijn moeder voortdurend had omgeven: de dichtgetrokken gordijnen terwijl buiten de vogels floten, het doorwoelde bed dat permanent in gebruik was, ook op kerstavond, als de vader zijn kinderen met tranen in de ogen onhandig gesneden stukjes vlees op het bord had gelegd. Het vlees nog rauw vanbinnen.

'Ik kan niet koken,' had de vader gezegd, 'ik kan het gewoon niet.'
'Dan moet je het leren,' hadden de kinderen geantwoord, 'alsjeblieft.'

Help ons.

Op het nachtkastje van de kinderen stonden lege flesjes maagbitter. Jensen sloot zijn ogen. Dit kon niet waar zijn. Hij deed zijn ogen weer open. De flesjes bestonden echt.

Ritter zei iets, maar Jensen luisterde niet. Hij moest zich tot het uiterste concentreren om de herinnering te onderdrukken waar ook de twee jongens op het bed deel van uitmaakten. Dat waren hij en zijn twee zusjes. Hij vond het heel normaal dat ze hem niet begroetten, hem helemaal niet zagen staan.

'Zeg, bent u doof?' riep Ritter en hij sloeg met zijn vuist op een commode waar een piratenschip van legostenen op stond. De masten van het schip braken doormidden door de klap. 'Ik heb het tegen u, hoor!'

Jensen spurtte naar het raam. Hij kon er niet snel genoeg komen. Hij zweette, het was warm. Hij trok de gordijnen open en liet frisse lucht de kamer binnenstromen. Buiten op de parkeerplaats stond een vrouw een sigaret te roken. De rook kwam onder haar paraplu vandaan. In de verte stak de logge, weerbare toren van de Sint-Salvatorskathedraal de grijze hemel in. Hij was in Brugge, tien minuten te voet verwijderd van zijn huis in de Timmermansstraat. Hij kon deze kamer gewoon verlaten. Hij was volwassen. Hij was vrij.

'Nou goed, dan niet,' zei Ritter. Hij trok woest een van de laden van de commode open en pakte er een fles uit. 'Maar u zult nu een slokje met me drinken, want dat hoort zo, dat is gastvrijheid. Oliver, haal eens even glazen voor de inspecteur en voor mij!'

De twee jongens keken Jensen aan. Ooit hadden ze waarschijnlijk erg op elkaar geleken, maar toen had de verschillende omgang met hun leed ze uiterlijk uit elkaar doen groeien. Oliver maakte een angstige indruk. Hij kromp ineen bij de woorden van zijn vader en wilde van het bed klimmen om het bevel uit te voeren. Zijn broer Rick hield hem tegen. Hij zag er uitgeput en moegestreden uit, maar zijn ogen waren niet rood van het huilen, zoals die van zijn broer, maar van opstandigheid. De een had het opgegeven, de ander vocht nog.

'Haal ze toch zelf,' zei Rick. 'We weten niet waar ze staan.'

'Dat is ook helemaal niet nodig,' zei Jensen. 'Ik wil niets drinken.' De frisse lucht en het licht hadden het spook van zijn moeder naar de hoek van de kamer verdreven, waar het nu weggedoken zat. Jensen was het de baas.

'Ik wil met uw kinderen spreken. Alleen.'

Oliver keek hem verbaasd aan. Was er iemand gekomen om te helpen?

Vergeet het maar, dacht Jensen, en hij glimlachte naar de jongen.

'Kunt u zolang in de andere kamer wachten?' zei Jensen. 'U heeft toch een eigen kamer?'

'Uiteraard,' zei Ritter. 'Ik reserveer altijd twee kamers. Kijk toch eens om u heen! Die zooi hier! Denkt u dat ik in dezelfde kamer slaap als deze smeerpijpen?'

Op de vloer lagen een badjas, herenschoenen, ondergoed, een das en lege flessen. Geen kinderdingen.

'Maar ik laat me niet wegjagen,' voegde Ritter toe. 'Als u met mijn kinderen wilt praten, ga uw gang. Ik stoor niet. Weten jullie eigenlijk waarom de inspecteur met jullie wil praten, jongens?'

Ritter ging bij zijn zoons op bed zitten. Rick schoof op. Oliver liet zijn hoofd hangen.

'Hij is hier om mij te beschermen!' zei Ritter triomfantelijk. 'Hij wil niet met me drinken, maar hij beschermt me. Als iemand me iets aan wil doen, wordt hij gearresteerd en in het gevang gegooid. Is het niet zo, inspecteur? Laat uw wapen maar eens zien. Toe maar, ik vind het goed. Opvoedkundig gezien.'

Ritter greep naar Rick, drukte hem tegen zich aan en nam een slok uit de fles. Rick ontworstelde zich aan de omhelzing en sprong soepel als een kat van het bed af.

'Je ontkomt niet aan de consequenties!' riep Ritter hem na. 'Elke daad heeft consequenties. Al hou je het nog zo geheim. Al mompel je het maar als je denkt dat er niemand luistert. Moord blijft moord en wie mij iets aandoet, komt in de gevangenis. Oliver, jij bent slimmer dan je broer. Ik weet zeker dat jij begrijpt wat ik zeg.

Kom, laat me zien dat je het begrijpt. Laat de inspecteur zien dat je weet waar ik het over heb.'

Oliver knikte. Hij kneep krampachtig in zijn handen en wiegde met zijn bovenlichaam op en neer. Rick concentreerde zich op iets anders. Hij bouwde de masten van het piratenschip weer op, koppig, met trillende vingers.

'En nu wil ik dat u eindelijk uw verdomde wapen aan ze laat zien!' schreeuwde Ritter. Hij stond op van het bed, goot met zijn hoofd in zijn nek de inhoud van de fles naar binnen en zette hem met een klap neer naast het piratenschip. Een stuk van de romp stortte in. Ritter pakte de fles weer op en liet hem opnieuw neerdalen op de commode. Het hele schip viel uit elkaar. Rick veegde de steentjes van de commode en rende de badkamer in. Hij sloeg de deur dicht.

Iedereen wordt ermee besmet, dacht Jensen. Alles wat hier gebeurde kwam hem afschuwelijk bekend voor. Hij had moeten ingrijpen, maar het spook had zijn kracht hervonden. Het snoerde hem de keel dicht.

Kijk, fluisterde het, de dronken mevrouw Jensen.

Dit is mijn moeder niet, zei Jensen.

Het gelach van zijn klasgenoten galmde na in zijn oren.

Dit is mijn moeder niet! schreeuwde hij en ze begonnen nog harder te lachen.

Op ouderavond strompelde ze het klaslokaal in en de onderwijzeres viel stil.

Gaat het niet goed met u, mevrouw Jensen?

Heel Konstanz had het erover. Iedereen wist het.

Je moeder is ziek, zei de juf.

Het was de tijd dat je negers geen negers meer mocht noemen en zuiplappen opeens ziek waren, alsof het een iets met het ander te maken had.

'U bent niet ziek,' hoorde Jensen zichzelf zeggen.

'Ik?' zei Ritter. 'U hebt volkomen gelijk. Ik ben gezond. Althans voorlopig. Oliver heeft het door. Maar zijn broer, die kleine rozenkransdevoot daar in de badkamer, bij hem ben ik er niet zo zeker van. Dus waarom laat u hem niet eindelijk uw dienstwapen zien, vervloekt! Ik weet waar ik het over heb. Ik ken hem. Hij snapt altijd alles pas als hij het met eigen ogen ziet.'

'U bent pas ziek als u een beslissing heeft genomen,' zei Jensen. 'In het voordeel van de fles en in het nadeel van de rest. Uw kinderen schamen zich voor u. Het kan ze niet schelen. Toen u daarnet de hotelkamer binnenkwam, probeerden uw kinderen in te schatten hoe dronken u al bent. U stopt niet alleen uzelf in de fles, maar uw kinderen ook. Het kan u niet schelen. Zo is het.'

Jensen hoorde zijn moeder zeggen: 'Ik zweer bij het lichaam van Christus dat dit mijn laatste glas was.' Het lichaam van Christus was geduldig. Het keek vanaf het kruis neer op zijn moeder die met een bebloed voorhoofd op de trap lag, met het laatste glas van haar leven nog in de hand.

'Ach, bent u er zo eentje? Gepokt en gemazeld. Dat dacht ik al. Wie heeft zich in uw familie doodgezopen? Uw moeder, uw vader? Allebei? En nu denkt u dat alles alleen nog maar draait om uw jeugd. Maar dat is een vergissing. U verwisselt me met iemand anders. De waarheid is dat u geen idee hebt. U weet helemaal niets. En zal ik u nog eens iets zeggen? Ik word zieker van uw zedengepreek dan van dit spul hier!' Ritter nam een grote slok. Zijn hele lichaam was de fles toegewijd.

Jensen voelde zich slap en moe. Hij keek toe hoe Ritter dronk. Net als toen hij kind was: toekijken als ze dronk, zwijgen en naderhand de boel opruimen. Het was alsof iemand op een knop had gedrukt. Het opruimen van de lege flessen, de in krantenpapier gevouwen glasscherven in de vuilnisbak doen. Terwijl andere kinderen buiten speelden, maakten hij en zijn zusjes het appartement schoon. Een alcoholverslaafde veroorzaakt veel troep.

'Kunt u nu gaan?' eiste Jensen. 'Wacht in uw kamer op me. Ik vraag het niet nog een keer.'

'Gaan we dreigen?' vroeg Ritter. Hij spiedde met één oog door de flesopening. 'Uw dreigement is net zo leeg als deze fles. Maar goed. Ik onderwerp me aan uw slechte jeugd. Denk daar maar eens over na. Ik ga nu naar mijn kamer. En jij,' zei hij tegen Oliver, 'jij bidt nog het onzevader voor de inspecteur. Dat vindt hij mooi, want hij is katholiek. Schiet op, bidden jij!'

Oliver zat op het bed. Hij vouwde zijn handen. Er druppelden tranen op zijn vingers. Zachtjes begon hij: 'Onze Vader die in de hemel zijt. Uw naam worde geheiligd. Uw rijk kome.'

Ritter moet hier weg, dacht Jensen.

'Ik begeleid u wel even naar uw kamer,' zei hij. Hij greep Ritter bij z'n arm en draaide hem op zijn rug. Maar wat graag had hij botten horen kraken, maar hij beheerste zich.

'Dit mag niet,' kuchte Ritter. 'En het is tegen het gebod van de naastenliefde. Maar misschien vind ik het wel lekker.'

Jensen duwde Ritter de aangrenzende kamer in. De sleutel stak aan de buitenkant in het slot. Jensen sloot af.

'Het spijt me,' zei hij tegen Oliver, 'maar het was even nodig.'

Oliver reageerde niet. Hij beëindigde zijn gebed: 'Want van u is het koninkrijk en de kracht en de heerlijkheid, tot in eeuwigheid, Amen.' Hij sloeg een kruis en liet zich daarna voorover in de kussens vallen.

Jensen ging de badkamer in.

Rick zat met opgetrokken knieën onder de wastafel.

'Kom,' zei Jensen. 'Ga bij je broertje op bed zitten. Ik wil iets met jullie bespreken.'

Rick stond op, liep naar het bed en aaide zijn broer over het haar. 'Je moet niet altijd gaan huilen,' zei hij lief. 'Dat vindt hij alleen maar leuk.'

Jensen trok een stoel bij en ging bij de jongens naast het bed zitten. Ze waren dun en bleek. Ze aten te weinig, of ze kregen niets gezonds binnen. Het eerste dat bezweek onder de last van een vader of moeder die het bord van zich af schoof en alleen nog maar de wijn dronk, was de gezamenlijke eettafel. De eetkamer bleef leeg. Iedereen at voor zichzelf als de dronkaard even sliep of niet meer kon opstaan uit de luie stoel. Momenten van wapenstilstand.

'Weten jullie waarom ik hier ben?' vroeg Jensen.

Rick schudde zijn hoofd.

Oliver ging rechtop zitten en veegde met twee handen de tranen uit zijn ogen. 'Omdat we bidden?' vroeg hij

Jensen glimlachte. 'Nee,' zei hij, 'niet omdat jullie bidden. Jullie vader denkt dat iemand hem iets aan wil doen. Hij beweert een brief te hebben gekregen waar dat in staat. Een dreigbrief. Heeft hij jullie daar niets over verteld?'

'Nee,' zei Rick.

De klokken van de Sint-Salvatorskathedraal speelden een bekende melodie uit een operette. Het was twaalf uur. De muziek klonk lieflijk. Heel even werkte de magie van het klokkenspel zalvend op de aanwezigen in de kamer. Misschien zelfs wel op de opgesloten Ritter.

'Ik denk dat het niets serieus is,' zei Jensen. 'Wat denken jullie? Kunnen jullie je voorstellen dat iemand jullie vader iets aan zou willen doen?'

De twee jongens schudden van nee.

'Kent jullie vader iemand hier in Brugge?'

Ook niet.

'Maakt hij een wereldreis met jullie? Heb ik dat goed begrepen?'

'Hij wil ons de vijf continenten laten zien,' zei Rick. 'Noem je dat een wereldreis?'

'Je zou het zo kunnen noemen, ja. Dus jullie maken een wereldreis. En jullie moeder? Is ze thuis?'

'Ze werkt,' zei Rick.

'Ik snap het. Dus ze had geen tijd om mee te gaan op reis?'

'Geen tijd,' antwoordde Rick.

'Mag ik jullie iets vragen?'

De jongens knikten.

'Jullie moeder, drinkt die ook?'

'Nee,' zei Oliver. 'Ze is nooit dronken. Waarom wilt u dat allemaal weten?'

'Ik ben een politieman. Politiemannen stellen vragen. Daar verdienen ze hun geld mee. Ik krijg tien euro per vraag, ongeveer dertien dollar. Niet slecht, toch?' Jensen knipoogde naar de jongens.

Die keken hem ernstig en teleurgesteld aan. Een grappende politieman was het laatste waar ze op zaten te wachten.

'Was maar een grapje,' zei Jensen. 'Ik stel jullie vragen, omdat ik wil weten wat hier aan de hand is. Ik zeg het maar eerlijk: ik maak me zorgen om jullie vader. Maar ik kan niets doen. Het is helaas niet verboden om alcohol te drinken, ook niet de hoeveelheden die hij drinkt. Dat mag een vader doen. Snappen jullie dat? De wet verbiedt het niet. Maar als hij jullie slaat, of jullie iets anders aandoet waarvan jullie weten dat het niet mag en als jullie me dat nu zeggen, dan kan ik iets doen. Dan kan ik jullie helpen. Daarom ben ik hier.'

De jongens keken schuldbewust naar hun handen.

'Als je het niet hardop wilt zeggen, mag je het ook in mijn oor fluisteren,' zei Jensen zachtjes. 'Maar het is belangrijk dat jullie uitspreken wat gezegd moet worden.'

Rick boog voorover en fluisterde in Jensens oor: 'We hebben geen hulp nodig. God helpt ons.'

'Wat heb je tegen hem gezegd?' fluisterde Oliver.

'Dat God ons helpt,' zei Rick zachtjes.

Oliver knikte en hij voegde er op fluistertoon aan toe: 'Dat klopt. Als we hulp nodig hebben, bidden we en dan stuurt God een engel. De engel met het zwaard.'

'Opschepper,' zei Rick. 'Dat kunnen we nog helemaal niet. Dat kan alleen Esperanza. Zij bidt voor ons tot we het zelf kunnen. En dan bidden we dat hij ons met rust laat. Voor altijd. En God zal ons gebed verhoren.'

Jensen werd misselijk. Het spook zat hem in de nek, hij voelde de koude adem.

'Wie is Esperanza?' vroeg hij om zich te bevrijden van de benauwdheid.

'Iemand,' zei Rick snel. 'Het is een geheim. We mogen er niet over praten.'

'Goed,' zei Jensen. 'Ik vertel jullie nu een verhaal.' Het moest. Voor het eerst moest het hardop uitgesproken worden. Hij had het zijn leven lang voor zich gehouden, het zelfs zijn zusjes niet verteld. Maar nu had hij het gevoel dat wat zich hier afspeelde, gebeurde om hem de kans te geven het eindelijk aan iemand toe te vertrouwen, aan deze twee jongens, als waarschuwing.

'Op een nacht lag ik in bed. Ik was elf. Ik hoorde mijn moeder in de woonkamer schreeuwen. Ze schreeuwde tegen mijn vader. Ze was dronken, zoals altijd. Ze noemde mijn vader een varken. Ze zei het zo vaak dat ik dacht: ze is gek geworden. Ze heeft haar verstand verloren. En ik dacht: het houdt nooit op. Ze zal altijd dronken zijn en ze zal nooit ophouden met mijn vader een varken te noemen. Ik ging rechtop in bed zitten, vouwde mijn handen en bad tot God. Lieve God, zorg er alstublieft voor dat mijn moeder doodgaat. Ik bad zoals ik nog nooit gebeden had. Ik smeekte God, alstublieft, lieve God, zorg ervoor dat ze sterft. Zorg ervoor dat het eindelijk ophoudt, dat niemand meer bang hoeft te zijn en dat ik eindelijk eens vriendjes mee naar huis kan nemen.'

Plotseling was Jensen er niet meer zeker van of het wel goed was de jongens dit allemaal te vertellen. Was het überhaupt goed om het iemand te vertellen?

Maar Rick drong aan: 'En toen? Hielp het gebed?' Zijn ogen glansden van nieuwsgierigheid en het was duidelijk dat hij hoopte dat het gebed verhoord was.

Ik ben te ver gegaan, dacht Jensen.

'Nee,' zei hij. 'Natuurlijk niet. Bidden kan een troost zijn voor degene die erin gelooft, maar iets bewerkstelligen kan het niet.'

'Dat is niet waar!' riep Rick. 'U weet er niets van. U kunt gewoon niet bidden. Anders was uw moeder gestorven. God zou haar hebben gestraft!'

'Het spijt me,' zei Jensen. Hij stond op. Zijn handen trilden. 'Ik had jullie dit niet moeten vertellen. Het was dom van me. Ik geef jullie nu elk een kaartje van mij met mijn telefoonnummer erop. Zolang jullie in Brugge zijn, kunnen jullie me altijd bellen als je hulp nodig hebt, ook 's nachts. Ik kom. Dat beloof ik.'

Onhandig plukte hij twee visitekaartjes uit zijn portemonnee.

'Hebben jullie al een mobieltje?' vroeg hij.

'Nee,' zei Rick. Hij weigerde het kaartje aan te nemen en sloeg zijn armen over elkaar. 'We hebben uw nummer niet nodig.'

'Neem jij het dan maar,' zei Jensen tegen Oliver en hij hield hem het kaartje voor de neus.

Maar ook in Olivers ogen was hij zijn geloofwaardigheid kwijt.

'Goed dan,' zei Jensen. 'Ik leg mijn kaartje hier op de commode. En nu ga ik met jullie vader praten.'

'Leeft uw moeder nog?' vroeg Oliver opgewonden.

Jensen weifelde voor hij antwoordde. 'Nee, ze is dood.'

'Is ze gestorven toen u elf was?' vroeg Rick.

Ja, dacht Jensen. Op de dag na de nacht van mijn gebed. Ze viel van de trap en brak haar nek. De lijdende Christus aan het kruis keek op haar neer. Ik stond stijf van de schrik en had het idee dat ik een glimlach zag op het gezicht van Christus. Hij glimlachte veelbetekenend naar mij. Ik schreeuwde dat het niet mijn schuld was en rende de tuin in om me te verstoppen. Ik wilde me voor eeuwig en altijd verstoppen. Nooit meer wilde ik mijn gezicht nog vertonen. Ik verschool me in het gereedschapshok, bij de spinnen en de pissebedden. Het duurde lang voor mijn vader me vond. Hij zei dat het voor ons allemaal een schok was. Hij zei het toonloos. Hij loog. Hij bedekte zijn gezicht met zijn handen om de opluchting te verbergen.

Tijdens het avondeten zeiden mijn zusjes en hij geen woord, maar het was alsof er voor het eerst sinds jaren weer licht ons appartement binnenstroomde en iedereen genezen was van een zware ziekte, maar nog te zwak om al jolig te zijn. Ze kwamen snel bij. Al na de begrafenis bewogen ze anders, vrijer. Mijn zusjes sprongen in de auto terug naar huis. Mijn vader legde een plaat op de grammofoon. Iets van Bach. Hij zat met zijn ogen dicht in zijn stoel. Bach was zijn manier om God te bedanken. Hij had ooit gezegd dat als God van de mensen hield, dan was het om de prelude van de cantate *Jesu bleibet meine Freude*. Maar voor mij, alleen voor mij was de verschrikking niet voorbij. Hij had alleen een andere gedaante aangenomen, monsterlijk. Het vrat aan me. Ik kon de aanblik van de glimlachende Christus niet meer verdragen. 's Nachts griste ik het kruis van de muur. Ik groef met mijn handen een gat in onze kruidentuin en legde Christus naast de cavia die een paar maanden eerder was gestorven. Dat de zoon van God nu in een hem onwaardig graf lag en dat de balken van het kruis waar hij aan hing tegen de gele knaagtanden van een cavia aan lagen, vond ik wel amusant.

Tijdens godsdienstles op school, als de pastoor stond te zeveren over de gerechtigheid van God, lachte ik bitter in mezelf. Ik was ervan overtuigd dat God mij de hel in zou schoppen als de engelen op hun trompetten schalden en de doden uit hun graven gekropen kwamen. En dat voor iets wat hij zelf op zijn geweten had. Ik had alleen maar gebeden. Hij had mij verhoord. Het was zijn beslissing geweest.

Toen ik het vormsel ontving, plaste ik stiekem tegen de kerkmuur. Ik begreep pas veel later dat Gods grootste vijand de rede is. Een God die een mens doodde om een smeekbede van een ander mens te verhoren, verspeelde elke moreel recht. Gij zult niet doden, luidde het vijfde gebod en omdat God tegen zijn eigen gebod had gezondigd, was hij verworden tot een karikatuur van zichzelf. Hij hief zichzelf op en dus bestond hij niet meer.

Er bleef maar één ding van hem over: het toeval. Die gedachte verloste me uiteindelijk, vier jaar na de dood van mijn moeder. Het samenkomen van gebed en dood was een coïncidentie geweest, de toevallige temporale congruentie van twee gebeurtenissen die bovendien alleen maar met elkaar in verbinding waren gebracht door de betekenis die ik eraan had gehecht. De rede en haar wetenschap, de natuurkunde, overtuigden mij ervan dat het zo was. Maar het gevoel van verlossing week in de loop der jaren voor het inzicht dat ook de rede een grote vijand heeft: de droom. In mijn dromen is er niets veranderd. Ik bid dat mijn moeder sterft en word wakker met een elke keer weer vers schuldgevoel, dacht Jensen.

Rick wachtte nog steeds op antwoord.

'Nee,' zei Jensen. 'Ik was niet elf toen ze stierf.' Ik ben vijftig, dacht hij, en twee nachten geleden is ze opnieuw doodgegaan.

'Vergeet niet me te bellen als jullie hulp nodig hebben. Jullie hebben verder niemand hier in Brugge. Je kunt natuurlijk bidden, maar in tegenstelling tot God heb ik een telefoonnummer. En ik krijg niet zoveel telefoontjes als hij gebedjes krijgt. Ik ben dus misschien iets sneller dan hij.'

'U kunt niet sneller hier zijn dan de engel,' zei Rick. 'Hij is hier met de slag van een vleugel. Helemaal uit de hemel.'

'Zo is het,' beaamde zijn broer.

Er was geen speld tussen te krijgen. Jensen aaide de jongens over hun bol en draaide de sleutel van Ritters kamer om.

'Beter laat dan nooit,' lalde Ritter. Hij zat met een fles in de hand op de rand van het bed en peuterde een tabletje uit de vouwen van de sprei.

'Een gevaarlijke combinatie,' zei Jensen.

'Wat?'

'Tabletten en alcohol.'

'Inderdaad, meneer de inquisiteur. Ik beken schuld. Mea culpa, mea culpa, mea maxima culpa.' Hij klopte zichzelf met de fles op de borst. 'En? Wat hebben mijn engeltjes u verteld? Dat ik ze mishandel? Ik zal u eens iets zeggen. Van slaan wordt niemand beter. Dat weet elke goede vader. Bent u eigenlijk ook papa?'

Jensen zweeg, zoals altijd op deze vraag. Er was geen eensluidend antwoord. Ja, hij had een kind gehad en nee, het was nooit geboren.

'Waar is de brief?' vroeg hij.

Ritter grinnikte en zei: 'Papa, bladiebladiepapa. De brief.' Hij probeerde op te staan van het bed, maar het lukte hem niet. 'De brief is niet belangrijk, zeg ik hier maar even tussen ons. Nu weten ze het immers.'

'Wie weet wat?'

'Zij daar in die kamer. Ze weten dat u hier was. Dat is een waarschuwing voor ze, dat garandeer ik u.'

Ritter sprak met zijn ogen halfdicht. Zijn bovenlichaam wiegde op en neer. Het was eigenlijk zinloos nog op hem in te gaan. Binnen twee uur zou hij compleet van de wereld zijn. De tabletten gaven zijn roes iets narcotisch. Nog even en hij zou zachtjes voor zich uit gaan zitten praten als een morfineverslaafde. Toch vroeg Jensen nogmaals naar de brief, uit plichtgevoel.

'De moor heeft zijn plicht, zijn verdomde plicht gedaan,' lalde Ritter. 'De moor kan gaan! Ik ken Schiller.'

Jensen vond de brief zelf. Hij lag op het bureau. Er stond maar één zin: BRIAN RITTER, WIJ ZULLEN U DODEN. Het was onbenullig. In authentieke dreigbrieven werd zelden de beleefdheidsvorm gebruikt. Je tutoyeerde degene die je iets aan wilde doen. Ook het gebruik van de meervoudsvorm was ongebruikelijk, vooral omdat de afzender ontbrak. Als twee of meer mensen iemand bedreigden, hechtten ze er waarde aan als groep te worden gezien. Ze ondertekenden met een bloemrijke of pathetische fantasienaam, zoals Hoeders van het Blanke Ras, Commando Che Guevara, of Sectie Vlaanderen. Dit was nep, ook nog geschreven op briefpapier van het hotel, zag Jensen. Het briefhoofd met het logo van het hotel was eraf geknipt, maar het opvallende geribbelde geschepte papier van de brief was hetzelfde als dat in de schrijfmap op het bureau. De kinderen, dacht Jensen.

'Dit is geen dreiging, dit is een slechte grap,' zei hij.

Ritter antwoordde iets, met zware, koppige tong. Het was onverstaanbaar.

Of hij heeft hem zelf geschreven, dacht Jensen. Dat leek hem zelfs waarschijnlijker.

'Heeft u de brief geschreven?'

'Ik,' stamelde Ritter, 'ik ben maar een wiel. En als je mij de...' hij boerde, '...de spaken. Als je een wiel van de wagen verwijdert, zitten er nog steeds twee aan. Ja, twee! Onthoud dat maar. Twee. Ja, lach maar!' schreeuwde hij plotseling. 'Lach maar!'

Hij kroop met zijn kleren aan onder het laken en het volgende moment was hij in diepe slaap. Zijn mond stond open. Er droop speeksel op het kussen.

Op het nachtkastje stond een grote, fraai ingelijste foto van een knappe vrouw met opvallend grote blauwe ogen. IJsblauw en ijskoud. Het was vermoedelijk Ritters vrouw, de moeder van de kinderen, die thuis was gebleven omdat ze het zo druk had met haar werk. Ze had waarschijnlijk geen zin gehad haar man te begeleiden op een lange reis en genoot van elk uur van zijn afwezigheid. Wel vreemd dat ze het haar kinderen aandeed. In elk geval zou een telefoontje van Jensen haar niet naar Brugge halen om de situatie in ogenschouw te nemen. Mijn man is dronken. Hij kraamt onzin uit, vervalst dreigbrieven, de kinderen zijn alleen met hem, het is allemaal even erg. Maar wat verwacht u van mij, inspecteur? De trouwste aanhanger van een alcoholverslaafde was altijd de partner. Dus verwierp Jensen de gedachte om de vrouw te bellen.

Een psychiater was ook geen optie. Er bestond geen acuut gevaar voor agressie of geweld. Ritter gedroeg zich eigenaardig en ver toonde paranoïde trekjes, maar dat was de typische paranoia van een zuiplap in het eindstadium. Jensens handen waren gebonden. Hij kon hier niets meer doen, behalve de kinderen nog een keer op het hart drukken dat ze hem moesten bellen als hun vader gevaarlijk werd.

Hij liep de kamer van de jongens binnen, maar ook zij sliepen. Om halfeen 's middags lagen ze te slapen, met hun hoofden tegen elkaar aan. Twee kleine gevangenen van hun vader, met al hun hoop gevestigd op een engel. Jensen legde nog een extra visitekaartje op de twee nachtkastjes en hij stopte er eentje in het spoelglas in de badkamer; ter herinnering aan wat hij Rick en Oliver had beloofd.

3

Jensen stapte in zijn auto. Omdat hij verlangde naar troost, schoof hij een cd'tje van Dinu Lipatti in de cd-speler. Hij reed door de regen, de ruitenwissers zwiepten wild heen en weer en Dinu Lipatti speelde Bach. De klanken bevrijdden zich van hun oorsprong, het met snaren bespannen frame van een vleugel. Niet langer was het instrument de klankkast, maar Jensen zelf. De muziek ontvouwde zich in hem. Als hij nu door het raampje naar buiten keek, zag hij alle dingen milder, zachter, door de muziek veredeld tot pure poëzie.

Hij zag een fietser over het stuur gebogen met een hand aan de capuchon van zijn jas tegen het hondenweer vechten. De man was nat, hij had het koud en hij wilde niets anders dan zo snel mogelijk naar huis. Maar de muziek verloste hem van zijn inspanningen en verleende zijn alledaagse bewegingen een melancholieke schoonheid. En zo was het met alles wat Jensen tijdens zijn rit zag. Alles verstilde, als een in de nacht ondergesneeuwde stad. Bij de klanken van Bach toonden de dingen hun ware gezicht. Op zulke momenten meende Jensen te herkennen wat de wereld in zijn kern was: perfecte schoonheid.

De wonden genazen, maar zijn slechte geweten bleef knagen. Toen Jensen zijn auto voor het politiebureau parkeerde, verweet hij zichzelf niet genoeg voor de kinderen te hebben gedaan. Maar het was echt zo dat hij niet bevoegd was om iets te ondernemen. Dat wist hij en toch had hij last van een slecht geweten.

Ik bel de kinderen vanavond, dacht hij.

Binnen hing de slaperigheid weer in de lucht. De collega's zaten over hun lege bureaus gebogen en Stassen had van de aluminiumfolie waar zijn lunch in had gezeten een engel gemaakt. Die stond nu scheef boven op zijn computerbeeldscherm.

'Hoe is het met de koetsier?' vroeg Jensen.

'Waarschijnlijk een beroerte,' zei Stassen. 'Hij is op weg naar het ziekenhuis overleden. Hij was nog geen zestig.' Stassen keek bezorgd naar zijn aluminiumengel. 'Soms vraag ik me af of jij geen gelijk hebt. Om er zo vroeg mee te stoppen, bedoel ik. Als ik alleenstaand zou zijn, net als jij...' Hij maakte zijn zin niet af. En als ik twee miljoen zou hebben geërfd, of waren het er drie, vijf? 'Sorry.'

Jensen knikte en ging aan zijn bureau zitten om een rapportje te schrijven. Het getik van zijn toetsenbord maakte de rest nerveus, herinnerde ze eraan dat ze weer eens niets te doen hadden. De jongere agenten droomden waarschijnlijk stilletjes over een functie in Antwerpen of een andere grote stad waar criminaliteit minder afhankelijk was van het weer dan hier.

Brian Ritter, tikte Jensen. Amerikaans staatsburger. Zelfgeschreven dreigbrief. Zwaar alcoholverslaafd. Paranoia. Geen aanwijzingen voor acuut zelfmoordgevaar of bedreiging van derden.

Jensen vroeg zich af of hij dat laatste moest wijzigen. Wist hij zeker dat de kinderen niet toch in gevaar waren? Zijn gevoel zei hem dat Ritter niet sloeg, maar seksueel misbruik? Veel alcoholverslaafden maakten zich daar schuldig aan, maar veel ook niet en vooral niet de groep die, net als Ritter, naast de alcohol ook nog tabletten nam. Ze waren gewoonweg niet meer in staat gewelddadig te worden, seksueel of anderszins. Uiteindelijk bestond er geen zekerheid en voor een definitief oordeel kende Jensen de situatie niet goed genoeg.

Hij wiste de laatste zin. Het werd een kort rapport, vooral omdat het hem tegenstond de kinderen erin te noemen. Het was niet nodig. Hij zou persoonlijk voor ze zorgen. Hij ging ervan uit dat Ritter twee, misschien drie uur zou slapen. Langere slaapfases waren alcoholici zelden gegund. Hij zou dus om vijf uur wakker worden. Om zes uur zou hij het hotel bellen en met de kinderen praten.

Geen verdere maatregelen nodig, schreef hij en hij ondertekende het rapport. Misschien wel het laatste in zijn beroepsleven. Hij voelde er niets bij. Geen spijt en geen weemoedige herinneringen aan het eerste rapport, destijds in Konstanz geschreven, maakten van deze paraaf iets bijzonders. Jensen krabbelde hem onder het rapport en legde het daarna in het archiefbakje van Dupont. Zo eenvoudig en roemloos kon je dertig jaar dienst terzijde leggen.

Hij was graag politieman geweest, maar hij at ook graag Hongaarse salami en dat was de vetste en ongezondste droge worst die er bestond. Het was vaak zo dat juist wat je het liefst deed, het schadelijkst voor je was. Adieu, dus! dacht Jensen met een laatste blik op het rapport dat in het verder lege bakje van Dupont alleen optisch van enorm gewicht was.

Hij ging weer aan zijn bureau zitten en keek naar de wolken. De onderste laag, grijs en amorf, brak open. Door de scheuren heen kon Jensen de volgende laag zien, ook grijs, maar beter gestructureerd. Je kon de omtrek van de wolken herkennen die als een groot theaterdoek uit elkaar dreven. En dan nu dames en heren: de blauwe hemel!

De zon streek over de gevels aan de overkant van de straat. Een regenboog omspande de hemel van de oude naar de nieuwe stad. Nu zat iedereen op het bureau naar buiten te kijken. En als je het weerbericht niet had gehoord, had je op dit moment blij kunnen worden. Maar omdat iedereen wist dat er voor die avond weer zware regenbuien waren voorspeld, slaagde niemand erin van de zonnestralen te genieten. In een tijd waarin het weer vijf dagen vooruit wordt voorspeld, was het moeilijk om in het hier en nu te leven.

Jensen besloot van de gelegenheid gebruik te maken. Op het bureau verwachtte sowieso niemand meer iets van hem. Hij deed zijn computer uit en liep naar het bureau van Stassen.

'Ik ga naar het kerkhof,' zei hij. 'Het is net even droog. Bel me maar als er iets is.'

Hij parkeerde de auto voor de bloemenzaak tegenover de Sint Michielskerk, een gedrongen militaire bouw die, net als de overige kerken in Brugge, de duisterheid van een zwaar bewapende belegering uitstraalde. De bloemenwinkel van de knappe jonge floriste Sinja Dillen was het tegenovergestelde: licht en vriendelijk. Jensen had haar nog nooit gezien met een sigaret tussen haar lippen, maar ze moest een zware rookster zijn want de geur van haar bloemen verflauwde als ze glimlachend en zwaar naar rook walmend achter de toonbank vandaan kwam.

'Zoals altijd?'

'Zoals altijd,' zei Jensen.

De bloemiste verdween naar achteren. De walm bleef achter. Even later kwam ze terug met een pot bamboe.

'Fargesia jumbo,' zei ze. 'Ik heb dit keer maar meteen drie potten besteld. Misschien hou ik er zelf eentje. Ik begin er langzaam aan te wennen. Maar het duurt een jaartje of twee, drie voor ze zich thuis voelen. Pas dan groeien ze tot de maximale lengte.'

'Ooit geeft Vanderpoorten het wel op,' zei Jensen.

Sinja Dillen lachte.

'Ik vind het goed,' zei ze. In haar blik lag even iets persoonlijks, dromerigs, verlangen. 'Ik bedoel, ik vind het mooi wat u doet.' Verlegen veegde ze een pluk haar uit haar gezicht. 'Dat is dan vierendertig vijftig, alstublieft.'

Jensen droeg de pot naar het kerkhof, naar het graf in rij negentien. De zon brak door en verdween weer. De zeewind dreef steeds nieuwe wolken het land in. Naast de wijwaterpot aan de voet van het graf lag een met een steen verzwaard plastic mapje met daarin de gebruikelijke notitie: GRAF NR. 19/23, MELDEN BIJ ADMINISTRATIEKANTOOR!

Jensen verwijderde het mapje en zette de pot op het graf. De dunne lancetbladeren ruisten in de wind. Het waren maar een paar takken, dus het ruisen was zacht. Niet hard genoeg voor Margarete. Ze had een heus bamboebos gewild waar kinderen in konden spelen en waarvan de bladeren ruisten als de branding van de zee. Het zal me ooit lukken, dacht Jensen, dat beloof ik je.

Hij beloofde het haar al twaalf jaar. Toch speelde de tijd geen rol, want die was stil blijven staan op het moment dat Margarete haar hoofd in haar nek had gelegd met de blik op oneindig naar de blauwe hemel boven Oostende. Ze had nooit gezegd hoe ze haar graf had gewild. Ze was te jong geweest voor zulke gedachten. Ze had de dood als vaststaand feit geaccepteerd, zoals iedereen, maar nog niet als zekerheid begrepen, zoals Jensen nu wel kon. Hij voelde zijn vijftig jaar 's ochtends bij het opstaan soms als gewicht, iets dat hem terug het bed in duwde, naar beneden, in een liggende positie, een voorspel op de eeuwige rust.

Jensen groef met zijn handen een gat dat groot genoeg was en zette de kluit erin. In het midden van het graf, zoals altijd. De plant was nog niet hoog, een halve meter, maar hij had de kracht om uit te groeien naar een haag van vier meter hoog, ruisend in de wind. En daarachter verborgen Margaretes grafsteen. Als een windstoot de takken uiteenblies, zou de steen heel even tevoorschijn piepen. Meteen daarna zou hij weer omhuld worden door de zich bedarende takken.

Zo moet het zijn, dacht Jensen, zo zou ze het hebben gewild.

Ze had iets gewild wat niet mocht volgens de regels van het kerkhof. En dus vocht Jensen al twaalf jaar tegen de oude Vanderpoorten met zijn reusachtige, gekloofde, door een levenlange omgang met aarde en wortels zelf wortelvormig geworden handen. Vanderpoorten, die elke week de door Jensen geplante bamboe zuchtend uit de grond trok en een briefje neerlegde: GRAFBEPLANTING MET BAMBOE IS VERBODEN, OOK VOOR POLITIEMENSEN!

Het was een zinloos getouwtrek wat Jensens kans op succes betrof. Vanderpoorten was een strenge opzichter. Hij beheerde de doden strikt volgens de regels. Hij zette scheve grafstenen recht en bloemstukken die hij niet mooi vond, belandden op de composthoop zo gauw de rouwstoet de hielen had gelicht. Toch gaf Jensen niet op. Omdat hij zich inzette voor Margarete, verdween ze niet helemaal in de herinnering. Ze bleef aanwezig op een manier die je kon vergelijken met een vriendin op reis, voor wie je de planten verzorgt.

Jensen streek even met zijn hand over de bladeren en ging. Het belangrijkste was gedaan. Hij bleef nooit lang bij het graf, want het graf zelf deed hem niet veel. Het was maar een tijdsaanduiding met twee jaartallen. Het tweede getal liet zien hoeveel tijd er sinds Margaretes dood verstreken was. In het begin was hij drie jaar ouder geweest dan zij. Inmiddels stond de teller op vijftien. Zij werd jonger, hij ouder. Sommige dingen van haar vond hij nu onvolwassen. Aan de andere kant zou zij zich nooit met een man van zijn leeftijd hebben ingelaten.

Jensen sloot de poort achter zich en keek nog een keer achterom. Margarete en hij hadden elkaar leren kennen in Brussel, bij een congres met het curieus geformuleerde thema: DE GEORGANISEERDE CRIMINALITEIT VAN DE EU. Ze waren beiden onbeduidende ambtenaren uit de provincie geweest, zij uit Brugge, hij uit Konstanz. Ze hadden helemaal achter in de zaal gezeten, in de op een na laatste rij, aandachtig en trots dat ze überhaupt aan een internationaal congres deel mochten nemen.

Op de eerste dag hadden ze geen woord met elkaar gewisseld. Ze hadden ijverig notities gemaakt. Wat de sprekers hadden gezegd, scheen van enorme betekenis. Op de ochtend van de tweede dag hadden ze elkaar begroet en die middag hadden ze al helemaal niet meer geluisterd, maar met elkaar gefluisterd. Ze hadden overeenkomsten ontdekt, gelachen, gezwegen, elkaar aangekeken. Op de derde congresdag waren hun stoelen leeg gebleven.

Drie maanden lang hadden ze elkaar alleen tijdens de weekeinden gezien. Jensen deed over de afstand Konstanz-Brugge in zijn Golf GTI minder dan zes uur. Alle flitsers langs de weg hadden hem geregistreerd als hij naar Margarete snelde.

Op een zondagavond, terwijl ze in de deuropening aan elkaar vastgeklampt stonden omdat ze weer zes dagen vol verlangen voor de boeg hadden, schraapte achter hen de vader van Margarete, Jan Streuper, zijn keel. Hij zei: 'Sorry, ik wil niet storen, maar mag ik u iets vragen, meneer Jensen? Bent u katholiek?'

Jensen knikte, omdat hij het gevoel had dat Streuper hierop hoopte. Die spreidde zijn armen en zei: 'Trouw dan!' Hij deed Jensen het aanbod een goed woordje voor hem te doen bij Van Linter, de korpschef van Brugge. Het ging om een vacant geworden post bij de recherche. Jan Streuper was wethouder, Van Linter zijn zwager en Jensen te verliefd om de verleiding te weerstaan en in te brengen dat dit wel heel doorzichtige vriendjespolitiek was.

Door de tralies van de poort keek Jensen naar het kerkhof waar ze nu allemaal lagen: Jan Streuper, zijn vrouw Trees, Van Linter. Ze waren elkaar gevolgd, de een na de ander, met als laatste Margarete, twaalf jaar geleden. Een uur geleden.

En de volgende ben ik, dacht Jensen en draaide zich om. Hij stapte in zijn auto en wist heel even niet waar hij heen wilde. Waar hoorde hij thuis? Na Margaretes dood was Brugge niet meer zijn

thuisstad geweest. Het was een plek geworden met pijnlijke herinneringen. Destijds had hij zijn koffers gepakt en was hij de stad
ontvlucht. Maar hoe verder hij wegging, hoe groter de pijn werd.
Het was alsof iemand hem een mes in zijn buik had geramd. Hij
mocht het er niet met een ruk uittrekken, want dan was hij dood-
gebloed van verdriet. Bij de Duitse grens had hij gekeerd en was
teruggereden naar Brugge, uit levensbelang. Het mes moest behoedzaam worden verwijderd, jaar na jaar een stukje verder. Zodat de wond van binnenuit kon genezen. Nu, na twaalf jaar, stak
het mes nog steeds gedeeltelijk in zijn buik. Misschien bestonden
er wonden waar je mee stierf voor de tijd ze kon genezen.

Timmermansstraat, dacht Jensen en hij gaf gas. En om zes uur
de kinderen bellen.

4

Jensen woonde in een oud bakstenen arbeidershuis. Het was in dezelfde stijl gebouwd als de herenhuizen van Brugge, maar lager en eenvoudiger. Hij deed de deur open. Het was vijf uur 's middags en het was zomer. Toch was het binnen al donker. De regen tikte op het dak.

Jensen knipte de staande lamp in de woonkamer aan en ging op de bank liggen. Nog vier dagen. Dan de afscheidsspeech en dan de uitvoering van het dubbelspleet-experiment in de kelder. Het glasplaatje met de twee piepkleine gleufjes, elk maar vijfhonderdste van een millimeter breed, had hij voor veel geld laten maken. Het was nogal bewerkelijk. Hij had bovendien een elektronenkanon nodig en natuurlijk de detectoren. Het vinden van die apparatuur zou hem na intrede van zijn keuzepensioen minstens een halfjaar bezighouden. Daar was hij van overtuigd. Misschien zelfs wel langer, want geschikte elektronenkanonnen kreeg je niet in de winkel. Het zou allemaal veel tijd kosten en dat vond hij niet erg.

Hij greep naar de aan elkaar geniete pagina's op zijn koffietafel, het werk van een jonge natuurkundestudent. Hij had de tekst op internet gevonden en geprint. In geen enkel populair wetenschappelijk boek over kwantummechanica, zelfs niet in het briljante werk van John Gribbin, had Jensen ooit zo'n begrijpelijke beschrijving van het dubbelspleet-experiment gelezen.

Het experiment leverde het bewijs dat de zichtbare wereld zich fundamenteel onderscheidde van de deeltjes waaruit diezelfde wereld is opgebouwd. Deeltjes luisteren naar andere wetten dan het geheel.

Als ik ooit een elektronenkanon heb, dacht Jensen, dek ik eerst een van de twee gleufjes in de glasplaat af. Dan schiet ik een elektron op de detectorplaat aan de andere kant van de scheidingswand. Het elektron zal daar op een bepaalde plek tegenaan botsen en geregistreerd worden en wel zo alsof het elektron een deeltje is, een klein, vast balletje. Maar dan doe ik beide gleufjes in de scheidingswand open. Als ik nu weer een elektron afschiet, zegt mijn gezonde mensenverstand mij dat het elektron door een van de twee open gleufjes vliegt en op de detectorplaat achter de linker of achter de rechtergleuf botst. En dat is dan het verbluffende moment. Het elektron zal namelijk niet, zoals verwacht, door een van de twee gleufjes vliegen, maar door allebei tegelijk. En het is niet zo dat het elektron zich op een of andere manier vlak voor de twee gleufjes deelt, zodat er dus een half elektron door de linker- en een half elektron door de rechtergleuf vliegt, nee, een compleet elektron vliegt gelijktijdig door de twee gleufjes.

Het bezit de gave die Padre Pio graag zou hebben gehad, dacht Jensen geamuseerd, namelijk die van de bilocatie: het op twee plekken tegelijk kunnen zijn. Als je de logica van het Vaticaan zou aanhouden, moest je het elektron eigenlijk ook zalig verklaren. Vooral ook omdat de bilocatie van het elektron wetenschappelijk kon worden bewezen. Hij berustte op het eigenaardige feit dat elektronen en alle andere subatomaire deeltjes zowel een golf als een deeltje waren. Daar kon je je niet genoeg over blijven verbazen, in elk geval niet als je je realiseerde dat de natuurwetenschappelijke betekenis van deze bewering exact overeenkwam met de volgende bewering: een steen kan een vogel zijn en vice versa. Het elektron was een steen die ook een vogel kon zijn en het was een vogel die zich onder bepaalde voorwaarden gedroeg als een steen. Of het was noch het een noch het ander, noch steen, noch vogel, of het was beide tegelijk. Een elektron was pure magie, gegoten in wiskundige formules. Een magie die je experimenteel kon bewijzen. Bijvoorbeeld met het dubbelspleet-experiment, waarbij het wonder van de tweevuldigheid geschiedde. Het elektron kon zich in twee golven afsplitsen: de steen kon twee vogels worden die apart elk door een gleufje vlogen.

Natuurlijk was dit in werkelijkheid allemaal ingewikkelder en was eigenlijk elke vereenvoudiging taboe. In de wereld van atomen bestonden geen stenen die zich als vogels gedroegen. Er waren niet eens elektronen. Elektron was slechts een omschrijving van iets waarvan men wist hoe het zich gedroeg. Maar wat het was, wist niemand.

Het was vijf voor zes. Over vijf minuten moest hij de kinderen bellen.

Jensen stond op van de bank en liep de keuken in waar de borden van de afgelopen twee dagen zich opstapelden. Fruitvliegjes draaiden traag rondjes boven de aangekoekte eetresten. De vliegjes kregen vast te veel kunstmatige additieven binnen, ascorbinezuur en kleurstoffen. Jensen kocht namelijk bijna alleen maar diepgevroren kant-en-klaarmaaltijden. Toch leek het ondanks het feit dat ze in relatie met hun lichaamsgewicht kilo's chemische troep naar binnen werkten, goed te gaan met de vliegjes.

Jensen pakte een blikje cola uit de koelkast, trok het lipje eraf en dronk. Het moest een beetje branden in de keel, dan was het goed. Hij keek door het keukenraam naar buiten, naar het kruidentuintje. De tijm die hij in het voorjaar had geplant, zou zijn aroma verliezen bij deze aanhoudende natheid. Hij zou net zo smaken als het er buiten uitzag.

Zes uur. Jensen ging in de rode leren fauteuil onder de staande lamp zitten. Hij pakte de telefoon en tikte het nummer van De Tuilerieën in. Hij werd doorverbonden met de kamer van Ritter, die gelukkig niet zelf opnam. Dat deed Rick.

'Rick Ritter.' Zijn stem klonk jonger aan de telefoon dan hij in het hotel had gedaan.

'Ik ben het, inspecteur Jensen. Ik wilde even horen of het goed gaat met Oliver en met jou.'

'Met ons gaat het goed. En met u?'

'Met mij gaat het ook goed, dank je. En met jullie vader? Is hij wakker?'

'Ja, hij is wakker. Moet ik hem even halen? Wilt u hem spreken?'

'Nee, dat is niet nodig. Hebben jullie mijn kaartje nog? Voor de zekerheid zit er nog eentje in het glas in de badkamer.

'Hebben we gezien.'

'Verlies het niet. Ik bel morgen weer. Is dat goed?'

'Zoals u wilt.'

'Tot morgen dan.'

Rick verbrak het gesprek zonder te groeten.

Alles leek in orde. Jensen probeerde zich te ontspannen. Hij deed een cd van Bob Dylan in de cd-speler en probeerde mee te zingen, wat moeilijk was bij Dylan. Hij overwoog of hij Stassen zou bellen om een biertje te gaan drinken in de Celtic Ireland Pub. Hij overwoog wel vaker Stassen uit te nodigen voor een biertje. Wie anders? Tijdens zijn vijftien jaar in Brugge was Jensen op het sociale vlak niets gelukt, behalve een flinterdunne band met Frans Stassen die helaas een erg huiselijk type was.

Jensen stond op, goot in de keuken de rest uit het colablikje in de gootsteen en ging over op bier. Hij mocht van zichzelf drie blikjes van een halve liter per avond. Geduldig, met kleine slokjes, dronk hij het eerste blikje. De avond was tenslotte net begonnen en lag voor hem als een lange, eenzame weg.

5

De volgende dag kwam Jensen pas rond één uur 's middags op het bureau aan. Zijn gezicht was eenzijdig verdoofd. Een controlebezoekje bij de tandarts had een verontrustende wending genomen toen de tandarts een gaatje in een van Jensens verstandkiezen had ontdekt waar hij met de boor moeilijk bij kon. Waarop hij maar wilde zeggen dat, nu Jensen er toch was, ze hem maar beter meteen konden trekken. Jensen zag geen mogelijkheid dit te verhinderen, behalve een gedecideerd 'nee' en het onder protest verlaten van de stoel. En daar zou hij zich volslagen belachelijk mee hebben gemaakt. Bovendien beloofde de tandarts dat het snel zou gaan en dat hij er goed bij kon.

Hij moest de kies uiteindelijk in acht stukken zagen en elk stukje er apart uittrekken.

Jensen was nog steeds nat van het zweet. Hij ging achter zijn bureau zitten, ongegeneerd aangestaard door zijn collega's. Geen wonder, dacht Jensen. Je kon hem de inspanningen van daarnet waarschijnlijk nog goed aanzien. Zijn wang was dik en voelde aan alsof een dier zich in zijn kaak had vastgebeten. Hij gooide een pijnstiller naar binnen en knikte een paar collega's toe.

Een van de tl-buizen knipperde. De zekering had allang moeten worden vervangen. De buis knipperde al dagen, maar nu kon Jensen er niet tegen. Hij hield een hand beschermend voor zijn ogen en keek naar zijn lege bureau. Het kostte hem moeite zijn tong ervan te weerhouden de gewijzigde situatie in zijn mond te verkennen. Nieuwsgierig als een kat werd de tong magisch aangetrokken door de krater in zijn onderkaak.

'Lullige kwestie,' zei Stassen hoofdschuddend, met zijn handen op Jensens bureau leunend. 'Een verdomd lullige kwestie.'

'Het is achter de rug,' zei Jensen.

'Hoe bedoel je, achter de rug?'

'Hij is eruit, weg. Het doet nog wel pijn, maar daar heb ik pillen voor.'

'Je lalt,' zei Stassen.

'Dat komt door die spuit.'

Stassen keek hem aan. 'Je weet het dus nog helemaal niet?'

'Wat?'

'Ik dacht dat je het al wist. Maar nu…' Stassen duwde zich af van het bureaublad. 'Sorry, maar ik denk dat je beter meteen even bij Dupont langs kunt gaan.'

'Waarom? Is er iets gebeurd?'

Op dat moment rukte Dupont de deur van zijn hok open.

'Jensen!' riep hij en hij wenkte wild met zijn hand. 'Onmiddellijk!'

'Shit,' zei Stassen. 'Dat dit moest gebeuren, zo vlak voor je laatste dag…'

Jensen was een beetje duf van de pijnstillers. Hij kon niet helder nadenken. Hij stond op en terwijl hij naar Duponts kantoor liep, probeerde hij zich voor te bereiden op wat hem te wachten stond. Wat was er gebeurd? Het moest iets ergs zijn, anders zou Dupont hem niet zo vlak voor zijn vertrek nog op het matje roepen. Een onvergeeflijke fout, alleen was Jensen zich van geen kwaad bewust. Dus kwam hij Duponts kantoor binnen in de veronderstelling dat het om een misverstand ging, of misschien ook wel een soort pesterijtje ten afscheid.

'Ga zitten!' Dupont zat kaarsrecht achter zijn bureau. Eén brok spanning. Hij zag er ziek uit. Zijn lippen waren blauw en opgezwollen, en hij had dikke wallen onder zijn ogen. Het Chinese porseleinen schaaltje met pillen stond binnen handbereik naast een foto van zijn gezin.

Jensen nam plaats en zei: 'Oké, wat is er aan de hand?'

Dupont sloeg een dossier op en keek Jensen zwijgend aan. Jensen kon niet zien wat er in het dossier zat. Foto's? Hij rekte zijn hals. Ja, het waren foto's. Aan het formaat te zien waren het foto's van een plaats delict. Meer kon hij niet herkennen. Wat voor plaats delict? Sinds weken was er behalve een geval van huiselijk geweld niets gebeurd. Er heerste juist een gebrek aan plaatsen delict. Een oude zaak misschien? Iets wat niet klopte en nu aan het licht was gekomen?

'Ik luister,' zei Jensen. 'Wat is er aan de hand? Waarom zit ik hier?'

'Het is vandaag dinsdag. Vrijdag ga je met pensioen. En ik zeg je heel eerlijk dat ik het typerend vind dat je ons zo vlak voor het einde – waar overigens niet alleen ik al jaren reikhalzend naar uitkijk – nog een loer draait. Je slaagt er in je laatste week in ons hele bureau in diskrediet te brengen. Want dit blijft natuurlijk aan ons hangen, aan de mensen die het zich niet kunnen permitteren met vervroegd pensioen te gaan, omdat we helaas over onvoldoende centen beschikken.'

Het klonk alsof Dupont deze woorden al een tijdje op zijn hart had gehad. Hij had ze waarschijnlijk al een aantal keer voor zich uit gepreveld, onder de douche of vlak voor het in slaap vallen. En nu zat Jensen voor hem en kon hij zijn pijlen eindelijk op de juiste richten.

'Ik heb je nooit gemogen,' vervolgde Dupont zijn preek, 'en dat is geen geheim. Het ligt er niet eens aan dat je een Duitser bent. Jullie hebben ook voordelen. Jullie zijn altijd op tijd, zorgvuldig en jullie hebben een bijzonder jachtinstinct. Mijn opa had zich in 1943 in een kleine grot verstopt waarvan behalve hij maar twee andere mensen wisten. De ss heeft hem toch gevonden. Dat hebben jullie in het bloed. Daar heb ik vaak aan gedacht, Jensen, dat het misschien jouw grootvader is geweest die…'

Jensen luisterde niet meer. Het op een na ergste aan het verleden waren mensen die er nog steeds in leefden. Hij keek naar Duponts mondhoek, waar een beetje schuim op was komen te staan, sneeuwwit en niet eens onsmakelijk.

Na een tijdje zei Jensen: 'En wanneer komt u eindelijk ter zake?'

'Je hebt gelijk,' zei Dupont en hij sloeg met zijn vlakke hand op tafel. 'Ik verdoe mijn tijd alleen maar met je. Ter zake. Wat dacht je van deze zaak hier!' En hij begon de foto's uit het dossier een voor een naar Jensen toe te gooien, als de kaarten van een kaartspel. Sommige foto's slingerde hij met zoveel kracht weg dat ze van tafel vielen. Een van de foto's kwam op Jensens schoot terecht. Hij pakte hem op en staarde ernaar.

Brian Ritter lag in een onnatuurlijk ontspannen houding half op de stoep, half op straat. Het leek net of hij zijn handen achter zijn hoofd had willen leggen toen de dood die beweging had onderbroken. Zijn gezicht had de kalme uitdrukking van iemand die ligt te dutten in het zonnetje.

'Komt die man je bekend voor?' vroeg Dupont.

Jensen zag nergens bloed en ook geen wonden. In de bril, die op Ritters kin was gegleden, zag je de reflectie van een lantaarnpaal. Jensen bekeek de foto met een leeg hoofd. Hij kon niet helder denken. Het was Ritter. Toch leek het onlogisch, belachelijk, bizar.

'Ik vroeg je wat, Jensen! Ken je die vent?'

Jensen knikte. Hij bekeek de overige foto's. Tegen beter weten in hoopte hij dat hij zich had vergist. Misschien was het toch niet Ritter, maar iemand die erg op hem leek.

'Hoe heet hij?' vroeg Dupont. 'Mag ik even zijn naam?'

'Het zou...' begon Jensen. 'Het zou de Amerikaan kunnen zijn die hier gisteren was. Brian Ritter.'

'Zou? Waar slaat dat op, Jensen! Doe niet zo bespottelijk!' Dupont hield Jensen een van de foto's voor de neus. 'Dit hier is Brian Ritter en niemand anders. En dit hier is je rapport van gisteren.' Dupont legde het rapport op zijn bureau en priemde er met zijn wijsvinger op. 'In je rapport schrijf je dat er geen verdere maatregelen nodig zijn. Een alcoholverslaafde, paranoïde! De psychiaters kunnen nog wat van je leren! Mijn complimenten! Alleen is die man dus nu dood. Door een meedogenloze wending van het lot is hij gisteren uitgerekend bij jou terechtgekomen. Hij vertelt je dat hij bedreigd wordt, maar dat interesseert jou geen biet. Jij bent in gedachten al op je jacht, of in je strandhuis in Oostende, of waar je ook maar gaat genieten van je vervroegde pensioen. Er is een mens in nood. Hij heeft hulp nodig, maar jij hebt natuurlijk geen zin om je laatste dagen hier ook nog aan het werk te moeten. Je wilt liever rustig je tijd uitzitten. Dus klop je die arme sloeber sussend op de schouder. Het is tenslotte maar een zuipschuit met waanvoorstellingen, nietwaar?'

Jensens mond was kurkdroog. De wond klopte van de pijn en zijn gezicht was heet. Hij voelde zich ziek. 'Ik moet even een slokje water,' zei hij en stond op.

'Over dertig seconden ben je hier weer terug,' baste Dupont. 'We zijn nog lang niet klaar!'

Het geroezemoes verstomde toen Jensen Duponts kantoor uit-kwam. Alle collega's staarden hem aan. Sommigen met medelij-den, sommigen nieuwsgierig en een paar gretig opgewonden.

Jensen liep naar de waterdispenser en trok onhandig een plastic bekertje uit de stapel. Er vielen wat bekertjes op de grond.

Stassen kwam aanrennen en raapte ze op. 'Je ziet er niet goed uit,' zei hij zacht tegen Jensen.

'Even een slokje, dan gaat het beter.'

'Ik had je moeten bellen om je voor te bereiden. Sorry.'

'Is goed.' Jensen dronk zijn beker in één teug leeg.

'Was het een ongeluk?' vroeg hij aan Stassen. Hij kwam er nu pas op dat het ook best een ongeluk had kunnen zijn. Maar alles sprak tegen die theorie, dus beantwoordde hij zijn vraag zelf: 'Nee, geen ongeluk. Natuurlijk niet.'

'Ik weet alleen maar dat hij gisteravond rond elf uur dood gevon-den is,' zei Stassen. 'Op de Spiegelrei.'

'Ik zei: dertig seconden!' riep Dupont vanuit zijn kantoor.

'Klootzak,' fluisterde Stassen.

Op de Spiegelrei, dacht Jensen toen hij zich weer bij Dupont meldde. Het was nu halftwee. Ritter was afgelopen nacht gestor-ven, meer dan twaalf uur geleden.

'Mag ik het autopsierapport even zien?' vroeg hij.

'Alles op z'n tijd,' zei Dupont. Hij pakte een tablet uit het schaal-tje en slikte hem droog door. 'Momenteel is voor jou alleen rele-vant wat ik met je ga doen en dat zal ik je vertellen. Ik begin een intern onderzoek. Plichtverzuim. Daar kan je misschien niet mee zitten, want we zijn toch binnenkort van je af, maar je afscheid wordt dan geen waardig afscheid.'

'Is er al een autopsierapport?'

Dupont ging achteroverleunen in zijn stoel en glimlachte. 'Ik verwacht het vandaag nog,' zei hij.

Jensen voelde zich opeens veel beter. De wind was gedraaid en blies Dupont nu in het gezicht. 'Dus u kent de doodsoorzaak nog helemaal niet? U weet nog helemaal niets en toch verwijt u mij medeverantwoordelijk voor de dood van de man te zijn.' Jensens hart maakte een sprongetje. Ritter was vast overleden aan een ziekte. 'Kunt u uitsluiten dat de man een beroerte heeft gehad, net als die koetsier gisteren? Of een infarct misschien? Kom op, Dupont, ik zie het in uw ogen! U wilt zo graag dat het moord is dat u de weg even kwijt bent. Eigenlijk zou ik excuses van u moeten eisen, maar dat is me te vermoeiend.' Jensen stond op. 'We spreken elkaar weer als het autopsierapport binnen is. U weet waar u me kunt vinden.'

'Je vindt iemand altijd waar hij zit,' zei Dupont. 'En jij zit in de shit. Ik heb met Balasundram gesproken. Het was geen ongeluk en het was geen infarct. Het was precies waar jij bang voor bent en ik zal je daarvoor ter verantwoording roepen zo gauw ik de bewijzen voor me heb.'

Hij weet nog geen details, dacht Jensen en hij verliet Duponts kantoor.

'Je mag wel gaan,' riep Dupont hem na. 'Voorlopig!'

Hij weet geen details en dat is raar.

Jensen pakte zijn regenjas van het haakje. Hij moest even weg hier, de frisse lucht in. Hij hoorde hier sowieso niet meer thuis.

'Ik ga,' zei hij tegen Stassen. 'Ik bel je.'

'Sterkte,' antwoordde Stassen.

Jensen knikte de overige collega's toe. Ze waren voor hem niets dan vage gezichten. Hij zou ze zich binnenkort al niet meer kunnen herinneren.

Buiten kwam de regen met bakken uit de lucht. Jensen trok zijn kraag op en dook zo diep hij kon in zijn jas. Hij zou er het liefst voor altijd in zijn verdwenen. Een verleidelijke gedachte. De geur van het gereedschapshok drong in zijn neus. De spinnen wipten in hun web op en neer en de pissebedden vluchtten onder de zolen van zijn sandalen.

Maar dit was anders. Hier stond nog helemaal niets vast, behalve dat Dupont een vage mogelijkheid had opgeblazen tot een voldongen feit, alleen maar om hem nog even een schop onder de kont te geven.

Jensen stak het marktplein over en bestelde in een van de toeristenbistro's tegenover het concertgebouw een glas tomatensap. Het raam besloeg van het vocht dat hij mee naar binnen had genomen. Geen ongeluk, dacht hij. En Dupont weet nog niets precies. Maar waarom niet? Balasundaram, de patholoog, werkte normaliter snel en precies. Een schotwond, een steekwond, wurgsporen, een dodelijke schedelbreuk: als het dat was geweest, had Balasundaram Dupont drie uur geleden al op de hoogte gebracht. Een gewelddadige doodsoorzaak sprong zelfs een leek meteen in het oog. Een vakman als Balasundaram zou toch niet meer dan twaalf uur nodig hebben om hierover uitsluitsel te geven. Maar dat gold natuurlijk ook voor een natuurlijke doodsoorzaak. Ook in dat geval had er allang een rapport moeten liggen. Het was allemaal erg eigenaardig en verontrustend.

Ritter is dood. Het leek nog steeds onwerkelijk. Het was alsof iemand iets tussen hem en het leven had geschoven, iets dat er niet hoorde en dat dezelfde substantie bezat als de dingen die hij soms zag als hij gedesoriënteerd wakker schrok uit een diepe slaap.

De kinderen, dacht hij. Hoe had hij de kinderen kunnen vergeten. Rick en Oliver. Dat moest eerst geregeld worden.

Jensen legde wat muntgeld op tafel en haastte zich naar buiten. Ze wisten waarschijnlijk nog helemaal niet dat hun vader dood was. Dupont had ze niet genoemd. Ze waren in zijn rapport immers niet genoemd. Was er nog geen collega naar De Tuilerieën geweest om een kijkje te nemen? Zat er überhaupt iemand op deze zaak, verdomme? Kennelijk niet, anders had Dupont van de kinderen afgeweten en ze meegenomen in zijn verwijt: En weet je wat Jensen? Die man heeft twee tienjarige zoontjes. Durf je die nog onder ogen te komen?

6

Jensen drukte twee keer op de liftknop, maar de lift kwam niet. Hij verloor zijn geduld en liep de houten trappen op. Drie etages. Buiten adem klopte hij op de kamerdeur. Zijn hart bonsde onaangenaam en hij voelde een pijnscheutje in zijn linkerarm, de mogelijke voorbode van een beginnende angina pectoris.

'Rick? Oliver? Ik ben het, inspecteur Jensen.'

'Zijn weg,' antwoordde een stem.

Jensen draaide zich om. Een Afrikaans kamermeisje glimlachte hem vriendelijk toe. Ze droeg een wit hoofdkapje, wat Jensen irriteerde. Het stond vernederend.

'Weet u waar de twee jongens zijn?' vroeg hij de Afrikaanse.

'Zijn weg,' herhaalde die, 'vanochtend vroeg.'

'Weg? Waar naartoe?'

'Vertrokken. Weg.'

'Weet u het zeker?'

De Afrikaanse knikte. 'O, ja. Ik heb het zelf gezien. Hierlangs, hier.' Ze wees de gang door.

'Dank u vriendelijk,' zei Jensen en hij drukte de vrouw twee euro in de hand. Ze keek hem blij aan.

Waren jullie maar niet met zovelen, dacht Jensen.

Hij nam afscheid van de vrouw en rende de trap af met twee treden tegelijk. Misschien waren ze er toch nog en had de Afrikaanse zich vergist. Anders was het niet logisch.

Bij de receptie zat een jonge, gezette vrouw. Toen ze Jensen zag komen, stond ze op en glimlachte professioneel.

'Jensen, recherche.' Hij liet zijn penning zien. 'De twee kinderen uit kamer... ik ben het nummer vergeten. Rick en Oliver Ritter, zijn ze vertrokken?'

De vrouw droeg een naambordje op haar revers. Er stond F. BEERSMANS op.

'Ja, het gezelschap is vanochtend vroeg vertrokken.'

'Gezelschap? Wie was er bij de twee jongens dan?'

'Niemand, alleen zij. Ze zijn alleen vertrokken.'

'Alleen vertrokken,' herhaalde Jensen. 'Twee tienjarige jongens. Dat kan toch niet. Iemand moet ze hebben afgehaald.'

De receptioniste stond stijf en ernstig achter de balie. 'Ik dacht dat ze op de luchthaven zouden worden opgehaald? Klopt dat niet? Is er iets gebeurd?'

'Nee, waarschijnlijk niet. Maakt u zich geen zorgen. Ze zijn dus naar het vliegveld gereden. Brussel of Antwerpen?'

'Brussel. Ik heb een taxi voor ze besteld. Ik dacht dat het allemaal was afgesproken met hun vader en dat hij op de luchthaven op ze wachtte. Ik dacht dat hij misschien voor werk in Brussel moest zijn en zijn kinderen hier had gelaten. Dat komt wel eens voor. En dat hij in Brussel op zijn kinderen wachtte. Is er iets niet in orde?'

'De vader van de kinderen is dood,' zei Jensen. Hij vond het een miskleun dat Dupont de hoteldirectie nog niet op de hoogte had gebracht.

'Dood?' De receptioniste schudde haar hoofd. 'Maar ik heb hem toch gisteravond nog gezien. Hij heeft de rekening bij mij betaald. Ik wist dit niet!' Ze sloeg haar handen voor het gezicht en liet zich op een bureaustoel zakken. 'Wat vreselijk!' Ze huilde.

'Het spijt me,' zei Jensen. 'Maar ik moet u een paar vragen stellen. Wanneer precies zijn de kinderen vertrokken?'

'Om ongeveer negen uur,' snikte de receptioniste. 'Ze waren zo vrolijk. Ze gooiden met pinda's naar elkaar daar in de bar terwijl ze op de taxi zaten te wachten. Ik moest ze verzoeken ermee op te houden. De vloer lag bezaaid met pinda's. En toen kwam de taxi en zijn ze vertrokken. Helemaal alleen!' Ze veegde de tranen uit haar gezicht, haalde haar neus op en zei: 'Helemaal alleen, hoort u dat? Ik kon het toch niet weten?'

Er is een andere reden waarom ze huilt, dacht Jensen, iets persoonlijks. Het gaat niet goed met haar.

'Niemand verwijt u iets,' zei hij sussend. 'Is er vandaag of gisteren vanuit de kamer van de kinderen gebeld? Heeft iemand de kinderen gebeld, of hebben de kinderen gebeld? Kunt u dat nakijken, alstublieft?'

De receptioniste snoot haar neus. 'Wat vreselijk allemaal,' zei ze, terwijl ze op de computer het gesprekoverzicht opriep. Ze haalde diep adem. 'Waar is meneer Ritter aan gestorven?'

'Dat weten we nog niet precies. Vermoedelijk een beroerte,' zei Jensen lukraak.

'Mijn god,' zei de receptioniste. 'Die kinderen staan te wachten op de luchthaven. Die staan daar op hun vader te wachten, maar die komt niet. En ze zijn helemaal alleen! De luchthaven moet worden geïnformeerd dat iemand die kinderen opvangt!'

'Ja, dat doen we,' zei Jensen om de vrouw gerust te stellen. 'Hebt u al iets gevonden?'

'Nee. Geen telefoontjes. Maar is dat zo belangrijk? Die kinderen moeten worden opgevangen. Doe toch iets! U bent van de politie! Is dit alles wat jullie kunnen: hier staan en vragen stellen?'

Ze begon opnieuw te snotteren in haar met lentebloemen bedrukte foulard. Haar verdriet en wanhoop spreidden zich als een zwarte doek over alles uit, ook over Jensen. Hij vond het bijna impertinent. Bovendien had hij geen tijd. Hij wilde per se nog met Balasundram spreken vandaag en de middag vorderde gestaag.

'Ik moet gaan,' zei hij. 'Maakt u zich geen zorgen over de kinderen. Ik denk niet dat ze nog staan te wachten op het vliegveld. Ze zijn vast en zeker al op weg naar huis. Kunt u iemand bellen, een vriend of vriendin bij wie u terecht kunt?'

De receptioniste schudde haar hoofd.

Jensen zag een piccolo uit de lift stappen, een jonge Marokkaan. Hij duwde een kofferwagen voor zich uit. 'Kunt u alstublieft even voor uw collega hier, mevrouw Beersmans, zorgen? Het gaat niet goed met haar,' zei Jensen tegen de piccolo.

Die knikte begrijpend. 'Haar vader is vorige maand overleden,' zei hij zachtjes.

Jensen verliet het hotel en stapte de regen in. Hij had het gevoel dat hij het afgelopen halfuur zijn adem in had gehouden en dus ademde hij de koele vochtige lucht met diepe teugen in. Hij liep naar de Dijver en staarde naar het zwarte wateroppervlak waar de regen kratertjes in sloeg. Toen hij opkeek zag hij twee Japanners op de Nepomucenusbrug staan. De vrouw hield een paraplu op terwijl de man zijn videocamera op Jensen richtte. Eenzame, peinzende man aan romantische gracht: een indrukwekkend motief voor videoavonden in Tokio.

Het motief, dacht Jensen en hij keerde de Japanners de rug toe. De vader verlaat 's avonds de hotelkamer. De volgende ochtend worden de kinderen wakker. Ze merken dat hun vader er niet is en dat hij niet in zijn bed heeft geslapen. Ze wachten niet op hem, maar bestellen een taxi en rijden alleen naar Zaventem. Ze zijn vrolijk, aldus Beersmans. 'Ze waren zo vrolijk.' Ze gooien met pinda's. Hun vader is verdwenen en ze zijn uitgelaten en zorgeloos.

Gevlucht, dacht Jensen. De enige logische verklaring. Rick en Oliver hadden van de afwezigheid van hun vader gebruikgemaakt om ervandoor te gaan. Ritter had gisteren de hotelrekening betaald. Hij had dus vandaag willen vertrekken en wel naar Afrika. Hij had gezegd: 'Eurazië is het eerste continent. Het volgende is Afrika.'

Een vlucht. Maar wie had die georganiseerd? Wie had er spontaan gebruikgemaakt van de situatie en een vlucht geboekt voor de kinderen? Rick en Oliver ontdekken dat hun vader verdwenen is, maar ze nemen met niemand contact op. Geen uitgaande telefoontjes vanaf de hotelkamer. Ze worden ook niet gebeld en een mobiele telefoon hebben ze niet. Daar had Jensen ze immers naar gevraagd. Maar iemand moest vanochtend vroeg de tickets voor ze hebben geregeld. Of waren ze in een overmoedige bui met misschien een beetje geld dat ze in de kamer van hun vader hadden gevonden op de bonnefooi naar Brussel gereden? Een soort kinderlijke, doelloze vlucht die uiterlijk zou eindigen als het geld op was?

Mogelijk, dacht Jensen, maar onwaarschijnlijk. Het paste niet bij ze. Het waren weloverwogen, intelligente kinderen en ze waren, net als andere kinderen van alcoholverslaafden, hun naïviteit al vroeg kwijtgeraakt.

Jensen merkte dat het tijd werd wat dingen op te schrijven. Hij liep een eet- en praatcafé in de buurt van De Tuilerieën binnen. Hij was de enige gast. Teleurgesteld nam de ober Jensens bestelling op: een glas bronwater. Jensen trok zijn notitieblokje uit zijn zak en schreef: MOEDER BELLEN. Op een of andere manier moesten Rick en Oliver contact met haar hebben opgenomen. Misschien hadden ze een notebook of ze gebruikten die van hun vader. Ze schreven hun moeder een mailtje: PAPA IS WEG. WAT MOETEN WE DOEN? De moeder boekt twee vluchten voor haar zoons terug naar huis, naar Holbrook, Arizona. Maar Jensen was geen laptop opgevallen in de kamer van Ritter en ook niet in de kamer van de kinderen. Zou je in zo'n geval eigenlijk niet de telefoon pakken? Bovendien zou de moeder toch als eerste contact hebben opgenomen met de hoteldirectie en naar haar man hebben gevraagd? Of ze zou iemand hebben gevraagd de kinderen naar de luchthaven te begeleiden. Nee, de moeder was een kromme verklaring. Te veel vraagtekens.

De ober bracht het bronwater. Jensen nam een slok en keek uit het raam. De platanen aan de gracht schudden in de wind de regen van zich af.

Als Rick en Oliver na de verdwijning van hun vader noch met hun moeder, noch met iemand anders contact hadden opgenomen, en daar zag het naar uit, en als ze nu, op dit ogenblik in het vliegtuig zaten, voorzien van tickets die iemand dus voor ze moest hebben geregeld voor gisteravond elf uur, toen Ritter dood werd gevonden...

Jensen spon zijn hypothese niet verder uit. Hij wilde het niet. Er moest een andere verklaring zijn, eentje waarbij de kinderen geen verdachte werden. ESPERANZA, schreef hij op zijn notitieblokje. De vrouw die voor de jongens bad. Het is een geheim, had Rick gezegd. Elk detail was opeens belangrijk. Hij schreef ook nog op: HUNAHPU en XBALANQUE, de namen die Ritter had genoemd. 'Het is een tweeling: Hunahpu en Xbalanque.' Jensen had het gevoel dat hij de namen eerder had gehoord. Het klonk Azteeks. Hij zou het thuis op internet opzoeken.

Hij onderstreepte MOEDER BELLEN twee keer en betaalde. Het was bijna vier uur en hij wilde absoluut nog met Balasundaram spreken over de doodsoorzaak, waarvan hij, na het merkwaardige vertrek van de kinderen, nog vuriger dan voorheen hoopte dat het een natuurlijke was.

7

Het Sint-Jan-ziekenhuis lag buiten de nieuwbouwgordel van Brugge, omgeven door kale akkers en autowegen. En zoals altijd als Jensen hier beroepsmatig kwam, verstijfde hij vanaf het moment dat hij de foyer binnenliep en de ziekenhuislucht inademde. Het was een lucht die op zich naar niets speciaals rook, maar waarin je allerlei geuren vermoedde: de stank van pus, bloed, rottend vlees en wanhoop.

De mensen spraken met gedempte stem. Dokters en verpleegkundigen passeerden hem geluidloos op hun witte gezondheidsschoenen. Een moeder met vermoeide en behuilde ogen mopperde op haar kind dat het de bos chrysanten in zijn handjes recht moest houden. Ze sjorde aan de kraag van het kind en streek met haar hand het haar uit zijn gezicht.

Pathologie bevond zich op de achtste verdieping. Jensen wachtte op de lift. Een oudere man zat in een van de wachtruimtes op een plastic stoeltje. Toen hij werd opgehaald door twee broeders, pakte hij zijn versleten koffertje op en liep met ze mee. Hij drukte het koffertje aan zijn borst als een klein kind een pop. Jensen kreeg in het voorbijgaan even oogcontact met de man en zag besef. Geen hysterie, geen paniek, maar de angst van iemand die de tijd heeft gekregen te wennen aan en te berusten in zijn lot.

Jensen wendde zijn blik af. Je werd deelgenoot, waar je ook keek. De lift kwam maar niet. Terwijl hij steeds ongeduldiger werd, zocht Jensen zijn toevlucht in de aan al dit leed en vervlogen hoop ten grondslag liggende elementaire waarheid. En die luidde dat zieke, zieltogende, door pijn getergde en broze mensen uit bijna onsterflijke grondstoffen bestonden. De protonen, neutronen en elektronen waar hun lichamen uit bestonden, waren veertien miljard jaar oud, zo oud als het universum zelf, en toch bleven ze jong. Sommige atomen, zoals de ijzeratomen, konden zich beroepen op een poëtische afkomst. Ze waren miljarden jaren geleden in verschroeiende zonnen ontstaan, in de diepten van het universum, en via allerlei omwegen op aarde terechtgekomen. De oude man die nu ondersteund door broeders met zijn koffer door de automatische klapdeur richting oncologie verdween, was een wezen uit sterrenstof. Sterrenstof dat nu dit individuele sterfelijke lichaam vormde, maar dat in de loop der tijden al in talloze andere levensvormen had gezeten: eiken, dauwdruppels, riet, een dinosauriër, een rendierjager, een Babylonische boerin, een Normandische schildknaap. Mocht de oude man het ziekenhuis niet levend verlaten, droeg een aantal van zijn atomen over vijftig of honderd jaar bij aan de schoonheid van de chrysanten die een moeder in het ziekenhuiswinkeltje kocht en haar kind in de hand duwde om het aan een doodziek mens te geven.

De dood zou zijn overwonnen, dacht Jensen, als je erin slaagde je niet met jezelf te identificeren maar met het grote geheel.

Eindelijk ging de deur van de lift open. Er kwam een hele stoet mensen naar buiten. Sommigen hadden een rijdende infuuspaal bij zich waar een zakje met een fysiologische zoutoplossing hing. Hoofdzakelijk waterstof, dacht Jensen, vlak na de oerknal ontstaan.

Jensen meldde zich op de achtste verdieping bij de assistente. Ze was nieuw. Hij kende haar niet. Hij toonde zijn penning en vroeg naar dokter Balasundaram.

'Hij doucht,' zei ze.

'Ik wacht wel.'

'Het kan wel even duren.'

'Dat weet ik.'

Jensen ging op een bankje in de buurt van de doucheruimtes zitten. Bij Pathologie was het van nature stiller dan op de andere afdelingen van het Sint-Jan. Eigenlijk kwam dat omdat het geluid hier bijna uitsluitend werd veroorzaakt door machines, luchtverversers. Zonder luchtverversers zou het werk in de obductieruimte ondraaglijk zijn, helemaal in een stad waarin de helft van alle zeventigjarige mensen alleenstaand was. Vrouwen vooral, van wie de man gestorven was en de kinderen naar Antwerpen of Brussel waren verhuisd, met drukke banen. Ze lagen vaak twee, drie weken dood in hun huizen, maar ook een of twee maanden waren geen uitzondering, en als ze dan in een lijkzak hiernaartoe werden gebracht en op de obductietafel terechtkwamen, begonnen de luchtverversers luidruchtig te zoemen. In de luchtschachten ruiste het alsof het stormde, terwijl in de nevenruimte de pathologen hun mondkapjes voor deden, hun plastic schorten om bonden, hun mutsjes opzetten, hun latex handschoenen aantrokken en daar nog een paar overheen. En als ze de zaal betraden en het bijna vloeibare vlees met gemak opensneden, kroop de stank al onder hun beschermende kledij, hoe dubbel en dwars het ook over elkaar heen getrokken was. De stank van een sterk verweesd lijk was een wezen, een creatuur. Het was al vaak met brute kracht tegen Jensen opgesprongen als hij de voordeur bij zo'n in vergetelheid geraakt mens had moeten openbreken. Het stankmonster was onbeschrijflijk. Het was het monster en niet het lijk dat de dood representeerde en wie het niet kende, kon zich niet voorstellen hoe het bezit van je nam. Binnen luttele seconden beet het zich vast in je kleding, in elke porie van je huid. Je haar stonk zelfs na lang douchen nog. Alles wat de moeite niet loonde om het intensief te reinigen, zoals een pen of een dasspeld, kon je wel weggooien.

Balasundaram douchte erg lang. Jensen luisterde nu al bijna twintig minuten naar het ruisende water. Dat betekende dat de patholoog met een erg verweesd lijk te maken had gehad en dat Jensen, als Balasundaram de douche had verlaten, daar nog een vleugje van zou ruiken als de duivel het wilde.

De gang was lang en verlaten op een Marokkaanse na, die helemaal aan het einde van de gang met een bezem een vochtige dweil voor zich uit duwde. Lusteloos omcirkelde ze voortdurend dezelfde plek. Ze deed geen moeite voor Jensen de schijn op de houden.

Eindelijk ging de deur van de douche open. Stoom ontkwam naar buiten, gevolgd door Balasundaram in fris gewassen vrijetijdskleding; een Indische prins die de goden een adembenemende schoonheid hadden toebedeeld op voorwaarde dat hij zijn leven in een dorp als Brugge tussen de lijken sleet. Op het bureau deed het verhaal de ronde dat na elk personeelskerstdiner, waar behalve de echtgenotes ook Balasundaram was uitgenodigd, de vrouwen zich erg moesten beheersen niet voor dood te spelen om in de obductieruimte tien minuten alleen te mogen zijn met Balasundaram.

'Sorry dat ik zo vlak voor je vrije avond nog stoor,' zei Jensen.

'Op vrije avonden ontmoet je vrienden,' zei Balasundaram en hij gaf Jensen een hand. 'Fijn je te zien. Ik ben blij dat je gekomen bent, hoewel ik eigenlijk niet met je mag praten.'

'Dupont?'

'Hij belde me vanmiddag. Om het uur. Elke keer waarschuwde hij me dat ik je geen informatie over de sectie mocht prijsgeven. Hij zei dat je van deze zaak bent afgehaald en in zijn ogen niet veel meer waard bent dan een opgeblazen nikker.'

Balasundarams insinuatie had betrekking op een ontsporing van Dupont twee jaar geleden. Hij had toen bij een pilsje in aanwezigheid van een paar jongere rechercheurs van leer getrokken tegen Belgische vrouwen die een destijds gedetineerde Afrikaan liefdesbrieven hadden gestuurd. Dat was abnormaal, net als de geilheid van bepaalde dames als het om Balasundaram ging, 'die opgeblazen nikker'. Een van de aanwezigen had het verhaal de volgende dag verbolgen doorverteld aan Balasundaram, wiens ouders overigens uit Calcutta kwamen.

'Tot zover mijn vriend Dupont,' zei Balasundaram. 'En nu wil ik je het lichaam graag laten zien. Je wilt het toch zien? Ik kan het alleen maar aanraden, want het is echt uitzonderlijk.'

Dat klinkt niet goed, dacht Jensen. Hardop zei hij: 'De doodsoorzaak staat dus nog steeds niet vast?'

'Nee. En als je die man ziet, snap je ook waarom.'

Jensen volgde Balasundaram het mortuarium in, een ordentelijk oord. De doden lagen in genummerde koelvakken en verder was hier niets, behalve een briesje koele lucht dat langs Jensens voorhoofd streek. De luchtververser zoemde, het plafondlicht was fel. Balasundaram trok een paar witte wegwerphandschoenen aan en trok vak 8 open. De zwarte lijkzak bolde op in het midden. Je had verschillende maten. Ritter zat in een te kleine zak.

Balasundaram trok de rits open. Het lijk lag nu naakt voor hen. Het was Jensen volkomen vreemd. Hij herkende Ritters gelaatstrekken wel, maar wat hij zag had niets meer te maken met de man die hij twee dagen geleden had gesproken. Het lijk was een grijze vertekenende afbeelding van de persoon, verder niets. Een y-vormig litteken, gevolg van de sectie, liep van de schouders tot het schaamhaar. Jensen zocht naar verwondingen, maar op het eerste gezicht leek het lichaam ongeschonden.

'Ik weet waar je naar zoekt,' zei Balasundaram. 'Dupont heeft me alles verteld. Deze man was bij jou omdat hij van mening was dat hij bedreigd werd. En jij zoekt nu naar sporen van lichamelijk geweld en bent blij dat je niets kunt ontdekken.'

'Ja, maar?'

'Geen maar. Wil je dat ik hem omdraai? We kunnen ons de moeite besparen als je me gelooft dat we daar ook niets zullen vinden. Niet het kleinste wondje. Ik heb de huid centimeter voor centimeter afgespeurd, gekeken of ik ook maar een prikje vond. Maar er is niets. De huid van de man is volkomen intact, hij heeft nog niet eens een blauwe plek. En toch is hij zonder twijfel dood. Waar denk je dan dus aan?'

'Aan een beroerte, een infarct, een of andere ziekte.'

'Juist,' zei Balasundaram. 'Want als iemand door een ongeval omkomt, je hem doodschiet of je hem een mes in de borst ramt, gaat de huid kapot. Kan niet anders. Kneuzingen, schaafwonden, sneetjes...'

Waarom vertelt hij me dit? dacht Jensen. Wat is er verdorie aan de hand?

'...Wurgtekens, je vindt bij slachtoffers van ongelukken en moord altijd laesies. Dus denk je in dit geval, zoals je al geheel juist opmerkte, aan een hartinfarct, een beroerte of het falen van organen, om welke reden dan ook.'

Balasundaram keek peinzend naar Ritter. Zijn mooie gezicht vormde een obsceen contrast met het opgezwollen, door het litteken misvormde lijk.

'Maar deze man was op het tijdstip van overlijden gezond,' vervolgde hij zijn relaas. 'Oké, misschien niet helemaal gezond. Le-

59

vercirrose, hartvergroting, de man was zwaar alcoholverslaafd. Zonder wijziging van zijn levenswijze zou hij wellicht binnen tien jaar ook in deze zak terecht zijn gekomen. Maar nu nog niet. Nee, Jensen. We hebben hier te maken met dodelijk inwendig letsel zonder uitwendige laesie, met zeer zwaar inwendig letsel, schijnbaar ontstaan zonder inwerking van buitenaf. Ik heb dit nog nooit gezien. Ik sta voor een raadsel.'

'En wat voor inwendig letsel is het?'

'Een ruptuur van de aorta. Toen ik hem opensneed zag ik dat zijn organen zwommen in het bloed. En al vrij snel daarna ontdekte ik de oorzaak daarvan. Zijn aorta was gescheurd. Om precies te zijn de aorta abdominalis. Een keurig scheurtje, een sneetje bijna. Het kan niet lang hebben geduurd. Twee minuten voor de dood intrad.'

'Ogenblikje,' onderbrak Jensen. 'Je hebt het tegen een leek. De aorta is de kransslagader, nietwaar?'

'Hij ontspringt in de linkerhartkamer en loopt langs de wervelkolom de buikholte in, hier.' Balasundaram streek met een vinger over het onderste uiteinde van het litteken. 'Het is de stam van het bloedcircuit. Van hieruit worden alle lichaamsdelen en organen met bloed verzorgd. Bij sommige mensen ook de hersenen.'

'En wat zijn de mogelijke oorzaken voor zo'n scheurtje?' Jensen koesterde hoop. Klonk het nu niet toch als ziekte, zoiets als een beroerte misschien?

'Een aortaruptuur,' zei Balasundaram, 'is op zich niets bijzonders. Het komt niet vaak voor, maar gebeurt af en toe. Er zijn twee mogelijke oorzaken voor: een zwaar auto-ongeluk of letsel door een mes of een ander scherp voorwerp. Maar in beide gevallen is er primair letsel zichtbaar, snap je? Ik kan het alleen maar herhalen: een ruptuur van de aorta is niet plausibel zonder uitwendig letsel. In elk geval heb ik er geen verklaring voor. Er is in de mij bekende medische literatuur geen vergelijkbaar geval. Als je mij vraagt waar deze man aan overleden is, antwoord ik: aan zware inwendige bloedingen. Maar als je dan van me wilt weten hoe het tot die bloedingen is gekomen, moet ik toegeven dat ik geen flauw idee heb. Daarom is er ook nog geen autopsieverslag. Ik zou het niet kunnen verantwoorden. Ik heb in dit geval hulp nodig, dat geef ik openlijk toe. Ik heb professor Jan de Plancke gebeld en hem het geval voorgelegd. Hij komt morgen om het lichaam te onderzoeken. Hij was erg geïnteresseerd. Geen wonder. Maar ik zie aan je gezicht dat de naam De Plancke je niets zegt.'

'Nee.'

'Hij is een van de meest gerenommeerde pathologen van Europa. Ik heb bij hem gestudeerd. Hij leidt onder andere het Centrum voor Gerechtelijke Geneeskunde in Brussel. Ik ben echt benieuwd wat zijn conclusies zijn.'

'Ja,' zei Jensen. 'Als ik je goed begrijp kan er momenteel dus niets worden uitgesloten: geen ongeluk, geen ziekte, geen moord.'

'Nou ja, je kunt het ook omgekeerd, iets meer spookachtig formuleren: namelijk dat integendeel, op dit moment, alle drie door jou genoemde oorzaken kunnen worden uitgesloten, althans volgens mij.'

Balasundaram trok de rits van de lijkzak weer dicht en schoof de baar terug in het vak. 'Maar maak je geen zorgen,' zei hij bij het afscheid, 'de dood van deze man mag dan voorlopig een medisch raadsel zijn, maar daarvan zijn er meer dan genoeg. Elke dag is er wel ergens een arts verbaasd over een vuistdikke tumor die opeens is verdwenen of over een man die zonder kwetsuur naar huis kan, nadat hij tussen twee vrachtwagens ingeklemd heeft gezeten. En in ons geval hier, beste Jensen, denk ik pas in laatste instantie aan moord. Bij moord zou je aan heel geavanceerde apparatuur moeten denken, zoiets als een tot nu toe onbekend stralingswapen waarmee je een aorta kunt kappen zonder de huid te verbranden. Dat betekent dat we bij de dader bijna moeten gaan denken aan een buitenaards wezen, vind je ook niet?'

Jensen reed met de bus terug naar het centrum van Brugge. Het was vroeg donker geworden. Bliksemschichten sierden de horizon, de regen viel loodrecht naar beneden.

Bij een halte stapten drie jongemannen in. Ze schudden lachend het water uit hun haar en hadden plezier in het protest van oudere passagiers die wegdoken voor de rondspattende druppels. Er ontstond een luidkeelse ruzie, zoals zo vaak in Brugse bussen waarin de inwoners van de stad eindelijk onder elkaar waren, zonder toeristen, en je dus net als tijdens een familiefeestje om iets futiels vreselijk kon gaan zitten schelden op elkaar. Als een soort uitlaatklep voor het feit dat je je in de stad, tussen al die vreemdelingen, voortdurend moest beheersen.

Op het marktplein stapte Jensen uit. Het was opeens opgehouden met hard regenen en dus wachtte hij niet op de aansluitende verbinding, maar ging hij de rest van de weg naar de Timmermansstraat te voet. Hij voelde zich raar, alsof hij een griepje onder de leden had.

Hij bleef staan voor een kruidenierszaak en keek door de etalageruit naar een met blikjes bier gevulde ijskast. Vanavond had hij zin, en volgens hem ook al het recht van de wereld, weer eens iets meer te drinken dan zijn dagelijkse rantsoen van drie blikjes. Hij kocht zes blikjes Duits bier, waarvoor hij zich, zoals altijd, schaamde. Het was alsof je in Florence oploskoffie bestelde. Maar hoe beroemd het Belgische bier ook was, het smaakte hem na vijftien jaar nog steeds niet.

Hij bereikte al snel de minder drukke steegjes van het Sint-Annakwartier, in het noorden van de oude stad. Hier ontmoette je zelden mensen met stadskaarten in de hand, want hier waren geen bezienswaardigheden. Hij droeg de Duitse blikjes in een dunne plastic tas de Timmermansstraat in.

Hier ben ik thuis, dacht hij verwonderd toen hij de deur opendeed. Klamme kilte en de reuk van het nog steeds vuile vaatwerk kwamen hem tegemoet. Het was zomer. Dus deed hij het kleine elektrische kacheltje aan. Hij zette het zo neer dat hij op de bank kon zitten zonder jas aan.

Hij maakte een blikje open en nam een slok. Opeens realiseerde hij zich hoe onrechtvaardig alles eigenlijk was. Het was onrechtvaardig. Niet alleen had Ritter hem in zijn dood verstrikt en lag hij nu vanuit zijn koelvak met een beschuldigende vinger naar Jensen te wijzen, zo van: jij zou schuldig kunnen zijn! Nee, nu was Ritters dood ook nog een medisch raadsel. De man had uitgerekend de meest exotische dood uitgezocht. Ruptuur van de aorta, een dood waarbij zelfs een uitstekend patholoog als Balasundaram – oké Brugge was maar een provinciestad, maar hij was wel een ervaren vakman – het antwoord schuldig bleef. Als de doodsoorzaak niet als een paal boven water zou komen te staan, en daar zag het momenteel erg naar uit, zou er altijd een zweem van medeschuldigheid om Jensen heen blijven hangen. En niet Dupont of mijn collega's zijn het probleem, dacht Jensen, het probleem is wat je van jezelf denkt.

Hij liep zijn kantoortje binnen. Het bevond zich naast de keuken en was eigenlijk bedoeld als voorraadkamer, maar Jensen had geen voorraden. Hij logde in op het netwerk van het bureau. Zijn wachtwoord werd geaccepteerd. Dat betekende dat Dupont hem de toegang tot intranet nog niet had ontzegd. Hij riep het dossier Ritter op, maar vond nergens het telefoonnummer van de moeder van Rick en Oliver. Dupont had het nummer allang moeten opsporen om de vrouw op de hoogte te brengen van wat er gebeurd was. Hij was echt een ontzettend nalatig mens, streefde voortdurend naar een toestand van zo min mogelijk energieverbruik, net als een elektron.

Jensen belde met de internationale inlichtingendienst van het telefoonbedrijf, maar in Holbrook, Arizona stond niemand geregistreerd onder de naam Ritter. In de andere deelstaten daarentegen wel honderden, dus zo kwam hij niet verder.

Een geheim nummer, dacht Jensen. Dat was niet ongebruikelijk bij welgestelde mensen en wie zich zoals Ritter een suite kon veroorloven in De Tuilerieën, leed niet aan geldgebrek.

Jensen belde met het hotel en vroeg of een mevrouw Ritter wellicht inmiddels naar haar man en kinderen had gevraagd. De man aan de andere kant van de lijn, een hotelmedewerker wiens Franse accent de scherpe kantjes van het Vlaamse dialect lichtvoetig overspeelde, zei van niet. Er had niemand gebeld.

Jensen leunde achterover in zijn bureaustoel, dronk bier en staarde naar de muur achter zijn beeldscherm. Hij kon op dit moment niets beters verzinnen. Hij had met de moeder willen spreken en dat was dus niet mogelijk. Het zou kunnen zijn dat de kinderen naar haar onderweg waren, maar het hoefde niet. Er was eigenlijk maar één manier om dat vast te stellen. Ze waren vandaag ergens heen gevlogen. Dus moesten hun namen op een passagierslijst staan.

Jensen maakte nog een blikje open. Het beloofde een lange avond te worden. Hij riep op internet een lijst op van de luchtvaartmaatschappijen die de afgelopen middag overzeese vluchten vanuit Brussel hadden aangeboden. Daarna tikte hij het eerste telefoonnummer in, beseffend dat het niet makkelijk zou worden. Maar achter elke veiligheidsmaatregel stonden mensen en dat was een troostende gedachte, want van die mensen en niet van de veiligheidsmaatregelen, hing de veiligheid uiteindelijk af. Luchtvaartmaatschappijen gaven geen informatie over hun passagierslijsten, tenzij je je gewapend met een legitimatiebewijs en een officieel bevel als lid van een opsporingsinstituut uitgaf. Of je vond iemand die je aan de telefoon gewoon geloofde dat je die papieren had. En Jensen was kennelijk erg overtuigend. Hij kreeg van alle maatschappijen die hij belde informatie. Waren er twee passagiers met de namen Rick en Oliver Ritter aan boord? Een ogenblikje meneer, ik kijk het even na. Negen keer kreeg hij nul op het rekest, bij de tiende keer sprak hij met iemand van AeroMexico.

'Ja, vlucht AM4589, Brussel – Monterrey, Mexico, via Miami. Volgens plan gestart om 11.15 uur. Rick en Oliver Ritter, business class,' zei de medewerker.

'Weet u het zeker?' vroeg Jensen. 'Mexico, niet Arizona?'

'Ik weet het heel zeker, want ik kan heus lezen, meneer de inspecteur. Het staat hier, op mijn beeldscherm. Ze zijn naar Monterrey gevlogen.'

'En waar werd de vlucht geboekt?'

'Escobedo Airport, Monterrey.'

'Wanneer?'

'Gisteren. De boeking staat geregistreerd om 16.05 uur lokale tijd.'

'U bedoelt Mexicaanse lokale tijd?'

'Ja, lokale tijd Monterrey.'

Maar dat kon helemaal niet! Jensen rekende snel na. Acht uur tijdverschil tussen België en Mexico, acht uur terug. Dat betekende dat de tickets een uur na Ritters dood gekocht waren. Een uur erna. Om middernacht, lokale tijd België.

Jensen voelde zijn gezicht warm worden. Maar misschien vergiste die medewerker zich wel.

'Dat kan niet,' zei hij. 'Weet u zeker dat het gisteren was? Niet vanochtend vroeg? Let u even op het tijdverschil. Misschien haalt u de dingen door elkaar.'

'De dingen door elkaar halen? Ik kijk gewoon op mijn beeldscherm, meneer. Wat valt er door elkaar te halen? Ik lees hier dat de boeking gisteren om 16.05 uur is gedaan. Maar natuurlijk worden er soms fouten gemaakt, nietwaar inspecteur? Soms zijn de mensen niet zo precies. Misschien heeft iemand een tikfout gemaakt, weet ik veel. Ik zie alleen maar wat ik zie.'

'Is goed,' zei Jensen. Gisteren, een uur na Ritters dood. Het moest een vergissing zijn. Of niet? 'Hoe is er betaald? Creditcard?'

'Nee. De boeking is cash betaald. Anders zou ik dat hier zien, inspecteur.'

'Ik zou graag willen spreken met iemand van het grondpersoneel, een hostess of een steward die op deze vlucht stond.'

'Dat is helaas niet mogelijk,' zei de medewerker. 'Dat is tegen de voorschriften. Die zijn streng en ik moet me eraan houden.'

'Het is heel belangrijk.'

'Sorry.'

'U hebt de voorschriften al geschonden toen u mij informatie over de passagierslijst gaf!'

'U bent van de politie, daarom heb ik dat gedaan!'

'U had mij telefonisch helemaal geen informatie mogen geven!'

De medewerker vloekte nerveus. 'Goed dan,' zei hij. 'Ik zal kijken wat ik kan doen. Blijf aan de lijn.'

Een paar minuten later kreeg Jensen de naam en het mobiele nummer van Julia Gomez, een stewardess.

Hij had geluk. De vrouw nam de telefoon op.

'Ja, ja, een tweeling,' zei ze in een haastig klinkend, niet helemaal zuiver Engels. 'Ik heb ze pas een uur geleden verlaten, *angelitos*, helemaal alleen, wezen. Het ging me heel in het hart.'

'Wezen?' vroeg Jensen. Hij beschreef Rick en Oliver: tien jaar oud, blond, tenger, erg op elkaar lijkend.

'Ja, ja, dat zijn ze! Net zoals u zegt. Het zijn wezen. Ik vroeg ze: worden jullie in Monterrey opgehaald door jullie... hoe zeg je dat...'

'Ouders?'

'Ja, ouders. En toen zeiden ze: onze ouders zijn dood. Niemand is er meer. En toen heb ik ze snoep gegeven, het deed zo'n pijn in mijn hart, chocola en resten van de cake aan boord.'

'Wie heeft ze in Monterrey opgehaald, weet u dat?'

'Ja, ik weet. Ik heb de kinderen gebracht, een uur geleden, op de luchthaven, naar het punt van ontmoeting. Het was een *campesina*.'

'Een boerin?'

'Ja, boerin. Een dienstmeisje, maar al heel oud en niet van bijzonder goeden huize. Haar kleren waren slecht, vies. Ik wist niet zeker: mag ik de kinderen met deze vrouw mee laten gaan? Maar de kinderen zeiden: jawel, wij kennen deze vrouw. Ze is goed. We gaan met haar mee.'

'Waarheen? Waar zijn de kinderen met haar naartoe gegaan?'

'Maar dat ik weet toch niet,' zei de stewardess. 'Ik kan niet weten. Ik moest weer terug naar het vliegtuig, naar de hoofdstad. Is iets niet in orde? Waarom belt de politie? Ik begrijp het niet. De kinderen wilden naar de campesina. Ze zeiden, deze vrouw is goed, wij gaan met haar mee.'

De stewardess was bijna in tranen. Jensen troostte haar. Hij zei: 'Alles is in orde. Het gaat goed met de kinderen. Ik stel alleen maar routinevragen.' Daarna bedankte hij haar en beëindigde hij het gesprek.

Gisteren, dacht hij. Een uur na Ritters dood.

Het was inmiddels laat geworden. De Sint-Anna sloeg middernacht. Jensen was moe. Hij had zes blikjes bier gedronken. Hij was moe en een beetje dronken en dat was nogal misplaatst. Hij was aangeschoten en hier klopte iets helemaal niet. Hij had nu een helder verstand nodig gehad. Of de moed uit alle merkwaardigheden de goede conclusie te trekken.

Hij liep de woonkamer in. De wind had een kapot raam opengeduwd. Bijna alle ramen waren kapot, maar dit raam was het ergst. Buiten spatte de regen op de keien. Bij de overburen flikkerde een televisie. Jensen kende de naam van de buurman niet. Het was een alleenstaande oudere man, dat wist hij, en de televisie had vanochtend al geflikkerd. Misschien was de man in zijn luie stoel overleden. Op die plek vond je ze vaak.

Jensen bleef even bij het raam staan en ademde de koele, zwart aandoende lucht in. Er was geen straatverlichting, alleen een klein portieklicht aan het einde van de steeg.

Naar Mexico, dacht hij. Opgehaald door een boerin. Waar lag Monterrey eigenlijk precies? Hij zou graag op bed zijn gaan liggen slapen, maar hij wist dat het hem niet zou lukken, dat zijn gedachten in kringetjes zouden blijven draaien en hem wakker zouden houden. Dus ging hij weer achter de computer zitten en typte hij Monterrey in op de zoekmachine.

Miljoenenstad in het noordoosten van Mexico. Belangrijke Latijns-Amerikaanse industriestad. Een foto met daarop een lelijk stadsbeeld illustreerde het industriële van Monterrey. Het was nauwelijks denkbaar dat goed gesitueerde Amerikanen als de Ritters hier een vakantiehuisje hadden, hoewel Monterrey vanuit Phoenix, de grootste stad van Arizona, binnen twee tot drie vlieguren bereikbaar zou zijn geweest. Naar Monterrey kwam je als Amerikaan hoogstens met zakelijke motieven. Dus wat had Rick en Oliver bezield naar deze stad te vliegen met tickets die een uur na de dood van hun vader door een onbekende persoon waren geboekt?

Angelitos, engeltjes. 'Als we hulp nodig hebben, bidden we. Dan stuurt God zijn engel. Die met het zwaard,' had Oliver gezegd. En Balasundaram had gezegd dat je de dader in het rijk van de buitenaardse wezen moest zoeken.

Jensen ging de badkamer binnen en waste zijn gezicht met koud water. Misschien was het allemaal gepland geweest. Misschien hadden Rick en Oliver geweten dat hun vader niet naar het hotel terug zou komen. Ritter verliet 's avonds het hotel en zij wisten dat ze hem voor het laatst hadden gezien en dat ze de volgende dag naar Monterrey zouden vliegen. Een uur na Ritters dood kocht iemand de tickets. Alsof er op het moment was gewacht. En dan die eigenaardige doodsoorzaak.

Jensen poetste zijn tanden lusteloos. Ze moesten binnenkort sowieso allemaal getrokken worden. Uiterlijk over tien jaar. Het tandvlees had zich teruggetrokken, het kaakbeen was achteruitgegaan, zijn tanden zaten los. De dood haalde de mens stukje bij beetje.

Jensen ging op bed liggen. Voor hij in slaap viel, dacht hij: ik vlieg naar Holbrook.

8

Is het universum plat of bol?

Jensen aarzelde. Hij wist het niet meer precies.

Plat, antwoordde hij. Bijna plat althans.

En wanneer is het ontstaan?

Veertien miljard jaar geleden, zei hij.

Hoe weet u dat?

Ik heb het gelezen.

Gelooft u altijd alles wat u leest?

Eigenlijk wel, zei Jensen. Je kunt uitrekenen hoe oud het universum is aan de hand van de Hubbleconstante.

Weet u dat zeker?

Natuurlijk. De reciproke waarde van de Hubbleconstante komt ongeveer overeen met de leeftijd van het universum.

En wat was er in den beginne? Kunt u ons dat beschrijven?

In den beginne was er niets. Alle energie van het universum was op een punt van oneindige dichtheid geconcentreerd, een punt zonder expansie. Er bestond geen tijd en geen ruimte. Het niets bestond nog niet eens. Het universum bestond op dat moment niet.

Dat druist in tegen de verworven inzichten, zei iemand. In het begin was het Woord, het Woord was bij God, en God gaf u het woord.

Mij? Jensen glimlachte. De theorie van de oerknal is onbetwist. Die van kosmische inflatie is slechts een aanvulling. De m-theorie interpreteert de oerknal weliswaar anders, maar...

Het woord was aan u, onderbrak de stem. En u gaf het God terug in de vorm van een gebed. En God verhoorde uw gebed.

'Dat is gelogen!' schreeuwde Jensen.

Hij ging rechtop in bed zitten. Het was licht in de kamer. Hij bleef even zitten tot de verontwaardiging waarmee hij wakker was geworden, was gezakt. Tien uur. Buiten veegde de regen schuin langs het slaapkamerraam.

Jensen liep de badkamer in. Hij voelde zich te moe voor een douche. Hij waste zijn voeten om zich niet al te smerig te voelen.

Vandaag is het woensdag, dacht hij, terwijl hij in de keuken havervlokken in een kommetje deed. Nog drie dagen tot het officiële afscheid. Officieus had het eigenlijk al plaatsgevonden, dus voelde hij zich niet geroepen Dupont te melden dat hij niet kwam. Hij moest alleen Stassen bellen, voor het geval die nog bezig was met een afscheidsspeech. Jensen vond het wel zo fatsoenlijk zijn collega te zeggen dat het de moeite niet loonde, zoals de zaken er nu bij stonden.

Het vaatwerk in de gootsteen en vooral dat op de kleine eettafel leek wel verdubbeld de afgelopen nacht. Jensen vond geen plek meer voor zijn kommetje havervlokken. Ik heb een schoonmaakster nodig, dacht hij en hij nam zijn ontbijt mee de woonkamer in. Hij realiseerde zich hoe onzinnig het idee van een schoonmaakster was. Hij had eerder iemand nodig die hem erop wees dat het zo niet door kon gaan.

Met lange tanden at hij zijn ontbijt op de bank. De fruitvliegjes uit de keuken waren meegekomen. Heel langzaam zweefden ze boven Jensens ontbijt. Ze hadden het prima gevonden als Jensen ter plekke dood zou zijn omgevallen. Dan hadden ze zich zonder risico kunnen laven aan de melk en later ook aan hem.

Bij de overbuurman flikkerde het televisielicht weer, net als gisteren. Jensen maakte zich geen illusie over zijn lot als hij zou worden getroffen door een plotselinge hersendood. Op het bureau rekende niemand er meer op dat hij nog kwam en ook Stassen zou zich pas na één, waarschijnlijker nog na twee weken zorgen beginnen te maken over het feit dat Jensen nu toch wel lang niets van zich had laten horen. Dan zouden er nog twee weken verstrijken waarin Stassen zichzelf geruststelde met gedachten als: is toch logisch, de man is op reis, geniet van zijn vervroegd pensioen, denkt niet meer aan mij, we waren eigenlijk ook nooit echt bevriend. Zonder schrik, maar toch wel een beetje verrast kwam Jensen tot de conclusie dat hij zelf nog wel eens als een van die sterk verweesde lijken zou kunnen eindigen die pas werden gevonden als er iemand van het gas en licht langskwam om af te sluiten.

In een opwelling schoot hij met zijn blote voeten in zijn schoenen en sloeg hij een leren jack om. Gebukt, alsof hij dan minder nat zou worden, liep hij door de regen naar de overkant en belde aan. Na een tijdje deed de oude man de deur open. Hij rook naar alcohol en zijn bretels hingen los om zijn middel.

Jensen zei: 'Sorry dat ik stoor, maar mijn naam is Jensen. Ik woon hier tegenover. Ik wilde me even voorstellen.'

'Ja, en?' zei de man. 'Wilt u binnenkomen?'

'Nee, dank u. Maar een ander keertje graag. Rotweer.'

De man haalde zijn schouders op.

'Oké, dan maar weer.'

Ze gaven elkaar zwijgend een hand.

Het regende pijpenstelen nu. Jensen trok zijn jack over zijn hoofd en haastte zich terug naar zijn eigen huis. Het begin was gemaakt. Misschien werd het ooit zo dat ze elkaar een beetje in de gaten hielden, al was het maar om te voorkomen dat Balasundaram ooit een uur lang de stank van hun lijken van zich af zou moeten douchen. Terug op de bank dacht hij: je wordt raar.

Hij belde de luchtvaartmaatschappij waarvan hij het nummer inmiddels kende, en informeerde naar vluchten naar Arizona. Holbrook zelf had geen luchthaven, dus boekte hij de eerst mogelijke vlucht naar Phoenix. Overstappen in Chicago, vertrek vrijdag. Daarna belde hij Stassen.

'Ik vlieg vrijdag naar Amerika, maar dat blijft tussen ons. Geen woord tegen Dupont. Ik wil alleen dat jij het weet. Vanwege de speech.'

'Ik snap het,' zei Stassen zacht. Hij zat op het bureau en de collega's spitsten vast hun oren. 'Heeft het met de zaak te maken?'

'Ja, het heeft met de zaak te maken.'

'Ik heb gehoord dat er nog niets concreets bekend is. Een zekere professor gaat het lijk nu onderzoeken. Het slachtoffer had overigens twee kinderen. Heb jij die gezien?'

'Ja.'

'Je noemt ze niet in je rapport,' zei Stassen nu bijna onhoorbaar zacht. 'Dat bazuint Dupont nu overal rond. Het lijkt daardoor net of je de zaak niet serieus hebt genomen.'

'Ik had daar zo mijn redenen voor,' zei Jensen kort. Hij had geen zin meer in dit gesprek. Gelukkig ging op dat moment de bel. 'Ik moet ophangen. De bel gaat. Tot gauw.'

'Het ga je goed,' zei Stassen op een zeldzaam definitieve toon.

Jensen liep naar de voordeur in de overtuiging dat zijn overbuurman had aangebeld. Wie anders? Ik heb slapende honden wakker gemaakt, dacht hij. Waarschijnlijk kwam die oude vent nu elke dag langs en werd hij steeds spraakzamer. Hij deed de deur open met een onvriendelijk gezicht om de buurman onmiddellijk te ontmoedigen.

Voor de deur stond een vrouw. Ze was iets groter dan Jensen en helemaal in het zwart gekleed. Een raaf. Ze had een kort zwart pagekapsel, haar regenmantel was zwart, de paraplu en haar broek ook, en ze droeg een zwarte zonnebril. In de regen. Het enige lichte aan haar was haar gezicht. Het was ongezond licht. Een knap, elegant gezicht met mooie lippen.

Ze zei: 'Bent u Hannes Jensen?'

Ze sprak accentvrij Vlaams, maar toch had Jensen het idee dat ze een buitenlandse was.

'Dat klopt,' zei hij. 'Moet u mij hebben?'

Ze had haar paraplu dichtgeklapt. De regen druppelde nu van de kapotte dakrand op haar schouders. 'Ik zou graag even met u praten,' zei ze pinnig.

'Waarover, als ik vragen mag?'

'Over die man, die Amerikaan. Brian Ritter.'

Even was Jensen sprakeloos.

'Ik heb het op de radio gehoord,' zei de vrouw. Ze klapte haar paraplu weer uit. 'En op het bureau zei men mij dat u op de zaak zit, of zat.'

'U bent hier om Brian Ritter? Kende u hem dan?'

'Het regent,' zei de vrouw.

'Ja. Natuurlijk. Komt u toch binnen.'

Jensen deed een pas opzij. Hij verbaasde zich nergens meer over.

Niet over het feit dat de vrouw met een dunne, witte stok – die hij nu pas opmerkte – zijn been even aanraakte en ook niet dat ze in het halletje zei: 'U moet hier eens luchten. Het ruikt hier niet goed.'

'Ik heb geen schoonmaakster,' zei Jensen verontschuldigend. 'Hierlangs, alstublieft.' Hij pakte haar voorzichtig bij haar arm. Met een overdreven heftige beweging trok ze haar arm terug. 'Rechtdoor,' zei Jensen.

De vrouw tastte met haar stok de deurpost af en ging de woonkamer in. Met de zekerheid van een slaapwandelaar liep ze op de bank af en ging zitten.

'Neemt u toch plaats,' zei Jensen verbaasd. 'Wilt u iets drinken? Koffie, misschien?'

'Nee, dank u. Ik drink geen koffie.'

'Iets anders misschien? Water? Thee?'

'Nee, niets,' zei ze geïrriteerd. 'U staat achter me. Wilt u niet ook gaan zitten?'

'Jawel. Ik ga nu zitten.'

Jensen voelde zich onzeker. Hij wist niet hoe je met een blinde omging. Met veel omhaal ging hij in de fauteuil onder de staande lamp zitten, als een vreemde in zijn eigen huis.

'U kent Brian Ritter dus?' begon hij.

'Dat heb ik niet gezegd. Nee, ik ken hem niet. Alleen zijn naam kwam me bekend voor toen ik het vanochtend op de radio hoorde.'

'Daar weet ik niets van. Ik bedoel, ik wist niet dat het op de radio was. Wie bent u eigenlijk? Sorry dat ik het zo direct vraag, maar u hebt zich nog niet voorgesteld. Of heb ik iets gemist? In dat geval verontschuldig ik mij.'

Zijn eigen stem beviel hem niet. Hij klonk geconcentreerd en verlegen. Maar daar had hij ook alle reden toe. De vrouw zat kaarsrecht op de bank. Ze had haar regenmantel niet uitgetrokken, waardoor de bekleding van de bank nu nat begon te worden. Ze was buitengewoon mooi en dat was opmerkelijk want de ogen, centrum van schoonheid, ontbraken. Voor het eerst sinds jaren zat er een vrouw in zijn woonkamer. Alleen dat was voldoende geweest om hem onzeker te maken. Maar er was nog iets anders. Het charisma en de kracht die van haar uitgingen, vulden de ruimte en gaven Jensen het gevoel dat er voor hem geen plek meer was.

'Mijn naam is Annick O'Hara,' zei de vrouw. 'Ik ben opgegroeid in Brugge en twee maanden geleden teruggekeerd. Ik woon in een huis aan de Kortewinkel.' Ze schoof haar stok in elkaar als een antenne en legde hem op haar knie. 'Mijn man was een Ier, voor het geval u zich afvraagt waarom mijn achternaam zo on-Vlaams klinkt. Hij heeft een tijd gewerkt als deskundige voor de Congregatio de Causis Sanctorum, de Vaticaanse congregatie die verantwoordelijk is voor zaligverklaringen. Kent u die procedure?'

'De procedure?' vroeg Jensen. 'Ik begrijp er eerlijk gezegd helemaal niets van. Maar mocht u in opdracht komen van een of andere missie-instantie, moet ik u helaas vertellen dat u bij mij aan het verkeerde adres bent.' Jensen was er bijna zeker van dat ze een religieuze tante was en ze hem zo een folder zou overhandigen met een schapen zegenende Jezus voorop. 'Ik interesseer me niet voor zulke dingen,' zei hij. 'En ik discussieer niet graag over mijn desinteresse. Dus, als dat alles is, spijt het me zeer dat u de moeite voor niets heeft genomen.'

Annick O'Hara had tot nu toe langs Jensen heen gekeken, als je dat zo kon noemen. Nu draaide ze haar gezicht naar hem toe en zei: 'Ik maak uit uw antwoord op dat u de procedure niet kent. Bij een zaligverklaring hoort onder andere het bewijs dat de kandidaat een wonder heeft verricht. Mijn man was arts en gelovig katholiek. Omdat hij bevriend was met de toenmalige prefect van de congregatie, werd hij af en toe belast met het onderzoek naar een vermeend wonder als het ging om een medisch onverklaarbare genezing. Hierdoor kwam hij onvermijdelijk terecht in een wereldje van gebedsgenezing, mensen met stigmata en mensen die Maria hadden gezien, noem maar op. Mijn man kreeg steeds meer belangstelling voor de samenhang tussen geloof en genezing. Het ging immers eigenlijk om een placebo-effect. Mijn man wilde onderzoeken waarin de rituelen van de roomse gebedsgenezers zich onderscheidden van die van de traditionele geneeskunde. Hij was er namelijk van overtuigd dat zijn eigen patiënten niet zozeer genazen door zijn behandeling en de medicijnen die hij ze voorschreef, maar door bepaalde doktersrituelen. De manier waarop je met patiënten spreekt, hoe je ze aanraakt, dat soort dingen. Om kort te gaan: twee jaar geleden ging hij naar Mexico om een gebedsgenezeres te ontmoeten. Hij had van een bevriende Mexicaanse priester gehoord dat de vrouw door veel boeren als een heilige vereerd werd, omdat ze kennelijk met veel succes mensen genas. Ik kan me haar naam niet herinneren, maar een paar dagen voor zijn terugkomst belde mijn man mij. Hij was erg teleurgesteld. Hij had de gebedsgenezeres weliswaar gevonden, in een dorpje in Noord-Mexico, maar ze weigerde met hem te spreken. Ze was nog heel jong en mijn man had de indruk dat het haar allemaal te veel was geworden. De mensen vestigden hoop op haar die ze niet waar kon maken. Daarom had ze besloten naar de Verenigde Staten te emigreren. Kennelijk legaal, want de dorpelingen vertelden mijn man dat ze een werkvergunning had en voor een rijke Amerikaan in Arizona zou gaan werken. Ze kenden zelfs zijn naam: señor Ritter. Mijn man noemde de naam destijds tussen neus en lippen door, maar ik heb hem onthouden, omdat mijn vader ooit een tijd heeft gewerkt in een antiekwinkel in Antwerpen die Ritter heette. Toen ik dus vanochtend die naam hoorde op de radio en dat de man uit Arizona kwam, dacht ik meteen dat het degene moest zijn bij wie de gebedsgenezeres toen werk had gevonden, want zoveel mensen die Ritter heten zijn er vast niet in Arizona, toch?'

Jensen had stil en met stijgende verbazing geluisterd. Nu zei hij schor: 'Nee, die zijn er niet veel.' Hij schraapte zijn keel. 'Het is vast en zeker dezelfde man. Ik heb eergisteren met zijn kinderen gesproken. Zij noemden een vrouw die Esperanza heette en die voor hen bad, of hun leerde bidden. Zou dat de genezeres kunnen zijn over wie u het net had? Heette die misschien Esperanza?'

'Esperanza Toscano Aguilar,' zei Annick O'Hara plechtig en met een uitdrukking op haar gezicht alsof ze haar ogen dicht had om de naam voor zich te kunnen zien. 'Wat interessant, vindt u niet? Ik kon me de naam niet meer herinneren. Mijn man heeft hem vermoedelijk ook maar een of twee keer genoemd, maar het zeg maar eerste akkoord, Esperanza, bracht de hele melodie weer tot leven. Esperanza Toscano Aguilar. Het klinkt als een gedicht, vindt u niet?'

75

'Voor Mexicaanse begrippen is het een korte naam,' zei Jensen droogjes. Hij begreep nog steeds niet waarom de vrouw hem was komen opzoeken. Vast niet om hem te helpen, wat ze in zekere zin wel had gedaan. De naam Esperanza stond op zijn notitieblokje. Hij had willen onderzoeken om wie het ging en dat was nu zomaar vanzelf opgelost. Maar wat wilde zij, O'Hara zoals hij haar noemde, de blinde die haar hoofd nu een beetje scheef hield en dromerig glimlachte alsof ze aan mooiere tijden dacht.

'U vraagt zich af waarom ik hier ben,' zei ze plotseling. 'Dat is heel eenvoudig. Er gebeurt niet meer zoveel in mijn leven.'

Natuurlijk, dacht Jensen. Haar man is dood. Anders had ze dit met hem besproken en zat ze nu niet hier. Ik word traag.

'Ik ben blij met elke impuls van buitenaf,' zei de vrouw. 'Ik wist niet wat ik vandaag ging doen. En toen hoorde ik dat bericht op de radio en had ik opeens een taak. Ik zou nu toch wel graag een kop thee willen. Heeft u thee? Anders neem ik een glas water.'

'Thee,' zei Jensen. 'Dan moet ik gaan kijken. Ik ga nu dus even naar de keuken.' Hij stond op. Hij had weke knieën. Net of hij urenlang stil had gezeten. Ik ben stijf, dacht hij. Hij was blij dat hij zich eindelijk kon bewegen. Toen hij bij de deur was, vroeg hij: 'Drinkt u suiker en melk in de thee?'

O'Hara draaide zich naar hem om. 'Weet u al of u thee heeft?'

'Nee, ik weet het nog niet. Ik ben nog niet in de keuken.'

'Dat bedoel ik. U staat bij de deur tussen de gang en de woonkamer. Daarom vond ik het zo vreemd dat u nu al naar melk en suiker vraagt.'

Zonder nog iets te zeggen ging Jensen de keuken in. Hij haalde diep adem en zocht in het keukenkastje naar thee. Het was een kwestie van eer geworden. Hij was nog nooit zo blij geweest een zakje thee in de hand te houden, het laatste in een doosje met een catastrofale houdbaarheidsdatum. Ook thee begon vroeg of laat te schimmelen. Hij deed zijn best het zakje niet te nauwkeurig te bekijken.

Hij zette een pannetje water op het vuur en hoopte dat het lang zou duren voor het kookpunt was bereikt.

Terwijl hij naar het water stond te staren, werd hij plotseling overmand door walging. Hij keek naar buiten en dwong zichzelf de wereld buiten in zich op te nemen: het kruidenbed in zijn tuintje, de tijm die in de regen stond te verzuipen, de takjes rozemarijn die hun naaldjes fier de troosteloze dag in staken, die met een boze droom was begonnen. Een profetische droom ook nog, waarin het verleden zich had aangekondigd. Maar eigenlijk was het niet zo dat het verleden kwam, het was meer dat de cirkel rond was. Het verleden bewoog zich op een cirkelende baan, zo zat het in elkaar. Als je dacht dat je het verleden eindelijk had overwonnen, bevond het zich in werkelijkheid alleen maar op het punt van de cirkel dat het verst van je weg lag. En vanaf dat punt kwam het verleden dan weer dichterbij, onvermijdelijk. En terwijl het naderde, werd het steeds actueler, om op het hoogtepunt te versmelten met het nu. Zoals nu.

Het theewater kookte. Jensen liet het koken. Die vrouw in zijn huiskamer, de blinde O'Hara, was gekomen om hem mee te delen dat er een gebedsgenezeres in het spel was, een Mexicaanse die zieken genas door te bidden en die Rick en Oliver leerde bidden.

'Dan bidden we dat hij ons met rust laat. Voor altijd,' had Rick gezegd en ook Ritters woorden klonken na in Jensens oor: 'Ze bidden stiekem tot hun God op een wolk en als die God echt zou bestaan, was ik allang dood.' Het was onzin en absurd om hier ook maar een greintje waarheid in te zien en dat was Jensen dus ook niet van plan. Toch bestond er ook zoiets als de onaangename waarheid en juist die zeurde zo door. Hij herinnerde aan de kwellende schuldgevoelens, aan de medeplichtige blik van de gekruisigde die op de dode moeder neerkeek, aan iets onwaars dat ooit lange tijd waar was, maar uiteindelijk onwaar bleek, waarna het zich had teruggetrokken in dromen om daar, als de ratio sliep, wederom als waarachtigheid op te duiken, als een pauw die zijn sleep opzette.

'Kookt het water niet allang?' riep O'Hara vanuit de zitkamer. 'Het moet niet doorkoken, dan smaakt de thee naar niets.'

'Ja!' riep Jensen terug. 'Het komt eraan.' En hij dacht: ik cancel de vlucht naar Arizona. Deze zaak is te veel verweven met mijzelf. Om dit besluit op hetzelfde moment weer te verwerpen. Nee, hij moest deze zaak juist heel bewust wel oplossen. Een gebedsgenezeres, een mysterieuze dood. Hij moest de uitdaging aangaan omdat er zulke persoonlijke herinneringen mee gemoeid waren. Zijn tanden erin zetten en ontmaskeren. Er was nog nooit iemand gestorven door een gebed.

Zo was het, dacht Jensen, en wie behalve jijzelf twijfelt daaraan? Hij gooide het theezakje in het hete water en bracht O'Hara even later de thee in een grote, belachelijke beker met het opschrift I LOVE BIG GIRLS. Die had hij jaren geleden van Stassen voor zijn verjaardag gekregen met de mededeling dat hij, Jensen, zoveel jaar na Margaretes dood eindelijk weer eens op zoek moest naar een vrouw.

O'Hara zat nog steeds in de houding van een Egyptische prinses op de bank, de rug zo stijf als een plank, de benen keurig naast elkaar en de handen vlak op de knieën. Hoewel Jensen er zeker van was dat ze niet kon zien wat er op de beker stond, zakte de moed hem op het laatste moment in de schoenen. Hij draaide de beker zo dat het opschrift niet zichtbaar was en bracht het oor naar de op haar knieën liggende vingers toe, waarvoor hij zich omslachtig moest bukken.

'Hier is uw thee,' zei hij.

Ze stak haar vingers door het oor, slanke, bleke vingers met roodgelakte nagels. 'Dank u,' zei ze. Na de eerste slok vertrok ze haar gezicht.

'Het spijt me,' zei hij. 'Ik ben de suiker vergeten. Ik haal hem even.'

'Bent u getrouwd?' vroeg O'Hara en ze tastte naar de salontafel om de mok weg te zetten.

'Nee.'

'Dat dacht ik al. Het is vrijgezellenthee. U drinkt zelf nooit thee. U koopt soms een doosje voor de visite, zakjes natuurlijk. Ik heb lang in China gewoond, in Shanghai,' zei ze, alsof daarmee alles duidelijk was.

Jensen ging weer in zijn fauteuil zitten. O'Hara zweeg en hij wist niet hoe hij terug moest komen in het gesprek. Waar hadden ze het over gehad voor hij naar de keuken was gegaan?

'U woont dus nu weer in Brugge,' zei hij.

'Ja, maar ik denk dat ik binnenkort op reis ga. Misschien wel langer.'

'Waar naartoe?'

'Naar Arizona,' zei ze. 'Ik wil Esperanza Toscano Aguilar spreken.'

'Ik begrijp het,' zei Jensen om verder niets te hoeven zeggen. Hij wilde absoluut niets tegen haar kwijt over zijn eigen reisplannen.

'Ik denk niet dat u het begrijpt,' zei O'Hara. 'Maar ik leg het u graag uit. Mijn man...' Ze aarzelde. 'Hij is nooit uit Mexico teruggekomen. Op de dag dat hij terug wilde vliegen, is hij gestorven. Dat is inmiddels twee jaar geleden en ik ben nu pas zover dat ik me bezig kan houden met randverschijningen. En een van die randverschijningen is die gebedsgenezeres. Zij was een van de laatste mensen die mijn man hebben gezien. Ik wil haar spreken, omdat ze iets weet van mijn man, een herinnering voor mij. Ze heeft weliswaar niet met hem gesproken, maar hij was een dag lang bij haar in de buurt en heeft geprobeerd met haar in gesprek te komen. Begrijpt u? Ze weet iets over hem. Of hij heeft gelachen, wat hij aan had, of hij ontspannen was, of het goed met hem ging. Ze heeft hem vlak voor zijn dood gezien en ik weet niets over zijn laatste dagen. Ik wil met haar over mijn man praten, dat is alles.'

Ze legde haar handen op elkaar en zweeg.

Jensen begreep die wens niet. Het was toch juist precies andersom, althans bij hem. Hij had na Margaretes dood elk gesprek over haar gemeden. Hij had het onverdraaglijk gevonden naar anderen te moeten luisteren die dingen over zijn vrouw wilden vertellen. Tijdens de begrafenis hadden schoolvrienden van Margarete hem bekogeld met anekdotes: hoe Margarete voor het eindexamenbal haar voet had verstuikt en op één been had gedanst op *A Whiter Shade of Pale* en meer van dat soort ongein. Iedereen had wel een verhaal en ja, ze was zo vriendelijk, ze had altijd oor voor de zorgen van anderen en dan haar humor... sommigen lachten nog op de begraafplaats – de kist koud in de grond – omdat ze aan Margaretes humor moesten denken. Ze was zo vrolijk, weet je nog?

Het klopte allemaal. Margarete was vriendelijk geweest en ze had humor gehad, maar nu was ze dood en Jensen had de indruk gehad dat hij de enige was die dat had begrepen.

'En wanneer vertrekt u?'

'Ik had gehoopt dat u me dat zou zeggen.'

'Hoe komt u daarbij?'

In de verte rommelde het. Er was onweer op komst.

'Wel, na alles wat ik op de radio heb gehoord,' zei O'Hara, 'is het onderzoek nog niet afgesloten. De doodsoorzaak staat nog niet vast. Het ziet er niet uit als moord, maar Brian Ritter is kennelijk vlak voor zijn dood bedreigd. En vanwege dat dreigement is een politieman op non-actief gesteld. U. Een zekere hoofdcommissaris Dupont deelde me dat telefonisch tamelijk bereidwillig mee.'

Dupont! dacht Jensen woedend.

'Ik ben niet op non-actief gesteld,' zei hij. 'Ik heb ontslag genomen, drie maanden geleden al. Vrijdag zou ik sowieso met pensioen zijn gegaan. En wat Dupont betreft: hij had u dat niet mogen zeggen. Hij heeft daarmee het ambtsgeheim geschonden.'

'In elk geval had ik bedacht dat u nu vast iets wilt doen. U hebt het verwijt aan uw broek hangen dat u een dreiging niet serieus hebt genomen. En Ritter was niet alleen in Brugge. Hij was hier met zijn twee zoons, zoals u weet. Hoofdcommissaris Dupont vertelde me dat ze gisterochtend alleen zijn vertrokken. Naar huis, naar... hoe heette dat dorp ook alweer?'

'Holbrook,' bromde Jensen. Hij snapte niet waarom Dupont deze interne informatie had toevertrouwd aan een hem volslagen vreemde. Dat de kinderen niet in Holbrook waren aangekomen, had hij natuurlijk nog niet ontdekt en Jensen had geen reden het aan O'Hara op te biechten.

'Holbrook,' zei O'Hara. 'Hoofdcommissaris Dupont wilde me de naam van de stad niet noemen. Misschien werd hij op een gegeven moment toch een beetje wantrouwig. Maar nu weet ik waar ik Esperanza precies kan vinden. En ik doe u hierbij een voorstel, gebaseerd op het feit dat ik op langere reizen helaas ben aangewezen op de hulp van een begeleidende persoon. Zijn taken zijn uitsluitend administratief: het invullen van formulieren, het huren van een auto, het vinden van een hotel, het besturen van de huurauto en mij vertellen waar ik een restaurant vind. Heel rudimentair allemaal. Ik hoef niet te worden gevoerd en ik heb ook geen hulp nodig op de wc.'

Nee, dacht Jensen, geen denken aan.

'Ik stel u dus voor dat u mij op mijn reis naar Holbrook begeleidt. Mijn redenen voor de reis kent u nu en ik denk dat u er ook veel aan zou kunnen hebben. Misschien ontdekt u iets belangrijks over Brian Ritter, de man voor wiens dood men u momenteel medeverantwoordelijk maakt. En ook al levert de reis niets op, het zal u goeddoen dat u überhaupt iets onderneemt.'

'Hoe weet u dat nou?' vroeg Jensen. 'U kent mij helemaal niet en ik ken u niet. Zo'n reis duurt een week, misschien wel langer. Ik ben geen gemakkelijk mens. Vraagt u alstublieft iemand anders. U hebt vast wel kennissen en vrienden hier in Brugge.'

'Dat gaat u niets aan,' zei O'Hara. Ze stond op, klapte met een felle beweging haar blindenstok uit – alsof ze haar zwaard trok – en zocht haar weg naar de hal.

'Begrijpt u mij niet verkeerd,' zei Jensen. 'Ik wil u niet kwetsen, maar...' Hij viel stil. Hij vond toch de juiste woorden niet en elk woord maakte het misschien alleen nog maar erger.

O'Hara stond al bij de voordeur. Ze was verbluffend snel. Jensen haastte zich naar haar toe om de deur open te doen.

'Het was inderdaad dom van me om u te vragen,' zei O'Hara. 'Het spijt me.' Zonder nog iets te zeggen ging ze weg. Ze stak haar paraplu niet op. De regen sijpelde door haar glanzende, ravenzwarte haar.

Jensen bleef in de deuropening staan en keek haar na. Het was allemaal veel te snel gegaan. Toch had hij geen spijt van zijn weigering, maar wel van de manier waarop ze afscheid hadden genomen. Bij het idee dat hij met deze vreemde vrouw, die hem zo merkwaardig verlegen maakte, een tijd door het zuidwesten van de vs moest rijden in een huurauto, kreeg hij buikpijn. Hij vond het erg voor haar, schaamde zich ervoor dat ze zo'n reactie bij hem opriep. Dat had ze niet verdiend. Het was alleen zijn probleem.

Hij sloot de deur en wist even niet wat hij moest doen. Het was nog niet eens elf uur. De dag lag voor hem als een onoverkomelijke hindernis. Het was woensdag. Vrijdag ging zijn vlucht. Twee lege dagen.

Hij ging op de bank in de woonkamer zitten en streek met zijn hand over de ruw geworden rode stof. Het was een oude versleten bank met doorgezeten kussens. Maar hij hield van deze bank, want het was zijn thuis en eigenlijk ontspande hij altijd meteen als hij op zijn bank ging liggen. Maar nu niet. Nu rook het op de bank naar O'Hara, naar het dure, elegante parfum waarin een vleugje blauweregen en citrusfruit te ontwaren was. En de kussens hielden haar warmte nog vast.

Jensen stond op. Het voelde als een ongepaste aanraking. Hij liep de keuken in en staarde naar het vuile vaatwerk.

Om vier uur 's middags belde Balasundaram. Met duistere stem zei hij: 'Jensen, ik ben het, Balasundaram Job, de brenger van slechte tijdingen, het spijt me. Ik wilde niet dat je het van Dupont hoort.'

Nee, dacht Jensen, niet ook dat nog. Zijn knieën werden weer week. Hij ging op de grond naast het telefoontafeltje zitten.

'Moord?' vroeg hij. 'Was het moord?'

'Professor De Plancke heeft het lichaam vanochtend onderzocht,' zei Balasundaram en zijn stem zakte nog dieper. 'Het staat nu zonder twijfel vast dat de Amerikaan is vermoord. Jensen? Ben je er nog?'

Jensens keel zat zo dichtgesnoerd dat hij alleen maar kon fluisteren: 'Ja, ik ben er nog.'

'Het was moord,' herhaalde Balasundaram. 'Maar de daders zijn gelukkig al gepakt. Het zijn twee ruimtepiloten uit de buurt van de Grote Beer. Het moordwapen is, zoals ik al vermoedde, een ons homo sapiens onbekend laserkanon, overigens met ingebouwde sigarettenaansteker.'

'Balasundaram!' riep Jensen. 'Wat moet dat! Ben je helemaal gek geworden?' Van opluchting viel hij in bij Balasundarams bulderende lach. De tranen liepen hem over de wangen.

'Sorry, maar dit moest gewoon,' hikte Balasundaram tussen twee lachbuien door. 'En de verlossing is alleen dan zalig als je eerst in de hel hebt gesmoord. Daarom heb ik je even in het vagevuur geduwd. Vergeef me.'

'Ik vergeef je alles, als je me nu zegt dat het geen moord was.'

'Even serieus,' zei Balasundaram. 'Professor De Plancke heeft na een drie uur durende obductie twee mogelijke doodsoorzaken voor absoluut uitgesloten verklaard: ten eerste een ongeluk en ten tweede moord. Mocht Dupont toch een intern onderzoek naar je laten instellen, wat ik betwijfel, kan ik je garanderen dat geen enkele Belgische onderzoekscommissie De Plancke zal tegenspreken. Je bent buiten schot, gefeliciteerd. De analogie met buitenaardse wezens heb ik overigens niet helemaal willekeurig gemaakt. Want hoewel nu vaststaat dat alleen een natuurlijke doodsoorzaak in aanmerking komt, is nog steeds niet duidelijk hoe die aortaruptuur is ontstaan. Laat het me zo uitdrukken: De Plancke was na de obductie net zo radeloos als ik, maar omdat hij een beroemdheid is en ik niet, heeft hij voor zijn radeloosheid een begrip gevonden: *fasciitis necroticans.*'

Jensen luisterde maar met een half oor. Hij was te blij en opgelucht, te vrij van schuld, om iets anders dan dat belangrijk te vinden.

'Zegt dat begrip je iets?' vroeg Balasundaram.

'Nee. Zeg het nog eens.'

'Fasciitis necroticans. Deze ziekte wordt veroorzaakt door streptokokken groep A en is nog niet helemaal onderzocht. Maar misschien interesseren de details je niet meer en wil je nu gewoon gelukkig zijn?'

'Nee,' loog Jensen. 'Vertel op. Het interesseert me.'

'Groep A-streptokokken bevinden zich normaliter in de keel, waar ze onschuldige ontstekingen veroorzaken. In enkele gevallen komt het echter voor dat ze in het bloed terechtkomen. Men weet niet precies hoe en waarom. Daar muteren de op zich ongevaarlijke streptokokken tot vleeseters. Ze tasten spier- en subcutaan weefsel aan en ze maken weefsel vloeibaar om zich te voeden. Als je een patiënt opensnijdt bij wie de ziekte niet op tijd is ontdekt, vind je alleen nog maar giftig slijm. Verontrustend, nietwaar? Toch is de kans om de ziekte te krijgen gering. In Europa komen per jaar ongeveer achthonderd gevallen voor, waarvan vele na een operatie uitlopen op volledige genezing. Maar sommige niet. Je kunt de infectie oplopen door een wondje, dus dat de streptokokken via een wondje in de bloedbaan komen. Maar die mogelijkheid is bij onze Amerikaan uitgesloten, want er is geen wond. Professor De Plancke is van mening dat de streptokokken bij Ritter via de keel in de bloedbaan terecht zijn gekomen, maar dat de ziekte daarna atypisch verliep. Een fasciitis necroticans in vroeg stadium gaat normaal gepaard met hevige pijn. Er ontstaan erythemata en grote oedemen. De patiënten komen op de eerste hulp terecht. Onze Amerikaan was gezond, op wat door alcohol veroorzaakte orgaanveranderingen na. Zijn streptokokken lijken zich onmiddellijk en uitsluitend te hebben gestort op de aorta om die als eerste aan te vreten. Er ontstonden geen secundaire symptomen, omdat de man meteen bij de eerste aanval stierf. Dus luidt professor De Planckes slotdiagnose: atypische fasciitis necroticans. Klinkt goed, vind je niet?'

'Maar je gelooft het niet.'

'Volgens mij is het erg onwaarschijnlijk dat streptokokken zich op een bepaalde plaats op de menselijke aorta verzamelen en hem vervolgens zo precies doorknagen dat je bijna zou kunnen spreken van een snee. Nee, geen zorgen, Jensen. Het is geen snee. Het kan er eentje zijn. Maar hoe dan ook, het is erg onbevredigend – en dat zeg ik tegen mezelf – iets niet te geloven. Het betekent namelijk dat je te weinig weet. De Plancke gelooft het, ik niet, het komt op hetzelfde neer: we weten allebei niet of het zo was of niet.'

'Kun je die streptokokken dan niet in het bloed vinden?'

'Jawel. En dat bewijs moet professor De Plancke nu leveren. Hij heeft bloed- en weefselmonsters genomen en over een paar dagen beleven we dan hoe het werkt op deze wereld.'

'De wereld? Hoe bedoel je?'

'Wel, zelfs als men geen streptokokken vindt, zal De Planckes theorie toch door iedereen voor zoete koek worden geslikt, omdat het eenvoudigweg de enig denkbare mogelijkheid is. Waar zou de man anders aan dood kunnen zijn gegaan? Behalve de streptokokken komen alleen de luitjes van de Grote Beer in aanmerking en dan zijn zelfs niet aanwezige streptokokken de veel plausibelere verklaring.'

9

De volgende dag maakte Jensen zijn huis schoon. Hij was verbaasd hoe vies het was en wat hij tegenkwam was beangstigend. Zo kon hij zich niet herinneren dat hij de gebruikte papieren servetten van de Chinees waar hij vaak iets haalde, regelmatig onder de bank had gegooid. Maar het moest een verborgen gewoonte zijn geworden, want er kwam een hele stapel verfrommelde servetten onder de bank tevoorschijn. Hij vroeg zich af of het een symptoom kon zijn van een van de vele ziektes die op zijn leeftijd steeds waarschijnlijker werden: Parkinson of Alzheimer. Hij deed de stofzuiger uit en strekte zijn hand uit om te kijken of hij trilde. Maar omdat hij dat nog nooit eerder had gecontroleerd, wist hij niet of het lichte beven, wat nu hij ernaar keek nog iets sterker werd, hem niet al tien jaar van zijn leven begeleidde.

Jensen stortte zich nog ijveriger op zijn werk. Hij was vastbesloten zijn huis te heroveren, want het was duidelijk dat hij de macht de afgelopen tijd was kwijtgeraakt. Er waren verwaarloosde zones ontstaan. Hij dacht aan de woningen die hij als politieman vaak genoeg had moeten zien, waarin de verwaarlozing zich op een zelfde manier vanuit een onschuldige kiemcel had verspreid tot in de verste hoek. Jarenlang. Je moest soms over keiharde vuilnishopen klimmen om bij het lijk of de naakt op een matras zittende bewoner te komen.

Met overgave wijdde Jensen zich met spons en schoonmaakmiddelen tot laat in de avond aan al die vergeten plekken. Hij krabde zelfs de smerige kieren van de keukenkastjes schoon met een nagelvijl. Alleen de smerige rand in de badkuip werd hij niet de baas. Het leek wel of het vuil zich had ingevreten in het email.

Hij ging met het eerste van zijn drie toegestane biertjes op de bank zitten en genoot van de citroenlucht die zwaar en bijna tastbaar als bewijs van de gedane arbeid en het inzicht dat zijn woning onder controle moest worden gehouden, om hem heen hing. De regen tikte zachtjes tegen het raam, de Sint-Anna sloeg negen, een late merel sloeg alarm.

Jensen dronk bier, sloot zijn ogen en luisterde naar het geluid van de regen. Het had gezellig kunnen zijn, maar omdat hij een lange reis voor de boeg had, kon hij zich niet ontspannen. Bovendien stelde hij vast dat hij eigenlijk de hele dag had zitten wachten op een telefoontje van Stassen om hem te feliciteren met de conclusie van professor De Plancke. Tenslotte was hij hierdoor definitief ontlast. Dupont had hem eigenlijk zelf zijn excuses moeten aanbieden, maar ja, daar kon hij lang op wachten. Van Stassen had Jensen echter wel iets opbeurends verwacht en het deed pijn dat hij niets hoorde. Aan de andere kant had Stassen hem nog nooit thuis gebeld, dus waarom nu wel? Wat ze ooit privé hadden besproken, had altijd betrekking gehad op het werk.

Ik heb geen talent voor vriendschap, dacht Jensen. Wie staat er ooit aan mijn graf? Heel even zag hij een paar mensen verloren bij een rechthoekig gat in de aarde staan, beschroomd omdat ze maar met zo weinigen waren. De pastoor keek meewarig het graf in, sprak de laatste woorden, waarna de drie aanwezigen – meer kon Jensen er niet bedenken – in verschillende richtingen verdwenen. Zijn twee zussen zouden komen, bloed kruipt waar het niet gaan kan, en waarschijnlijk toch ook wel Stassen. Hij was een plichtbewust mens. En verder nog de wind, de wolken en de micro-organismen, bereid om de vrijgekomen atomen in zich op te nemen en ze later door te geven aan de korstmossen op de grafsteen.

Jensen dwong zichzelf om aan iets leukers te denken: het dubbelspleet-experiment, de reis naar Amerika en de kinderen naar wie hij op zoek was. Er stond nog veel op het programma voordat drie mensen beschaamd aan zijn graf konden gaan staan. Hij liep de gang in en haalde zijn notitieblokje uit zijn jaszak.

MOEDER BELLEN. Dat hoefde niet meer. Hij zou haar zeer binnenkort persoonlijk spreken.

ESPERANZA. Dit punt moest even wachten tot hij in Holbrook was, al was hij wel een stuk verder gekomen dankzij de onverwachte verschijning van de blinde Annick O'Hara. Gisteravond voor hij in slaap viel, had hij aan haar geur en haar mooie lippen gedacht. Alleen daaraan.

HUNAHPU en XBALANQUE stond ook nog op zijn blokje. Om zijn concentratie te hervinden liep Jensen zijn kantoortje binnen. Het toetsenbord van zijn computer glansde. Hij had het met alcohol gereinigd. De doek was zwart geweest.

Hij tikte de namen in op een zoekmachine en ontdekte dat er heel veel hits waren. De trefwoorden waren religie en goden van de Maya's. Hij las dat Hunahpu en Xbalanque een rol speelden in de mythologie van de Maya's. Het was een tweeling die in een ritueel balspel had gewonnen van de god van de onderwereld, Came, waarna ze in zon en maan veranderden.

Jensen las de tekstpassages vluchtig. Hij had niet het idee dat er iets belangrijks in stond. Ritter had de namen waarschijnlijk genoemd, omdat hij ook een tweeling had. En dat iemand uit Arizona, aan de grens met Mexico, veel wist over de mythologie van de Maya's, was niet uitzonderlijk. Daarvoor hoefde je alleen maar een keer met de bus naar een of andere Mayatempel, vast onderdeel van een tweeweekse strandvakantie naar Acapulco.

Op internet keek Jensen ook nog even naar het weerbericht voor Phoenix. 34 graden Celsius en zon. Daarna deed hij de computer uit, dronk voor de televisie zijn overige twee blikjes bier voor vandaag en ging naar bed. Zijn koffer had hij tijdens een schoonmaakpauze gepakt.

De volgende ochtend was hij er verbaasd over dat zijn dromen hem niet hadden achtervolgd die nacht. Hij trok een T-shirt en een spijkerbroek aan, en een sweatshirt ter bescherming tegen de airco aan boord van het vliegtuig. Eenmaal aangekomen in Arizona, zou hij de trui uittrekken en met het T-shirt zijn voorbereid op 34 graden.

Hij verliet het huis in zijn regenjas. Hij draaide het slot van de voordeur twee keer om en weerstond de verleiding om nog een keer na te kijken of het fornuis wel echt uit was en de ramen niet vanzelf weer waren opgesprongen.

Het was negen uur 's ochtends en herfstachtig duister in de stad.

De steegjes waren nat en de mensen schoten met opgetrokken schouders van de kou en de regen langs hem heen.

In de trein naar Brussel rook het naar natte kleren. Twee kinderen tekenden met een vinger huisjes op de beslagen ramen, met een tuin en een zon erbij. Jensen vroeg zich af waar Rick en Oliver waren, die twee vreemde jongetjes. Misschien hadden zij wel een kerk op het raam getekend en een kruis voor hun vader.

Jensen stapte als een van de laatste passagiers het vliegtuig binnen, zonder boek en zonder tijdschriften. Hij was van plan geweest op de luchthaven nog een roman te kopen, maar hij had geen tijd meer gehad en bovendien was het een illusie dat hij zich tijdens de vlucht op de tekst had kunnen concentreren.

Bij het inchecken had hij om een plekje aan het raam gesmeekt. Hij had gezegd dat hij vliegangst had, wat een leugen was, maar wel een doeltreffende, ook in bomvolle vluchten als deze. De waarheid was dat hij tijdens vluchten altijd in een soort trance verviel. Hij staarde urenlang uit het raam. Hij vond het onbegrijpelijk wat zich in de lucht afspeelde, dat hij zich op ooghoogte bevond met de zon, omgeven door een oneindige verte, een toestand vergelijkbaar met het moment vlak voor de dood, als alles zich opende – zo stelde hij het zich voor – en je alle grenzen overwon om je voor altijd te verliezen in het geheel.

Hij betrad het vliegtuig via de slurf, bevroren vriendelijk toegelachen door een stewardess. Hij glimlachte tevreden terug, want de plaats die hij toegewezen had gekregen, was niet alleen aan het raam, maar ook nog eens direct achter de vleugel. Bij een ongeluk, waar hij niet serieus bang voor was, had hij statistisch gezien een veel grotere overlevingskans dan al die mensen die voor in de machine hun handbagage stonden te verstouwen en die deze statistiek kennelijk niet kenden.

En toen was alles opeens voorbij: zijn goede humeur, de voorpret op de verre reis en het beetje leedvermaak over het verhoogde risico van de mensen die voor hem zaten. Hij kreeg het benauwd. Heel even overwoog hij de machine weer te verlaten en een latere vlucht te nemen, maar achter hem stonden al mensen te drommen en bovendien had hij op zijn vingers kunnen natellen dat ze in hetzelfde vliegtuig zou zitten als hij. Ze had net zo'n haast om naar Holbrook te komen. Ze had net als hij de eerstvolgende vlucht naar Phoenix geboekt. Hij had kunnen weten hoe groot de waarschijnlijkheid was dat hij haar hier tegenkwam.

Ze zat ongeveer drie rijen achter hem, schatte hij van waar hij nu stond en de andere reizigers ophield, omdat hij nog niet wist of hij door wilde lopen. Drie of vier rijen. Een stewardess boog zich net naar haar toe en ze knikte, keek in zijn richting. Jensen keek weg. Hij wist niet zeker of ze helemaal blind was. Misschien herkende ze wel silhouetten en, God betere het, misschien wel het zijne.

Iemand vroeg vriendelijk of hij opzij kon gaan en Jensen liet zich naar zijn plaats duwen. Hij zat maar twee rijen van haar af.

Hij opende het handbagagevak boven zijn stoel en schoof zijn schoudertas erin. Hij kon horen hoe de stewardess O'Hara verzekerde van haar hulp. O'Hara hoefde alleen maar op het knopje te drukken en ze kwam onmiddellijk. O'Hara bedankte haar koeltjes.

Ze was vandaag minder bleek, viel Jensen op toen hij schielijk even naar haar keek. En ze droeg andere kleren: een zwarte bloes met op de kraag een opvallende broche in de vorm van een vogel. Aan het schitteren te zien waren het echte briljanten. Het sieraad ontdeed de bloes een beetje van het rouwkarakter. Een zwarte bloes, dacht Jensen. Die deed je toch alleen maar aan naar een begrafenis?

Naast O'Hara zaten een zware man en zijn vrouw. De man sliep al. O'Hara reisde dus zonder begeleiding, dacht Jensen. Hij wurmde zich langs zijn twee buurvrouwen, twee oudere dames die er moeite mee hadden hun knieën in te trekken. Hij knikte ze glimlachend toe en hij zat nog niet, of ze spraken hem aan in het Engels. Jensen had het gevoel dat het om hem heen opeens stil werd.

Een van de twee vroeg of hij misschien zo vriendelijk wilde zijn met haar van plaats te ruilen. Ze zat liever aan het raam. Omdat Jensen het gevoel had dat O'Hara pal achter hem zat, schudde hij ten antwoord zwijgend zijn hoofd. Het gehoor van blinden was scherp, daar moest hij rekening mee houden.

De dames begonnen met hem te onderhandelen. Een uurtje aan het raam maar, dat zou echt vriendelijk zijn, een halfuurtje dan... Jensen fluisterde: 'Excuseer, maar ik heb vliegangst. Ik moet hier zitten.'

De vrouwen hadden hem niet verstaan. Ze bogen zich naar hem toe en luisterden ingespannen terwijl hij zijn excuus herhaalde.

'Dat is niet erg vriendelijk,' zei de een. De dames waren verbolgen en keken hem niet meer aan.

De machine startte. Op weg naar de wijde wereld boven de wolken. Het was het moment waarop hij normaal naar buiten zou kijken en zich overgeven aan het schouwspel. Maar de aanwezigheid van O'Hara hield hem met beide voeten op de grond. Het vliegtuig steeg op, maar Jensen niet. Natuurlijk: ze was blind en het was eenvoudig geweest haar niets te laten merken. Hij moest alleen niet hardop praten aan boord. En als ze overstapten in Chicago zou hij als een van de eersten van boord gaan, voordringen indien nodig. En nodig was het eigenlijk niet, want hij zou pal naast haar hebben kunnen staan zonder dat ze iets zou hebben gemerkt. En na aankomst in Phoenix, dacht Jensen, scheiden onze wegen. Ik huur een auto en rij naar Holbrook en zij gaat met de bus. Nee, ze neemt een auto met chauffeur. Ze had geld. Daar zag het tenminste naar uit.

Het eten werd geserveerd. Jensen raakte het niet aan. Hij moest nadenken. Holbrook was vast een gehucht. Ze zouden elkaar daar tegenkomen. Misschien waren er twee of drie motels. Maar misschien ook maar eentje. En toch, zelfs in dat geval en ook als ze toevallig een kamer naast elkaar kregen, bleef het bijna wreed gemakkelijk zich voor haar te verbergen. Hij kon zich zelfs op het ene moment blootgeven en het volgende weer verdwijnen. Voor haar was hij slechts een stem. Op het moment dat hij niet meer met haar sprak, was hij weg voor haar. Hij kon haar te allen tijde ontduiken zolang ze niet wist in welke kamer hij logeerde. Het was een belachelijk eenvoudig en kinderachtig verstopspelletje, maar waarom eigenlijk?

Hij vond haar niet bijzonder sympathiek, vooral omdat ze hem intimideerde. Maar hij kon onmogelijk zo naar tegen haar doen, vooral omdat zij het spel niet kon winnen. Ze kon in dit opzicht absoluut nooit tegen hem op.

Zijn besluit stond vast. Overdreven hard zei hij tegen zijn buurvrouw: 'Hier. Het gaat beter met me dan ik dacht. Als u wilt, kunnen we ruilen.'

'O, wat vriendelijk van u!' riep de vrouw.

Jensen stond op. De buurvrouw ook. Ze wrongen zich langs elkaar heen. Voor Jensen ging zitten, keek hij naar O'Hara. Hij zag dat ze sliep. Ze had hem dus niet gehoord. Hij zou op een andere manier kenbaar moeten maken dat hij aan boord was. Maar hij ging het doen, dat wist hij zeker. En dat had niet in de laatste plaats te maken met het heliumatoom. Denk aan het heliumatoom. Jensen herinnerde zich Bollinger, zijn oude natuurkundeleraar, die de klas ooit had uitgelegd waarom er überhaupt leven bestond. Hij had daarbij Jensen aangekeken, omdat hij wist dat Jensen de enige was in de klas die zich hartstochtelijk voor natuurkunde interesseerde.

'Het is het verlangen van atomen naar volledigheid,' had Bollinger gezegd. 'Daarom bestaat er leven. En hoe drukt dat verlangen zich uit? Elk atoom bestaat uit een kern waar elektronen omheen zitten. Het koolstofatoom bijvoorbeeld bestaat uit een kern van zes protonen en zes neutronen. Dus bezit het zes elektronen, want in elk atoom bevinden zich evenveel protonen als elektronen. De elektronen zitten in laagjes om de kern heen. Die laagjes worden schillen genoemd. In de binnenste schil, die het dichtst bij de kern zit, zitten exact twee elektronen. Niet meer en niet minder. Met twee elektronen is de binnenste schil vol. Als nu een atoom als het koolstofatoom zes elektronen bezit, bevinden zich twee elektronen in de binnenste schil en vier in de volgende. Dankzij de genialiteit van de grote natuurkundige Niels Bohr weten we echter dat alle mogelijke andere schillen behalve de binnenste pas vol zijn als daar acht elektronen zitten. Ik herhaal: de binnenste schil is met twee elektronen vol. De andere schillen met acht. En nu wordt duidelijk dat alle atomen naar een toestand verlangen waarin al hun schillen vol zijn. Het waterstofatoom bijvoorbeeld, als eenvoudigste van alle atomen, heeft een wezenlijk probleem: het beschikt maar over een enkel elektron. Zijn binnenste schil is niet vol. En je kunt rustig stellen dat het waterstofatoom daar niet blij mee is. Het verlangt naar nog een elektron. Het koolstofatoom heeft ook een probleem, weten jullie nog? Zijn zes elektronen zitten op de binnenste schil, die met twee eigenlijk vol is, en hij heeft een buitenste schil die eigenlijk pas vol zit met acht elektronen, maar die nu half-leeg is, omdat daar maar vier elektronen zitten. En wat gebeurt er nu als atomen verlangen naar volledigheid? Ze gaan samen! Vier waterstofatomen verbinden zich met één koolstofatoom en elk atoom doet daar zijn voordeel mee. Het koolstofatoom neemt de vier elektronen van de vier waterstofatomen op in zijn buitenste schil, die met acht elektronen nu eindelijk vol is. De vier waterstof-atomen integreren op hun beurt wederom de vier elektronen van de koolstof in hun binnenste schil. Zij bezitten nu elk twee elektro-nen en zitten dus ook vol. Resultaat: de atomen zijn een symbiose aangegaan en eindelijk gelukkig. En bij deze symbiose is het eerste molecuul ontstaan, de eerste vereiste voor leven. En het is ontstaan uit het verlangen naar vervolmaking.'

Wees dus geen heliumatoom, dacht Jensen, want sinds de les van zijn natuurkundeleraar stond het heliumatoom symbool voor hoe het niet moest. Het heliumatoom had geen zin om zich te bin-den. Als enig atoom bezat het namelijk in zijn binnenste schil twee elektronen. En daarmee vond het heliumatoom zichzelf volko-men. Het ging op aarde met geen ander atoom een symbiose aan. Het deed niet aan interactie. Het was gewoon volkomen, maar ook volkomen alleen.

O'Hara liep langs. Niemand zou hebben gemerkt dat ze blind was, want in het smalle gangpad tussen de rijen waar maar een richting mogelijk was, bewoog ze zich heel zelfbewust, zonder aar-zelen.

Jensen wilde iets tegen haar zeggen, maar ze was al te ver weg. Dus bereidde hij zich voor op het moment dat ze terug zou komen. Dan zou hij haar aanspreken.

Na een paar minuten was het zover. Ze kwam terug van het toi-let en had zijn rij bijna bereikt. Hij stond op, ze bleef staan en zei: 'Jensen?'

Hij zweeg verbluft. Hoe wist ze dat?

'Ben jij het, of vergis ik me?'

'Ik ben het,' zei hij en hij ging weer zitten. 'Ik wilde je daarnet al inseinen, maar toen sliep je.'

'Dat leek misschien zo, maar ik dommelde maar wat. Ik dacht al dat ik je stem hoorde, ik was alleen niet helemaal zeker. Ik neem aan dat je op weg bent naar Holbrook?'

'Ja, net als jij. Reis je alleen?'

'Er zat niets anders op.'

'Wil mevrouw misschien zitten?' vroeg een van Jensens buurvrouwen. 'Ik wil graag even opstaan, in verband met de bloedcirculatie. En dan kunt u beter praten.'

'Nee, dank u,' zei O'Hara. 'Het trombosegevaar is overigens veel geringer dan men ons wil doen geloven, dus maakt u zich geen zorgen.'

'Denkt u? Dan zou ik liever blijven zitten, want ik word altijd zo duizelig als ik opsta in het vliegtuig.'

'U moet alleen af en toe uw knieën even een beetje optrekken,' adviseerde O'Hara. 'Dat is voldoende. En wat meneer en mij betreft, wij brengen nog genoeg tijd met elkaar door om te kunnen praten.' Ze knikte Jensen en diens buurvrouw toe en ging terug naar haar plaats.

'Is ze dokter?' vroeg de buurvrouw aan Jensen. 'Ze heeft er kennelijk verstand van.'

De andere buurvrouw, die nog steeds op Jensens plek aan het raam zat, was al begonnen met de knieoefeningen.

Na de landing in Chicago kwam de stewardess aangerend om O'Hara te helpen. Ze haalde O'Hara's handbagage uit het vak en zei dat ze mee zou lopen naar de transferhal.

'Dat is niet nodig,' zei O'Hara. 'Jensen?'

'Hier ben ik.' De mensen dromden langs hem heen naar de uitgang. 'Geef mij de bagage maar,' zei hij tegen de stewardess. 'Ik zal wel voor mevrouw zorgen.'

De stewardess wierp hem een wantrouwige blik toe.

'Kent u deze meneer?' vroeg ze aan O'Hara.

'Vluchtig,' zei O'Hara. 'Maar we hebben dezelfde eindbestemming. Het is in orde. U hoort het, hij zorgt voor me.'

Jensen begreep de spottende ondertoon niet. Hij zei: 'Dat wordt toch van me verwacht? Het kwam gewoon zo uit.'

'Zoals u wilt,' zei de stewardess en ze gaf Jensen de handbagage van O'Hara: een zwarte zachtleren tas.

Inmiddels was het vliegtuig leeg. Jensen en O'Hara waren de laatste passagiers aan boord. De stewardess keek op haar horloge en zei dat ze op moesten schieten.

'Over een uur vertrekt uw vliegtuig naar Phoenix,' zei ze. 'Weet u zeker dat ik u niet naar de transferhal hoef te begeleiden? Chicago is niet zo'n overzichtelijke luchthaven. Als je hier de weg niet kent...'

'Maakt u zich geen zorgen,' zei O'Hara. 'Deze meneer hier is politieman. Hij heeft verstand van de labyrinten van de menselijke psyche. Dan mag een luchthaven eigenlijk geen probleem zijn.' Ze stootte Jensen aan ten teken dat hij voor kon gaan. Dat deed hij, met zijn handen vol.

Bij de ingang knikte de piloot ze toe. Hij maakte een erg vermoeide indruk, met donkere wallen onder de ogen en een grote levervlek op zijn voorhoofd die aan alle voorwaarden van een melanoom voldeed.

Jensen liep door de slurf. Een glazen deur ging automatisch open. In een grote hal leek het wel een mierenhoop.

'Wat is er?' vroeg O'Hara toen Jensen bleef staan om zich bij een plattegrond te oriënteren. Ze moesten naar terminal 15A.

'Ik zoek de uitgang,' zei hij.

'15A. We moeten naar 15A.'

'Dat weet ik ook wel. Maar ook als je de naam weet van de plek waar je naartoe moet, betekent dat nog lang niet dat je ook weet waar die plek is.'

Heel even dacht Jensen aan de onzekerheidsrelatie van Heisenberg, die uitdrukt dat je altijd alleen maar de impuls of de plaats van een deeltje kunt bepalen waar het zich op een bepaald moment ophoudt, maar nooit beide tegelijkertijd, met als consequentie dat de atomen en daarmee de complete materiële werkelijkheid zich onttrekt aan de volledige waarneming. De realiteit van een elektron en dus van de hele wereld was uiteindelijk niet meer dan een in principe onbewijsbare bewering.

'Vraag toch iemand,' zei O'Hara.

Hij voelde haar blindenstok in zijn nek. Ze stuurde hem daarmee als een *mahout* een olifant.

'Volg mij maar,' zei Jensen, 'het is daarginds.' Hij had een wegwijzer met de nummers een tot twintig ontdekt en spoedde zich eropaf. O'Hara hield continu contact met hem met haar stok. Soms voelde hij hem bij zijn schouder en soms aan zijn been, als een lastig insect.

Ze bereikten de ingang van het vliegtuig via allerlei gangen en roltrappen, en als Jensen al van plan was geweest O'Hara te ontlopen, was dat uiteindelijk moeilijk geworden, want in het vliegtuig naar Phoenix had men hun bij het inchecken in Brussel twee plaatsen in hetzelfde rijtje van drie toegewezen, zo bleek. Tussen hen in zat een bang meisje dat voor de start steeds omkeek naar haar moeder, die in de rij achter haar zat te doen of ze sliep. Er was kennelijk een fout gemaakt bij de seating, maar dat leek de moeder goed uit te komen.

Tijdens de vlucht kondigde de gezagvoerder turbulentie aan. Hij vroeg de passagiers de gordel om te doen. Hij was nog niet uitgesproken of het toestel zakte in een aantal gaten. De vleugels gingen op en neer. Het meisje had haar gordel niet om en hield zich stijf vast aan haar stoelleuning, met witte knokkels.

'Je moet je riem omdoen,' zei Jensen. Hij deed de gordel voor haar buik langs en klikte de gesp vast.

'Ik wil die riem niet om!' protesteerde het meisje en ze probeerde de gesp weer los te maken.

O'Hara haalde een geldbiljet uit de zak van haar jasje tevoorschijn en legde het bij het meisje op schoot.

'Tien dollar!' riep het meisje. 'Voor mij?'

'Natuurlijk. Maar het is geen cadeau. Het is je loon als je je gordel omhoudt. Je gordel omhouden is werk, want je zou eigenlijk liever iets anders doen, rondrennen bijvoorbeeld. En? Wil je het baantje, of niet?'

'Ik wil het,' zei het meisje en ze trok haar gordel nog strakker.

'Goed.' zei O'Hara tevreden. 'Overigens heb ik in Phoenix een auto met chauffeur gehuurd. Maar ik denk dat je liever zelf rijdt. Ik zal de boeking annuleren als we in Phoenix zijn.'

'Is goed,' zei Jensen. Zoals uwe genade wenst, dacht hij erachteraan. Hij had het meisje er ook zonder geld van overtuigd haar gordel om te houden.

Hij keek uit het raampje. Het enthousiasme dat hij anders altijd tijdens het vliegen voelde, wilde vandaag niet komen. Hij zag alleen maar wolken die voorsteden verborgen waarin mensen kant-en-klaarmaaltijden in de oven deden, omdat ze hadden gelezen dat magnetrons de vitamines vernietigden waarvan zij dachten dat die in kant-en-klaarmaaltijden zaten. En het was vrijdag vandaag. Onder andere omstandigheden had Stassen nu zijn afscheidsspeech gehouden. Het was de laatste dag in een keten van dagen waarvan het begin ergens decennia geleden lag en het ironische was dat deze laatste dag een opgeblazen, superlange dag was, omdat hij tegen de klok in vloog, de vrijdag tegemoet. Wat Jensen verbaasde, was dat hij niet het gevoel had dat er met deze dag een einde aan iets kwam, terwijl dat in feite wel zo was. Hij was geen politieman meer, geen arbeider. Hij was rentenier, vijftig jaar pas. Zelfs als hij vroeg stierf, had hij nog vijftien jaar te gaan en alles wat hij had bedacht om die jaren zinvol door te brengen was het dubbelspleet-experiment. Dat zou hem hoogstens twee jaar bezighouden, ook al nam hij nog zo de tijd. En dan? Wat kwam er na het experiment? Daar had hij eigenlijk nog nooit echt over nagedacht.

'Vandaag is mijn laatste werkdag,' zei hij ineens hardop, uit het raampje starend.

'Je laatste werkdag?' zei O'Hara. 'O ja, nu weet ik het weer. Je zei dat je ontslag had genomen. Waarom eigenlijk?'

'Wat voor taal spreken jullie?' vroeg het meisje in het Engels.

'Vlaams,' zei O'Hara. 'En nu mondje dicht. Je hebt dus ontslag genomen. Hoe oud ben je? Veertig? Vijftig? Vijftig, nietwaar? En wat ga je nu doen? Heb je een nieuwe baan? Iets heel anders? Een nieuw leven?'

Ja, dacht Jensen. Ik had ontslag moeten nemen om een nieuw

leven te beginnen en niet om het oude niet meer te hoeven leiden. 'Nee,' zei hij. 'Geen nieuw leven. Ik wil me wijden aan mijn...'
hij aarzelde voor hij toch voor het woord koos dat hem niet beviel,
'...hobby.'

'En wat is je hobby?'

'Natuurkunde. Kwantummechanica.'

'Kwak,' zei het meisje en ze giebelde brutaal. 'Kwak, kwak. Zo
klinkt het als jullie praten. Komen jullie uit Frankrijk? Daar eten
de mensen kikkers.'

'Ik wist helemaal niet dat je kwantummechanica als hobby kunt
hebben,' zei O'Hara. 'Hoe werkt dat? Heb je een deeltjesversneller
in de kelder?'

Jensen vergaf haar de spottende opmerking, omdat O'Hara niet
helemaal onkundig leek te zijn op het gebied van de moderne natuurkunde. 'Het boeit me, dat is alles.'

'Dan moet je me bij gelegenheid een keer het begrip entropie
uitleggen. Ik begrijp vooral niet hoe het precies zit met de richting
waarin de tijd zich ontwikkelt.'

Jensen keek haar verwonderd aan. Dat was een vraag waaruit
bleek dat ze over een zekere kennis beschikte. Hij voelde zich als
een kind dat in het bos onder een berg herfstbladeren een muntje
vindt.

'Ja, natuurlijk, graag,' zei hij. 'Het begrip entropie betekent...'

'Ik zei, bij gelegenheid,' onderbrak ze hem. 'Niet nu. Bij een etentje misschien. We moeten het toch ergens over hebben, nietwaar?'

'Zoals je wilt.' Hij sloeg zijn armen over elkaar en dacht: je zit te
mokken. Maar hij vond dat hij terecht mokte. Hij was blij geweest
met haar interesse, vooral omdat entropie tot een van de fascine-
rendste aspecten van de natuurkunde behoorde. En dan zo'n botte
afwijzing.

'Saai,' zei het meisje. 'Jullie zijn saai. Kwak, kwak.'

10

Laat in de middag landden ze in Phoenix. O'Hara gebruikte haar stok weer om Jensen voor zich uit te drijven, dit keer naar de balie van de autoverhuur.

'Het moet een suv zijn,' instrueerde ze. 'Niet te groot, geen duur merk, want we moeten misschien naar Mexico. En hij moet een cd-speler hebben. Ik wil naar muziek luisteren tijdens de rit.'

'Zoals u wenst,' zei Jensen en hij vroeg zich af welke muziek O'Hara het liefst luisterde. Hij gokte op chique Amerikaanse zangeressen in met pailletten bezette lange japonnen die hun liedjes over afscheid en verlangen met overdreven veel pathos te berde brachten.

Hij huurde een Chevrolet Blazer, een kleine suv met cd-speler. Terwijl de papieren in orde werden gemaakt, wendde de medewerkster van het verhuurbedrijf, een jonge vrouw met Aziatische trekken, zich tot O'Hara en vroeg: 'Rijdt u ook? In dat geval wordt de verzekering vijftien dollar duurder.'

'Nee,' antwoordde O'Hara. 'Er is maar een chauffeur. Ik rij niet zo goed.'

'Ik ook niet,' zei de medewerkster lachend en ze typte nog iets in op de computer.

Jensen vond het fascinerend dat de vrouw niet doorhad dat O'Hara blind was. Hij begreep het wel, O'Hara maakte niet die indruk. Nog niet, dacht hij. Hij was ervan overtuigd dat ze nog niet lang blind was. Haar gezicht stond nog levendig, niet zo stijf en naar binnen gekeerd als bij langdurig blinden. En haar manier van bewegen was vloeiend, niet voorzichtig en houterig. Ze had nog iets van de kordaatheid uit voorbije lichte dagen, toen ze zelfbewust door het leven was gegaan, zonder angst voor verborgen hindernissen.

Een ongeluk, dacht Jensen. Ze heeft een ongeluk gehad, maximaal een of twee jaar geleden. In haar herinnering is ze nog ziende en daar klampt ze zich aan vast. Maar op een dag zou de duisternis haar zijn wetten opleggen, onverbiddelijk. Net als bij de anderen die haar lot deelden.

'Kom op, we gaan,' zei O'Hara toen ze de autosleutels hoorde.

Ze liepen vanuit de koele luchthaven een overdekte parkeerplaats op. De droge hete avondlucht viel als een deken over Jensen heen. Kleine witte deeltjes zinderden voor zijn ogen. De al laag staande zon bestreek zijn gezicht. Het leek wel of iemand een straalkachel op hem gericht hield. Jensen had sinds Brugge zijn regenjas aan gehouden. Nu trok hij hem uit en zijn trui ook. Hij gooide de twee kledingstukken over zijn arm, een lastige baal stof die nu warm tegen zijn ribben drukte. Hij zou alles het liefst hebben weggegooid.

'Best heet hier,' zei hij.

'Maar droog,' zei O'Hara. 'Vergeleken met Shanghai in de zomer is het een heel aangename hitte.'

'Ja, heel aangenaam.'

Jensen brandde zijn vingers aan het handvat van het portier. Hij nam een stukje van zijn trui om het portier te openen. De auto moest eerst gelucht worden, anders hield je het niet uit.

Toen ze eindelijk in konden stappen, tastte O'Hara meteen naar het cd-vak en vulde het met cd's uit haar handtas. Ondertussen startte Jensen de motor en richtte de ventilatoren van de airconditioning op het hete stuur.

'Ik stel voor dat we vandaag alvast een deel van de afstand naar Holbrook afleggen,' zei hij. 'Van Phoenix uit is het ongeveer vijfhonderd kilometer.'

'Jij bent de chauffeur,' zei O'Hara kortaf en ze reden weg.

Op het moment dat ze van de parkeerplaats af een brede zesbaansweg op rolden, begonnen de Beatles te zingen. Ze luisterde naar de Beatles! *Sergeant Pepper's Lonely Hearts Club Band.* Hij had er vroeger al niets aan gevonden. Hij vond het poppenkast, muziek voor mensen die zonder hun handen uit de mouwen te steken bij een ongeluk bleven staan kijken hoe een zwaargewonde probeerde zich uit een wrak te bevrijden en dan ontsteld over de gruwelijkheid van het leven naar huis gingen. En die ontsteltenis vond uitdrukking in de muziek van die zogenaamde diepzinnige Beatles-liedjes, *The long and winding road*, *Yesterday* en hoe al die nepbelevingen ook maar mochten heten. Maar het ergste was dat die muziek het absolute tegendeel was van het landschap dat zich nu om hen heen uitstrekte, alleen zichtbaar voor Jensen natuurlijk, nadat ze de nederzettingsgrenzen van Phoenix waren gepasseerd: een grote leegte, een vlakke, stenige verte waarin verdorde, deels verbrande struiken net boven de grond uitstaken. Daarboven een eindeloze, diephangende hemel met een aan de horizon in eigen kleuren nagloeiende zon die eruitzag als een rode, fijngeknepen, overrijpe vrucht. Het was geweldig. In zo'n decadente wijdte kon je vrijer ademhalen. Hier woonden schijnbaar alleen dieren, van wie de overblijfselen fossielachtig op het asfalt waren achtergebleven: platte, structuurloze vlekken, sommige behaard, andere eigenaardig geschubd.

Pas na lange tijd kwam hun een ander voertuig tegemoet. De truck passeerde met grote snelheid. Jensen moest het stuur steviger vasthouden om de drukgolf op te vangen. Daarna lag de weg weer leeg voor hem, als een loopplank die het land in tweeën spleet. Een landschap dat eruitzag alsof iemand het hier in een gulle bui had neergelegd, gewoon om het hier eeuwig te laten zijn. Het had een prachtige belevenis kunnen zijn door deze ruimteverkwisting te zoeven, als daar niet die ontsierende muziek was, waar O'Hara alleen maar op hard volume van kon genieten.

'Heb je niets anders?'

'Wat?'

'Heb je geen andere muziek bij je?' herhaalde Jensen luider.

'Dit zijn de Beatles!' zei O'Hara, alsof hij iets essentieels niet had begrepen.

'Ja, dat hoor ik. Maar misschien heb je wel iets bij je dat beter bij het landschap past.'

'Het landschap is voor jou. Jij mag het hebben! Ik zeur niet over het landschap en jij niet over mijn muziek. Oké?'

Knorrig, met de archaïsche klankexperimenten in het oor, reed Jensen door. Toen de cd na een uur eindelijk het slotakkoord bereikte, schoof in de verte een heuvelrug voor de zon en werd het in één klap donker. Jensen deed de koplampen aan. Na een tijdje verschenen de eerste sterren helder aan de hemel. Jensen had plotseling de behoefte om in zijn eentje aan de bar van een motel een biertje te drinken. En nog een en nog een, tot hij zijn dagelijkse portie had gehad.

'Ik ben moe,' zei hij. 'Bij het volgende motel stoppen we.'

O'Hara draaide met een ruk haar gezicht naar hem toe, alsof hij een vies woord had gezegd. 'Nee, dat gaat niet.' Haar stem klonk eigenaardig toonloos. 'We moeten doorrijden. Er is iets gebeurd.'

'Iets gebeurd? Ik snap niet wat je bedoelt.'

'Ja, dat klinkt vreemd. Dat geef ik toe. Toen je net zei dat je bij het volgende motel wilde stoppen, had ik een...' ze aarzelde, '...een ingeving. Dat komt soms voor sinds...' Opnieuw leek ze niet zeker te zijn van haar woorden. 'Het komt gewoon soms voor. Ik weet ook niet waarom. Je zei dat je wilde stoppen en ik wist meteen dat het geen goed idee was. We moeten door naar Holbrook. Er is iets gebeurd en we hebben niet veel tijd meer.'

Ingevingen, dacht Jensen, ook dat nog.

'Luister eens,' zei hij. 'Ik ben moe en ik wil slapen. Bovendien rij ik niet zo graag 's nachts en het is al erg donker. Naar Holbrook is het nog drie, misschien vier uur rijden. Ik wil niet vanwege een ingeving van jou in slaap vallen achter het stuur, duidelijk?'

'Natuurlijk. Maar het is zinloos om met mij in discussie te gaan. Ik wil dat je doorrijdt en morgen zul je zien dat ik gelijk had. Ik heb de afgelopen twee jaar zeven keer een ingeving gehad en zeven keer klopte het. De kans dat deze ingeving op waarheid berust, bedraagt dus honderd procent. En als je nu denkt dat ik zo'n zweverige esoterische ben, heb je het mis. Ik geloof niet in bovennatuurlijke krachten en telepathie. Allemaal onzin. Toen ik de eerste ingeving kreeg, dacht ik dat het mijn zenuwen waren en zelfs de derde en de vierde nam ik niet serieus. Maar nadat ze elke keer waar bleken te zijn, begon ik ze als een ziekte te beschouwen waar ik mee moet leren leven. Misschien is er in mijn hersenen iets veranderd doordat ik blind ben geworden. Ik weet het niet. Ik geloof niet dat er onverklaarbare fenomenen bestaan. Er zijn alleen fenomenen waar we nog niet genoeg over weten. Dus rij nu maar door naar Holbrook en als je bang bent dat je daarbij in slaap valt: bij elk benzinestation kun je koffie krijgen.'

Ze drukte op de afspeelknop voor de volgende Beatle-cd, *Magical Mystery Tour*, en draaide de volumeknop nog een beetje verder open dan bij de eerste cd.

Jensen kneep in het stuur, staarde naar de middenstreep op de weg en zei: 'Goeie God.' Daarna zweeg hij, want het had toch geen zin. Hij had kunnen tegensputteren, kunnen stoppen bij het volgende motel en gewoon weigeren door te rijden, maar dat had hem niet verder gebracht dan een flinke ruzie. En die zou ze hem nooit vergeven, waarna de reis nog moeizamer zou verlopen dan nu. Bovendien zou ze hem de komende dagen verpesten met allerlei verwijten en dat was het allemaal niet waard.

Om haar tenminste een beetje te verontrusten, duwde hij het gaspedaal diep in. Zij kon niet zien hoe lijnrecht en verlaten de weg was. Je had hier probleemloos met z'n tweeën voor in de auto een potje kunnen schaken bij tweehonderd kilometer per uur.

De rit werd door het hogere tempo schokkeriger, maar O'Hara gaf geen kik. Ze zat stijf op haar stoel, met de ingeklapte stok op haar knieën. Een keer, na een oneffenheid in de weg, zag Jensen haar borsten onder de zwarte bloes op en neer wippen en heel even voelde hij een afschuwelijke, verachtelijke geilheid opwellen. Hij wendde onmiddellijk zijn blik af.

De nacht kwam minder snel dan hij had verwacht. Hij had vooral last van de lange schemerfase, het diffuse schemerlicht. De omgeving vervloeide tot een vormloze vlakte, een donkere nevel waarin soms in de verte iets oplichtte dat plotseling weer verdween. Hij moest zich erg concentreren om het beetje te kunnen ontwaren dat hij nog kon zien: de middenstreep, de met dierresten bezaaide weg en de lichtkegel van zijn eigen koplampen. Hij had het idee dat hij zich nog nooit zo had hoeven inspannen om zo weinig te zien.

Na een tijdje hoorde hij een vreemd geluid. Hij kon het eerst niet thuisbrengen en had ook niet gemerkt dat de Beatles zwegen. Het was stil geworden in de auto, behalve dus dat geluid. Het kwam van O'Hara. Ze snurkte zachtjes, met haar kin op haar borst, de ingeklapte blindenstok nog steeds stevig in haar hand, als een geweer. Een ingeving hebben en dan in slaap vallen, dacht Jensen boos. En hij moest doorrijden.

Hij legde de rest van de rit af in een soort wakkere afwezigheid. Zijn lichaam stuurde, zijn geest volgde de gebeurtenissen met vertraging. Net op tijd ontdekte hij het bord voor de afslag, weg van de *highway*, naar een hoogvlakte waarboven een overweldigende sterrenhemel blonk. Daaronder verschenen lichtjes, onwerkelijk dicht bij de sterren, en vlakke huizen aan een straat, een knipperend stoplicht.

Jensen wekte O'Hara.

'We zijn er,' zei hij.

'Dat is mooi,' antwoordde O'Hara slaperig. 'Bedankt. Hoe laat is het?'

Hij keek op het digitale klokje boven de cd-speler.

'Halfelf. Is het goed als ik nu een motel zoek? Of zijn er nog ingevingen waar ik rekening mee moet houden?'

O'Hara gaapte. 'Nee, ga maar naar het motel. Er is er maar eentje, geloof ik.'

Ze had gelijk. Aan de rand van het plaatsje bevond zich een motel van een Amerikaanse keten, een Hampton Inn.

Jensen parkeerde de auto op de verlaten parkeerplaats. Ze waren kennelijk de enige gasten. Alle ramen van het gebouw van twee verdiepingen waren donker. Alleen in een nevengebouwtje brandde licht.

'Jij wacht in de auto,' zei Jensen, 'dan regel ik twee kamers.'

'Ik wil een kamer met een kingsize bed,' zei O'Hara. 'Kingsize, niet *queensize*. Daar hecht ik aan. Hier is mijn creditcard. Ik betaal alles.' En ze reikte Jensen haar creditcard.

Maar Jensen duwde haar hand weg. 'Ik betaal zelf,' zei hij.

'Nee, dat wil ik niet. Je begeleidt mij en ik betaal de onkosten. Dat was de deal.'

'We hebben helemaal geen deal. Door samenloop van omstandigheden zijn we elkaar tegengekomen in het vliegtuig. En nu zijn we hier en we hebben hetzelfde reisdoel, om verschillende redenen. Jij betaalt jouw kamer en ik betaal de mijne. Overigens heb ik genoeg aan een queensize bed.'

'Dat is niets om trots op te zijn,' zei O'Hara en ze stopte haar creditcard terug in haar handtas.

Jensen stapte uit. De nacht bracht geen soelaas. Het was nog steeds vreselijk warm. In je blootje slapen, maximaal toegedekt met een laken, was de enige oplossing, maar Jensen kon alleen slapen als hij het gewicht van een deken voelde. Airconditioning vond hij ook niets. Dan vatte je kou.

Dat slapen wordt niets, dacht hij ontstemd terwijl hij over de stoffige parkeerplaats naar het nevengebouwtje liep.

Boven de deur hing een met een kaal peertje verlicht houten bord waar WELLCOME op stond. En op dat moment wist Jensen het zeker: dit motel deugde niet. De spelfout was waarschijnlijk het begin van alle ellende.

Hij liep de receptie binnen. Er rinkelde een belletje. Op de balie stond een ventilator die je haar uit het gezicht blies. Jensen draaide de ventilator naar de muur toe, waardoor de daaraan hangende notities begonnen te ritselen. Een aantal raakte los en fladderde op de grond. Er was niets waarmee je kenbaar kon maken dat je er was, dus zei Jensen met luide stem: 'Hallo, is daar iemand?'

En toen zag hij de omgevallen stoel achter de balie.

Een smalle gang kwam op twee verdere kamers uit. Boven de deuropening hing een religieuze prent. Jezus wees met twee vingers naar zijn met doornen omrankte hart en sloeg zijn wel zeer blauwe ogen ten hemel. Het prentje was versierd met gedroogde takken waar een donkere spin haar web in had gemaakt. Jensen vroeg zich af of het een zwarte weduwe was. De beet daarvan was levensgevaarlijk. Wie kon hem garanderen dat er in de kamers niet ook zulke spinnen huisden?

'Is er iemand!' riep hij boos. Hij had nu al een hartgrondige hekel aan dit motel. Maar hij had geen keus. Er was geen ander motel.

Hij keek de gang door en ontdekte rode druppels op de vloer. Een bloedspoor dat naar een van de kamers liep.

Misschien een overval, dacht Jensen en hij greep in een reflex naar zijn heup. Maar daar zat niets. Normaal had hij daar zijn holster met de Glock, een betrouwbaar wapen waar hij zich op dit moment een stuk veiliger mee zou hebben gevoeld.

Voorzichtig sloop hij de gang in. Hij lette goed op dat hij niet in het bloedspoor trapte. De deur waar het spoor heen leidde, stond op een kier. Jensen spiedde door de kier en zag twee eigenaardige schoenen. Ze leken op rijglaarzen. Van een van de schoenen was de zool belachelijk dik. Het was een orthopedische schoen. Jensen had een dergelijke schoen al in geen jaren meer gezien, maar herinnerde zich Ralf Höller, klompvoet Ralf.

Hij duwde de deur een stukje verder open en zag een vreemd gevormd lichaam op een veldbed liggen. Een man, niet veel groter dan een kind. Een dwerg met een oud, gelooid gezicht en een bloedende wond op zijn voorhoofd. De handen van de man waren absurd groot, net als het pistool dat hij op Jensen richtte.

'Kalm aan,' zei Jensen zacht.

Het was niet de eerste keer dat er een wapen op hem werd gericht. In zijn hoofd spoelde hij af wat hij in de basisopleiding had geleerd.

'Rustig aan,' herhaalde hij. 'Ik heet Hannes Jensen. Ik doe mijn handen omhoog, zodat je kunt zien dat ik ongewapend ben.' Jensen deed wat hij had beloofd. 'Je hoeft niet bang te zijn. Ik kom niet dichterbij als je dat niet wilt.'

De man ging rechtop zitten. Bloed sijpelde over een wang. Hij veegde het weg met zijn vrije hand. Daarna spande hij de haan van het wapen. Het klikken had iets definitiefs.

De ogen van de man waren donker, bijna zwart. Ze fonkelden, maar niet op een zorgwekkende manier. Hij had geen haat of waanzin in zijn ogen, het was meer wantrouwen, verwarring.

'Wat wil je?' vroeg de man met een hoge benepen stem.

'Ik wil een kamer. Ben jij de pachter van dit motel?'

De man knikte. 'Je komt hier niet vandaan,' zei hij. 'Waar kom je vandaan? O, en die handen blijven omhoog.'

'Ja, ja. Ik kom uit België. Dat ligt in Europa. Ik ben op doorreis. Met een... vriendin van me.'

Hij heeft zijn vinger aan de trekker, dacht Jensen. En het wapen staat op scherp. Hij heeft geen verstand van wapens. Of hij wil schieten. Hij is gewond, maar niet zwaar. Ik zou kunnen proberen uit de vuurlijn te springen en naar de auto te sprinten. Hij kan me met zijn kreupele poot nooit inhalen. De kamer heeft geen ramen, dus hij kan ook niet door het raam schieten.

De man observeerde hem zwijgend. Hij ademde zwaar. Zijn gedrongen uitpuilende borstkas ging bijna meelijwekkend snel op en neer.

'Zo'n schot valt snel als je je vinger aan de trekker hebt,' waarschuwde Jensen. 'Ik zou liever zien dat je je vinger gestrekt aan de trekker legt. Dan kun je nog steeds heel snel schieten, mocht je dat nodig vinden.'

'Je komt dus uit België,' zei de man. Hij kneep zijn ogen tot spleetjes. 'Hier komen niet veel Belgen. Ik heb er nog nooit eentje gezien. Dat is nogal een toeval.' Hij veegde met zijn mouw opnieuw het bloed uit zijn gezicht en deed een pas naar achteren om tegen de muur aan te kunnen leunen. 'Een vervloekt toevallig toeval, noem ik dat.'

'Toeval, hoe bedoel je?' vroeg Jensen.

'Ik bedoel Ritter.'

Hij kent Ritter, dacht Jensen. Was het misschien beter net te doen of hij niet wist waar het over ging?

'Zie je wel,' zei de man grijnzend. 'Je kent Ritter. Ik zie het aan je gezicht. Het straalt als dat spul dat in het donker oplicht. Je wilt geen kamer, je bent hier vanwege Ritter. En ik wil weten wat dat met mij te maken heeft. Kom maar op. De waarheid mag op tafel. Net als bij het pokeren, kaart voor kaart, woord voor woord.' Hij ging op de rand van het veldbed zitten en hield de revolver met twee handen vast.

Jensen keek in de loop. Hij deed zijn handen nog verder omhoog. Tot hij met zijn vingers de deurpost aanraakte.

'Ik ben politieman,' zei Jensen. 'Brian Ritter werd dood gevonden in Brugge, in België, en ik zat op die zaak. Ritter stierf aan een ziekte, maar er zijn nog onduidelijkheden. Daarom ben ik naar Holbrook gekomen. Ik wil de vrouw van Ritter spreken. Dat is alles. Het heeft helemaal niets met jou te maken. Ik weet nog niet eens wie je bent. Je moet je wond verzorgen. Je bloedt sterk. Je moet het laten hechten, anders wordt het een litteken. Ik stel dus voor dat je de revolver weglegt en een dokter gaat bellen.'

De man boog licht voorover en begon hees te lachen. 'Je wilt zijn vrouw spreken? Echt waar? Je wilt Joan Ritter spreken?' Hij keek Jensen aan en schudde lachend zijn hoofd. 'En het is nog echt waar ook! Ik zie het in je ogen. Je wilt Joan Ritter spreken en ik geloof zelfs dat je een kamer wilt. Hartelijk welkom in het Hampton Inn Holbrook.'

De man schoof de revolver onder het kussen van het veldbed en stond op. Hij stond te trillen op zijn dunne beentjes. Het bloed druppelde uit zijn haar op de grond.

Jensen liet zijn handen zakken. 'Was het een overval?' vroeg hij.

'Dit?' De man streek over de wond en bekeek het bloed aan zijn handen. 'Nee, het was een verhoor. Zo'n beest stelde me vragen. Hij gromde en gromde. Ik verstond er niets van. Ik ken geen beesten-taal. En toen werd het beest boos en sloeg me. Maar ik kon er niets aan doen, ik kon geen touw vastknopen aan zijn gegrom. Hallo, ik ben overigens Jack Dunbar.' En hij stak zijn bebloede hand uit.

Toen Jensen aarzelde, bood Dunbar hem zijn elleboog aan. Jensen greep ernaar.

'Ik run dit motel al elf jaar. Het is het enige motel in Holbrook, het laatste. Kom, je moet je inschrijven van de wet.'

Dunbar kwam tot Jensens borstbeen en Jensen was zelf al niet zo lang als hij graag zou hebben gewild.

'Je moet naar een dokter,' zei hij terwijl hij Dunbar volgde naar de receptie. 'Die wond moet worden verzorgd.'

'Ja,' zei Dunbar. 'Ik zal mijn hond de wond laten aflikken. Dat reinigt en de hond krijgt eindelijk iets lekkers tussen zijn kiezen. Honden missen bloed, weet je?' Hij schoof het blok met de reserve-ringsformulieren naar Jensen toe. 'Netjes invullen en je creditcard heb ik ook nodig. Je hebt je vriendin meegenomen, zei je? Mag ik die even zien? We doen hier niet aan kamers per uur.'

'Ze zit in de auto. En het is niet mijn vriendin. We nemen twee kamers. Eén kamer moet een kingsize bed hebben. Wat ik nog graag zou willen weten is of dat verhoor, zoals je het noemde, iets met Ritters dood te maken had.'

Dunbar drukte een velletje kopieerpapier op zijn wond. 'Dat moet je aan dat beest vragen,' zei hij. 'Maar ik ben bang dat jij dat gegrom net zomin verstaat als ik. Ben je echt politieman? Ja, ik zie het aan je. Je bent een open boek, weet je dat? Vreemd dat je dit beroep hebt gekozen.'

Jensen ontweek Dunbars blik. Hij vond de donkere, doorborende ogen onaangenaam. Ze hadden iets beangstigends. Hij gaf Dunbar zijn creditcard, die ernaar staarde en het nummer op de kaart voor zich uit begon te prevelen. Daarna sloot hij zijn ogen en herhaalde het nummer.

'Het creditcardapparaat is kapot,' legde hij uit. 'En ik heb geen zin om die lange nummers op te schrijven. Dat is ook niet nodig. Ik heb een goed geheugen.'

Met de dikke zool van zijn schoen duwde hij een krukje naar het sleutelbord. Hij klom erop en moest toch nog op zijn tenen gaan staan om bij de sleutels te kunnen komen. Hij pakte een sleutel van een haakje, veranderde opeens van mening en hing de sleutel terug.

'Nee. Jij en je vriendin krijgen de beste kamers,' zei hij. 'Ze zijn een halfjaar geleden helemaal vernieuwd. Voor die kamers heb je een codekaart nodig, geen sleutel meer.' Hij klom weer van het krukje af, trok een la open en legde twee kaartjes voor Jensen neer. 'Je doet de kaart in de gleuf en dan gaat de deur vanzelf open,' zei hij trots met een druppel bloed aan het puntje van zijn neus.

'Bedankt,' zei Jensen. 'Dan heb ik nog een vraag. Waar vind ik mevrouw Ritter? Waar woont ze precies en hoe kom ik daar?'

Dunbar keek Jensen geamuseerd aan. 'Ja, precies,' zei hij. 'Je wou haar spreken. Ik kan je helaas niet zeggen waar ze woont. Ik weet alleen waar ze zich momenteel bevindt. Ze ligt in het mortuarium van ons plaatselijke ziekenhuis, twee mijl oostwaarts.'

Jensen geloofde zijn oren niet. 'Dit is een grapje,' zei hij.

'O, nee. Ik zou nooit grapjes maken over Joan Ritter. Nooit. Het is echt waar. Ze is dood. Ze hebben haar vanochtend in een van de vijfhonderd kamers van haar mooie villa gevonden en heel Holbrook rouwt. Voel je dat niet? Er hangen tranen in de lucht. Misschien genoeg voor een buitje. We kunnen wel wat regen gebruiken. Nee, de lady is dood. Daar is niets meer aan te doen. De Here heeft haar tot zich genomen.' Dunbar sloeg drie keer een kruis op katholieke manier.

Jensen dacht aan Rick en Oliver en hoe ze de stewardess hadden verteld dat hun ouders dood waren. Wanneer was dat geweest? Dinsdag. Drie dagen geleden.

'Wanneer is ze precies overleden?' vroeg hij aan Dunbar.

'Zei ik toch. Ze hebben haar vanmorgen gevonden.'

'Ja, maar het kan zijn dat ze drie of vier dagen, of nog langer zelfs, dood in haar huis heeft gelegen. Je weet het dus niet zo precies?'

Dunbar lachte. 'Iemand als Joan Ritter ligt niet drie dagen onopgemerkt ergens dood. Ik misschien. Mij vinden ze pas als ik hier naast de vuilnisbakken op de binnenplaats stink tot aan de grote weg. Maar Joan Ritter niet, hoor! Die is vanochtend gestorven en een halfuur later was de sheriff er om haar te betasten. Het zou me niet verbazen als hij haar zelfs had bevingerd.'

'Is de doodsoorzaak bekend?'

'Dat interesseert toch geen hond! Ze is dood. Meer hoef ik niet te weten.' Dunbar trok het met bloed volgezogen blad papier van zijn voorhoofd en gooide het in de prullenbak. Hij pakte een nieuw velletje om op de wond te drukken.

'En die sheriff?' vroeg Jensen. 'Hoe heet hij en waar vind ik hem?'

'Caldwell heet hij. En je vindt hem overal waar eten is. En nu wens ik je welterusten. Ik moet uitrusten. Ik ben al lang niet meer in elkaar geslagen. Ik ben het niet meer gewend. Tot morgen.'

'Is de sheriff de man die je heeft verhoord?'

'Het beest? Nee, dat was niet Caldwell. Hij is ongelooflijk vet en elke vrouw in Holbrook moest zijn hand al eens uit het decolleté halen, maar verder is hij oké.'

Dunbar knikte Jensen vermoeid toe en hompelde terug zijn kamer in. Bij elke stap zakte hij door zijn heup.

Jensen liep terug naar de auto. Even leek het of O'Hara geduldig had zitten wachten op zijn komst, maar toen hij het portier opendeed, sneerde ze: 'Waar slaat dit op? Waarom duurde het zo lang?

Heb je soms een biertje zitten drinken? Kon dat niet wachten tot ik in mijn kamer ben?'

Jensen was opeens doodmoe. Hij had geen zin om O'Hara de details te vertellen, dus zei hij: 'Ik werd opgehouden, sorry. Ik leg morgen wel uit waarom. Nu wil ik alleen maar graag naar bed.'

Hij haalde de bagage uit de kofferbak en sleepte zijn lichte en de zware koffer van O'Hara de trap op naar de bovenverdieping van het motel. Een smalle veranda leidde naar een paar kamers.

'Waarom werd je opgehouden?' vroeg O'Hara achter hem. 'Is er iets gebeurd? Iets bijzonders?'

'Ja, maar dat kan wachten tot morgen, echt.'

'Dus het was goed dat we hier direct naartoe zijn gereden en dat we niet hebben overnacht onderweg?'

'Mogelijk.'

Op de veranda was het nog warmer dan beneden. Uitgerekend voor de deuren van hun kamers lag een hond. Waarschijnlijk de hond waar Dunbar over had gesproken. Hij lag pontificaal in de weg.

'Een hond,' waarschuwde Jensen nog, maar het was al te laat. O'Hara struikelde. Hulpeloos greep ze naar iets om zich aan vast te kunnen houden. Ze kreeg de balustrade te pakken. De hond sprong op en probeerde O'Hara's bril af te schudden, die achter een van zijn oren was blijven haken.

'Mijn bril!' riep O'Hara. 'Geef me mijn bril! Waar is hij? Hij moet hier ergens liggen!'

Jensen begreep de paniek in haar stem niet. Het klonk alsof ze iets van levensbelang kwijt was.

O'Hara bedekte haar gezicht met beide handen. 'Schiet op!' zei ze. 'Zoek hem. Alsjeblieft!'

'Maak je niet druk,' zei Jensen. 'Hier is ie al.' Hij raapte de bril op en gaf hem aan O'Hara die zich meteen omdraaide en de bril zorgvuldig weer opzette.

'Doe je mijn deur even open?' vroeg ze. 'En bedankt.'

Jensen deed wat er van hem gevraagd werd.

Zonder nog een woord te zeggen verdween O'Hara in haar kamer. Het was allemaal zo curieus, vond Jensen. Haar gedrag daarnet, Dunbar met zijn revolver, de dood van Ritters vrouw. Allemaal erg curieus. En het woord maalde door zijn hoofd: curieus, curieus, curieus...

Jensen ging in zijn kamer op het bed liggen en begon te lachen. Eerst zachtjes en toen steeds harder. Op een gegeven moment liepen de tranen hem over de wangen. Hij beet in een kussen, zodat O'Hara in de kamer naast hem zijn lachen niet kon horen. Ze zou het niet begrijpen. Dat deed hij zelf trouwens ook niet.

Hij viel in zijn kleren in slaap. Ook deze nacht verliep zonder dromen.

11

Toen hij de volgende ochtend wakker werd, plakte alles. Zijn kleren waren nat van het zweet. Hij stapte meteen onder de douche en trok daarna het enige luchtige overhemd aan dat hij bezat. Hij had het ooit in Griekenland gekocht. Het was bedrukt met parasolletjes en strandballen. Een belachelijk overhemd, maar wel lekker wijd. Het in de tv geïntegreerde digitale klokje stond op negen uur.

Hij liep de veranda op. Geen overhemd ter wereld kon tegen deze hitte op. De zon vrat zich onmiddellijk dwars door de stof heen en brandde op zijn huid. Beneden op de parkeerplaats lag Dunbars hond in een strookje schaduw. Je kon van hier boven geen huizen zien. Het motel scheen aan de rand van een verdorde vlakte te staan waar stofwolken vrij spel hadden. De straat waar het motel aan lag, was leeg. Van beneden klonk zacht radiomuziek, maar dat versterkte de indruk van de volkomen stilte alleen maar.

Jensen klopte op de deur van zijn buurvrouw.

'Ben jij het?' klonk het vanuit de kamer.

'Ja.'

'Wat wil je?'

De vraag verraste hem.

'Nou, ik heb honger. Jij niet?'

'Jawel.'

Ze deed de deur open. Jensen schrok van de aanblik.

'Gaat het niet goed met je?'

Haar gezicht was lijkbleek. Op haar voorhoofd stonden diepe groeven die er gisteren nog niet waren geweest. Bijna verticale groeven die zich bij de neuswortel vernauwden. En er was nog iets: haar kleren, wat ze aan had.

'Heb je pijn?' vroeg Jensen.

'Hoofdpijn, ja. Maar het gaat wel.' Ze leunde tegen de deur en het zag er niet naar uit dat ze van plan was haar kamer te verlaten.

'Heb je iets tegen de pijn? Ik kan iets voor je gaan halen.'

'Dat is niet nodig, dank je. Het is zo over. Ik ga even liggen. Ik heb slecht geslapen. Als je terugkomt van je ontbijt bespreken we het plan voor vandaag. Maar eerst wil ik nog graag weten wat er gisteravond aan de hand was.'

'Oké,' zei Jensen. Hij was ongeconcentreerd, maakte zich zorgen om haar. Ze zag er ziek uit, maar ook verleidelijk. Tot nu toe had ze steeds wijde conventionele broekpakken gedragen, maar nu droeg ze een strak blauw rokje, een erg kort rokje, met daarboven een strak T-shirt. Het verwarde Jensen. Hij wist niet waar hij kijken moest. Haar benen, haar borsten, de roodgelakte teennagels.

'Wat was er?' vroeg ze. 'Vertel op.'

Ze was ziek, maar stond in die provocerende kleren voor hem, in dat veel te korte rokje. Hij staarde naar haar benen, moest naar haar benen staren. Ze is veertig, dacht hij. Godallemachtig.

'Ze is dood,' zei hij.

'Wie?'

'De vrouw van Brian Ritter.'

Marleen Moens, dacht Jensen. Dat was de laatste keer geweest. Marleen Moens. De enige keer in twaalf jaar en het was inmiddels zes jaar geleden.

En ze ruikt lekker. Ze ruikt lekker hoewel ze ziek is.

'Ze is dood,' zei hij en hij deed een pas achteruit om haar niet meer te hoeven ruiken. Hij wendde ook zijn ogen iets af om haar niet meer te hoeven zien. 'Ze is gisteravond, eh, gisterochtend,' corrigeerde hij zichzelf, 'dood in haar huis aangetroffen. Ik moet dat vandaag gaan uitzoeken. Ik ga zo naar de sheriff. Rust nog maar even uit. Ik ben over twee uur terug.'

'Nee,' zei ze. 'Wacht even, ik ga mee.'

'Waarom? Het gaat niet goed met je. Je ziet bleek. Je moet even rustig aan doen. Is het om dat Mexicaanse dienstmeisje? Die loopt niet weg. Vanmiddag rijden we naar het huis van de Ritters en dan kun je haar spreken. Maar met de sheriff wil ik alleen spreken.'

'O, en hoezo dat?'

'Omdat alles nu anders is. Ritter is dood en nu ook zijn vrouw. Het lijkt erop dat Rick en Oliver, de zoons, dat hebben geweten en wel vóór de moeder overleed. Dat moet ik uitzoeken. Het gaat nu om een rechercheonderzoek. En jij bent niet bij de politie.'

'Was gisteren niet je laatste werkdag? Je bent vandaag net zomin bij de politie als ik. Ik heb mijn rode schoenen nodig. Kun je ze even zoeken, alsjeblieft? Ze staan onder het raam. Ik denk het tweede paar van rechts, maar ik weet het niet meer helemaal zeker. Ik was erg moe gisteren.' Ze deed de deur wijd open en liep op de tast de badkamer in. 'Ik ben zo terug,' zei ze voor ze de deur dichtdeed. 'En dan hoop ik dat mijn schoenen klaarstaan.'

Jensen greep zijn kans en sloeg op de vlucht. Anders kon je het niet noemen. Het was een vlucht. Hij rende de trap af, stapte in de auto, gaf gas en verdween in een grote stofwolk. Er waren momenten dat iets in je reageerde zonder reden. Het leek op het opwekken van deeltjes in een vacuüm, dacht Jensen, of in de leegte van het heelal waar voortdurend deeltjes ontstonden uit het niets: elektronen, protonen, van alles. Ze werden opgewekt ex nihilo en onmiddellijk weer vernietigd, omdat hun bestaan indruiste tegen de wetten van de natuur. Als je dat vertaalde naar de mens, was de op het ongeoorloofde ontstaan volgende vernietiging vergelijkbaar met berouw. Jensen had de straat nog niet bereikt of hij vond zichzelf een eikel. Hij wilde terugrijden om O'Hara toch mee te nemen. Op hetzelfde moment verwierp hij dat besluit weer en reed door, waarna het berouw opnieuw begon te knagen. Maar hij hield stand.

Na een korte rit parkeerde hij voor een *diner*: *Denny's*. Hij wilde ontbijten, moest vragen hoe hij bij het bureau van de sheriff kwam en hij wilde erover nadenken wat er zo-even eigenlijk gebeurd was.

Hij bestelde een traditioneel ontbijt met bacon, *hash browns*, en wat de serveerster verder allemaal adviseerde. Ze sprak traag, slaperig, en er klopte iets niet met haar ene oog. Het ooglid hing eroverheen, waardoor er maar een spleetje zichtbaar was.

Jensen was de enige gast. Door het grote raam had hij zicht op de verlaten hoofdstraat en de dichtgetimmerde winkeletalages.

Zes jaar, dacht hij terwijl hij op zijn ontbijt wachtte. Daar lag het aan, iets anders kon hij niet verzinnen. Hij was in al die jaren iets kwijtgeraakt. Niet de begeerte zelf, maar wel de bereidheid om iets te ondernemen om hem te stillen. Hij keek niet meer om zich heen.

Dat was niet van de ene op de andere dag gebeurd. Het was een langzaam proces van blind worden geweest. Na een tijdje had hij de mogelijkheden niet meer gezien die misschien best hadden bestaan als hij bij de Celtic Ireland zijn biertje had gedronken. Nooit aan de bar, want daar zaten de vrouwen, velen van zijn leeftijd en velen alleen, net als hij. Hij zat in gedachten verzonken aan een tafeltje voor twee aan het raam, uitkijkend op de Breidelstraat. Soms ving hij de blik van een van de vrouwen aan de bar wel op, maar hij verstond de taal niet meer en het deed hem niets.

Op straat keek hij knappe jonge vrouwen na. Soms laaide het vlammetje dan even op. En als hij zijn lichaam af en toe mechanisch rust verschafte, tussen het lezen van zijn natuurkundeboek door, dacht hij aan zo'n jong ding. En daarna las hij weer verder, alsof er niets gebeurd was. En er was ook niets gebeurd.

Hij ervoer zijn onthouding met de tijd als iets natuurlijks, waar hij, dacht hij, geen moeite mee had, omdat hij vrijwillig abstinent was. Dat gold althans voor de afgelopen zes jaar. De eerste zes jaar na Margaretes dood was het anders geweest. Toen had het verdriet hem met zijn gezicht in het stof geduwd. En als hij had geprobeerd zich te ontworstelen aan de ijzeren greep, opkeek, een vrouw zag en aan die vrouw ook maar de geringste overeenkomst met Margarete ontdekte, al was het maar de kleur van de ogen, had hij zijn blik onmiddellijk weer afgewend en had hij zonder tegenstribbelen zich weer laten neerduwen in het stof. Destijds had hij erg naar liefde verlangd, maar er leek geen vrouw te bestaan bij wie hij niet het gezicht van Margarete zag. Zijn korte affaire met Marleen Moens was een vergeefse poging geweest de lange schaduw van Margarete te trotseren, in de hoop dat Marleen Moens na verloop van tijd achter het masker van zijn overleden vrouw tevoorschijn zou komen als de persoon die ze eigenlijk was.

De serveerster bracht zijn ontbijt, een bord heerlijk ruikende vette dingen. Hij at met lange tanden. Er was iets mis en dat lag aan O'Hara.

Het klopt allemaal niet, dacht Jensen. Ik keek niet meer om me heen, dat is waar, en ik heb kansen laten lopen, dat is ook waar. En ik had geen moeite met de onthouding. Maar dat was alleen maar omdat ik geen andere keus had. Op het bureau werkten geen vrouwelijke collega's. Hij was voortdurend omringd geweest door mannen. Op zijn werk had hij vrouwen moeten arresteren of in veiligheid brengen. Als politieman in dienst leer je geen vriendin kennen, dat was een gouden regel. En in zijn vrije tijd was hij zelden uitgegaan. De vrouwen van zijn leeftijd meden cafés en de vrouwen aan de bar van de pub vielen van de ene teleurstelling in de andere. Er was geen enkele vrouw in zijn buurt geweest, zes jaar lang niet. Niet voldoende nabij in elk geval. Niet mooi en begerenswaardig pal voor zijn ogen in de deur van haar hotelkamer, op blote voeten, in kleren die de blik naar benen en borsten trokken, een vrouw die hij rook, een vrouw die je bijna kon aanraken.

Tot nu toe was O'Hara voor hem en mooi gezicht zonder lichaam geweest. In haar broekpak had ze eruitgezien als een strenge zakenvrouw en dat had zo moeten blijven. Natuurlijk mocht ze aantrekken wat ze wou. Het was niet haar schuld dat ze de geilheid in hem had gewekt. Aan de andere kant kon ze niet van hem verwachten dat hij er niet op zou reageren. En dus was hij gevlucht. Zijn reactie. En niet de slechtste, vond Jensen.

Bovendien, stel je voor dat hij samen met O'Hara in die kleren bij de sheriff binnen was komen lopen. Ze zou alle aanwezigen de adem hebben benomen. Als Caldwell echt zo'n rokkenjager was als Dunbar had gezegd, zou hij Jensen geen seconde serieus hebben genomen. Je geeft geen informatie over een lopende zaak aan een pardoes binnenvallende Belgische politieman die ook nog eens verschijnt in gezelschap van iemand als O'Hara in haar kleren van vanochtend. Jensen stelde zich voor hoe ze op een stoel tegenover Caldwell haar benen over elkaar zou hebben geslagen.

Nee, dacht Jensen, ik heb juist gehandeld. Hij wenkte de serveerster en betaalde.

'U hebt helemaal niets gegeten,' zei de serveerster met haar blik op Jensens bord. 'Was het niet lekker?'

'Jawel. Het was erg lekker. Maar het was een beetje veel. Ik had niet zo'n honger. Kunt u me vertellen hoe ik bij de sheriff kom?'

'De sheriff zit hier vlakbij,' zei ze met een vage handbeweging. 'Volgende straat rechts. Komt u uit Canada?'

'Nee, uit België.'

De vrouw fronste haar voorhoofd. 'België. Dat was een paar dagen geleden op de radio. Wat is daar ook alweer gebeurd? Er was iets. Ik kan het me niet meer herinneren. Ik heb een geheugen als een zeef.'

'Misschien had het te maken met Brian Ritter? Hij is onlangs tijdens een reis in België overleden.'

De serveerster sloeg zich voor het hoofd.

'Ja, natuurlijk! De edele Ritter. Dat was het. En zijn vrouw hebben ze gisteren ook gevonden. Doodgestoken, zeggen ze.'

12

Het bureau van de sheriff was een plat gebouw, een verdieping hoog. Het had gespiegeld glas, waarop iemand in de stoflaag met zijn vinger een fallussymbool had getekend. Het kantoor bestond uit slechts drie ruimtes. Alle tussendeuren stonden open. Jensen keek de eerste ruimte binnen. Een jonge politieman deed met zijn voeten op het bureau en de armen over elkaar een dutje. Op zijn bureau lagen de onderdelen van een revolver. Kennelijk was de man bezig geweest het wapen schoon te maken toen hij werd overmand door slaap. Het was heet en benauwd in de kamer. De efficiëntie van de airconditioning stond in geen verhouding tot het lawaai dat hij veroorzaakte.

In de volgende ruimte zat iemand die zonder twijfel sheriff Caldwell was. Hij zat met zijn rug naar Jensen toe. Ongelooflijk vet, had Dunbar gezegd en dat was bescheiden uitgedrukt. Caldwells massa werd gedragen door een extra brede bureaustoel, waarvan zelfs de versterkte middenas nog een lichte kromming liet zien. Tekenen van materiaalmoeheid. In het raam van het kantoortje hing een kaart van het district en aan de muur hing de vlag van Arizona, met de ster met de gele en rode stralen.

Jensen klopte op de deur en Caldwell draaide zich in een bijna verleidelijk traag tempo om. Zijn ogen, neus en mond lagen diep ingebed in een spekmassa die nat was van het zweet. Het dunne blonde haar plakte aan zijn voorhoofd. En toch, ondanks deze onsmakelijke aanblik, vond Jensen Caldwell onmiddellijk sympathiek. Het lag aan de levendige, vriendelijke ogen. Vetzucht, dacht Jensen. Hij kan er niets aan doen. Stofwisselingsziekte.

'Wat kan ik voor u doen?' bromde Caldwell. Hij strekte zijn benen uit en kruiste zijn voeten. Zijn handen lagen op zijn enorme buik.

Ik ben Hannes Jensen. Ik ben rechercheur en kom uit België. Mag ik gaan zitten?'

'Natuurlijk. Zitten is gezond. Het ontlast de knieën.' Caldwell wees naar een kruk aan de andere kant van zijn bureau. 'Ik ben verbaasd dat u nu pas komt.'

'U verwachtte mij?' Jensen ging op het hem aangeboden krukje zitten. Het was erg laag, net een krukje voor kinderen.

'Verwachten niet echt,' antwoordde Caldwell. 'Ik wist gewoon dat u zou komen. Die kruk kun je omhoog draaien. Het zitvlak. Ik kijk niet graag op collega's neer.'

Jensen draaide de kruk omhoog tot een geschikte hoogte.

'En hoe wist u dat ik zou komen?'

'Van uw hoofdcommissaris, uw baas. Dupaint of Duplon, het klonk Frans. Hij belde me gisteren op en informeerde me over Brian Ritters dood.'

'Gisteren pas!' riep Jensen uit. Hij ging zitten. Nu zaten ze op ooghoogte. 'Hij neemt er wel de tijd voor! Ritter is maandag al overleden. Wist u dat?' Jensen schepte er genoegen in om Dupont een beetje zwart te maken.

'Natuurlijk weet ik dat. Hij zei het. U heeft gelijk, het was nogal laat. Ik zei tegen uw baas: waarde collega, het is vandaag vrijdag en als er hier bij ons iemand doodgaat, wachten we niet vier dagen tot we de verantwoordelijke instantie informeren. Ik zei tegen hem dat het vast aan de overbevolking bij jullie in Europa ligt. Te veel mensen op dat kleine stukje land. Dan kan het niemand iets schelen als er eentje minder loopt te dringen.' Caldwell streek met zijn hand over zijn voorhoofd en schudde daarna het zweet van zijn vingers.

'De doodsoorzaak was onduidelijk,' zei Jensen. 'Dat was misschien de reden dat Dupont zo lang heeft gewacht.' En hij dacht: waarom neem je hem in bescherming? 'Maar hij is sowieso niet de snelste. Alles duurt even bij...'

'Als ik niet had geweten dat u niet meer in dienst bent,' onderbrak Caldwell hem, 'dan wist ik het nu. U beledigt uw voormalige leidinggevende en dat ten overstaan van een buitenlandse collega. Dat hoort niet, ook niet als je niet meer bang hoeft te zijn voor sancties.' Caldwell zei het heel kalm, hij was niet boos, maar zijn blik noopte Jensen tot een excuus.

'U hebt gelijk. Dat was niet netjes. Het spijt me. Goed. En dan nu waarom ik hier ben. Ik ben sinds gisteren officieel met pensioen zoals u weet. De zaak Ritter gaat me eigenlijk niets meer aan. Maar er zijn zaken die je ook in je vrije tijd bezighouden, zelfs als je niet meer in dienst bent. Ik neem aan dat u het gevoel kent.'

Caldwell knikte. Zijn hele gezicht kwam daarbij in beweging. 'Natuurlijk. Men houdt u verantwoordelijk voor de dood van Ritter en dus laat het u niet met rust. Hij zou aan een ziekte zijn overleden, hoor ik. Maar u kunt de naam van die ziekte niet uitspreken en ik kan het ook niet. *Faschit krotans*, of zoiets, en dan is het ook nog atypisch. U bent hiernaartoe gekomen om iets te weten te komen wat u misschien nog niet wist. U zou op dit moment ook gezellig met uw vrouw in bed kunnen liggen en de boel de boel laten, maar dat doet u niet. U bent hier om te rechercheren en dat siert u.'

Caldwell leunde met zichtbaar veel moeite voorover en reikte Jensen boven zijn bureau de hand. 'Bob.'

Jensen schudde de bezwete hand.

'Hannes. Dat betekent zoiets als John.'

'John is beter. Dus, John, wat wil je weten? Vraag maar raak. Ik antwoord.'

Prima, dacht Jensen. Het liep allemaal op rolletjes. Het was zeker niet vanzelfsprekend dat Caldwell hem van informatie voorzag, een ex-smeris. Dat hadden vele anderen niet gedaan. Ze hadden zich beroepen op hun ambtsgeheim of anderszins gewichtig gedaan. Als O'Hara erbij was geweest, was het veel moeilijker geweest, gecompliceerder, had het meer uitleg behoefd. Nee, hij had juist gehandeld. Hij zou straks zijn excuses aanbieden, maar het was goed geweest zo.

'Dank je, Bob,' zei hij. 'Natuurlijk interesseer ik me in eerste instantie voor de dood van Ritters vrouw. Ik kwam hier gisteravond aan en hoorde dat ze dood was gevonden die ochtend.'

'Hoorde je het op de radio of ergens anders?'

Iets in Caldwells stem deed Jensen aarzelen. Misschien was het niet goed voor Dunbar als hij diens naam noemde. Aan de andere kant had Dunbar Caldwell een goede kerel genoemd. Het leek er dus niet op dat er frictie was tussen die twee.

'De pachter van het motel waar ik logeer.'

'Jack Dunbar.'

'Ja, maar hij wist het tijdstip van de dood niet en ook niet waarom.'

'Dat kan ik je vertellen. Stoort het je als ik rook?'

'Nee.'

'Is eigenlijk verboden,' zei Caldwell en hij stak een sigaret op. 'Ik moet optreden als iemand in mijn district rookt in een openbare ruimte. Maar dat doe ik altijd pas als ze hun sigaret hebben opgerookt. Als ik mezelf dat niet zou gunnen, zou het discriminatie zijn. En discriminatie is ook verboden.' Hij blies de rook door zijn neusgaten naar buiten. 'Maar nu je vraag. Nadat je baas gisteren had gebeld, ben ik naar Joan Ritter gereden. Ik werd er niet vrolijk van, dat snap je wel. We wonen hier in dit district maar met een paar honderd mensen en meestal merken die het zelf als er eentje in de directe omgeving doodgaat. Aankloppen en zeggen: sorry mevrouw, maar uw man zet z'n schoenen vanavond niet meer onder het echtelijk bed, gebeurt dus niet vaak. Vervelende zaak. En aanvankelijk, onder ons gezegd, was ik dus blij dat de kok zei dat mevrouw Ritter dood was.'

Caldwell zoog krachtig aan zijn sigaret. Jensen had nog nooit iemand zo intens zien roken. De sigaret gloeide en er kwam rook uit Caldwells mond toen hij verder vertelde.

'Ik belde aan. De kok deed open en zei dat hij net de politie had willen bellen. Mrs Joan Ritter lag dood in de salon. Zo noemde hij het, de salon. En ik dacht: het is niet waar! En waarom doet de kok open en niet het dienstmeisje, snap je? De Ritters waren steenrijk. Sommigen zeggen dat ze te rijk waren voor deze omgeving. Ze woonden ook de meeste tijd van het jaar in Phoenix en kwamen maar zelden naar Holbrook. Ik heb nooit begrepen waarom ze uitgerekend hier een ranch lieten bouwen. Hier is alleen maar vuil en stof. Goed. Ik bekeek de vrouw, tastte haar keel af op zoek naar een hartslag, niets. Hartstikke dood. Daarna maakte ik mijn vinger nat en hield hem onder haar neus. Ook niets. Ze had geen uiterlijk letsel, geen druppel bloed te zien. Ze was pas veertig, vijfenveertig misschien. Maar soms gaan vrouwen op die leeftijd dood aan een beroerte. Daar gokte ik dus op. Ik belde Rob, Rob Statham van het ziekenhuis hier. Hij speelt voor lijkschouwer bij ons. Hij heeft haar onderzocht en hij kon niets vinden, niet op het eerste gezicht in elk geval. Maar sectie leverde wel iets op.'

Caldwell stak een nieuwe sigaret op aan zijn nog brandende bijna opgerookte peuk en nam de tijd.

'Wat?' vroeg Jensen. 'Wat leverde sectie op?'

'Hetzelfde als bij haar man. Ik heb hier de fax van je baas die hij me na ons telefoontje stuurde.'

Caldwell reikte Jensen het velletje papier aan. Het was een samenvatting van het sectierapport, ondertekend door professor Jan de Plancke.

'Misschien kun jij het uitspreken,' zei Caldwell.

'Atypische fasciitis necroticans,' zei Jensen. 'Begrijp ik het goed? Is Joan Ritter aan een ruptuur van de aorta gestorven?'

'Rob heeft haar opengemaakt en dat wat jij aorta noemt, die slagader, die was doorgesneden. Ik heb Rob toen het rapport van jullie Belgische lijkschouwer laten zien, dat papiertje wat jij nu vasthoudt, en Rob had er niets op aan te merken.'

'Hoe bedoel je, niets op aan te merken?'

'Nou, hij vond het een duidelijke zaak. Die bacillen, hoe heten ze?'

'Streptokokken.'

'Ja, die besmettelijke dingen. Maar alleen als je heel erg van elkaar houdt.' Caldwell lachte. 'Ja, die twee zoenden natuurlijk,' zei hij. 'Of nee, laten we het beestje maar bij z'n naam noemen, ze hebben elkaar geneukt. Ze waren tenslotte getrouwd. Hij steekt hem erin bij haar en zij raakt besmet. Maar het is geen epidemie, verzekerde Rob me. Hij zwoer het. Anders had ik het hele district tot gesloten gebied moeten verklaren. Ik moet er niet aan denken. Iedereen die de Ritters de afgelopen dagen in de ogen heeft gekeken met zo'n wit pak aan, met een kap op met van die slangetjes, net als in de film. En alle federale instanties zouden hier zijn uitgezwermd. Maar dat blijft ons dus bespaard. Die professor van jullie schrijft het ook, dat het niet besmettelijk is, in elk geval niet zoals een griepje. Ik maak me wel zorgen om iets anders.'

'De kinderen.'

'Ja, precies. Waar zijn ze? Ze zijn namelijk weg. Twee jongens, een tweeling. En luister nou eens. Die baas van je, Dupaint, zei dat de kinderen met hun vader in Brugge waren, een of ander gehucht in België. En vlak nadat hun vader dood is, vertrekken ze uit het hotel en vliegen ze alleen terug naar huis. Dan sterft de moeder en de kinderen verdwijnen. En nu komt het cruciale punt.'

'Ogenblikje, alsjeblieft,' zei Jensen. 'De kinderen waren dus hier in Holbrook toen hun moeder stierf?'

'Ja, waar anders? Ze waren hier en...'

'Hoe weet je dat ze hier waren?'

'Dat zei de kok. Ik vroeg hem naar de kinderen en hij zei dat ze eigenlijk boven in hun kamer moesten zijn. Wij dus naar boven naar de kinderkamer, maar daar waren die rakkertjes niet. Ze waren nergens in het huis te vinden. En weet je, dat vond ik vreemd. De kok deed open toen ik aanbelde. De kok. En ik dacht, wie zich een kok kan veroorloven, heeft vast ook een dienstmeisje. En die doet de deur open en niet de kok. En nu komt het: de kok zei dat hij de deur opendeed, omdat het dienstmeisje er niet was. Hij wist niet waar ze was! Ze was net zo foetsie als de kinderen en de BMW van mevrouw Ritter. Nou, tel dat maar bij elkaar op. Het dienstmeisje heeft die jongens meegenomen. Ik zei al dat de Ritters stinkend rijk waren. Dat dienstmeisje heeft de tweeling ontvoerd, omdat ze de poen erven. Ze verstopt ze ergens en over een paar dagen stuurt ze de executeur-testamentair een chantagebrief met heel veel spelfouten.'

Caldwells sigaret lichtte op. Hij rookte hem op tot aan de filter en plukte alweer een volgende uit zijn borstzakje.

'Kan de kok het mis hebben?' vroeg Jensen. 'Dat moeten we checken.'

'Hoezo?'

'Ik geloof niet dat de kinderen gisteren thuis waren toen hun moeder stierf. Maar dat is gemakkelijk vast te stellen. Als ze er waren, heeft de kok maaltijden voor ze bereid. Doe mij een lol en bel hem op. Vraag of hij tussen dinsdag en gisteren voor de kinderen heeft gekookt.'

'Is dat een bevel?' vroeg Caldwell. Hij hield zijn sigaret tussen middel- en ringvinger. Als hij een trekje nam, duwde hij zijn hele hand tegen zijn mond.

'Nee, natuurlijk niet. Het is een verzoek.'

De gemoedelijke, vriendelijke uitdrukking op Caldwells gezicht verdween. Zijn blik werd hard.

'Het klonk anders als een bevel, verdomme,' bromde hij zacht. 'Maar misschien hoorde ik het niet goed. Kan zijn, bij wat ik zuip. Wil je er ook eentje?' Hij haalde een aangebroken fles tequila uit de la, zette hem op tafel en keek vuil naar Jensen.

'Nee, dank je.'

'Rookt niet, drinkt niet. En neuken, hoe staat het daarmee? Ben je daar ook te goed voor?'

Jensen snapte Caldwells plotselinge vijandigheid niet. Maar misschien had Caldwell zijn verzoek om de kok te bellen opgevat als inmenging in zaken die hem niets aangingen. Misschien was het dat. Om de situatie te ontzenuwen greep Jensen naar de fles en zei: 'Goed dan. Je hebt gelijk. Ik moet me niet zo aanstellen. Een borreltje op de vroege ochtend schaadt niet bij deze hitte.'

Maar Caldwell bedaarde niet meer.

'Bij deze hitte? Wat bedoel je daarmee? Hoor je die stomme airco niet? Die doet zijn best om jouw ballen koel te houden. Je zou verdorie nog aan toe dankbaar moeten zijn dat ik me überhaupt afgeef met zo'n kwast als jij! Geef die fles hier! Ik drink niet met lui die mijn airco niet goed genoeg vinden. Schiet op, hier met die fles!'

Jensen gaf de fles aan Caldwell. Hij schoot de kurk met zijn duim weg en dronk zoals hij rookte: wild. 'Zo,' zei hij en zette de fles met kracht terug op het bureau. Hij was buiten adem van het drinken. Zijn gezicht was rood aangelopen. 'En nu kom ik op het cruciale punt. En jij, meneertje het-is-me-te-heet, luistert goed naar me. Er bestaat maar één versie van het verhaal, omdat het namelijk steeds hetzelfde verhaal is. We hebben hier in Holbrook geen problemen met autochtonen. Ze gaan af en toe met elkaar op de vuist, dat is alles. Problemen hebben we met de bastaards die 's nachts daar in New Mexico met een nat gat uit de Rio Grande gekropen komen, met hun stinkende blagen, hun hoeren en met alles wat ze thuis in hun gore rotland niet te vreten kunnen geven, omdat ze te lui zijn om bij het schijten te persen! En dan komen die natte konten hier in ons mooie Arizona en die hoeren, zoals dat dienstmeisje, jatten bij de eerste de beste gelegenheid het tafelzilver van de idioten die ze werk geven. Zo gaat het hier. En kijk nu hier maar eens naar!'

Hij gooide een blad papier naar Jensen. Er stond maar een naam op: Esperanza Aguilar.

'Het is al heel wat als je weet hoe die natte-kontenwijven heten,' zei Caldwell. 'Als dat al haar echte naam is. Maar dat zien we nog wel. Ze heeft een auto gestolen, een op Joan Ritter geregistreerde bmw x5, als je dat iets zegt. Dit sletje is echt nog dommer dan het slijm dat er bij haar van onderen uitdruipt. Van zo'n auto heb je er hier in de wijde omgeving maar een en als ze de grens over wil, grijpen we haar. En dan zij God haar genadig! Ik haal die vervloekte Mexicaanse teef persoonlijk helemaal uit elkaar. Ik ben ooit elektricien geweest en ik weet iets over die kleine dingetjes in de stroomkabels. Die heten elektronen en die kunnen knap pijn doen.'

Jensen schoot onwillekeurig in de lach. Het klonk te absurd.

'Ja, lach jij maar, Belgische klootzak,' zei Caldwell en hij nam nog een teug tequila. Het wormpje in de fles kwam al in de buurt van zijn mond.

Plotseling begreep Jensen waar hij mee te maken had: een klein politiebureau in de eindeloze woestijn van Arizona, ver weg van de grote stad. Iedereen was hier familie van elkaar. Decennialange incest. Wie kon, trok weg en wie slim was, kwam hier niet wonen en de rest bleef ronddraaien in hetzelfde kringetje zonder hoop op verandering. En als er iemand, zoals Caldwell, niet spoorde, dan kon je beter de andere kant opkijken als hij op klaarlichte dag tequila dronk. In afgelegen dorpen als Holbrook zag iedereen alles, maar de consequentie was dat iedereen wegkeek.

Caldwell trok een in het midden gespleten stroomsnoer uit zijn la en zwaaide ermee voor Jensens neus.

'Hier zitten elektronen in,' zei hij. 'Die vloeien door de draden en als je de ene pool verbindt met de kut van een Mexicaans grietje en de andere pool aan haar tiet, dan brengen de elektronen haar goed op dreef kan ik je zeggen. En ik vind dat die elektronen helemaal gelijk hebben als ze bij iemand die twee minderjarige kinderen ontvoert de stront uit de darmen persen.'

Caldwells vette hand lag op zijn kruis. Het leek of hij zich krabde, maar de wazige uitdrukking op zijn gezicht verried Jensen dat Caldwell niet krabde. Jensen walgde van de weerzinwekkendheid van het gebeuren. Hij stond met een ruk op. De kruk viel om.

'Tot ziens,' zei hij en hij liep naar de deur.

Caldwells hese lachje achtervolgde hem. 'Aangenaam kennis te maken,' riep Caldwell hem na. 'En als je je neus niet uit deze zaak houdt, laat ik mijn elektronen de weg door je ballen zien. Dat zweer ik je!'

Jensen haastte zich naar buiten langs het kantoor waar de collega van Caldwell nog steeds zat te dutten. Waarschijnlijk bediende hij de knopjes als zijn baas zich behaagde.

Buiten haalde hij diep adem. De wind was heet. De aan een dwars over straat gespannen draad hangende verkeerslichten wiegden zachtjes heen en weer. Er was geen mens te zien.

Jensen had de Chevrolet Blazer in de volle zon geparkeerd. Het was onmogelijk om in te stappen zonder eerst alle portieren open te zetten. De in de bekleding van de zitting opgeslagen hitte drong door zijn kleren. Hij ging rechtop zitten om het raakvlak met de zitting kleiner te maken.

Warmte ontstaat door heftig op en neer bewegende atomen, maar die wetenschap bracht ook geen afkoeling.

Jensen reed terug richting motel en zocht naar de telefooncel die hij op de heenweg had gezien. Hij stopte toen hij hem zag en opende de deur van de cel met een voet, omdat de greep gloeiend heet was. In het telefoonboek zocht hij eigenlijk vrij moedeloos naar het telefoonnummer van Brian en Joan Ritter. Hij had tenslotte thuis in Brugge al naar het nummer gezocht en was toen tot de conclusie gekomen dat de Ritters een geheim nummer moesten hebben. Maar in het plaatselijke telefoonboek stond het nummer. Eigenaardig. In elk geval hoefde hij nu verder geen moeite te doen. Hij sloeg het nummer op in zijn mobiele telefoon en ging in de schaduw van een winkel staan waarvan de etalageruit nagenoeg blind was geworden van het stof en het vuil. In de etalage kon je nog net een kaarsenkandelaar onderscheiden in de vorm van een schedel. Op het voorhoofd van de schedel stond ROUTE 66. Pas nu viel Jensen op dat bijna alle winkels aan de hoofdstraat de naam van deze legendarische weg tussen Chicago en Los Angeles in hun naam hadden. Hij was een paar jaar geleden afgesloten en vervangen door een nieuwe autoweg. Jensen had onderweg van Phoenix naar Holbrook af en toe borden gezien met HISTORICAL ROUTE 66 erop, verwijzend naar de smalle weg die achter een afscheiding parallel liep met de highway. Nu pas begreep Jensen wat er met Holbrook was gebeurd. Hij keek de hoofdstraat af: allemaal souvenirwinkeltjes, de meeste dichtgetimmerd, want de beroemde weg was niet meer in gebruik. Er stapten geen vreemdelingen meer van hun motors of uit hun auto's om een aandenken te kopen, een kaarsenkandelaar in de vorm van een schedel die thuis op de schoorsteenmantel getuigde van een bezoek aan Holbrook. Het stadje was op sterven na dood.

Jensen riep het opgeslagen nummer op. Hij kreeg iemand aan de lijn die zijn naam niet noemde en die er ook niets op tegen had dat Jensen met de kok wilde spreken.

'Ik verbind u door,' zei de stem.

Even later had Jensen de kok aan de lijn. Diens naam verstond hij niet. Het klonk Slavisch met heel veel medeklinkers achter elkaar. Omdat Jensen, wat Caldwell betrof, niets meer te verliezen had, loog hij. Hij beweerde dat hij belde met toestemming van de sheriff. Niet dat het de kok kon schelen. Hij beantwoordde bereidwillig alle vragen.

'Wanneer zijn de kinderen thuisgekomen?'

De kok lispelde en sprak zo onduidelijk dat Jensen moest vragen om het antwoord te herhalen.

'Ik zei,' zei de kok langzaam, 'op dinsdag of op woensdag. Ik zei dat ik het niet precies weet.'

'Heeft u de kinderen gezien?'

'Nee, gezien heb ik ze niet.'

'Hoe wist u dan dat de kinderen thuis waren?'

'Omdat mevrouw Ritter het zei.'

De kok deed erg zijn best. Hij herhaalde sommige woorden, zodat Jensen begreep wat hij zei.

'Maar u heeft de kinderen zelf niet gezien?'

'Nee, nee. Maar ze waren er wel. Dat heb ik ook al tegen de sheriff gezegd.'

'Hebt u voor de kinderen gekookt deze week, ergens tussen dinsdag en vrijdag?'

'Nee, ik heb alleen voor mevrouw Ritter gekookt. Niet voor de kinderen.'

'En hoe verklaart u dat?'

Nu begreep de kok Jensen niet. 'Hoe moet ik wat verklaren?'

'De kinderen waren thuis, maar u hebt niet voor ze gekookt. Alleen voor mevrouw Ritter. Waarom?'

'Mevrouw Ritter had een maaltijd besteld. En ik heb een maaltijd gekookt.'

'En het dienstmeisje? Esperanza Aguilar? Was zij de hele week thuis?'

'Ze is geen dienstmeisje, ze is het kindermeisje. Maar nu is ze weg, het loeder. Je zou haar...'

'Wanneer precies is ze verdwenen?'

'Gisteren natuurlijk. Mevrouw Ritter was nog geen tien minuten dood. Ik hoorde de auto. Dat loeder heeft de sleutels gejat. Maar dat heb ik de sheriff toch allemaal al verteld! Wie bent u eigenlijk?'

'Eén vraag nog,' zei Jensen. 'Hebt u gezien dat het kindermeisje met de jongens is ingestapt?' En hij dacht: natuurlijk heeft hij dat niet gezien. De kinderen waren er namelijk helemaal niet. Toch wilde Jensen het uit de mond van de kok horen.

'Nee,' antwoordde de kok. 'Ik heb ze niet gezien. Maar ik heb de auto gehoord. En daarna was dat loeder weg en de kinderen ook. En nu wil ik weten wie u bent.'

'Ik ben een oud-politieman,' zei Jensen. 'Dank u wel, ik heb geen vragen meer. Alle goeds.' Hij legde op.

En dan nu mijn verontschuldigingen, dacht hij. Er zat niets anders op dan door de zure appel heen te bijten.

13

Jensen reed terug naar het motel. Toen hij de parkeerplaats opreed zag hij O'Hara op een klapstoel in de smalle streep schaduw onder het voordak bij de receptie zitten. Vlak naast haar zat Dunbar. Hij zat op een verhoogde stoel, waardoor hij met zijn voeten niet bij de vloer kon. Dunbar zwaaide naar Jensen en boog zich naar O'Hara toe. Waarschijnlijk om haar te zeggen dat Jensen op komst was.

Jensen stapte uit. Hij had last van zijn maag. Hij was nerveus. De hond van Dunbar, gisteren nog vriendelijk, sprong achter wat droge struiken vandaan en begon tegen hem te blaffen.

'Bek dicht!' riep Dunbar. 'Hij is een gast! Zit!'

De hond kwam onderdanig op Jensen af.

'Nu moet je hem aaien,' riep Dunbar, 'of slaan. Maakt niet uit, hij begrijpt allebei.'

Jensen ontweek de hond en liep naar het paar toe. Hij vond O'Hara en Dunbar echt een paar lijken zoals ze daar zaten, in de schaduw, wachtend op het einde van de middaghitte, stilletjes kletsend. O'Hara zat zoals altijd kaarsrecht. Ze kon gewoon niet ontspannen zitten. Haar knieën staken uit de schaduw het zonlicht in. Ze droeg rode schoenen met hoge, spitse hakken, compleet ongeschikt voor de stoffige, oneffen ondergrond hier. Maar ze pasten wel bij haar korte rokje.

Dunbar grijnsde tevreden naar Jensen. Hij vond het leuk om naast een mooie vrouw te zitten die ook nog eens niet kon zien dat hij ongegeneerd naar haar mooie benen zat te kijken.

'Ik was bij de sheriff,' zei Jensen. Hij ging naast O'Hara in de schaduw staan.

'Dat weten we al,' zei Dunbar. 'Nietwaar, Annie?' Hij streek even over haar arm. En zij liet het toe! Sterker nog, ze glimlachte zelfs richting Dunbar en knikte.

'Ja, Jack,' zei ze. 'Meneer Jensen was bij de sheriff. Daar hebben we het net over gehad. Over jou hebben we het ook gehad, Jensen. We vroegen ons af hoe je je excuses bij mij zou gaan aanbieden. Mondeling? Of met een presentje? Of helemaal niet, omdat je vindt dat je hier alleen bent, in Holbrook en alleen op de wereld.'

Annie! dacht Jensen. Hij noemt haar Annie en zij noemt hem Jack. Dat ging snel. Binnen een uur hadden ze zich verenigd tot een eenheid, een klein front dat zich nu tegen hem keerde.

'Ik bied mijn excuses aan,' zei hij. 'Maar ik had zo mijn redenen om je niet mee te nemen. Ik leg het later wel uit. Nu zou ik het graag over iets anders hebben. Onder vier ogen als het kan.'

'Maar natuurlijk,' zei Dunbar en hij hupte van zijn stoel af. 'Ik moet nog boodschappen doen voor vanavond. Dat doe ik nu meteen, in deze moordhitte. Dan doet namelijk geen hond boodschappen en ben ik aan de kassa snel aan de beurt.'

'Nee,' zei O'Hara en ze strekte haar hand uit naar Dunbar. 'Ik wil dat je blijft, Jack. Meneer Jensen en ik hebben geen geheimen voor je. Wat hij mij wil vertellen, gaat jou ook aan. Ik weet het zeker.'

Dunbar greep naar de uitgestoken hand en hield hem lang vast.

'Wat jij wilt, Annie,' zei hij. 'Dan kom ik weer naast je zitten. Ik kan ook straks boodschappen doen, als het iets koeler is.' Hij wierp Jensen een smerige blik toe. Ze vindt me leuk, zie je wel? Ik heb haar om mijn vingers gewonden. Hij klom met zijn knieën op zijn stoel, als een kind, en liet zijn benen bungelen terwijl hij Jensen geamuseerd toegrijnsde. Op zijn voorhoofd plakte een stukje stof. Was het een onderbroek? Jensen wist het niet zeker, maar het leek erop. Misschien was het ook wel een opgevouwen witte sok die Dunbar met een dik stuk plakband had vastgeplakt. Het was het armoedigste verband dat Jensen ooit gezien had, op de plek van de wond ook nog doordrenkt van het bloed.

O'Hara tikte met haar stok tegen Jensens been. 'Dus?' zei ze. 'Vertel maar. Wat zei de sheriff?'

'Omdat je er kennelijk bij blijft dat Dunbar aan dit gesprek moet deelnemen,' zei Jensen, 'wil ik hem eerst even iets vragen. De man die je gisteravond in elkaar heeft geslagen, was dat Caldwell?'

'Nee,' zei Dunbar, 'nee en nog eens nee. Ik zei toch dat het een beest was. Vergeef me de uitdrukking, Annie, maar ik heb geen ander woord voor iemand die met een boksbeugel je voorhoofd verbrijzelt.'

'Het ging om dat kindermeisje, nietwaar? Esperanza Aguilar. Iemand wilde weten waar ze zit, of niet soms?'

'Ja, dat klopt,' zei O'Hara. 'En de man die het van Jack wilde weten heet Botella. Maar ik geloof, Jack, dat het omgekeerd is en niet Jensen nieuws voor ons heeft, maar wij voor hem. Vertel hem maar wat je mij hebt verteld. Praat hem maar even bij.'

'Graag, Annie.' Dunbar greep elke kans om even zijn hand op haar arm te leggen. Dit keer liet hij hem zelfs liggen. 'Vlak voor jullie hier gisteren aankwamen,' zei hij tegen Jensen, 'kwam die kerel mijn kantoor binnen banjeren. Ik heb hem hier nog nooit gezien. Het was een van die types die uit een bulldozer geboren worden die zich negen maanden eerder heeft gekruist met een stoomwals. Sorry, Annie, maar ik kan het niet anders zeggen. Hij wilde van me weten wanneer ik voor het laatst met Esperanza had gesproken. Ik zei: m'n rug op en rot op, ik zeg geen woord. En toen zei hij dat we dat nog wel eens zouden zien en trok hij zijn boksbeugel aan. Oké, toen heb ik iets gezegd. Ik zei: geen idee, een week geleden misschien. En toen zei hij dat ik loog en dat ik wist waar ze was en toen heb ik hem met mijn schoen, die dikke hier, een trap in zijn kruis gegeven, en...'

'Oké,' onderbrak Jensen. 'Maar hoe kwam hij op het idee dat jij kon weten waar het dienstmeisje was?'

'Omdat ik haar ken, daarom. Dat weet iedereen hier. Ik heb er nooit een geheim van gemaakt. Ik had haar hulp dan ook echt hard nodig, meer dan de lui die er hun neus voor ophalen.'

'Op wat voor manier?'

'Genezing.' Dunbar floot op zijn vingers. De hond kwam aangedrenteld en legde zijn snuit in Dunbars schoot.

'Bedoel je dat Esperanza Aguilar je heeft genezen van een ziekte?'

'Esperanza Toscano Aguilar,' verbeterde O'Hara. 'Zo heet ze. Ik vind het niet prettig dat je haar naam de hele tijd afkort. Ik noem jou toch ook niet Jen?'

'Dat is toch niet hetzelfde?' riep Jensen uit. 'God nog aan toe, wat is hier aan de hand? Ik bied nogmaals in alle vorm mijn excuses aan dat ik vanochtend niet heb gewacht. En ik hoop dat daar de kous nu mee af is. Beantwoord mijn vraag alsjeblieft, Dunbar. Heeft ze je genezen?'

'Zo waar ik hier zit,' zei Dunbar plechtig en hij legde een hand op zijn heup. 'Ik heb 21 jaar pijn gehad bij het lopen. Alles zit scheef hier, van het hinken. En dan raakt er een zenuw klem tussen de botten en wordt ie in de mangel genomen. Maar nu is de pijn weg. Dankzij haar. Ze heeft me genezen. Zij, en niet die idioten in het ziekenhuis. Ze is een heilige.' Hij sloeg een kruis.

'En hoe heeft ze dat gedaan?' wilde Jensen weten.

Dunbar keek hem ernstig aan. Het vunzige van voorheen, de geilheid, zijn vieze grijns, het was allemaal uit zijn gezicht verdwenen. Hij straalde waardigheid en deemoed uit. 'Ze heeft de engel aangeroepen,' zei Dunbar. 'Ze heeft veertig keer tot de engel gebeden en toen was ik genezen. Hij heeft haar gebeden verhoord en ze overgebracht aan God. En door haar hand was God mij genadig.'

'Amen,' zei O'Hara net zo ernstig.

'Amen,' zei Dunbar.

Jensen zweeg.

De hond likte Dunbars hand.

'Esperanza Aguilar, Toscano Aguilar, wordt ten laste gelegd,' zei Jensen na een poosje stilzwijgen, 'dat ze de twee kinderen van Joan en Brian Ritter heeft ontvoerd: Rick en Oliver. In elk geval denkt Caldwell dat.'

'Als ze dat heeft gedaan,' zei Dunbar, 'dan alleen met een goede reden. Ze is rein. Alleen de gebeden van reine mensen bereiken de engel. Naar mij en jou luistert hij helemaal niet. Hij hoort niets als wij bidden.'

Je moest eens weten, dacht Jensen en hij dacht aan zijn nachtmerries.

'Weet je waar Esperanza Toscano Aguilar zich momenteel bevindt?' vroeg hij.

Dunbar sloot zijn ogen. 'Mogelijk,' zei hij. 'Mogelijk dat ik het weet. Maar als ik het vertel, moet ik mezelf daarna overhoop schieten. Ik zou niet verder kunnen leven met het slechte geweten. Als je dus de loop van een pistool tegen mijn slaap zet zodat ik het verraad, maakt dat voor mij geen verschil. Als je de trekker overhaalt, doe je alleen maar wat ik ook zou moeten doen als ik het zou verraden.'

'En jij?' vroeg Jensen in het Vlaams aan O'Hara. 'Weet je waar ze zou kunnen zijn? In Brugge vertelde je dat je man haar twee jaar geleden in haar geboortedorp heeft opgezocht.'

'Dat klopt,' zei O'Hara, eveneens in het Vlaams. 'Maar de naam van het dorp heeft hij nooit genoemd. Het was destijds ook niet belangrijk. Ik heb hem er nooit naar gevraagd.'

'Maar was er niet ook een Mexicaanse priester met wie je man bevriend was? Je zei toch dat je man door hem was geattendeerd op de genezeres?'

'Mijn man had veel vrienden, overal ter wereld. Die priester heette Raoul, geloof ik. En verder weet ik niets over hem. Maar dat is geen probleem. Ik kom nog wel te weten waar die vrouw zit.'

'Mooie taal,' zei Dunbar. 'Is dat Belgisch? Ik heb in elk geval geen woord begrepen, maak je geen zorgen. En nu, Jensen: hoe wil jij je steak?'

'Wat?' Jensen begreep niet waar hij het over had.

'Je steak, vanavond. Ik kook voor Annie en voor jou. Mijn steaks waren vroeger beroemd hier. Van hier tot Flagstaff hadden ze het over mijn steaks.'

'Jack heeft ons uitgenodigd,' zei O'Hara. 'Maar ik weet niet zeker of ik wel wil dat je ook mee-eet, Jensen.'

'Natuurlijk eet hij mee,' zei Dunbar joviaal. 'Hij kan me na het eten helpen bij het afwassen. Dus, wat wordt het? Rood, medium, doorbakken? Zeg niet doorbakken, want dat kan iedereen!'

'Medium,' zei Jensen en hij keek O'Hara aan.

Daarom dus, dacht hij. Ze wil hem uithoren.

'Driemaal medium dus. Geweldig!' riep Dunbar. Hij sprong weer van zijn stoel. 'Dan ga ik maar naar de supermarkt.'

'Ik ga met je mee,' zei O'Hara. Ze stond ook op. Daarbij schoof haar blauwe rokje omhoog. Iedereen kon de kleur van haar ondergoed zien. Dunbar staarde ernaar. En omdat O'Hara zich kennelijk niet bewust was van haar naaktheid, greep Jensen in. En daarbij overschreed hij alle grenzen.

Hij zei: 'Pardon,' en hij trok haar rokje zo ver mogelijk over haar dijbenen heen.

Even hield iedereen zijn adem in. Daarna sloeg O'Hara met haar stok naar Jensen. Ze raakte hem bij zijn oor. Het deed waanzinnig pijn.

Zonder nog een woord te zeggen, draaide Jensen zich om. Hij liep de trap op, miste een tree, gleed uit, hield zich vast aan de trapleuning en bleef een tijdje ademloos staan.

Toen hij zich omdraaide, zag hij O'Hara op haar naaldhakken over de parkeerplaats balanceren, haar stok als een voelspriet voor zich uit, ondersteund door Dunbar die haar zijn arm gaf. Hij was half zo groot als O'Hara en leek aan haar zijde net een kreupel kind.

Op dat moment begreep Jensen dat O'Hara zich niet met Dunbar inliet om de verblijfplaats van Esperanza Aguilar te weten te komen. Dat was in elk geval niet de enige reden. Zij en Dunbar deelden een wereld met elkaar waar Jensen geen toegang toe had, omdat hij, in tegenstelling tot O'Hara en Dunbar, compleet was, net als het heliumatoom. En de twee bij wie iets ontbrak, waren een verbinding aangegaan. Bij de gedachte aan het gemeenschappelijke avondeten draaide zijn maag om. Een gemeenschappelijk etentje werd het alleen voor Dunbar en O'Hara. Niet voor hem. Integendeel.

Hij ging in zijn kamer op bed liggen. Een van de lamellen van de airco klapperde.

Dat had je niet moeten doen, dacht hij.

Het was niet goed bedoeld geweest. Hij had haar rokje niet rechtgetrokken om haar te beschermen tegen Dunbars ordinaire blikken. Hij had het gedaan om haar op haar nummer te zetten. Een blinde vrouw mocht niet van die korte rokjes dragen, had hij willen zeggen. Wat een arrogantie! Hij wilde graag onmiddellijk zijn excuses aanbieden.

Hij stond op en ging bij het raam zitten. Van daaruit kon hij de hele parkeerplaats overzien. Hij zou O'Hara meteen zien als ze terugkwam van de supermarkt.

Een halfuur lang bleef hij zo aan het raam naar buiten zitten staren om op haar te wachten. De hond van Dunbar zat beneden bij de receptie in de schaduw te hijgen. Zijn magere flanken gingen beangstigend snel op en neer. Zijn waterbak was leeg. Misschien lag het daaraan. Jensen liep de badkamer in, vulde een lege fles met water en droeg hem naar beneden. De hond raakte helemaal buiten zinnen toen Jensen de bak met vers water vulde. Wild stak hij zijn neus in de bak. De helft van het water gulpte over de rand. De hond likte het gemorste water op van de vloer. Jensen vulde de bak nogmaals tot aan de rand. Daarna ging hij terug naar zijn kamer in de overtuiging dat hij zojuist een vriend had gevonden. Het was niet veel, maar het was een vriend.

Hij ging weer bij het raam op O'Hara zitten wachten. Maar nu was het niet meer zo dringend. Hij dacht na over Joan Ritters dood. Hij kwam er nu eindelijk pas aan toe zich te verbazen over het merkwaardige toeval dat ze aan dezelfde ziekte was overleden als haar man, aan dezelfde, zeer zeldzame ziekte.

Balasundaram had gesproken van zes- tot achthonderd gevallen per jaar in Europa. Bij zulke getallen was het hoogst onwaarschijnlijk dat twee personen binnen één familie het kregen. Maar hier was het gebeurd en dat was niet het enige merkwaardige. Joan Ritter had tegen de kok beweerd dat Rick en Oliver uit Brugge waren teruggekeerd en bij haar waren. De kok, die of een goedgelovig of een erg ongeïnteresseerd mens moest zijn, had haar geloofd hoewel hij de kinderen van dinsdag tot het overlijden van zijn bazin geen enkele keer had gezien. Natuurlijk niet, ze waren ook niet thuis geweest, ze waren in Mexico. En sheriff Caldwell, de elektricien, zocht abusievelijk naar een Mexicaanse met twee kinderen in een BMW. Hij was met open ogen in de leugen van Joan Ritter getrapt.

Welke reden moest Joan Ritter hebben gehad om de kok, en daarmee de rest van haar personeel en uiteindelijk ook kennissen en vrienden, te doen geloven dat Rick en Oliver in Holbrook waren? En hoe had Esperanza gereageerd, de enige die de leugen had doorzien? Voor Jensen stond, na haar vlucht, zonder twijfel vast dat ze tot over haar oren verstrikt was in de gebeurtenissen. Ze was de hoofdpersoon.

Ze leert ons bidden.

Het is een geheim.

De engel met het zwaard.

De woorden van Rick en Oliver in het hotel in Brugge. Jensen had het gevoel dat het een eeuwigheid geleden was. Maar nu kregen die woorden steeds meer betekenis, steeds meer puzzelstukjes vielen op hun plaats. Hoogstwaarschijnlijk had Esperanza het vertrek van de kinderen uit Brugge georganiseerd. Geen ontvoering, zoals Caldwell dacht, maar een geplande vlucht die de kinderen naar een geheime plaats in Mexico had gebracht. En daar was Esperanza op dit moment op weg naartoe.

De gebedsgenezeres.

Veertig gebeden tot de engel van de heer.

Het was drie uur. De namiddag stond in volle bloei. De hitte drong ongehinderd Jensens kamer binnen door het slecht afgedichte raam, door de kieren en de ventilatieschacht in de badkamer. De lamel klapperde in de ijskoude luchtstroom die uit de airco de kamer in werd geblazen en die verloren ging in de van buiten binnendringende hitte. Het was drie uur en Jensen opende zijn koelkast voor een blikje bier. Nu al.

Een uitzondering, dacht hij.

Hij dronk anders nooit voor zes uur 's avonds. Daar hield hij zich al jaren strikt aan. De waarschijnlijkheid dat hij voor zes uur bier dronk was tot een minuut geleden zeer gering geweest. En nu gebeurde het toch. Hij maakte het blikje open en nam een slok. Het smaakte naar zeep. Toch zette hij door. Toen het blikje leeg was, verkreukelde hij het en gooide het in de prullenbak.

Daarna belde hij Balasundaram. Hij was blij om diens vertrouwde stem te horen en kreeg heimwee naar Brugge, waar het volgens Balasundaram net op was gehouden met regenen. Hij had heimwee naar zijn opgeruimde woning, de kelder met de scheidingswand voor het dubbelspleet-experiment, de gemoedelijke eenzaamheid.

Hij deelde Balasundaram het nieuwtje mee dat nu ook Brian Ritters vrouw was overleden aan een ruptuur van de aorta. En hij vroeg of er inmiddels streptokokken waren ontdekt in het bloed van Brian Ritter, wat Balasundaram bevestigde. De Plancke had gelijk gehad. Streptokokken groep A, atypische fasciitis necroticans, daar twijfelde Balasundaram nu ook alleen nog maar heel in de verte aan. Het stemmetje dat hem zei dat het niet kon, werd steeds zwakker.

De lamel van de airco klapperde opeens zo hard dat Jensen zich gestoord voelde bij het gesprek. Hij zette de airco uit en begon onmiddellijk hevig te zweten.

'Ben je er nog?' vroeg Balasundaram.

Jensen zei dat hij er nog was en begon over het besmettingsgevaar. Want Brian Ritters vrouw had dezelfde virussen opgelopen als haar man. Niet virussen, streptokokken, corrigeerde Balasundaram. Daarom was die ziekte ook niet besmettelijk, volkomen onmogelijk, onder normale omstandigheden althans. Je zou iemand besmet bloed in een ader moeten injecteren en zelfs dan was het erg onwaarschijnlijk dat de ziekte ook bij die persoon atypisch zou verlopen. Balasundaram vroeg of Jensen er zeker van was dat Joan Ritter ook aan een ruptuur van de aorta was overleden? Echt waar? Wat een opmerkelijk toeval.

'Toeval bestaat niet,' zei Jensen en op dat moment verbrak de verbinding, die vanaf het begin af aan al slecht was geweest. Op het display van Jensens mobieltje stond maar een van de zes mogelijke balkjes voor bereik. Maar eigenlijk was het al opmerkelijk dat hier, midden in deze blakerende woestijn, veraf van de bewoonde wereld, überhaupt een antenne aanwezig was.

Jensen belde Balasundaram nog een keer op. Die haastte zich te zeggen dat er een precedent bestond voor het toeval waar ze hier mee te maken hadden. Hij had, om meer over de ziekte te weten te komen, op internet gezocht en had een geval ontdekt van een statistisch relevante opeenstapeling van fasciitiis necroticans in Victoria, Canada, een paar jaar geleden. Zes zieken binnen korte tijd, zonder herkenbare samenhang. Geen van de zieken had voor uitbraak van de ziekte onderling contact gehad.

'... is er...' hoorde Jensen Balasundaram nog zeggen voor de verbinding opnieuw werd verbroken.

Jensen stuurde Balasundaram een sms'je waarin hij hem bedankte en hem uitnodigde voor een biertje 'als ik weer thuis ben'. Maar als ik weer thuis ben, bedacht hij, zal ik Balasundaram niet meer zien ... en Stassen ook niet. Ik zal alleen in mijn kelder zitten met de elektronen als gezelschap. Op een dag begin ik misschien tegen ze te praten en vind ik dat heel normaal.

O'Hara en Dunbar keerden pas in de namiddag terug. Jensen zag door het raam hoe ze op de parkeerplaats afscheid van elkaar namen. O'Hara streek over Dunbars haar. Het gebaar had nog iets speels, maar er lag al een zweem tederheid in.

Jensen deed de deur van zijn kamer open en liep de veranda op. Het stonk buiten op een of andere manier naar urine. O'Hara liep de trap op met een plastic tas. Jensen kon niet verklaren hoe, maar ze merkte zijn aanwezigheid al van verre op.

'Doe geen moeite,' zei ze. 'Ik aanvaard de excuses niet. Je zat aan me te frunniken alsof je m'n moeder was!' Ze zwiepte venijnig met haar stok heen en weer tussen de balustrade en de kamerdeuren. Jensen moest zijn kamer in springen om niet te worden geraakt.

'Ik bied toch mijn excuses aan,' zei hij terwijl ze langs hem liep. 'Sorry, dat had ik niet mogen doen.'

Ze bleef staan en draaide zich naar hem om. 'En wat het avondeten betreft,' zei ze, 'je bent niet meer welkom. Jack en ik eten alleen. Ik hoop dat je dat wel kunt respecteren.'

Gelukkig, dat bleef hem dus bespaard.

'Zoals je wilt,' zei hij. 'Maar ik vind dat we toch met elkaar moeten praten. Ik heb nieuws.'

'Alweer? En? Is het weer iets wat ik al weet?'

'Ik denk het niet. Het gaat om de doodsoorzaak. Die staat nu vast. Brian Ritter en zijn vrouw zijn aan dezelfde ziekte gestorven. De ziekte heet fascitiis necroticans en wordt door streptokokken veroorzaakt.'

'Jensen,' zei ze en ze deed een pas in zijn richting. De warme wind blies hem haar luchtje toe. Het was iets veranderd sinds vanochtend. Het parfum rook nog intensiever door het zweet op haar huid. 'Jensen,' herhaalde ze, 'je vertelt me nieuwtjes die ik al ken of dingen die me niet interesseren. Daartussen zit kennelijk niets. Het interesseert me geen biet hoe die lui dood zijn gegaan. Ik interesseer me alleen voor Esperanza Toscano Aguilar, of beter gezegd, mij interesseert alleen mijn man. De rest is jouw zaak. Ik begrijp best dat je helemaal overloopt. Ritter is aan een ziekte doodgegaan en dus kan niemand nog beweren dat jij medeverantwoordelijk bent voor zijn dood, maar het zou me niet kunnen schelen als het anders was. Is er verder nog nieuws, of kan ik gaan?'

'Ga maar!' zei Jensen en hij sloeg de deur dicht.

Hij haalde een tweede blikje bier uit de koelkast. Het was nog steeds te vroeg voor bier, maar hij dronk toch. Het smaakte hem ook nog steeds niet, toch dronk hij. Alsof het O'Hara schaadde en niet hem. Als haar man het enige was voor wie ze zich interesseerde, waarom liep ze dan rond in kleren waarin ze er helemaal niet uitzag als een vrouw die aan niemand behalve haar overleden echtgenoot denkt? Ze kleedde zich als een vrouw die op zoek is naar vervanging. Hij was dood en nu moest er een nieuwe komen. Zo makkelijk was dat voor sommige mensen.

Jensen deed de tv aan en keek boos naar het beeldscherm zonder iets anders te zien dan mensen die door het beeld liepen of brood fijnknepen. Iemand kneep een heel brood samen, als een trekharmonica en zei: 'Zo moet brood zijn!'

En O'Hara had het helemaal mis. Het was niet zoals ze dacht. Jensen was niet blij met de nu vaststaande doodsoorzaak, niet opgelucht, niets. Het werd tijd dat hij het toegaf. Hij geloofde het allemaal niet. Hij geloofde niet in de streptokokken, niet in de atypische ziekte met die moeilijke naam en niet in het toeval waar iedereen in scheen te geloven. Hij niet. Onder toeval begrepen de meeste mensen het samenvallen van twee gebeurtenissen die ogenschijnlijk niets met elkaar te maken hadden. Maar in de macroscopische wereld, de kring van mensen, bomen en planeten, hadden twee gebeurtenissen altijd met elkaar te maken. Voor alle, zonder uitzondering alle, gebeurtenissen gold de wet van oorzaak en gevolg. Toevalligheden waren niet meer dan gebeurtenissen waarvan men de oorzaak niet kende. Maar die was er wel. Zelfs het ongelooflijkste toeval was niet meer dan een complexe verbinding van talrijke gebeurtenissen die wederom allemaal een oorzaak en gevolg hadden. Echt toeval, namelijk het ontstaan van een gebeurtenis vanuit zichzelf, volkomen willekeurig, zonder oorzaak, bestond alleen in de wereld van de kleinste en meest elementaire dingen, in het subatomaire bereik. Hier gebeurden de dingen gewoon omdat ze gebeurden, hier eindigde de causaliteit. Of het radioactieve verval van een atoom morgen of over een miljoen jaar inzette, was volkomen onvoorspelbaar. Het gebeurde altijd geheel toevallig en het had geen zin om naar een oorzaak te gissen, want die was er niet. Iedereen die uit het raam keek, was getuige van dit feit. Als lichtkwantums, ook wel fotonen, een raam raakten, werd altijd een bepaald aantal ervan gereflecteerd. Zo ontstond spiegeling. Maar het was principieel onmogelijk om te voorspellen of een foton door het raam heen zou gaan of gereflecteerd zou worden. Elk foton koos op het moment van contact met de ruit volkomen niet-causaal en toevallig voor het een of het ander. Maar Joan en Brian Ritter waren geen fotonen geweest.

Scherpzinnig, hoor, dacht Jensen en hij dronk zijn tweede blikje leeg. Er lag nog een derde blikje in de koelkast. Hij maakte het open.

Joan en Brian Ritter, beiden dood door een ruptuur van de aorta, veroorzaakt door streptokokken die zich atypisch gedroegen. Geen toeval dus, maar er was natuurlijk altijd een bepaalde waarschijnlijkheid dat onwaarschijnlijkheid optrad.

Ik zou wiskundige moeten zijn, dacht Jensen. Hij voelde het bier. Hij werd al een beetje dronken. Je zou het misschien kunnen berekenen. Je kon jezelf met een getal dat de graad van waarschijnlijkheid benoemt, over datgene heen zetten wat je buik je zei, of je maag, of het plekje een handbreed onder je borstbeen waar Jensen soms aan voelde of iets klopte of niet.

Ik moet logisch handelen, dacht hij.

Het was de hitte. De hitte hier in zijn kamer deed zijn bloed langzamer stromen. Dat moest het zijn. Daarom was hij ook na twee blikjes al veel meer aangeschoten dan anders. Maar moest het niet precies andersom zijn? Snellere bloedsomloop staat gelijk aan sneller transport van alcohol naar de hersencellen?

Hij zag op televisie een ruimteschip landen op een andere planeet, waarvan de oppervlakte eruitzag als het landschap om Holbrook heen: stenen, in de wind rondwarrelende droog struikgewas, kleine stoftornado's die oneindig langzaam over de uitgedroogde aarde zweefden.

Jensen wendde zijn blik af van de tv.

Of je gaat gewoon af op je intuïtie, dacht hij. En die zei hem dat hier iets heel erg fout zat, dat het Esperanza was. Je hoort het niet graag, maar het was zo. Ze stuurt veertig gebeden om een kreupele man te genezen bij wie een zenuw ingeklemd zit tussen zijn verschoven heupbotten. En ze stuurt misschien wel het dubbele aantal gebeden, tachtig, of misschien wel het drievoudige aantal gebeden om twee jongens voorgoed te bevrijden van hun ouders. Van een moeder die beweert dat haar kinderen bij haar zijn, hoewel dat niet klopt. De kinderen wilden niet naar haar terug. En van een vader die zei: 'Als die God, tot wie ze bidden, echt bestaat, was ik allang dood.'

Dan is het maar zo, dacht Jensen. Dan bestaan er dus zulke gebeden. Rot toch op!

Hij deed de koelkast open. Het bier was op. Maar hij had beneden een auto staan. Hij kon even naar de supermarkt rijden en meteen een sixpack gaan halen. Vandaag was de dag dat alles anders was. Hij zocht zijn autosleuteltjes. Waar had hij die verdorie neergelegd? Uit de televisie kwamen vreselijke geluiden. Ze stoorden bij het zoeken. Hij deed de tv uit. De sleutels lagen onder het tafeltje bij het raam. Hè? Hij hoorde de geluiden nog steeds. Maar de tv was toch uit? Hij ontdekte dat de geluiden uit de badkamer kwamen. Het waren onmiskenbaar de geluiden van iemand die overgaf. Hij kon het horen door de ventilatieschacht in de badkamer: het kokhalzen, spugen, onderbroken door korte pauzes waarin alleen het zoemen van het ventilatiesysteem te horen was. Dan weer hoesten en het door de buis hol klinkende kokhalzen.

Ze is misselijk, dacht hij. Natuurlijk is ze misselijk.

Hij schudde zijn hoofd. Waarom was hij zo dronken? Hij had op het blikje het alcoholgehalte gecontroleerd. Dat deed hij altijd als hij vreemd bier dronk. Vijf procent, heel normaal. Hij ging op de rand van het bad zitten en luisterde naar de geluiden die O'Hara produceerde. Het was afschuwelijk. Het klonk of ze haar ingewanden uitspuugde.

Op het volgende moment stond hij buiten op de veranda voor haar deur. Hij kon zich herinneren dat hij was opgestaan en naar de deur was gewankeld. Maar het was een eigenaardig onwerkelijke herinnering. Als een fantasie. Toch stond hij zonder twijfel waar hij nu stond.

Hij klopte op de deur.

'O'Hara? Is alles in orde?'

Geen reactie.

Hij klopte nog een keer, iets harder.

'Wat?' hoorde hij haar roepen. 'Wat wil je? Laat me met rust!'

'Je bent ziek!' riep hij en hij liep beledigd terug naar zijn kamer. Ze was ziek. Hij hoorde het toch! Hij ging op bed zitten en bedacht dat hij van plan was geweest om naar de supermarkt te gaan om bier te kopen. Hij zocht weer naar de autosleuteltjes. Net had hij ze nog gehad. Er was iets niet in orde met dat bier. Hij stak zijn hoofd onder de kraan van de wastafel en draaide hem open. Hij hoorde O'Hara in de badkamer naast hem nog hoesten, maar het ergste leek over te zijn.

Het lauwwarme water verfriste hem niet. En hoe lang hij het water ook liet stromen, het werd niet kouder. Waar had het dan ook kouder moeten worden? Het drinkwater van Holbrook werd opgeslagen in watertorens. Jensen had ze zien staan gloeien in de zon. En op de ijsklontjesmachine naast de trap hing een bordje waar BUITEN DIENST op stond.

Jensen ging met zijn natte kop voor de airco staan. Zijn voorhoofd werd aangenaam koel. Hij sloot zijn ogen en liet de koude lucht tegen hem aanwaaien tot hij begon te huiveren.

In mijn linkerbroekzak, dacht hij en hij greep in zijn zak. De autosleuteltjes.

Hij liep de parkeerplaats op, zette zoals gewoonlijk eerst alle portieren open en wachtte. Dit was het moment geweest om een sigaret op te steken. Daar was hij tien jaar geleden mee gestopt, op zijn veertigste verjaardag, vanuit een gevoel van eindigheid. Hij had zijn verjaardag in zijn eentje gevierd, in een brasserie in Parijs. Voor zijn neus had een met klein gehakt ijs gevuld bord met schaal- en schelpdieren gestaan, veel te groot voor één persoon. Gecompliceerde kreeften, oesters. De kleine groene slakken leefden nog. Ze kronkelden op zijn vork. In de asbak op tafel hadden de drie sigaretten gelegen die hij bij het aperitief had gerookt. En toen hij met de levende slakken in zijn buik de vierde opstak, bedacht hij dat hij nu tien keer zo oud was als het aantal sigaretten dat hij in die brasserie tot op dat moment had gerookt. Het waren geen verjaardags-, maar doodssigaretten: een voor elk decennium en opeens kon hij zichzelf niet meer voorstellen als oude man. Hij probeerde zich voor te stellen als man van zestig, wat hij dan zou doen en hoe hij eruit zou zien. Maar het lukte hem niet. De vuurtoren in de verte was uitgegaan. Duisternis strekte zich uit. Het eenzame verjaarspartijtje eindigde in een naamloze verschrikking. Vanaf die dag had hij geen sigaret meer aangeraakt. En na een jaar was het beeld teruggekeerd, van hem als oude man aan het strand van een warme zee met blote voeten in de branding, die later zou terugkeren naar zijn huisje en in de hangmat op de veranda een boek lezen.

We zullen zien, dacht Jensen en hij ging achter het stuur van de Chevrolet zitten.

Hij reed de hoofdweg richting zuiden op, langs het bureau van de sheriff, waar hij twee keer toeterde. Hij was in een eigenaardige stemming. Niet vrolijk of overmoedig, maar geagiteerd. Hij zou graag wat ramen hebben ingegooid of iets uit het raampje hebben geschreeuwd.

Hij schoot snel door de supermarkt. Hij had honger, maar geen tijd om zich daarmee bezig te houden. Hij pakte een sixpack uit de koeling, keek niet naar het merk en ook niet hoeveel alcohol het bier bevatte.

En toen kocht hij ook nog een pakje sigaretten.

De verkoopster noemde hem de prijs. Hij telde het geld neer en vond het vreemd en amusant dat ze niet protesteerde. Ze waarschuwde hem niet om na zo lange tijd weer met roken te beginnen. De vrouw snapte absoluut niet wat hier gebeurde. Het kon de wereld niet schelen of hij rookte of niet.

Terug in de auto stak hij de eerste sigaret op. De rook schroeide zijn keel dicht. Het volledige debacle openbaarde zich al bij het eerste trekje. Met de sigaret tussen zijn lippen reed hij terug naar het motel, teleurgesteld dat de rook niet meer smaakte. Maar hij vond het leuk om zichzelf in het achteruitkijkspiegeltje te zien met een sigaret in zijn mondhoek. Het was een compleet nieuw beeld, want hij had zijn sigaret vroeger nooit tussen zijn lippen gehouden. Het was niet prettig. Je ogen begonnen te tranen, de as viel in je schoot. Het was wat voor mannen als Caldwell.

Jensen sloot zich in zijn kamer op met het aangebroken pakje sigaretten en de zes blikjes bier. Hij trok ook het gordijn dicht. Daarna ging hij op de stoel aan het raam zitten, dronk het eerste van de nieuwe blikjes, zijn vierde biertje vandaag, en rookte de tweede sigaret. Vanaf nu draaide alles om niet meer dan kwantiteit.

Soms luisterde hij of hij O'Hara nog hoorde, maar hij hoorde niets. Misschien zat ze al bij Dunbar beneden diens legendarische steak te eten, een soort roos die medium rare op haar bord lag. En dan? Wat was de volgende stap?

Niet mijn probleem, dacht Jensen en hij zoog verbeten aan zijn derde sigaret.

14

Hij sloeg zijn ogen open. Er hing iets vreemds boven zijn bed. Hij schrok en ging rechtop zitten, in de war, met droge mond. Zijn keel voelde rauw en ziek aan, alsof hij een griepje onder de leden had. Het was de plafondlamp waar hij zo van was geschrokken. Hij hing pal boven het hoofdeinde van het bed, zodat de slapende, als hij 's nachts wakker werd, in een donkere muil keek.

Hij hoorde een merkwaardig geluid bij het raam. Het klonk alsof iemand steentjes tegen de ruit gooide.

Jensen ging weer liggen. Zijn hoofd was omrankt door pijn, de straf voor zijn twee zonden van de afgelopen avond: te vroeg te veel alcohol en waarom hij had gerookt, snapte hij nu ook niet meer. Een onvergeeflijke ontsporing.

Hij hoorde het geluid weer. Een glazen tik met een scherp voorwerp.

Hij stond op uit bed en trok het gordijn open. Voor het raam stond een schaduw met daarachter de in de ochtendschemer zwakker wordende maan.

'Wat is er?' vroeg hij. 'Wie is daar?'

De schaduw verdween. Onmiddellijk daarna hoorde hij iemand zachtjes op de deur kloppen. Hij deed open en werd ruw de kamer in geduwd.

'Doe de deur dicht,' zei O'Hara met gedempte stem. 'En geen licht!'

'Het is midden in de nacht!' protesteerde hij.

'Nee, het is vier uur 's ochtends. Over een uur wordt het licht. We vertrekken over een halfuur. Stel geen vragen. Ik leg alles uit als we onderweg zijn.'

'Waarom fluister je?'

'Kleed je aan en pak je spullen. Kom op, ik meen het serieus. Ik wacht hier zolang. Daarna gaan we naar mijn kamer. Ik heb helaas je hulp nodig bij het pakken. Mijn systeem is door elkaar geraakt.'

'Je systeem? Ik snap er niets van,' sputterde Jensen tegen. Hij was moe, hij had dorst, hij had hoofdpijn... en hij was naakt, merkte hij nu. Hij had vanwege de hitte naakt geslapen. Heel even vertrouwde hij erop dat O'Hara blind was, maar voor de zekerheid hield hij zijn hand toch maar voor zijn penis. En terwijl hij zich aankleedde, keerde hij haar de rug toe. 'Heeft je haast iets met Dunbar te maken?'

'Geen vragen!' siste ze. 'Geen vragen! Hoe vaak moet ik het nog zeggen?!'

Ze stond in een donker hoekje bij de deur, buiten bereik van het vale, slaperige licht van de ochtendschemer die door het raam de kamer binnenviel.

'Hoe moet ik pakken als ik niets kan zien?' vroeg hij. 'Ik doe het licht nu aan.'

'Nee, dat doe je niet! Doe je ogen maar tien seconden dicht. Dan zie je daarna genoeg. En nu opschieten, shit, verdomme!'

Er moest iets ergs zijn gebeurd dat ze vloekte. Dat deed ze anders vast niet. Shit, verdomme: zo vloekte alleen en beginneling.

'Al goed,' zei Jensen. 'Ik ben zo klaar.'

In de badkamer dronk hij een beetje water dat nog warmer was dan overdag. Het halflege pakje sigaretten lag op het plaatje onder de spiegel. Jensen kon zich niet herinneren het daar neergelegd te hebben. Hij verfrommelde het pakje, gooide het in het toilet en spoelde door. Het was een symbolisch gebaar, het wegspoelen van het kwaad. Hij had er behoefte aan. Het liefst zou hij het pakje hebben verbrand, maar daar was geen tijd voor. O'Hara maande hem met zachte stem op te schieten.

'Het stinkt hier naar rook,' fluisterde ze toen hij de slaapkamer weer in kwam. 'Ik wist niet dat je rookte. In de auto wordt er in elk geval niet gerookt, als je dat maar weet.'

'Ik had een zwak moment,' zei Jensen.

Vlakbij blafte een hond. Dunbars hond.

'Ben je eindelijk klaar?' vroeg O'Hara.

'Bijna.'

Jensens ogen waren inmiddels aan het halfdonker gewend geraakt. Bovendien viel er niet zoveel in te pakken: de toilettas, het nog steeds van het zweet klamme overhemd van gisteren, dat was alles. Hij klikte de koffer dicht en zei: 'Ik ben klaar.'

'Dan gaan we nu naar mij toe.'

O'Hara deed de deur open en ging de veranda op. Op de tast, dicht langs de gevel, liep ze naar haar kamer en duwde de op een kier staande deur open. Jensen volgde haar met zijn koffer.

'Kom binnen,' zei ze en sloot de deur. Zelfs in het schemerlicht was de troep duidelijk te zien. Het bed lag overhoop, overal lagen schoenen. De deur van de kleerkast stond open en onder de tafel lag het rokje dat ze gisteren aan had gehad.

'Gooi alles wat je ziet in mijn koffer,' zei ze. 'Je hoeft niets op te vouwen. Gooi het maar gewoon in de koffer.'

'Goed,' zei Jensen en hij begon te doen wat ze gezegd had. Op het nachtkastje lag iets dat alles verklaarde. Het was de opgevouwen met bloed doordrenkte sok waarmee Dunbar de wond op zijn voorhoofd had bedekt. Het plakband zat er nog aan.

'Dit ook?' vroeg hij terwijl hij de sok omhooghield. 'Moet ik die ook inpakken? Hij is van Jack, geloof ik. Hij moet hem hier hebben laten liggen.' Toen hij met je neukte, dacht hij erachteraan. Hij kon zich niet voorstellen dat er passie in het weerzinwekkende spel was geweest, anders had hij het wel gehoord door de ventilatieschacht, net als haar spugen gisteren.

'Wat het ook is, het hoort niet in mijn koffer,' zei O'Hara rustig.

'Het is zijn verband. Een oude sok. Hij had een sok op zijn wond geplakt. Wat moet ik ermee doen? Wil je dat ik hem teruggeef? Weet jij veel, misschien wordt hij binnenkort wel weer in elkaar geslagen. Dan kan hij deze wondsok goed gebruiken.'

Wondsok. Jensen moest lachen. Hij vond het een mooi woord. Had ze dan echt helemaal geen idee met wie ze naar bed was geweest? Het rook in haar kamer nu nog naar Dunbar. Het was een scherpe reuk, de reuk van een man die zichzelf niet meer rook, omdat niemand hem erop wees dat hij al een maand hetzelfde overhemd aan had. Hoe had ze het uitgehouden?

De zwaartekracht neemt omgekeerd met het kwadraat van de afstand af. Bij stank geldt dezelfde vergelijking, maar dan omgekeerd, dacht Jensen.

'Dus, wat doe ik met de sok?'

'Stop hem in je mond. Dat is het beste. Stop hem diep in je keel, zodat ik je sarcasme niet meer aan hoef te horen. Maar let wel op dat je nog genoeg lucht krijgt, want dood heb ik niets aan je.'

'Goed, weet je wat? Pak je koffer lekker zelf in! Ik ga terug naar mijn kamer en slaap nog even door. Wat je hebt met Dunbar, gaat me niets aan, je hebt helemaal gelijk. Het gaat me niets aan en daarom zie ik niet in dat ik zo godvergeten vroeg dit motel moet ontvluchten met je. Want het is toch een vlucht, of niet? Je wilt weg zonder dat hij het merkt en ik denk dat ik weet waarom. Je hebt die arme vent hoop gegeven. Een kreupele die waarschijnlijk zijn hele leven nog nooit zo'n...' 'mooie vrouw' had Jensen bijna gezegd, '...vrouw heeft gehad zonder ervoor te hoeven betalen. Hij zal je niet zomaar laten gaan, daar heb je gelijk in. Want je bent het beste wat hem ooit is overkomen.'

O'Hara kwam vanuit het donker op hem af in het licht van de aanbrekende dag die zich buiten in krachtige, rode kleuren aftekende. Nu kon Jensen haar gezicht herkennen. Het was smal en klein, alsof alles erin zich had teruggetrokken op een punt. Haar lippen waren tot een smalle streep getrokken en over haar holle wangen biggelden twee tranen. Maar het konden geen tranen zijn. Ze waren blauw en ze leken stroperig, als van was.

O'Hara strekte haar hand naar hem uit. Haar vingers tastten over zijn schouder naar zijn keel. Opeens kneep ze. Niet eens heel hard. En ze zei zachtjes en heel langzaam: 'Hou je mond. Hou je mond.'

Jensen kon zich onmogelijk bevrijden uit haar greep. Elke beweging veroorzaakte sterke pijn. O'Hara scheen verstand te hebben van gevoelige plekken. Hij gaf zich dus maar over, dacht er niet aan om weerstand te bieden. Hij kon niet anders, ook omdat hij schrok van de uitdrukking op haar gezicht. Ze leed, ze was ziek. Hij kon het nu zelfs ruiken. Het parfum dat ze steeds droeg, met een zweem van sinaasappel en blauweregen, kon de zure lucht van haar huid niet helemaal verdoezelen.

'Hou je mond,' herhaalde ze en ze sprak elk woord met nadruk uit. 'Je houdt nu je mond.'

'Ja,' zei hij. 'Al goed. Het spijt me. Laat me los, alsjeblieft. Ik pak je koffer verder in en dan gaan we.'

Haar vingers lieten los. Ze stapte achteruit, tastte naar de leuning van de stoel en ging uitgeput zitten. Haar bovenlichaam zakte voorover. Ze had haar blik naar de grond gericht. Een van de blauwachtige tranen droop als een dun draadje van haar wang.

Dunbars hond blafte weer. Opeens voelde Jensen compassie. O'Hara was ziek en ze wilde Dunbar niet zien. De wens van een zieke was iets anders dan die van een harteloze minnares voor wie hij haar net nog had gehouden. Met vlugge vingers gooide hij de schoenen, kleren en het ondergoed van O'Hara in haar koffer.

'We kunnen gaan,' zei hij.

O'Hara richtte zich op en knikte. Ze verlieten de kamer. De morgenster verbleekte al, met in de lucht de belofte van een nieuwe hete dag voor alle levende wezens in deze omgeving.

Op weg naar de auto spraken ze geen woord. De hond liet zich niet zien. Het was stil, onaangenaam stil als je, zoals Jensen, erop lette om lawaai te vermijden. Zelfs de ontgrendeling van de portieren veroorzaakte in deze stilte lawaai. Met ingehouden adem opende Jensen de kofferbak. Behoedzaam zette hij de koffers erin. Hij drukte de klep voorzichtig naar beneden, sloot hem niet eens. Hij was supervoorzichtig, in tegenstelling tot O'Hara, die plaatsnam in de auto en de deur keihard dichtsloeg. Alsof er nu niets meer te verbergen viel.

Plotseling stond de hond voor de deur van de receptie bij zijn lege waterbak. Hij zag Jensen en kwam blaffend op hem af gerend, blij degene te zien die zijn bak zou vullen.

'Stil!' siste Jensen. 'Stil!'

Een oor van het beest was zwart vanbinnen, vol parasieten. Jensen staarde ernaar alsof dat het enige probleem was. Hij aaide de hond over zijn kop en stapte in. Daar was de hond erg teleurgesteld over. Hij sprong tegen het zijraampje op en blafte vol overgave.

'Rij!' zei O'Hara.

De motor sloeg meteen aan. Jensen keerde de auto langzaam om de zich in de buurt van de wielen bevindende en nog steeds blaffende hond niet aan te rijden. De motor loeide. Dunbar had dood moeten zijn om niet gealarmeerd zijn bed uit te springen. In het achteruitkijkspiegeltje zag Jensen hem de receptie uit hinken, met zijn haar in de war en alleen een rode onderbroek aan.

'Hij komt,' zei Jensen. 'Dunbar.'

'Schiet dan toch ook eens op!'

'Ik moet oppassen. De hond is ergens bij de wielen. Ik kan hem niet zien.'

'De hond!' snauwde O'Hara. 'De hond interesseert me niet. Ik wil dat je rijdt!'

'Annie!' hoorde Jensen Dunbar roepen. 'Annie! Blijf hier!'

Jensen toeterde om de hond te waarschuwen. Daarna gaf hij gas. De wielen draaiden door, stof waaide op, Dunbar had zwaaiend met zijn armen de motorkap bereikt en Jensen moest boven op de rem gaan staan. Hij zette de auto in de achteruit om met een wijde boog om Dunbar heen te kunnen rijden, maar die doorzag Jensens plan en deed zijn best om Jensen te verhinderen door te rijden.

'Annie! Annie! Je hebt het me beloofd! Ik hou van je! Dit kun je niet maken!'

Jensen staarde naar Dunbars rechtervoet, een teenloze bijna vierkante stomp. Die voet was heerser over Dunbars leven en hij sleepte hem wanhopig achter zich aan terwijl hij probeerde Jensen de weg te versperren. De tranen liepen over zijn wangen.

'Maak er een eind aan!' riep O'Hara. 'Maak er in godsnaam een eind aan!'

Daar was de hond weer! Hij blafte woedend, tegen Dunbar nu. Misschien vond hij dat zijn baasje overal de schuld van was.

Jensen manoeuvreerde de auto door het smalle gat tussen de hond en Dunbar. Het scheelde niet veel of hij had een van beiden geschampt. En toen was het opeens voorbij. Ze hadden de weg bereikt. Het enige dat achterbleef was het beeld in het achteruitkijkspiegeltje van Dunbar, die zich op zijn knieën liet vallen, zijn vuisten tegen zijn slapen.

Zwijgend reden ze door Holbrook waar geen mens te zien was. En toen bereikten ze het wijde land.

Na een tijdje vroeg Jensen: 'Heb je ten minste betaald?'

Op de wangen van O'Hara kleefden nog steeds de blauwachtige tranen, of wat het ook was.

'Ik heb het achtergelaten,' antwoordde ze.

'En waar gaan we heen?'

'Naar Albuquerque. Van daaruit gaan we de weg op naar El Paso.'

'Je wilt dus naar Mexico.'

'Jij ook.'

'En waar precies in Mexico?'

'Het plaatsje heet Nuevas Tazas. Het ligt in de Sierra Madre, ongeveer honderdvijftig kilometer van Monterrey. Je rijdt eerst naar Monterrey en dan vragen we naar de weg.'

De zon kwam op. Hij scheen hen in de rug en trok groteske schaduwen van de droge struiken langs de weg.

'Hij heeft het je dus verklapt,' zei Jensen. 'Dan was dat dus de reden.'

'De reden waarvoor?'

'Laat maar. Ik zal het er niet meer over hebben. Het gaat me ook niets aan. Hij heeft het je dus verteld en je hebt gelijk. Ik wil ook naar... hoe heette het ook alweer?'

'Nuevas Tazas.'

'Nuevas Tazas. Maar weet je zeker dat hij je de waarheid heeft verteld? Gisteren zei hij nog dat hij zich een kogel door de kop moest jagen als hij zou verraden waar Esperanza Aguilar zich bevindt. Hij klonk erg overtuigend. Misschien heeft hij je alleen een tegenprestatie geleverd voor...'

'Ze heet Esperanza Toscano Aguilar. En verder denk ik dat Dunbar droomt dat hij iemand is die liever doodgaat dan een geheim te verraden, maar hij is het niet echt. In elk geval zijn we niet de enigen die weten waar ze te vinden is. Hij heeft het ook tegen die Botella gezegd, weet je wel, die man die hem in elkaar heeft geslagen.'

Jensen trapte onwillekeurig het gaspedaal in. 'Weet je dat zeker?'

'Jack Dunbar kan niet liegen. Dat is gewoon zo! Een kleine prikkel, prettig of niet, is voldoende om zijn verzegelde lippen van elkaar te krijgen. Ik hoop dat het je duidelijk is dat we snel moeten zijn. Die Botella heeft een geweldige voorsprong. Hij is er misschien al. En als hij Esperanza Toscano Aguilar vóór ons vindt, is alles voor niets.'

'Hoezo? Wat weten we over die Botella?'

'Niets. Hij heet Francisco Botella. Dat is alles. Jack had hem nog nooit eerder gezien en Botella heeft niet uitgelegd wie hij is of wat hij van Esperanza Toscano Aguilar wilde. Jack kent zijn naam ook alleen maar, omdat Botella's portemonnee uit zijn zak viel tijdens de knokpartij. Maar we kunnen ervan uitgaan dat iemand die iemand anders in elkaar slaat om de verblijfplaats van nog weer iemand anders te weten te komen, over die laatste iemand niet goed te spreken is, om wat voor reden dan ook.'

'Dat hoeft niet,' wierp Jensen tegen. Hij reed erg snel nu. Het kon, de straat was breed, leeg en smetteloos, op de platgereden dierenresten na van de nacht ervoor. 'Misschien was Botella met Esperanza Aguilar, pardon Toscano Aguilar, gelieerd. Een vriend of een vluchtige minnaar. Ze wilde niets meer met hem te maken hebben en is ervandoor gegaan zonder adres achter te laten. Dat komt voor.'

O'Hara deed net of ze zijn toespeling niet hoorde. Meer dan een toespeling was het dan ook niet geweest. Jensen geloofde niet dat Botella een afgewezen vriendje was.

'Is er een beschrijving van Botella?' vroeg hij na een tijdje. 'Heeft Dunbar iets gezegd over hoe hij eruitziet? Een bijzonder kenmerk?'

'Ja. We herkennen hem als we hem zien. Hij is erg groot.'

'Dat zijn er veel.' Vanuit Dunbars perspectief heel erg veel, dacht Jensen.

'Ja, maar Botella is bijzonder groot. Jack zei dat Botella zich moest bukken toen hij binnenkwam. En de deurpost zou twee meter hoog zijn.'

'Een reus dus. Goed. Dan kunnen we uitsluiten dat het een politieman is. Wie te groot of te klein is, wordt niet aangenomen. Ik neem aan dat dit ook in Amerika zo is. Hij zou privédetective kunnen zijn, maar dat geloof ik ook niet. Een man van twee meter valt veel te veel op. Hij deugt niet voor een observatie. En als we de overige mogelijkheden doornemen...' zei Jensen, die er plezier in had aan de hand van de lichaamslengte van iemand een plausibele theorie te ontwikkelen over diens werk, '...de baas van een criminele organisatie huurt ook geen man van twee meter in, in elk geval niet voor het openbare werk, als je het zo wilt noemen. Ik kan me Botella wat dat betreft alleen maar voorstellen als lid van een knokploeg, iemand die in een kelder mensen aan de praat krijgt. Maar ik heb al vaak met zulke types te maken gehad en die waren nooit erg groot. Voor beroepsmisdadigers van wat voor kaliber dan ook is het belangrijk om hoe dan ook onopvallend te zijn. De opsporing van een man van twee meter is voor de politie kinderspel. In de tram, in de metro, hij zou overal herkend worden. Ik concludeer hieruit dat Botella bij geen enkele kant hoort. Hij is noch rechercheur, noch een beroepsmisdadiger. Hij is uitsmijter, bouwvakker, bokser misschien, en hij zoekt Esperanza om persoonlijke redenen.'

'Mooi,' zei O'Hara. 'Erg boeiend. Het speelt alleen helemaal geen rol wie of wat Botella is. Het enige wat telt is zijn voorsprong. Hoe snel rij je?'

'Honderdtwintig.'

'Dat is te langzaam. Rijd honderdzestig, als de situatie het toelaat. We kunnen zijn voorsprong niet meer inhalen, maar het is toch belangrijk dat we zo snel mogelijk in Nuevas Tazas zijn. Botella's afmeting zal hem een tijdje ophouden als hij er is. Je zei het zelf al: hij valt op. Esperanza Toscano Aguilar is op haar hoede. Ze weet dat ze achtervolgd wordt. De komst van een opvallende man gaat als een lopend vuurtje rond in de dorpen van de Sierra Madra. Ze zal gewaarschuwd zijn en zich verstoppen. Botella zal even nodig hebben om haar verblijfplaats uit een inwoner van Nuevas Tazas te slaan. We moeten er zijn voor hij daarin slaagt.'

Zodat ze je geneest, dacht Jensen. Want dat alleen kon de reden zijn. O'Hara was ziek. Het ging haar niet om de herinnering aan haar man, het ging om de veertig gebeden, misschien haar laatste hoop. Wellicht was de ziekte ongeneeslijk en nadat de dokters meelevend hun hoofd hadden geschud, was O'Hara in haar wanhoop op het idee gekomen zich tot de gebedsgenezeres te wenden over wie haar man vlak voor zijn dood had verteld.

Jensen reed nog iets sneller. Hij haalde een busje met loszittende

wieldoppen in. De chauffeur toeterde. Om te waarschuwen dat de ·
politie in de buurt was? Maar dan zou de politieauto onderaards
moeten zitten, want het landschap was bijna geometrisch vlak. Er
was geen vegetatie behalve de typische droge witte amarant. *Tumbleweed*, schoot Jensen te binnen. Zo noemde je die ontwortelde,
door de wind over de stoffige vlakte gedreven bosjes.

Aan de hemel cirkelden grote vogels. Misschien wachtten ze op
overreden dieren, een *armadillo*, een gordeldier, met zijn geplette
rugpantser op straat. Armadillo heette dat beest. En de *raccoon*, de
wasbeer. De overblijfselen op straat kregen een naam.

Een halfuur reden ze zwijgend door een schijnbaar stilstaand
landschap. O'Hara had haar gezicht schoongeveegd met een zak-
doekje. Toch waren de sporen van haar blauwe tranen nog steeds
zichtbaar. Jensen reed midden op straat om iets merkwaardigs
wat hem nu pas opviel, beter te kunnen bekijken: achter de glazen
van O'Hara's zwarte zonnebril zat iets poreus, als een dun stukje
spons. Het had dezelfde kleur als de tranen en was van de zijkant
goed te zien.

Verband, dacht hij. Het zit aan de achterkant van de glazen bevestigd. Ze had dus wonden. Ze was blind, omdat ze een aandoening aan haar ogen had.

Plotseling, alsof ze zijn blik voelde, draaide ze haar gezicht naar
hem toe. Ze zei niets.

'Die greep daarnet in het motel,' zei Jensen. 'Waar heb je die geleerd?'

Ze gaf geen antwoord.

'Het was een professionele greep,' zei Jensen. 'Een greep die je tijdens een opleiding bij het leger of bij een speciale eenheid van de
politie leert. Hoe heet ie?'

'Huisvrouwenklauw,' zei O'Hara. 'Heb ik in Shanghai geleerd,
van onze huismeester. Is lang geleden. Wil je muziek horen?'

Jensen wist niet wat hij van haar antwoord moest denken. Zo'n
specifieke vechttechniek leerde je echt niet van een huismeester.
Hoewel, in Shanghai misschien wel.

'Niet als het de Beatles zijn,' zei hij.

'Ik heb niets anders. Muziek houdt je wakker. Je zult vandaag lang moeten doorrijden. De rit naar Nuevas Tazas duurt ongeveer twintig uur.'

'Ik ga echt geen twintig uur doorrijden. Tien misschien. En als je *Sergeant Pepper's Lonely Hearts Club* opzet, worden het er maar zeven.'

'Waar zijn we nu?'

'Negentig kilometer voor Albuquerque. Ik moet dadelijk tanken. En iets eten. Heb je geen honger?'

'Misschien hou je het wel twintig uur vol. Misschien ken je je eigen grenzen nog niet. We kunnen wat kletsen, dan gaat de tijd sneller om.'

Ze zag er slecht uit. Haar gezicht was vaal en vormde een dramatisch contrast met het zwarte broekpak dat ze aanhad. Ze had de briljanten vogel die ze in het vliegtuig op de kraag van haar bloes had gedragen, nu op de revers van haar jasje gespeld. Jensen verbaasde zich erover dat ze haar jasje aanhield. De airco was niet opgewassen tegen de macht van de stijgende zon. Alleen in de directe luchtstroom uit de ventilatoren was de hitte draaglijk. Gisteren het korte rokje en nu deze ongepaste correcte outfit. Jensen snapte haar niet.

'Waar wil je het over hebben?' vroeg hij.

'Over kwantumfysica natuurlijk. Daar interesseer je je toch voor. Je zei dat het je hobby was.'

'Ik zou het geen hobby willen noemen.'

'Tijdens de vlucht noemde je het hobby.'

'Het is een passie van me,' zei hij, ook al vond hij het zelf wel wat pathetisch klinken.

'Dat begrijp ik. Mijn man interesseerde zich ook voor kwantumfysica. Hij heeft me er wel eens wat over verteld. Een beetje veel over verteld.' Ze lachte heel even en leek het onmiddellijk te berouwen.

'Ik dacht dat je man in opdracht van het Vaticaan wonderen moest onderzoeken.'

'Niet in opdracht van het Vaticaan. Het was een vriendendienst voor de toenmalige prefect van de congregatie.'

'Toch verbaast het me dat iemand die religieuze wonderen onderzoekt, zich interesseert voor kwantumfysica.'

'Mijn man was van mening dat het ene het andere niet uitsluit. Integendeel. Hoe zit het bijvoorbeeld met de entropie? Dat wilde je me nog uitleggen. We hebben veel tijd, dus nu lijkt me het juiste moment. Wat precies is entropie?'

Jensen vermoedde dat ze het al wist, maar dat ze te weten wilde komen hoeveel hij ervan begreep. Oké, dan had hij de gelegenheid zichzelf weer eens op de proef te stellen.

'Entropie,' begon hij, 'is een maateenheid voor de wanorde in een natuurwetenschappelijk systeem. Alle natuurkundige processen in het universum verlopen in een bepaalde richting, namelijk van orde naar wanorde. Je kunt het beste denken aan een ei dat van de tafel valt. Het ei was heel, dan valt het van de tafel en breekt. De schaal gaat kapot, het eiwit loopt uit het ei, de eidooier spat open en loopt over de vloer. Toen het ei nog heel was, bevond het zich in een toestand van lage entropie, of hoge orde, dat is hetzelfde. Toen het op de vloer brak, ging het over in een toestand van hogere entropie of lagere orde. Dat is eigenlijk het hele geheim. Alle processen in het universum verlopen volgens dit principe: orde gaat over in wanorde. Nu zou je kunnen zeggen dat het niet klopt. Als je bijvoorbeeld van een ongeordende hoop bakstenen een huis bouwt, schijnt de wanorde minder te worden en de orde toe te nemen, want een huis is een meer geordend systeem dan een hoop bakstenen. Maar om het huis te bouwen, heb je energie nodig. De bouwvakkers zweten en geven warmte af, evenals de machines. Door de warmte die bij de bouw van een huis ontstaat, wordt de wanorde van het universum in zijn geheel groter. Als je een boterham eet, doe je niets anders dan relatief geordende materie in warmte, dus relatief ongeordende energie om te zetten.'

'Ik snap het,' zei O'Hara, hoewel Jensen nog helemaal niet uitgesproken was. 'Als orde principieel dus steeds in wanorde verandert, ontstaat daardoor de richting waar de tijd in stroomt. Klopt dat?'

Jensen zag in het achteruitkijkspiegeltje een auto snel op hen afkomen. Hij remde af om de inhaalmanoeuvre sneller te laten gebeuren. Hij kon niet rijden en zich gelijktijdig concentreren op de entropie, waarover O'Hara zonder twijfel meer leek te weten dan ze toegaf.

'Ja, zo is het,' zei hij terwijl ze werden ingehaald. 'We hebben maar één mogelijkheid om te herkennen in welke richting de tijd stroomt. Wat wij verleden noemen, is het tijdstip waarop de orde van het totale universum groter was dan op dit moment. Dat is de reden waarom een ei eerst helemaal heel is en dan kapotgaat en niet andersom. Een verbrijzeld ei zet zich niet in elkaar en landt dan als heel ei weer op tafel. En dat doet het niet omdat het dan de wet van entropie zou overtreden.'

'Laten we even aannemen,' zei O'Hara, 'dat het kapotte ei zich toch vanzelf in elkaar zet en weer heel in het eierdopje terecht-komt. Hoe noem je zo'n voorval dan? Zou je dat een wonder mo-gen noemen?'

'Dat zou je een wonder noemen, ja. Vooral, omdat het onmoge-lijk is.'

Pas op, dacht hij. Dat is geen precieze formulering. Hij wilde zichzelf corrigeren, maar O'Hara was hem voor. Het was net of ze op deze kans had zitten wachten.

'Onmogelijk? Ik kan me herinneren dat mijn man het anders interpreteerde. Hij zei dat de entropie weliswaar een natuurwet is, maar dat elke hobbynatuurkundige weet dat alle natuurwetten onafhankelijk van de richting van de tijd geldig zijn. Ze zijn waar, of je je nu richt op de toekomst of het verleden. Dat geldt ook voor de entropie. Of zie je het anders?'

Jensen zweette. Hij richtte de ventilator naast het stuur direct op zijn gezicht. 'Ik zal het iets preciezer formuleren,' zei hij. 'Alle gebeurtenissen in de natuur verlopen in een richting, van orde naar wanorde. Maar Max Planck, een van de grondleggers van de kwantumfysica, heeft ontdekt dat deze wet niet absoluut is. Hij sluit de mogelijkheid niet uit dat het ook omgekeerd zou kunnen gebeuren. Het gaat, beter gezegd, om waarschijnlijkheid. De waar-schijnlijkheid dat een ei, als het op de vloer valt, kapotgaat, be-draagt bijna honderd procent. Maar het is dus maar bijna. De wet van de entropie laat een heel minuscule, werkelijk oneindig klei-ne speelruimte open waarin theoretisch het tegendeel zou kunnen gebeuren. In een voldoende grote ruimte als het universum, en als je extreem grote tijdruimtes meerekent, is het niet uitgesloten dat ergens op een bepaald moment onwaarschijnlijke dingen gebeuren. De entropiewet zegt niet dat zichzelf in elkaar zettende kapotte eieren of bloed huilende madonna's onmogelijk zijn. Hij zegt alleen dat de waarschijnlijkheid dat zoiets gebeurt, onvoorstelbaar klein is.'

'Maar het is niet onmogelijk,' zei O'Hara. 'Je zei net dat het onmogelijk was.'

'Ik heb mezelf toch gecorrigeerd.'

'Als ik je dus goed begrijp, erkent de natuurkunde, de rationeelste wetenschap die er bestaat, dat wonderen weliswaar uiterst onwaarschijnlijk, maar toch mogelijk zijn.'

'Ergens in het universum, in veertien miljard jaar een keer. En ook dat is niet zeker.'

'Wat mogelijk is, zal gebeuren,' zei O'Hara. Ze voelde met haar vingers over de toetsen van de cd-speler en koos de vierde knop.

It's been a hard day's night…

Jensen besloot een cd te gaan kopen bij het eerstvolgende benzinestation. Bob Dylan, die hij vereerde, zou hij vermoedelijk niet vinden, maar country, Johnny Cash, hadden ze vast bij elk tankstation. Zo gauw hij een alternatief had voor de Beatles, moest O'Hara buigen voor de wet van afwisseling.

'Ik doe mijn ogen even dicht,' zei ze. 'Wek me als je stopt.'

'Dat zal al gauw zijn,' zei Jensen, maar ze leek het niet meer te horen. Het ergerde hem dat ze die muziek opzette en dan ging zitten slapen. Hij draaide de volumeknop een paar tikjes terug. Ze reageerde niet.

Het landschap, hoe grandioos het ook was, werd eentonig. Jensen was het zat. Ze hadden inmiddels de staat New Mexico bereikt. De omgeving hier was nog saaier dan in Arizona en bestond bijna uitsluitend uit uitgestrektheid waarvan de hypnotische werking was uitgewerkt. De uitgestrektheid was een ergernis, stilstand. Af en toe zag je bizarre rotsvormen in heel eigenaardige kleuren, maar als je ze nuchter bekeek, herinnerden ze aan steengroeven, meer niet.

Na een tijdje merkte Jensen dat zijn irritatie niet werd veroorzaakt door het landschap, maar door de opmerking van zijn reisgenote dat alles wat mogelijk is, ook gebeurt. Het was een waarheid als een koe, maar hij klopte. En in relatie met de wet van entropie vroeg hij zich af of de uiterst onwaarschijnlijke gebeurtenis die ooit in het universum zou kunnen gebeuren, niet al was gebeurd in de nacht dat hij had gebeden dat hij wilde dat zijn moeder stierf. De gedachte was natuurlijk absurd, maar het kon niet met absolute zekerheid worden uitgesloten. De natuurkunde accepteerde dit soort gebeurtenissen, dat was het verontrustende. Ook al waren ze nog zo onwaarschijnlijk, het was mogelijk en niemand kon Jensen garanderen dat het universum niet uitgerekend in die nacht een streek had uitgehaald.

Jensen vond de situatie hoogst onbevredigend en voor het eerst begreep hij waarom Einstein de heerschappij van de waarschijnlijkheid in de kwantumfysica gedurende zijn leven zo heftig, koppig bijna, had afgewezen. Een universum waarin alle gebeurtenissen op waarschijnlijkheid berustten, was een onbetrouwbaar universum, omdat niets onmogelijk was, zelfs niet wat feitelijk niet eens werkelijk bestond, als je het niet observeerde, zodat elke realiteit uiteindelijk slechts een illusionair denkbeeld van de observeerder was. Toch hadden alle experimenten die Einstein voorstelde om te bewijzen dat God niet dobbelde, zoals hij het noemde, exact het tegendeel bewezen, namelijk de triomfantelijke bevestiging van de centrale beweringen van de kwantumfysica. De oersubstantie waar mens en universum uit bestonden, was wispelturig, onvoorspelbaar. Het was een substantie die zichzelf uit een hoed toverde en wel uit een hoed die niet bestond. En het was een substantie die toch het denkbaar onwaarschijnlijkste bevatte en op elk moment in de realiteit kon brengen, vandaag, over twintig miljard jaar of nooit.

En de dromen zijn weg, dacht Jensen. Dat was ook erg vreemd. Gedurende de nachten sinds zijn vertrek uit Brugge hadden zijn moeder of een van haar talrijke verschijningsvormen hun beklag niet meer gedaan. De nachten waren donker en rustig geweest, alsof de dromenrechtbank in Brugge was achtergebleven.

Sinds bijna veertig jaar had hij zich minstens twee keer per week in zijn dromen moeten laten vertellen dat zijn moeder om hem was doodgegaan en nu opeens die stilte. Het was buitengewoon, een spookachtige stilte, passend bij het door de wind gevormde ravijn waar hij nu doorheen reed en dat hem deed denken aan het moment waarop de held zijn paard intoomde en met zijn blik op de afgevlakte kammen rond het ravijn zei: te rustig. Misschien zwegen zijn dromen, omdat ze iets wisten waar Jensen pas een vermoeden van had gehad, gisteren, toen hij 's middags al dronken was geweest: die gebeden bestaan dus.

O'Hara zat diep te slapen. Ze snurkte zachtjes, hoorde hij in een pauze tussen twee nietszeggende brave melodietjes van de *Fabfour*. Jensen deed de muziek uit, erop rekenend dat O'Hara wakker zou schrikken en hem een veeg uit de pan zou geven.

Annick, dacht hij. Mooie naam eigenlijk.

15

Tegen de avond bereikten ze de grensovergang in El Paso. Een jonge douanier verborg een gaap achter zijn hand en wuifde dat ze door konden rijden. Bij een tankstation vlak voor de grens had Jensen een kaart van Mexico en een Johnny Cash-cd gekocht.

'Nog achthonderd kilometer tot Monterrey,' zei hij toen ze in de file stonden in Ciudad Juárez, de Mexicaanse tweelingstad van El Paso. 'Ik rij nog een uurtje of twee, drie en dan is het mooi geweest.'

'Hoe laat is het?' vroeg O'Hara.

'Halfzeven.'

'Je gaat me toch niet vertellen dat je al om tien uur naar bed wilt? Achthonderd kilometer is acht uur rijden. Dan zijn we om drie uur vannacht in Monterrey. Daar kun je een paar uur slapen. Morgenochtend rijden we door naar Nuevas Tazas. We kunnen er tegen de middag zijn als je een beetje je best doet.'

'Ik zit al de hele dag achter het stuur! Jij hebt zitten slapen, maar ik moest rijden. Wil jij soms achter het stuur? Goeie God!'

O'Hara zat koekjes te eten die Jensen voor haar bij de benzinepomp had gekocht. Haar bloes zat onder de kruimeltjes.

'Sorry,' zei hij. 'Het spijt me. Ik ben gewoon moe. Ik rij nog tot tien uur en dan zoeken we een hotel.'

'Ik wou dat je iemand anders was,' zei O'Hara.

Ze stonden in de file. Alles stond vast. Naast hem trapte een motorrijder ongeduldig op het gaspedaal. Alsof het helse geloei een weg vrij kon banen door de dichtgeslibde straat waar de auto's zo dicht op elkaar stonden dat er nauwelijks een vloeitje tussen paste. En zij zegt: 'Ik wou dat je iemand anders was.' In een andere situatie, als ze hadden kunnen rijden, al was het maar rollen tot het volgende stoplicht, had hem die opmerking niet uitgemaakt. Maar nu, in deze engte... Het was stikheet in de auto, het rook naar uitlaatgassen, de motorrijder leunde met een hand tegen zijn zijraampje... Het trof hem diep.

Hij zei: 'Dat neem je terug!'

'Maar het is waar. Waarom zou ik het terugnemen?'

'Je neemt het terug!' riep hij.

De motorrijder keek nieuwsgierig grijnzend door het raampje naar binnen. Jensen sloeg tegen het raam. De motorrijder stak zijn middelvinger omhoog. Jensen duwde het portier krachtig open. Het was een volkomen belachelijke situatie. De motorrijder viel tegen een andere auto aan, waarop de automobilist van die auto driftig begon te toeteren. De zenuwen lagen bloot. Iedereen begon te toeteren. Maar niet al die mensen wilden dat de ander iemand anders was.

'Ik neem het terug,' zei O'Hara op een gegeven moment, veel later, toen ze op een slechte weg richting Chihuahua reden. Ze zei het na een lang wedezijds zwijgen.

'Goed,' zei Jensen. 'Dan is dat uit de wereld.'

'Van wie is die muziek die nu al best wel lang te horen is volgens mij?'

'Johnny Cash.'

'Houdt dat je fit? De pathos in de stem van die zanger, bedoel ik?'

'Beter dan het niets in de stem van Paul McCartney.'

Jensen moest zich erg concentreren. Mexico was verbluffend anders. De straten waren smaller, de gaten in de weg waren kniediep en de indruk dat hier veel meer verkeer was, had te maken met het feit dat er veel roekelozer werd gereden, niet met de hoeveelheid auto's. Een oude Dodge zonder voorruit haalde Jensen nu al voor de derde keer in. De drie jongens in de auto vonden het een leuk spelletje Jensen met een rotvaart in te halen en dan op de rem te gaan staan zodat hij ze weer in moest halen.

In een onoverzichtelijke bocht reed een vrachtwagen op de verkeerde weghelft recht op hen af. De chauffeur trok op het laatste moment aan het stuur, waardoor de vrachtwagen de berm in slingerde. De laadklep sprong open en Jensen zag in het achteruitkijkspiegeltje drie levende varkens uit de wagen vallen.

Een tijdje later passeerden ze een verroest bord waar HOTEL DE-LUXE op stond. Het was nog twintig kilometer tot het hotel, stond op het bord. Jensens besluit stond vast: daar wilde hij overnachten.

Maar na twintig kilometer ging de zon onder en behalve de in het licht van de koplampen oplichtende grafkruizen in de berm, die er niet stonden als waarschuwing, maar als stille getuigen van een voldongen feit, was hier niets. Het hotel was mogelijk al een tijd geleden afgebroken, of het was nooit gebouwd.

Jensen was ongelooflijk moe. Hij stopte op een geëgaliseerde vlakte naast de weg. Misschien was het wel een officiële parkeerplaats, want er stond een olievat met *paleto* erop geschreven. Dat betekende waarschijnlijk afval.

'Wat is er?' vroeg O'Hara. 'Waarom stop je? Waar zijn we?'

'Ergens. Ik weet het niet precies. Het is een soort parkeerplaats. Ik moet een paar uur slapen, dat is alles.'

'In de auto? Oké, voor mijn part. Dan duurt het niet zo lang. Ik wek je over vijf uur.'

16

Rond middernacht schudde ze hem wakker. Hij had over haar gedroomd. Hij schaamde zich, want het was een verraderlijke droom geweest. Zijn paal stond nog steeds. Hij opende het portier en maakte een ommetje buiten. Hij deed zelfs een paar kniebuigingen.

'Wat doe je?' hoorde hij O'Hara vragen. 'We moeten door. Schiet op!'

Hij kon zich zijn droom niet meer herinneren. Het was als het golven van een doorzichtige doek geweest. De zware lucht van parfum, de warmte van haar lichaam.

Boven hem schitterden de sterren. Ergens huilde een dier en in de bosjes ritselde iets. Takjes knakten. Het moest iets zwaars zijn. Had je hier beren?

Jensen stapte in de auto en gaf gas. Zijn koplampen beschenen de afvalbak nog een keer. Paleto.

'Spreek jij eigenlijk Spaans?' vroeg hij.

'Ja. Vloeiend.'

'Betekent paleto afval?'

'Nee. Het betekent gek. Dorpsgek om precies te zijn. Waarom?'

'Zomaar.' Wat was dit voor land, waar mensen dorpsgek op een afvalbak schreven. In Arizona had Jensen de combinatie van hitte en ordentelijkheid gemogen. In de winter en in het voorjaar moest het daar heerlijk zijn, een mild mediterraan klimaat zonder de daarbij horende drukke, lawaaiige en oppervlakkige mensen. Een prettig klimaat plus Angelsaksische discipline. Waarom dacht hij eigenlijk zo'n onzin? En het klopte ook maar half. Je hoefde alleen maar aan sheriff Caldwell te denken.

Na een paar uur rijden met een slapende O'Hara naast zich werd de weg breder. Eerst twee, daarna drie rijbanen die zich vulden met busjes waarvan er niet een zonder beschadiging was. Daar kwamen later nog zware vrachtwagens bij, waarvan de chauffeurs als ze inhaalden het ritme van een voetballied toeterden. En hele zwermen brommertjes die de verhevenheid van de aanbrekende dag aan stukken knetterden.

Jensen wekte O'Hara.

'We zijn bijna in Monterrey,' zei hij. 'Waar moeten we dan op letten? Nuevas Tazas staat niet op mijn kaart.'

'Het ligt in de bergen, in de Sierra Madre Oriental, in de staat Nuevo León, ten noorden van Monterrey.'

'Ja, maar Sierra Madre staat ook nergens op de borden. Ik moet een plaatsnaam hebben.'

'Stop maar bij een tankstation. Dan vraag ik het.'

Jensen verliet de autoweg en ze stapten uit bij een benzinestation. Het rook er sterk naar benzine. Jensen hield zijn adem in, want hij was niet met roken gestopt om zijn longen te vernielen met kankerverwekkende dampen waar je nog niet eens van kon genieten bij het inhaleren.

Aan de bar stonden mannen met brede strohoeden koffie te drinken. Ze draaiden zich om naar O'Hara. De gesprekken verstomden. De mannen merkten snel dat de mooie vrouw blind was en begonnen Jensen aan te staren, naar zijn idee afkeurend.

'Kom,' zei Jensen. Hij leidde O'Hara naar een oude vrouw achter de kassa. 'Vraag haar maar.'

'Is het een vrouw?'

'Ja.'

'Jong of oud?'

'Oud, waarom?' Jensen begreep niet wat dat uitmaakte.

O'Hara begon met de oude vrouw te praten. Ze had niet overdreven. Ze sprak inderdaad vloeiend Spaans. De naam Nuevas Tazas werd meermaals genoemd.

De oude vrouw schudde haar hoofd. Dan knikte ze weer. Als ze sprak sloot ze haar ogen. Ze lispelde. Haar snijtanden ontbraken en af en toe drong haar tong als een gekooid dier door de gaten naar buiten. Plotseling riep ze iets en ze klopte op de tafel. De mannen aan de bar draaiden zich naar haar om en luisterden geconcentreerd. Daarna begonnen ze met elkaar te discussiëren en ten slotte stuurden ze een afgezant naar Jensen en O'Hara. Het was de jongste van het stel, een jongen nog. Hij nam zijn hoed in zijn hand en zei iets tegen Jensen die daarop glimlachend zijn hoofd schudde. *No habla esponal, español.* De jongen grijnsde. Zijn ogen zochten een opening in de bloes van O'Hara waar je misschien iets door kon zien.

O'Hara draaide zich om naar de jongen, die daarop onmiddellijk zijn ogen neersloeg. *Si, si señora, si.* Hij wees uit het raam, in de richting van de toppen van de flats in de verte die je van hieruit kon zien.

O'Hara bedankte de jongen en stopte hem geld toe. Jensen kreeg niet de kans precies te zien hoeveel het was, zo snel greep de jongen het.

'We gaan,' zei O'Hara.

'Ja, we gaan,' zei ook Jensen. Hij vond het niet prettig dat O'Hara de jongen geld gaf voor wat informatie. Je geeft arme, uitgebuite mensen geen geld. Dat had hij vroeger geleerd. Je moet hun revolutie ondersteunen door in Konstanz voor het warenhuis flyers uit te delen.

Bij de uitgang draaide Jensen zich nog een keer om. Hij zag het gelukzalige gezicht van de jongen. Voor de zoveelste keer was hij zich pijnlijk bewust hoeveel tijd hij in zijn jeugd met het aanbidden van vrome halve waarheden had verdaan.

'En?' vroeg hij toen ze weer in de auto zaten. 'Wat zeiden ze?'

'Eerst dachten ze dat we nieuwe kopjes wilden kopen. *Nuevas tazas* betekent nieuwe kopjes. Ze kennen geen dorp dat zo heet. Maar ze zeggen dat er veel dorpjes in de Sierra Madre zijn die ze onmogelijk allemaal kunnen kennen, omdat ze er nooit komen. Waarom zou je? Ze adviseerden ons om naar Veinte de Noviembre te gaan, een districtsstadje midden in de bergen. Ze weten zeker dat de mensen in Veinte de Noviembre Nuevas Tazas kennen. Dus gaan we daarheen. Twee of drie kilometer verderop moeten we afslaan. Ze zeiden dat het op de borden staat. Veinte de Noviembre.'

'Ik denk dat we het beter nog even bij een ander tankstation kunnen navragen.'

'Nee, hoor. Start de motor maar. Ik vertrouw die mensen.'

Geweldig, dacht Jensen. We vertrouwen de mensen die niets precies weten.

Er kwam inderdaad een afslag de bergen in. De straat werd smaller, het verkeer bleef achter in het dal. Ze waren al gauw de enigen die door nauwe bochten en tussen steile rotswanden omhoogklommen. De automaat schakelde in z'n twee. Planten waarvoor het beneden te heet en te droog was, woekerden hier uit rotsspleten en braken met hun wortels uit loszittend gesteente dat vuistgroot her en der verspreid lag. Je kon de brokken niet ontwijken. Om de banden te sparen, reed Jensen nog langzamer. Hij schakelde manueel in de eerste versnelling. De motor draaide op volle toeren. Ze reden nu stapvoets.

De grijze wolken bleven aan de toppen van de bergen hangen. Het werd koeler. Jensen deed de airco uit. Hoe hoger ze kwamen, hoe slechter de weg werd. Takken, stenen, puin: wat de wind en de aardbewegingen ook maar op de rijbaan achterlieten, bleef liggen. Niemand scheen te zorgen voor het behoud van de weg, hoewel het toch de enige verbinding met het dal was. Op een plek was de weg helemaal niet te passeren. Zand, brokken steen en takken maakten doorrijden onmogelijk. En O'Hara sliep alweer! Jensen overwoog of hij haar zou wekken. Niet dat het iets hielp, maar dan was ze ten minste getuige van zijn gezwoeg.

Hij stapte uit en ruimde de meest problematische brokken steen weg. Gelukkig konden ze allemaal nog net met lichaamskracht worden verwijderd.

Eén stuk steen schopte Jensen de afgrond in. Pas toen het te laat was, kwam hij op het idee dat hij daarmee misschien iemand in gevaar had gebracht. Hij keek over de rand van het smalle ravijn naar beneden. In de diepte knabbelde het water van een riviertje aan het roestrode geraamte van een vrachtwagen. In de prosopis vlakbij zaten duizenden cicaden te krijsen. Het lawaai zaagde letterlijk door je trommelvlies heen. Jensen gooide stenen in de struiken. Tevergeefs natuurlijk. In de verte doemden de toppen van de echt hoge bergen op. Jensen huiverde bij de aanblik. Het was op die hoogte vast ontzettend koud. Misschien lag er zelfs sneeuw. Daar leek het inderdaad op, maar het kon ook een wit gesteente zijn.

Hij stapte de auto weer in en reed langzaam over het achtergebleven puin. Na de eerstvolgende bocht liep de weg nog steiler omhoog. Het asfalt was op veel plekken gescheurd. De boel kon zo
gaan schuiven. Jensen dacht aan de vrachtwagen in het ravijn. Het
was beslist een onheilspellende omgeving. Alles was te hoog of te
diep, te smal, te steil en te onveilig. Het was een omgeving waar je
door kon worden opgeslokt.

De bewolking nam toe en het begon zacht te regenen. En verder
was er helemaal niets. Geen bewoonde wereld. Alleen die weg met
hindernissen. O'Hara sliep al uren met open mond. Jensen snapte er niets meer van. De auto hobbelde en schokte als de wielen in
een diep gat terechtkwamen en dan zijn gevloek nog. Hij was moe.
De rit was ontzettend vermoeiend en daarom vloekte hij af en toe
hardop. Maar niets scheen O'Hara te storen in haar slaap. Intussen
was hij ervan overtuigd dat het geen natuurlijke slaap kon zijn. Het
was een medicamenteuze. Ze had iets genomen, een heel sterke
pijnstiller misschien. Dat ze pijn leed, kon je aan haar gezicht zien.
Zelfs in haar slaap zag je de sporen: de lijnen en de verkramping,
de inspanningen van het lijden.

Eindelijk zag hij een bord. VEINTE DE NOVIEMBRE, 85 KILOME-
TER. Jensen ontspande. Nu had hij tenminste een getal waar je uit
op kon maken dat de moeizame rit ooit een einde zou hebben en
überhaupt ergens naartoe ging en niet gewoon een grote misser
was. Je moest die 85 natuurlijk wel met drie vermenigvuldigen onder de gegeven omstandigheden. Ze zouden Veinte de Noviembre
pas bij het vallen van de nacht bereiken.

17

En zo was het ook. De zon was allang achter de bergen verdwenen, de hemel hing laag, de donkere wolken streelden als het ware het autodak toen ze eindelijk de hoogvlakte bereikten waar lichtjes te zien waren. Het was niet het continue licht van elektrische lampen, maar meer het geflakker van vuur of fakkels. Op dit moment vond Jensen echter ieder door mensen aangestoken licht prima. Hij wekte O'Hara, wat niet eenvoudig was. Hij moest haar heftig wakker schudden om haar bij de positieven te krijgen.

'We zijn er.'

'In Veinte de Noviembre?' Haar stem klonk mat en krachteloos.

'Ja. Ik zal een hotel zoeken.'

Ze hief haar hand en zuchtte. 'Voor mijn part,' zei ze. 'Is het een grote stad?'

'Ik geloof het niet.'

De hoofdstraat kronkelde in onzinnig veel bochten langs elk huis. Achter een paar ruiten flakkerden kaarsen. Jensen kon duidelijk zien dat ze waren bedrukt met afbeeldingen van de Heilige Madonna. De straat was zo smal dat hij de kaarsen vanuit de auto uit had kunnen blazen.

Bij een kruising zaten mannen aan klaptafeltjes. Ze dronken in het koplamplicht van een gebutst busje bier en observeerden met argusogen de vreemde passerende auto. Jensen zwaaide. Ze reageerden niet.

De hoofdstraat mondde uit op een met keitjes geplaveid plein met in het midden een bron. De huizen om het plein waren statiger dan die aan de straat. Ze hadden twee verdiepingen in plaats van een en sommige gevels waren versierd met stucwerk: de heilige Joris en de draak, blazende putti, het oog van de almachtige in een stralenkrans. De gebouwen leken vroeger een eenheid te hebben gevormd, een voormalig klooster wellicht, maar nu had elk huis een eigen bliksemafleider en tv-antenne. Aan twee van die antennes was dwars over het plein een draad vastgemaakt waar lampjes aan hingen. Jensen stopte naast de bron.

'Ik ga even op onderzoek uit,' zei hij. 'Blijf in de auto en hou het portier op slot.'

Hij stapte uit. Er stond een koude wind. Jensen trok de rits van zijn leren jack dicht. Het geknetter van een generator echode tussen de gevels. Hier werd met veel inspanning stroom opgewekt. De generator liep onregelmatig, maar als hij op toeren kwam, glommen de gloeilampjes aan de draad boven het plein in volle pracht. Het rook naar regen en achter de bergen flitsten bliksemschichten.

Een van de huizen had een eigen gloeilamp. Hij hing boven de ingang. Jensen liep eropaf. Op de verweerde muur van het huis had iemand lang geleden in krulletters het woord BAR geschilderd. Met zijn handen deed Jensen het sliertengordijn van plastic opzij.

Binnen was het donker. Jensen stootte tegen een tafeltje aan en bracht het daarop staande Mariabeeld aan het wankelen. Hij greep er snel naar zodat het niet omviel. De stank van rottend fruit drong in zijn neus. Nadat zijn ogen gewend waren geraakt aan het duister, kon hij zien dat er drie verschimmelde sinaasappels op het tafeltje lagen. Een offergave vermoedelijk, waar zelfs de vliegen zich niet meer voor interesseerden. Ze zoemden allemaal naar een aangrenzende ruimte, aangetrokken door het daar brandende licht. Jensen volgde de vliegen en kreeg weer hoop. Het was inderdaad een bar. Er stonden tafels en stoelen en een van planken getimmerde bar waar twee jongeren aan zaten: een jongen en een meisje.

'*Buenas noches*,' zei Jensen. Dat was alles wat hij in het Spaans te bieden had.

De twee keken hem aan. De jongen grijnsde en het meisje staarde om onverklaarbare redenen naar Jensens benen. Ze dronken bier uit een flesje. De jongen had een T-shirt aan waar verlangend LOS ANGELES op stond.

Jensen vroeg of ze Engels spraken en de jongen zei: 'Een beetje.' Hij legde zijn arm om het meisje en trok haar tegen zich aan om – zo leek het – zijn bezittersdrang te doen gelden. Het meisje giechelde en fluisterde de jongen wat in het oor. Ze keek nog steeds naar Jensens benen. Die keek er nu zelf ook even naar, maar hij kon niets bijzonders ontdekken aan zijn broek.

'Kan ik hier een kamer krijgen?' vroeg Jensen aan de jongen.

'Kamer krijgen?' herhaalde de jongen.

'Ja, kan dat hier? Ik zoek twee kamers voor vannacht.'

De jongen wenkte Jensen naar zich toe en bood hem een slok uit zijn flesje aan.

'Kamer krijgen,' zei de jongen. 'Voor vannacht. Oké. Voor vannacht, man.'

Jensen sloeg het bier beleefd af. De jongen verstond dus geen woord, maar dat kon hij natuurlijk niet toegeven in het bijzijn van zijn vriendin. Waarschijnlijk had hij haar ooit verteld dat hij Engels kende. Het meisje droeg, zag Jensen nu, hetzelfde T-shirt als haar vriendje.

Op dat moment verscheen er een tengere oudere man in de deuropening. Hij duwde met zijn voet een krat bier de bar binnen. Omdat hij sandalen aan had, kon iedereen zien dat hij twee tenen miste. Toen hij Jensen zag, lichtten zijn doffe ogen op. Zijn lichaam spande zich aan.

'Gonzales!' riep de jongen en hij begon in het Spaans op de man in te praten. Het woord *americano* viel. De man bracht de jongen met een handbeweging tot zwijgen en deed enthousiast een pas in de richting van Jensen.

'Het is me een groot genoegen,' zei hij in melodieus Engels en hij schudde Jensens hand. 'Mijn naam is Fernando Gonzales. En voor het geval u een kamer zoekt, kan ik u zeggen dat u geluk heeft. Ik heb nog een kamer vrij. Hij kost twintig dollar. En hij is schoon. Ik heb hem vanochtend nog bespoten met een heel goed middel. Baygon. Het is niet giftig en doodt alleen het ongedierte. U zult heel tevreden zijn. Kom! Kom mee, ik laat u de kamer zien.'

Hij wenkte Jensen mee de bar uit. Op de gang bij de trap fluisterde hij: 'Ik kan mijn gasten niet uitzoeken, begrijpt u? Die jongen daar binnen, die met dat meisje, hij baart zijn ouders veel zorgen. Hier een kind, daar een kind. En hij is pas zeventien! Doe maar gewoon of hij er niet is. Ik wil dat mijn nette gasten zich thuis voelen. Dan komen ze weer. Zo is het toch?'

'Ja,' zei Jensen. 'Maar ik moet twee kamers hebben. Voor twee of drie nachten.'

'Zo lang?' Gonzales klakte met zijn tong. 'Uitstekend! Maar ik moet u helaas zeggen dat mijn huis maar over twee hotelkamers beschikt. En een kamer is niet meer vrij. Gisteravond kwam er een heer. Hij kwam heel laat. Mijn vrouw en ik lagen al in bed. Hij is een fatsoenlijke, schone man. Een americano. Maar hij spreekt beter Spaans dan ik. U zult geen problemen met hem hebben. We zetten gewoon een bed in onze...' Hij dacht na over een geschikt woord. '...in onze eigen logeerkamer. Daar staan wat dingen opgeslagen, maar mijn vrouw zal de kamer keurig netjes in orde maken. Dan heeft u twee heel goede kamers. Zullen we zeggen vijfendertig dollar voor allebei?'

Een noodbed in de bezemkast, dacht Jensen. Beter dan niets, maar de vraag was geoorloofd: 'Ik neem aan dat hier geen ander hotel is?'

'Helaas niet,' zei Gonzales tevreden. 'Pas weer in Ocampo, vijf uur rijden van hier. En het is vies. Niets voor Amerikanen. Ik heb tien jaar in Amerika gewerkt, in Albuquerque, dus ik kan het beoordelen. Ik was taxichauffeur in een BUICK CENTURY. De wagen was altijd keurig netjes schoon. Dat vind ik heel belangrijk. En wat in Amerika goed is, geldt hier helemaal.

'Ik neem de twee kamers,' zei Jensen.

'Geweldig! Een goede dag voor iedereen. Een goede beslissing. U zult het niet berouwen.'

18

O'Hara was opnieuw in slaap gevallen in de auto. Jensen wekte haar.

'Er is een hotel hier,' zei hij, 'maar we zijn niet de enige gasten. De hoteleigenaar, Gonzales heet hij, zei dat er gisteren een Amerikaan is aangekomen.'

'Botella. Je hebt de hoteleigenaar toch hopelijk niet naar hem gevraagd?'

'Nee, natuurlijk niet.'

'Dat zou namelijk niet slim zijn geweest.'

'Dat is me duidelijk.'

'Wij weten van hem af, maar hij niet van ons. En zo moet het blijven.'

'O'Hara, ik kan je volgen, echt waar. En nu uitstappen, alsjeblieft. Ik breng je bagage naar je kamer.'

Het donderde. Het onweer dat achter de bergen kracht had verzameld, maakte zich op voor overkomst. De lampjes boven het plein dansten wild op en neer aan de draad.

Jensen sleepte de koffers naar het hotel. Die van O'Hara leek zwaarder te zijn geworden. Hij vroeg zich af of hij het zich inbeeldde.

Bij de ingang van het hotel brandden nu twee nieuwe kaarsen bij het Mariabeeld, een voor elke nieuwe gast die de moeder van God Gonzales had geschonken. Het hele huis, daarnet nog in rust, was opeens in rep en roer. Het gerammel van emmers, het geroep van opdrachten... De stank van schraal bier werd verdrongen door een frisse citroenlucht. Het huis schudde op zijn grondvesten als een hond die zijn vlooien afschudt.

De twee vleugels van een zwaaideur op de begane grond zwiepten open voor Gonzales, die met een theedoek zijn gezicht droogwreef.

'Ah, daar bent u al!' riep hij naar de gasten die met hun bagage in de ingang stonden. 'Precies op tijd. De kamer is zo-even nogmaals gereinigd, zodat het *señora* hier bevalt. Ik vergis me toch niet? De kamer voor señora en de logeerkamer voor *señor*? Of bent u met z'n drieën?'

'Nee,' antwoordde Jensen.

'Zoals u wenst. Helaas zijn de kamers nog niet helemaal klaar,' zei Gonzales. 'Maar misschien heeft de reis u hongerig gemaakt? Zullen we dan van een nadeel een voordeel maken?' Zijn gezicht glansde van het zweet, hoe vaak hij het ook afdroogde met zijn theedoek. 'Ik kan u een mooi stukje doorregen rundvlees aanbieden,' stelde hij voor. 'Gebraden, gegrild, wat u maar wilt. De tafel is binnen een minuut gedekt.'

'Heel vriendelijk,' zei O'Hara. 'Ik heb inderdaad honger. Gegrild voor mij, alstublieft.'

'Eenmaal gegrild, dus. En voor señor?'

Medium, dacht Jensen, die de scène onaangenaam aan Dunbar deed denken.

'Tweemaal gegrild,' zei hij.

'Ik ga het meteen aan de keuken doorgeven,' zei Gonzales en hij haastte zich weg. Gonzales: een zestig- of misschien wel zeventigjarige man bij wie de jaren de tanden, de teennagels en het haar hadden doen vergelen en wiens onvervulde dromen hem als een schaduw begeleidden. Jensen vond het een beetje zielig om te zien hoe hij zijn best deed zijn gasten goed te bedienen.

Hij zette de bagage in de gang in een nis die hij vanuit de bar in de gaten kon houden. O'Hara had de weg naar de bar ondertussen al gevonden. De jongen en het meisje keken met open mond toe hoe die grote, knappe vrouw met haar lange witte stok de hindernissen aftastte en helemaal achter in de bar aan een tafeltje ging zitten. Realiseerden ze zich op dit moment dat je ook in Veinte de Noviembre iets buitengewoons kon meemaken als je maar lang genoeg elke avond in de plaatselijke bar een biertje ging drinken?

Jensen ging naast O'Hara zitten en glimlachte naar het jonge stelletje, dat zich daarop afwendde en opgewonden begon te fluisteren.

'Je zit naast me,' zei O'Hara. 'Waarom ga je niet tegenover me zitten?'

'Omdat je met je gezicht naar de ingang van de bar zit. Van hieruit kan ik onze bagage in het oog houden en het plein zou ik ook kunnen overzien, maar jij zit aan het raam. Als je het niet erg vindt, zou ik graag van plaats willen ruilen.'

'Je hebt gelijk,' zei O'Hara. Ze stond op en tastte om de tafel heen.

Jensen ging aan het raam zitten. Hij schoof het stijf staande, geblokte gordijntje opzij en had nu zicht op het dorpsplein. Het licht van de gloeilampjes spookte over de gevels in de wind. In een portiek verdween een gedaante. Je kon niet zien of het een man of een vrouw was, jong of oud. Het was niet meer dan een schaduw.

'En nu is het wachten op Botella,' zei O'Hara.

'Ja, daar lijkt het wel op.'

We zitten te wachten op een twee meter lange vechtjas, dacht Jensen. Hij was nooit een goede vechter geweest. In gevaarlijke situaties had hij liever zijn wapen getrokken, vaak te snel. Hij was een uitstekende schutter, had een paar prijzen gewonnen, beste schutter van het korps. Hij kon zelfs in beweging precies het plekje naast het sleutelbeen treffen, een schot waarmee je de arm van een tegenstander kon verlammen zonder de persoon ernstig letsel toe te brengen. Maar hij had geen wapen bij zich en mocht Botella handtastelijk worden, had hij daar zo goed als geen antwoord op.

'Mocht hij hier opduiken, en dat is erg waarschijnlijk,' zei Jensen, 'kunnen we het best doen of onze neus bloedt.'

'Neus bloedt? Hoe bedoel je dat?'

'We hoeven niet met hem te praten. Het levert niets op. We weten dat hij naar Nuevas Tazas wil en ik zou niet weten hoe we dat kunnen voorkomen. Hij mag absoluut niet weten dat wij ook naar Nuevas Tazas willen. Mocht hij ons dus aanspreken, doen we net of we toeristen zijn. Geen woord over Nuevas Tazas. Dat is het beste.'

'Je bent bang,' zei O'Hara. 'Dat bevalt me niet. Je valt me tegen. Misschien is het inderdaad beter als je doet of je neus bloedt. Hang de toerist maar uit, doe maar schijterig, kruip maar voor Botella. Maar let wel op dat je mij met je laffe gedrag niet in de wielen rijdt.'

Ik ben namelijk van plan de man te stoppen. En ik wil niet dat je me daarbij in de weg loopt. Heb je me goed begrepen?'

Jensen wilde iets terugzeggen, maar Gonzales verscheen. Hij had de theedoek over zijn arm geslagen en vroeg: 'Zit u lekker? Zal ik u kussens brengen? Zijn de stoelen niet te hard?'

'De stoelen zijn prima,' zei O'Hara.

'Mooi zo,' zei Gonzales. 'Bij een goede maaltijd is goed zitten niet onbelangrijk. Op een ongemakkelijke stoel kun je niet genieten van het vlees. U wilt uw vlees gegrild, daarom duurt het nog even. We hebben helaas geen houtskool, maar steeneikhout. Dat ontwikkelt een geweldige gloed, maar het kost wat tijd. Mag ik u misschien een glas wijn aanbieden? Een Californische wijn, afkomstig van een uitstekend wijnhuis? Ik heb de fles voor speciale gasten bewaard en ik...'

'Hoe ver is het van hier naar Nuevas Tazas?' onderbrak O'Hara hem ijzig. Ze liet Gonzales duidelijk merken dat hij en zijn wijn haar volkomen koud lieten.

Jensen keurde haar geringschatting niet goed. Hij zei: 'Dank u, meneer Gonzales. Brengt u ons de wijn maar, alstublieft. Erg vriendelijk van u.'

'Goed,' zei Gonzales. Hij keek verward naar Jensen en O'Hara. 'De wijn. Uiteraard. Ik serveer hem dadelijk. Eh, het spijt me, mevrouw, ik heb uw vraag nog niet beantwoord. U wilt naar Nuevas Tazas?'

'Nee, we hebben er alleen over gehoord,' zei Jensen.

'Ik wil erheen,' zei O'Hara. 'Anders zou ik u niet naar de weg vragen, señor Gonzales!'

Wat had ze nu weer, in godsnaam!

'We hadden toch afgesproken,' begon Jensen in het Vlaams, 'dat we hierover zouden zwijgen! De man, en u weet wie ik bedoel maar ik zal zijn naam hier nu niet noemen, is een hotelgast net als wij. Degene die nu bij ons aan tafel staat is een kletsmajoor. Hij gaat die andere gast vertellen dat wij naar Nuevas Tazas willen.'

Gonzales glimlachte onzeker. Wat die vreemdelingen ook zeiden, het kon geen kwaad beleefd te blijven staan luisteren en af en toe te knikken.

'Nu rij je me dus in de wielen!' zei O'Hara, ook in het Vlaams. 'Ik zei toch: trek jij je maar terug en laat mij dit regelen. Dus, señor Gonzales,' vervolgde ze in het Engels, 'hoe lang duurt de rit van hier naar Nuevas Tazas?'

'Twee uur, señora, met uw auto misschien maar een. Helaas is de weg ernaartoe sinds eergisteren echter geblokkeerd door puin. Een aardverschuiving. Heel ongebruikelijk voor deze tijd van het jaar. Sinds ik me kan herinneren heeft het in de zomer nog niet zo vaak en zo hard geregend als dit jaar. En nu is er geen doorkomen aan. Metersdik liggen de modder, boomstammen en stenen op straat. Het is om wanhopig van te worden voor iemand die naar Nuevas Tazas wil. Niet dat er veel mensen naartoe willen. Meer dan een paar hutten, geitenhoeders en wat... je zou het gepeupel kunnen noemen... is het niet. Hier hebben we het liefst niets met die lui te maken. Ze zijn zonderling en eenvoudig, als ik het zo mag zeggen.'

Eergisteren, dacht Jensen. Botella was dus ook pas na de aardverschuiving hier aangekomen. Hij zat hier vast, net als zij.

'En wanneer wordt de weg geruimd?' wilde O'Hara weten.

'Ik zal er persoonlijk op toezien, señora,' zei Gonzales. 'Dat heb ik mijn andere gast ook al beloofd. Hij kwam hier gisteren aan en wilde ook naar Nuevas Tazas. Wie had dat kunnen denken. Al mijn gasten willen naar Nuevas Tazas. Maar maakt u zich geen zorgen. Onze burgemeester is mijn zwager. Ik zal morgen meteen contact met hem opnemen. Er is voldoende reden om de straat onmiddellijk vrij te ruimen. Mijn zwager is een slimme man. Hij zal begrijpen dat er nu gehandeld moet worden. We hebben genoeg mannen hier die de hele dag zitten te niksen.' Gonzales keek naar de jongen aan de bar en hief zijn wijsvinger. Daarop stootte de jongen het meisje met zijn elleboog aan, ten teken dat het tijd was om te gaan.

'We hebben een paar schoppen nodig,' zei Gonzales. 'En dan sturen we de mannen naar de plek des onheils. Binnen twee of drie dagen is de weg vrij, afhankelijk van wie de supervisie heeft, natuurlijk.'

Een kind, een jongetje van een jaar of vier, flitste opeens door de bar, in een nachthemd en op blote voetjes. Het kind trok Gonzales stevig aan zijn hemd en spurtte weer weg.

'Excuseert u mij,' zei Gonzales. 'Ik moet naar de keuken. De wijn komt eraan.'

De jongen en het meisje legden wat muntjes op de bar en verlieten met een laatste verstolen blik op O'Hara de zaak. Maar nog in de deuropening omhelsde het meisje de jongen plotseling onstuimig. Haar kin rustte op de schouder van haar vriendje. En op dat moment, toen de jongen haar gezicht niet kon zien, liet ze haar tong zien. Ze keek Jensen aan en liet haar tong langzaam over haar bovenlip gaan. En ze deed haar duim in haar mond. Daarna trok ze haar vriendje achter zich aan en waren ze verdwenen.

Eigenaardig, dacht Jensen. Waarom had het meisje dat gedaan? Even dollen? Of was het een serieuze uitnodiging geweest?

'Wat is er?' vroeg O'Hara. 'Je bent zo stil.'

'Ik zat wat na te denken,' zei Jensen. 'Het duurt een week voor die weg weer opengaat. Minstens.'

'Ik ben overal op voorbereid,' zei O'Hara.

'Deze mensen denken anders dan wij. Ze hebben alle tijd van de wereld. Het maakt ze niet uit of ze een week op een schep moeten wachten. En daarna gaan ze een week lang nadenken over wanneer ze met werken gaan beginnen. Ik bedoel dat niet denigrerend.'

'Jawel, doe je wel. En dat verbaast me. Je hebt nu toch alle tijd van de wereld. Wat kan jou het schelen of je hier een of twee weken moet wachten?'

'Ik heb het druk.'

'Waarmee?'

Hij had geen zin in dit gesprek. Hij keek naar buiten naar het plein met de dansende lichtjes. Uit het open raam van een huis aan de overkant waaide een gordijn. De hemel was gitzwart en het donderde.

'Waarmee precies?' vroeg O'Hara nog een keer. 'Wat is er zo dringend?'

'Als je het per se wilt weten: het is een experiment. Het dubbelspleet-experiment. Het belangrijkste experiment in de kwantumfysica. Ik ben van plan het in de kelder thuis te gaan uitvoeren. En ik zou nu liever daar zijn dan hier.'

'Dat begrijp ik. Het is een heel interessant experiment. Mijn man heeft me erover verteld. Hij zei dat het bewijst dat elementaire deeltjes als het elektron beide kunnen zijn: een deeltje en een golf. En als je één elektron in de richting van twee gaten afschiet, deelt het zich op in twee golven en...'

'Ik weet het, dank je.'

'En hoe interpreteer je het resultaat van dit experiment?'

'Hoe heeft je man het geïnterpreteerd?' De wonderdeskundige uit de invloedssfeer van het Vaticaan, dacht Jensen. Een van die talloze esoterische types en metafysici die de wonderen van de kwantumfysica neerhaalden naar het banale niveau van hun geloof in sprookjes.

'Wel, hij zei dat het experiment vooral één ding aantoonde. Als een enkel, dus volledig geïsoleerd elektron op twee gaten wordt afgeschoten, weet het tot op zekere hoogte niet hoe het zich moet gedragen. Het is alleen, een eenzaam object, kunstmatig opgewekt in een laboratorium. Om die reden deelt het zich op in twee golven. De ene golf gaat door het ene en de andere door het andere gat. Op het detectorscherm ontstaat een interferentiepatroon. Dat betekent niets anders dan dat er, omdat er verder niets is waarmee het zou kunnen interacteren, een wisselwerking van het elektron met zichzelf ontstaat. Op het moment echter dat er iemand toekijkt om te zien door welk gat het elektron gaat, vliegt het niet door beide gaten, maar door maar één gat. Het gedraagt zich nu volkomen normaal, omdat het niet meer alleen is. Mensen die te lang alleen leven, gedragen zich op een gegeven moment net zo merkwaardig en weinig realistisch als een enkel elektron dat niets heeft waarmee het kan interacteren. De opdeling in twee golven en de interactie met zichzelf bij het dubbelspleet-experiment zou je kunnen vergelijken met praten met jezelf. Praat jij tegen jezelf, Jensen?'

'Ik wist helemaal niet dat je het experiment ook triviaal psychologisch kon interpreteren. Dat is weer eens iets nieuws.'

Op dat moment barstte er een onweer van jewelste los. Jensen had zoiets nog nooit meegemaakt. Het voelde als een explosie pal boven zijn hoofd en hij trok in een reflex zijn hoofd in. De bierflesjes op de bar rinkelden. Het hele huis trilde. Het donkere dorpsplein baadde in het licht van de door de lucht schietende bliksemschichten.

Jensen keek naar buiten. In het schelle dwaallicht zag hij in een raam aan de andere kant van het plein een witharige vrouw naar een fladderend gordijn grijpen. Met de andere hand weerde ze het luik af dat door de stormachtige wind op haar afkwam. De plafondlamp in de bar flikkerde bij elke bliksemschicht en ging uiteindelijk helemaal uit, samen met de lampjes buiten op het plein. Je kon een eigenaardig gezoem horen. Een overbelaste stroomkabel misschien.

'Heeft dit huis een bliksemafleider?' vroeg O'Hara.

'Ja.'

Het bliksemlicht reflecteerde in de zwarte glazen van haar zonnebril en verlichtte ook heel even Gonzales, voor hij weer in het duister verdween.

'Dat is hier sinds kort helaas gebruikelijk,' hoorde Jensen Gonzales zeggen. 'Maar mijn gasten hoeven niet in het donker te eten. Daar kunt u van op aan. Ik zal morgenochtend nieuwe zekeringen gaan kopen en ik breng u nu wat kaarsen. Van echte bijenwas. Niet van die goedkope uit de supermarkt. Die zijn voor de Mexicanen.'

Zijn voetstappen verwijderden zich. Het begon te regenen. De eerste druppels tikten nog zo zacht als muizenpootjes op het houten voordak, maar daarna kwam de regen met bakken uit de hemel. *Buckets of rain, buckets of tears*, mijmerde Jensen. Een regel uit een liedje van Dylan. *Got all them buckets comin' out of my ears.* Hij had nooit goed begrepen wat de tekst betekende.

Buiten klonk een knal. Een aantal lampjes sprong kapot, vonken sproeiden en de wind waaide een vochtige brandlucht naar binnen. Hopelijk kwam die schroeilucht uit de keuken van het vlees op de grill. Het werd fris en op het dorpsplein ontstonden grote plassen. Het regende nu zo hard dat je zelfs als het bliksemde de huizen aan de andere kant van het plein niet meer kon zien.

'Het zou me niets verbazen als de weg naar Nuevas Tazas morgen helemaal niet meer bestaat,' zei Jensen. 'Hij wordt gewoon weggespoeld.'

'Dat maakt niets uit,' zei O'Hara. 'Is je overigens niets opgevallen toen ik die Gonzales naar de weg vroeg?'

'Nee. Wat?'

'Meneer Gonzales was verbaasd dat er iemand naar Nuevas Tazas wil. Hij heeft geen woord gerept over Esperanza Toscano Aguilar. Vind je dat niet vreemd? Ze was, voordat ze naar Amerika ging, een plaatselijke beroemdheid. Mijn man zei destijds dat de mensen van heinde en verre kwamen om door haar te worden genezen. Dat is pas twee jaar geleden. Het moet vast zo zijn geweest dat al die mensen hier in Veinte de Noviembre iets kwamen drinken, eten, een onderkomen zoeken. Hier, bij meneer Gonzales. Ach, u wilt naar de gebedsgenezeres? Die is daar niet meer. Zo'n reactie had ik verwacht. Maar hij deed net of hij van niets wist.'

'Hij heeft tien jaar in Albuquerque gewoond,' zei Jensen. 'Hij was taxichauffeur daar. Waarschijnlijk is hij pas kortgeleden hier teruggekeerd. Hij heeft nooit van die gebedsgenezeres gehoord. Hij was toen niet hier.'

'Kan zijn. Maar Veinte de Noviembre is klein, nietwaar? Hier gebeurt niet veel. Hier weet iedereen alles en iedereen vertelt alles door, ook aan iemand die tien jaar weg is geweest. Nee, Jensen, ik vrees dat Jack Dunbar verkeerd werd geïnformeerd door Esperanza Toscano Aguilar. Of hij heeft tegen mij gelogen. In elk geval komt ze niet uit Nuevas Tazas. Misschien uit een dorp in de buurt, maar niet uit Nuevas Tazas.'

'Waarom is Botella dan hier?'

Dat was een domme vraag en Jensen beantwoordde hem zelf: 'Ja, natuurlijk. Omdat Dunbar hem hetzelfde vertelde als hij jou vertelde.'

'Je doet nu het volgende,' zei O'Hara. 'Ga met Gonzales praten, nu meteen, voor Botella hier opduikt. Vraag hem naar Esperanza Toscano Aguilar. En laat hem op de Heilige Maagd Maria zweren dat hij zijn mond moet houden. En dan geef je hem dit,' en O'Hara stak hem een biljet van vijftig dollar toe. 'Doe je dat voor me?'

'Oké.'

Jensen stond op en ging. Mogelijk had O'Hara gelijk. Dat moest worden gecheckt. Hij stak het geld in zijn zak. Misschien zou hij het Gonzales geven, maar misschien ook niet. Hij ging in elk geval niet eisen dat de man op de Heilige Maagd Maria zwoer.

In het halletje bij de ingang was het donker. De wind had de twee offerkaarsen uitgeblazen. Jensen herinnerde zich de klapdeur, links naast de trap. Hij liep er op de tast naartoe en zag licht branden. Hij hoorde vrouwenstemmen en het sissen van vlees. Hij duwde de klapdeur open. In het licht van een paar kaarsen stonden twee vrouwen in enkellange rokken achter een groot stenen fornuis. Ze veegden hun gezichten droog met hun schort toen ze Jensen zagen staan. Verlegen wachtten ze af tot hij iets ging zeggen.

'Señor Gonzales?' vroeg hij.

De vrouwen keken elkaar aan, de ene veel ouder dan de andere.

De oudere riep: *'Hombre, hombre!'* De rest kon Jensen niet verstaan.

Als een duveltje uit een doosje stond Gonzales opeens naast de vrouwen, met een fles wijn en vier dikke kaarsen in zijn handen.

'Ach, u bent het!' zei hij. 'Kom, kom! Dit is geen plek voor een gast. Het is hier heet. Hier wordt gekookt. Zoals u ziet is alles hier schoon, daar let ik op als op mijn zielenheil. Maar kom, ik wilde u net de wijn en de kaarsen brengen. Zoekt u het toilet? Natuurlijk hebben we een toilet. Ik zal u laten zien waar het is.'

Met een geforceerde glimlach wurmde hij zich langs Jensen en hield met een elleboog een van de vleugels van de klapdeur open.

'Hierlangs, alstublieft.'

'Dank u,' zei Jensen.

Toen ze in het halletje stonden, onder aan de trap, greep hij Gonzales bij zijn arm. 'Ik wilde u graag iets vragen,' zei hij.

Het leek hem een geschikte plek. De vrouwen in de keuken konden niets horen, ze maakten veel te veel lawaai bij het koken en bovendien verstonden ze waarschijnlijk geen Engels. En mocht Botella in het hotel zijn, dan zat hij ergens boven in zijn kamer, ook buiten gehoorsafstand als hij niet te hard praatte.

'Prima, hoor!' zei Gonzales. 'Vraagt u gerust alles wat u wilt weten. Maar misschien wilt u een beetje licht? Het is erg donker hier. Ik kan even een kaars aansteken.'

'Nee, dat is niet nodig. Maar ik zou het wel op prijs stellen als wat we hier bespreken onder ons blijft. Dat klinkt misschien vreemd, maar het is belangrijk voor me dat u dat belooft.'

Gonzales zweeg kort en zei daarna: 'Ik voel me vereerd door uw vertrouwen. En wees niet bezorgd, ik zwijg als het graf. Dat zweer ik bij alle heiligen.'

Gonzales' pathos werkte besmettelijk. Jensen zei gewichtig: 'Ik wist dat ik op u kon rekenen. Goed. Het gaat om het volgende. We zoeken een vrouw die Esperanza Toscano Aguilar heet. Zegt die naam u iets?'

Gonzales aarzelde. 'Ik heb van haar gehoord, ja. Ik ken de naam.'

Hij vindt het onaangenaam, dacht Jensen.

'Wij hebben gehoord dat ze in Nuevas Tazas woont, of gewoond heeft. Klopt dat?'

'Nuevas Tazas? O, daarom! Nu snap ik het. Helaas moet ik bekennen dat mijn familie en ik nooit iets met haar te maken hebben gehad. Wij kennen haar niet. Natuurlijk hebben we over haar gehoord, maar het is niet goed om je met zulke dingen te bemoeien, als ik dat zo mag zeggen.'

'U bedoelt genezing door gebeden?'

'Genezing door gebeden tot wie dan ook,' zei Gonzales en hij sprak opeens heel zacht. 'God heeft ook die ander een zekere macht toebedeeld, snapt u? En die ander beweegt in Gods schaduw en dat merk je vaak pas als hij uit die schaduw stapt. Maar dan is het te laat.'

Gonzales bewoog zich. Het leek of hij bukte. Jensen kon het niet precies zien in het donker. De regen klaterde en de donder klonk in de verte. Hij slaat een kruis, dacht Jensen. Hij had de fles en de kaarsen op de grond gelegd om een kruis te kunnen slaan.

'Ik vind ook dat dokters verantwoordelijk zijn voor het genezen van de zieken,' zei hij. 'We zoeken de vrouw niet om die reden.' Ik niet in elk geval, dacht hij. 'Het gaat om iets anders. We willen alleen met haar praten. Vinden we haar in Nuevas Tazas of woont ze misschien in een ander dorp?'

'In een ander dorp, voor zover ik weet. Men zegt dat ze in Mazatil woont. Dat ligt boven Nuevas Tazas. Je rijdt naar Nuevas Tazas en daar eindigt de weg. Mazatil is nog erbarmelijker, je kunt het alleen via een pad bereiken. Dat is alles wat ik u hierover kan vertellen, señor.'

'U hebt ons erg geholpen, señor Gonzales. Een vraag nog: uw andere gast, heeft die naar dezelfde vrouw gevraagd?'

'Nee, dat heeft hij niet. Hij wilde alleen weten hoe hij naar Nuevas Tazas komt. En als hij het me nu zou vragen, zwijg ik. Dat heb ik gezworen. U kunt op mij vertrouwen.'

'En nu verheugen we ons op het lekkere eten,' zei Jensen, om de spanning te breken. 'Het ruikt al heerlijk uit de keuken!'

Het rook verbrand en het geld dat Jensen in het donker ongemerkt uit zijn zak had gehaald, plakte aan zijn hand. Het was onmogelijk Gonzales het geld hier in het duister te geven. En ergens anders had het op chantage geleken. Opeens kreeg hij een idee.

'Ik zou de heilige moeder graag iets willen geven,' zei hij. 'Als dank dat mijn...' hij zocht naar het goede woord, '...señora O'Hara en ik hier zo vriendelijk zijn ontvangen. Ik leg het geld onder het beeld van Onze Lieve Vrouwe.'

'En ik,' zei Gonzales op een toon waarin de vreugde over de gift doorklonk, 'zal u nu de wijn serveren. U zult niet teleurgesteld zijn. En dan breng ik het eten. En alles gaat zoals we hebben besproken.'

Gonzales liep de bar in en Jensen legde het geld onder de Madonna. Hij moest toegeven dat O'Hara veel dingen goed doorhad. Botella zou, als de weg al open zou gaan binnen afzienbare tijd, in Nuevas Tazas naar iemand zoeken die zich in werkelijkheid in Mazatil bevond. Hij was eerder hier aangekomen dan zij, maar zijn voorsprong had niets geholpen. Hij lag nu definitief achter.

19

Gonzales druppelde kaarsvet op het tafelblad en zette de kaarsen erin: een voor Jensen en – met bijzondere trots – twee voor de blinde señora. Hij was in zijn nopjes zijn gasten te kunnen tonen hoe gul hij was.

Het tochtte. De drie vlammetjes flakkerden, een nerveus licht. In het donker was het bijna gezelliger geweest. Nu moest je de hele tijd opletten dat de kaarsen niet uitgingen. Gonzales schermde een van de kaarsen af met zijn hand en schonk wijn in de waterglazen die hij bij Jensen en O'Hara had neergezet. Het was een aangebroken fles, slechts halfvol. Jensen zei er niets van.

'En dan breng ik nu het eten,' zei Gonzales en hij spurtte weer weg.

'Ze woont in Mazatil,' zei Jensen. 'Hij zegt dat het vlak bij Nuevas Tazas is. Maar er gaat geen weg naartoe. We zullen te voet moeten.'

O'Hara tastte naar haar glas en dronk het in een teug leeg. 'Afschuwelijk,' zei ze. 'Hoeveel wil hij hebben voor dit bocht?'

Jensen nipte van zijn glas. De wijn was inderdaad zuur. Zijn tong kreeg bobbeltjes. 'Geen idee,' zei hij. 'Maar ik denk niet veel.'

De eerste kaars ging uit. Jensen stak hem weer aan. De bar was nu vol schaduwen. Ze namen vreemde vormen aan op de muur. Er druppelde water van het plafond, gelukkig niet op hun tafel, maar op een tafeltje naast hen. De wind huilde door de kieren in het raam.

'Mazatil dus,' zei O'Hara. 'En Botella? Heeft hij Gonzales daar ook naar gevraagd?'

'Nee.'

'Goed. Schenk nog eens in. Ik wil niet dat jij dit spul moet drinken.'

Ze bedoelde het niet grappig en hij schonk haar bij.

Buiten klonken stemmen. Gonzales sprak met iemand in het Engels.

Jensens keel snoerde dicht. 'Ik geloof dat Botella in aantocht is,' zei hij zachtjes. Hij hield de deur in de gaten en verwachtte dat ieder moment iemand met ingetrokken hoofd door de lage deuropening kon verschijnen.

'Vraag of hij bij ons komt zitten,' zei O'Hara.

'Meen je dat serieus? Waarom?'

'Anders zou het verdacht zijn.'

Ze had natuurlijk gelijk.

Het gesprek buiten verstomde en er klonken voetstappen.

Jensen dronk zijn glas nu ook leeg. Dezelfde kaars ging nog een keer uit en de andere twee flakkerden wild.

Aan de man die in het halfdonker binnenkwam, kon je niet veel herkennen, behalve dat het Botella niet kon zijn, want hij was uitgesproken kort. Op het moment dat hij langs de bar liep, werd hij door het kaarslicht gevangen. Hij droeg een donker pak en een stropdas en zijn gezicht zag er onschuldig uit.

De man bleef besluiteloos staan, hief zijn hand ter begroeting en keek om zich heen waar hij zou gaan zitten. Hij scheen te overwegen aan het tafeltje naast Jensen en O'Hara plaats te nemen, waarop zich inmiddels een plas water had gevormd die gestaag bleef aangroeien.

'Goedenavond,' zei de man. Zijn pak zag er stijf en goedkoop uit, het typische pak van een doorsnee ambtenaar.

'Goedenavond,' groette Jensen terug.

De man streek over zijn bijna kale hoofd waarop slechts een smalle tonsuur over was. Dit kon onmogelijk Botella zijn. Hij zag eruit als een boekhouder. Hij was wel opvallend gespierd. Het paste allemaal niet bij elkaar: het brave gezicht en het zonder twijfel doortrainde bovenlijf. Dik was de man niet, meer stevig gebouwd. Dat kon zelfs zijn verkreukelde, te ruim zittende pak niet verbergen.

'Zijn jullie Amerikanen?' vroeg de man, nog steeds bij de bar.

'Nee,' zei O'Hara en ze draaide zich naar de bron van het geluid. 'Wij komen uit België.'

De man staarde O'Hara aan. Haar schoonheid maakte onbehaaglijk. Het was iets buitengewoons en hij was er niet op voorbereid. 'Uit België,' herhaalde hij. 'Een mooi land neem ik aan. Goed, ik wil u niet langer storen. Ik...'

'U stoort helemaal niet,' zei O'Hara. 'Kom bij ons zitten. Voor zover ik weet zijn wij drie de enige gasten hier. Ik wil niet dat u alleen eet.'

'Alleen eten,' zei de man. 'Tja, u hebt eigenlijk helemaal gelijk. Erg vriendelijk van u.' Stijf, alsof hij het lopen was verleerd, kwam hij op het tafeltje van Jensen en O'Hara af. Hij schoof de stoelen die in de weg stonden onnodig ver opzij.

Jensen vroeg zich af wie de man kon zijn. Gonzales had het niet over nóg een gast gehad.

'Dat is echt aardig van u,' zei de man en hij ging naast Jensen zitten.

Het kaarslicht benadrukte de oneffenheden in zijn gezicht, kratertjes, pokputjes, dacht Jensen. De man was als kind niet ingeënt. Hij moest zijn opgegroeid in een afgelegen gebied, in armoede.

'En u komt dus uit België,' zei de man. 'Dat is interessant.' Hij keek naar de blindenstok die tegen de tafelrand aangeleund stond. Je kon alleen de greep met het polsbandje zien. 'Ik bedoel, dat is interessant, omdat mijn voorvaderen ook uit Europa komen, uit Chieti, een stadje in Italië. Ik ben er nog nooit geweest. Helaas. Maar ik heb me nog helemaal niet voorgesteld. Botella, Francisco Botella, uit Phoenix, Arizona.' Hij stak zijn hand uit naar Jensen, een ruwe hand, breed, met korte vingers.

'Aangenaam,' zei Jensen. Niet te geloven, dacht hij.

Botella's hand voelde tegelijkertijd zacht en koud aan. Misschien stak er meer kracht in deze hand dan de handdruk deed vermoeden. Toch was Dunbar kennelijk een notoir leugenaar. Geen Nuevas Tazas en geen twee meter lange Botella, maar een boekhouder met een pokdalig gezicht en goedmoedige ogen.

'Hannes Jensen,' voegde hij er nog aan toe.

'En mijn naam is Annick O'Hara.' O'Hara stak haar hand een beetje te enthousiast uit en stootte een kaars om.

Botella zette de kaars onmiddellijk weer overeind en zei: 'Dat geeft toch niets. Ik doe hem weer even aan.' Hij pakte een aansteker uit zijn zak en merkte toen dat O'Hara nog steeds met uitgestrekte hand zat te wachten. Hij schudde hem overdreven lang. Een mooie vrouw, blind ook nog. Hier was zoveel onverwachts. Hij was erdoor van slag.

'Pardon,' zei hij. 'En u bent dus... U komt uit België. Bent u op reis? Ik bedoel, bent u onderweg naar een bezienswaardigheid?'

Jensen ontspande totaal. Hij was bang geweest voor Botella en nu bleek dat de man een zenuwpees was. Als je 'boe' zei, sprong hij waarschijnlijk een meter de lucht in.

'Ja,' zei Jensen. 'We willen Mexico leren kenen. Niet de typische dingen als Acapulco en de Mayatempels, maar het oorspronkelijke Mexico, ver weg van de toeristische industrie.'

Jensen was erg tevreden over zichzelf: toeristische industrie, dat klonk naar alternatievelingen en mocht Botella zich afvragen waarom twee Europeanen diep in de Sierra Madre aan dezelfde tafel zaten als hij, dan wist hij het nu. Hij had te maken met twee individualisten voor wie een land pas oorspronkelijk genoeg was als ze het leerden kennen van zijn slechtste kant.

'Och, wat ben ik daar blij om,' riep Gonzales, die met twee dampende borden op het tafeltje afstevende. 'Ik zie dat u kennis hebt gemaakt. Al mijn gasten aan één tafel! Helaas wist ik niet dat u ook kwam eten.' Hij wendde zich tot Botella. 'Maar uw eten is snel klaar. Ik zou het vlees ook nog even warm kunnen houden in de oven. Dan kunt u allemaal tegelijk eten.'

'Hemeltjelief, nee,' zei Botella. 'Nee, de dame en heer hebben vast trek. En wie het eerst komt, eet ook het eerst. Zo hoort het.'

'Zoals u wenst,' zei Gonzales en hij zette de borden neer. Daarop lag een groot kromgetrokken stuk rundvlees, ooit sappig, nu overtrokken met een zwarte korst. Je hoefde er niet in te prikken om te weten dat het naar schoenzolen smaakte.

'En nog een fles wijn,' zei O'Hara. 'Een rode. U drinkt toch ook een wijntje mee, meneer Botella?'

'Een slokje, graag.'

'Rode wijn, dus,' zei Gonzales met een bezorgd gezicht. Hij wist even niet waar hij nog een fles vandaan moest halen. Dat kon je aan zijn gezicht zien. Hij had alleen de aangebroken fles in de kelder gehad. 'Ik zal er onmiddellijk voor zorgen.'

'En waarom bent u hier?' vroeg O'Hara aan Botella. Ze sneed in haar stuk vlees en bracht een hap naar haar mond.

'Het is hartstikke verbrand,' waarschuwde Jensen in het Vlaams. 'En deze man is niet twee meter lang. Hij is kleiner dan ik.'

'Het is inderdaad verkoold,' zei O'Hara in het Engels. 'Maar ik vind het lekker zo. Waar ik niet van hou, is als iemand me onderbreekt. En meneer Botella wilde me net vertellen waarom hij hier is. Bent u ook op zoek naar het onbekende Mexico?'

'Ik weet niet...' begon Botella. 'Ik bedoel, ik weet niet of het u interesseert. Het is helaas een beetje een trieste aangelegenheid. Ik wil uw avond niet bederven.'

'Nu ben ik pas echt nieuwsgierig,' zei O'Hara met volle mond. Je moest hard kauwen op het vlees.

Jensen schraapte met zijn mes stukjes verbrande korst weg.

'Wel, het is echt een triest verhaal,' zei Botella. Je kon aam hem zien dat hij het graag van zich af wilde praten, maar hij wist nog steeds niet helemaal zeker of hij het zijn tafelgenoten aan kon doen.

'Vertel op,' zei Jensen. 'Ze hebben hier geen televisie,' voegde hij er grappend aan toe, om de onzekerheid weg te nemen.

'Het is niet om te lachen,' zei Botella verontwaardigd. 'Het gaat om twee kinderen die tot nu toe nog niet veel geluk hebben gehad in het leven.'

'Kinderen lijden altijd het meest,' zei O'Hara. Het klonk niet gemeend, maar dat scheen Botella niet te merken.

'Ja, zo is het inderdaad,' zei hij. 'Dat maak ik dag in dag uit mee. Ik werk al twintig jaar als verzorger in een kindertehuis, het St. Pauls kindertehuis in Phoenix. Misschien heeft u ervan gehoord? We zijn vorig jaar in Arizona onderscheiden voor onze uitstekende pedagogische werk. Hoewel dat niet mijn verdienste is, overigens. Ik verzorg de kinderen. Ik let erop dat ze hun tanden poetsen, hun bed opmaken en niet weglopen. We hebben de minste weglopertjes in het zuidwesten.'

Botella haalde zijn neus op. Omdat dat kennelijk niet afdoende was, snoot hij tussen zijn vingers door. Met grote vanzelfsprekendheid droogde hij zijn vingers af aan zijn broek.

'De minste,' herhaalde hij. Kennelijk had hij een complimentje verwacht. 'Maar eigenlijk is dat ook niet mijn verdienste. Het ligt aan de psychologische manier waarop mevrouw Baker met de kinderen omgaat. Mevrouw Baker is de leidster van ons tehuis.'

Hij heeft zelf in een tehuis gezeten, dacht Jensen. Hij wist het heel zeker.

'De kinderen houden van mevrouw Baker en daarom lopen ze niet vaak weg.'

'Als ik u goed begrijp,' zei O'Hara, 'zijn er nu wel twee kinderen weggelopen. Is dat de reden waarom u hier bent?'

'Nee, helemaal niet.' Botella schudde het hoofd. 'Nee, ze zijn niet weggelopen.' Hij ondersteunde zijn heftige ontkenning met gebaren. 'Ziet u, het was zo. Negen jaar geleden werden er door jeugdzorg twee baby's bij ons afgegeven. De ouders waren bij het deltavliegen in Montana om het leven gekomen. Je moet wel gek zijn om zo'n gevaarlijke sport te beoefenen als je thuis twee baby's hebt van een jaar oud. Maar dat gaat me natuurlijk niets aan. In elk geval was er wel familie, maar die wilde de kinderen niet opnemen. Stelt u zich dat eens voor! Ze wilden die kinderen niet! Zo is het vandaag de dag. Dus kwamen ze bij ons terecht en zoals altijd in dit soort gevallen, gaven wij ze vrij voor adoptie. Uiteraard met toestemming van de familie. Die waren er zelfs blij om, die...'

Botella slikte een verwensing in.

'Het was een tweeling. Ze heetten...'

Rick en Oliver, dacht Jensen.

'...Oliver en Rick. En ze waren natuurlijk schattig, zoals de meeste kinderen op die leeftijd. Drie maanden later verscheen er een steenrijk echtpaar. Zij is de dochter van Samuel Wayman. Wayman kopieerapparaten, zegt u dat iets? Ze kwamen voor de tweeling en een dag later wisten ze het al. Dat is normaal niet zo en dat had ons wantrouwig moeten maken. Mensen beslissen nooit zo snel. Ze willen altijd meerdere kinderen zien, of uitproberen, als je wilt. Ze gaan met de kinderen wandelen, ijs eten, ze zoeken naar overeenkomsten met hun eigen, overleden kinderen of met de kinderen die ze zelf graag zouden hebben gekregen. In elk geval duurt het normaal altijd langer. Het echtpaar heette Ritter, Joan en Brian. Ik herinner het me nog goed. Hij rook naar drank, dat zweer ik. En zij was een ijskoude tante. Ze waren eigenlijk allebei niet geschikt, als u het mij vraagt.'

Botella werd onderbroken door Gonzales, die doorweekt bij de tafel verscheen met een fles onder zijn arm. De kaarsen flakkerden op het moment dat hij de fles op tafel zette. Het was een fles zonder etiket.

'Excuses voor de vertraging,' zei hij buiten adem en hij snoof diep. 'Maar hier is uw wijn. Het is een rioja.' Hij benadrukte het laatste woord. 'Een Spaanse wijn. Ik moest hem uit mijn magazijn halen, het magazijn met de bijzondere wijn voor speciale gelegenheden.' Met trillende handen draaide hij de kurkentrekker in de kurk die zo ver uit de hals van de fles stak dat je hem met gemak met je vingers had kunnen verwijderen. Toen Gonzales Jensens onaangetaste stuk vlees zag, verstijfde hij.

'Smaakt het niet, señor?' vroeg hij bezorgd. 'Is het vlees niet goed?' Hij zag dat O'Hara haar stuk al bijna verorberd had. Dat gaf hem hoop. 'Ik kan u een ander stuk brengen, als u wilt. Geen probleem. Het duurt nog geen twintig minuten en het zou me een eer zijn.'

Jensens antwoord werd overstemd door een donderslag. Het onweer was terug. Heel even keek iedereen die kon zien door het raam naar buiten, waar de regen door windvlagen over straat werd gejaagd.

Toen de donder wegebde, zei Jensen: 'Dat is heel vriendelijk van u, señor Gonzales. Een ander stuk, alstublieft.'

'Maar natuurlijk. Dit keer neemt mijn vrouw het op tijd van de grill. De arme ziel ziet niet meer zo goed. Ik hoop dat u daar begrip voor heeft. Het zal niet weer gebeuren. U hebt mijn woord.'

'Ik ben tevreden,' zei O'Hara. 'Vul onze glazen, alstublieft. En vergeet dat van meneer Botella niet.'

'Natuurlijk,' zei Gonzales. 'Tevreden, daar ben ik blij om. Ik zal het tegen de keuken zeggen.' Hij trok de kurk uit de fles en goot de glazen vol. En vol was bij hem als de wijn over de rand sijpelde.

'En dan gaan we nu proosten,' zei O'Hara, toen Gonzales weg was. Ze hief haar glas en morste een aanzienlijke hoeveelheid wijn.

'Dat geeft toch niets,' zei Botella met zijn ogen op de natte vingers van O'Hara. 'Uw glas was veel te vol. Hij schonk het veel te vol.' Haastig slurpte hij het teveel uit zijn eigen glas. Daarna toastte hij met O'Hara.

'Noem me maar Annick.'

'Francisco,' zei Botella en hij wierp Jensen een onzekere blik toe. Liefdespaar? Echtgenoten? Hoe moest hij het zien?

'Hannes. Noem me maar John. Dat is makkelijker in het Engels.'

'Frank,' zei Botella en hij proostte ook met Jensen.

'En hoe gaat het verhaal verder?' vroeg O'Hara. 'Dat echtpaar adopteerde dus die tweeling. En toen?'

'Ja, ze adopteerden de tweeling. Ze zeiden dat ze graag een tweeling wilden. Ze waren rijk, hadden een goede reputatie. Natuurlijk hebben we dat allemaal gecheckt. We sturen altijd iemand langs om het huis te bekijken, om een praatje met de buren te houden. We nemen dat erg serieus. En al die jaren ging het goed. Als we de kinderen vrijgeven, betekent dat niet dat we daarna niet meer naar ze omzien. Er is een jaarlijkse inspectie, je zoekt de kinderen op, kijkt of het goed met ze gaat en dat is niet altijd het geval. Als we zien dat er iets niet in orde is, schakelen we jeugdzorg in en mocht het nodig zijn, wordt de adoptie teruggedraaid en komen de kinderen bij ons terug. Maar hier was alles in orde. Drie jaar geleden heb ik zelf de inspectie gedaan. Dat is eigenlijk niet mijn taak, maar de verantwoordelijke psychologe was ziek en dus stuurde mevrouw Baker mij. Alles leek goed te gaan, ik kon tenslotte niet achter de schermen kijken.'

Botella dronk zijn glas leeg en schonk nog een keer in. Hij had al blosjes op zijn wangen. De wijn was inderdaad uitstekend: rijp en zwaar. Hij smaakte naar abrikozen en aan de rand van het glas bleef een olieachtig residu plakken, een goed teken vond Jensen. Hij vond de wijn lekker en hoopte dat Gonzales er nog meer van had.

'Ik kon het toch niet ruiken?' zei Botella hulpeloos en hij goot zijn glas leeg in z'n keel. 'Ik zat in die villa in Holbrook aan de thee. Thee! En Engelse koekjes. Ze waren erg voornaam. Hij rook weer naar drank, maar ik zou niet durven beweren dat hij dronken was. Hij sprak heel normaal. Zij was er ook. Ik bedoel Joan Ritter. Ze speelde met de jongens, gooide ze een balletje toe. En dan gooiden zij terug. Ze waren toen zeven. Ik kan het aan een kind zien of het gelukkig is of niet. Normaal kan ik het zien. Maar in dat enorme paleis met al die beelden – Griekse godinnen zei hij, Brian Ritter. Griekse godinnen en thee en een zwembad hadden ze ook. En van die kleine elektrische motortjes waar de kinderen op rondreden. Ze reden ermee naar het zwembad en vroegen of ik ook wilde zwemmen. En toen serveerden ze cocktails, iets zoets met rum en stukjes ananas. Alleen voor de volwassenen uiteraard. Ik lag in een ligstoel en keek toe hoe Rick en Oliver in het zwembad spartelden en ik dacht: kan een kind hier ongelukkig zijn? Begrijpt u? Ik zag het niet, omdat ik al die andere dingen zag waar kinderen van dromen.'

En die jij nooit had, dacht Jensen weemoedig. De wijn deed zijn werk.

'Wat precies zag u niet?' vroeg O'Hara.

'Ze waren gek!' zei Botella. Zijn glas was alweer vol. De fles werd doorgegeven aan Jensen. 'Religieuze dwazen van de ergste soort! Maar dat weet ik pas sinds kort. Dat had niemand kunnen weten!'

Vanwege de donderslag en het ruisen van de regen moest je hard praten. Maar niet schreeuwen, zoals Botella nu deed.

'Dat kon je niet ruiken! Niemand niet!' Hij sloeg met zijn hand op tafel. Jensen greep naar een kaars die dreigde om te vallen. Het hete kaarsvet druppelde op zijn vingers.

'Begrijpt u?' vroeg Botella een beetje zachter nu. 'Je hebt dus die twee kinderen, Rick en Oliver, en een kindermeisje. Ze hadden een kindermeisje, natuurlijk, zoals iedereen in Arizona met geld. Een of ander schaap uit de bergen, uit deze bergen hier. En nu het volgende.'

Hij dronk zijn glas weer in één teug leeg en schoof het naar Jensen toe, die de fles nog bij zich had staan. 'Ik moet bij het begin beginnen. Dat is belangrijk. Anders begrijp je niet wat er hier aan de hand is. Twee weken geleden – ik geloof dat het twee weken geleden was – twee weken geleden hoorden we dat de adoptievader Brian Ritter is overleden.' Botella keek eerst naar Jensen en daarna naar O'Hara. Hij haalde diep adem. De knoopjes van zijn overhemd spanden zich om zijn buik. 'In België.'

Je kon de gedachten van zijn gezicht aflezen. België. Kwamen zijn tafelgenoten niet ook uit dat land? Niet meer dan een merkwaardig toeval? Of moest hij wantrouwiger zijn?

'In België?' vroeg O'Hara onschuldig. 'Wat deed hij daar? Ons vaderland is niet bepaald aantrekkelijk voor iemand uit Arizona.'

'Maar hij is in België overleden,' zei Botella. 'Hebt u er niet van gehoord? Of was u er niet. Ik bedoel, hoe lang bent u eigenlijk al in Mexico?'

'Pas een paar dagen,' antwoordde O'Hara. 'Maar daarvoor hebben we drie weken een rondreis door Amerika gemaakt. Ik hoop dat u het ons niet kwalijk neemt dat die man in ons land dood is gegaan.'

'Nee, natuurlijk niet,' zei Botella. 'Nee, ik was alleen even...' Hij zweeg, ontweek Jensens blik. Zijn wangspieren trilden. 'Ik moet voorzichtig zijn. Je weet niet wie je kunt vertrouwen. Dat moet u begrijpen. Bij die sekte zijn volgens mij nog meer mensen in het spel. Ziet u, toen die adoptievader, die Brian Ritter bedoel ik, stierf, hebben we natuurlijk geprobeerd contact op te nemen met Joan Ritter. We wilden het met haar hebben over de veranderde situatie. De vader was dood en soms ontstaan er dan moeilijkheden. De moeder alleen kan het niet aan en de kinderen lijden daaronder. Je moet het in het oog houden. Enfin, de moeder was bereid om met ons te praten, maar een dag voor het gesprek hoorden we dat ook zij was overleden. Tja, dan gaan bij ons de alarmbellen natuurlijk rinkelen,' zei Botella zonder nog een spoortje wantrouwen. Twee Belgen, het was gewoon toeval. Konden zij ook niets aan doen. 'Iemand moet nu voor de kinderen zorgen, de arme wurmen. Voor de tweede keer binnen tien jaar wees. Je hart bloedt. Mevrouw Baker weet dat ik na al die jaren als verzorger psychologisch aardig heb bijgeleerd en daarom stuurde ze mij naar Holbrook om de kinderen, tenminste voorlopig, bij te staan in deze zware tijd. Ik dus naar Holbrook, naar die villa, maar toen ik daar naar de kinderen vroeg, zei een zekere Kvasnila, of Kvasnika – ik kon zijn naam niet goed verstaan – dat hij de kok was en dat de politie langs was geweest. Natuurlijk vanwege het lijk, maar ook omdat het Mexicaanse kindermeisje er met de kinderen vandoor was. De kinderen. Onze kinderen, begrijpt u, het waren nu weer onze kinderen

en ze waren ontvoerd! Ik ben anders een vreedzaam mens...'
Botella balde zijn vuisten, '...maar ik laat niet met me sollen!'
'En hier is het eten voor de heren!' riep Gonzales al van verre.
O'Hara hief gebiedend haar hand.
'Zet het maar gewoon neer,' zei ze. 'Zonder verder commentaar,
alsjeblieft. En breng nog een fles rioja.'
Gonzales knikte heftig en beet op zijn lip zodat niet per ongeluk
toch een toon aan zijn lippen zou ontsnappen. Hij zette de borden voor Jensen en Botella neer en maakte onmiddellijk rechts-
omkeert.
'En verder?' vroeg O'Hara. 'Wat deed u toen?'
'Ik ging helemaal door het lint,' zei Botella. 'Ik heb die arme sloeber bij zijn kraag gevat, de kok bedoel ik. Maar hij wist eigenlijk
niets over dat kindermeisje. Hij kende alleen haar naam. Esperanza Toscano Aguilar heet ze. Toen ben ik naar de sheriff gegaan. Die
zei dat hij haar zou pakken. Hij had de hele grens laten afsluiten.
Wat een onzin! Heeft hij soms achter elke ratelslang tussen Yuma
en Douglas een mannetje geposteerd? Dat zou je namelijk moeten doen om de grens af te sluiten. Wat een flauwekul! Die sheriff
is een idioot. Hij vindt haar nooit. Hij vindt zijn eigen voeten nog
niet eens, die vetzak!'
Gonzales kwam met een nieuwe, al geopende fles wijn aangerend. Botella griste hem de fles uit de hand en vulde zijn glas.
'In elk geval is die Aguilar in Holbrook geen onbekende,' zei hij,
nadat hij de helft van zijn glas had geleegd. 'De sheriff vertelde me
dat ze genezingen deed, met bidden en kaarsen en de hele bijgelo-
vige mikmak. De mensen, en dan natuurlijk vooral de Mexicanen
en de Navajos, stonden in de rij om door haar hun prostaat ver-
kleind te krijgen.' Hij grijnsde en stootte Jensen samenzweerderig
aan met zijn elleboog. Tegen O'Hara zei hij: 'Sorry, maar zo was
het. Ze is een charlatan. En toen werd het nog erger, verdomme.'
'Geef hem geen wijn meer,' zei O'Hara in het Vlaams. 'Hij mag
niet nog zatter worden.'
Botella scheen inderdaad tot het soort mensen te behoren bij wie
alcohol werkt als een kwantumsprong: ze zijn nuchter en dan, zonder herkenbare overgang, opeens ladderzat.

'Wat?' zei hij. 'Ik verstond je niet, Ann... Anneck?'

'Annie. Ik vroeg of het smaakt.'

'O, ik snap het, ja.' Botella staarde naar zijn bord. 'Ja, het ziet er goed uit... U moet weten dat ik niet het type ben dat snel opgeeft. Ik wist nu dat ze indianen en Mexicanen had genezen, dus heb ik m'n oor te luisteren gelegd bij *Denny's* aan de hoofdstraat. De serveerster zei dat ze iemand kende die door die hoer... door Aguilar was geholpen. Hij had het overal rondgebazuind. Een Navajo. Oké, ik maak daar geen verschil. Mijn voorvaderen waren Italo's uit Chieti, dat ligt in Italië. En het enige verschil tussen een Italo en een Navajo is dat de Navajo's verdomme gelijk hebben als ze je autoradio jatten. Arizona was tenslotte ooit van hen.'

Het raam waar Jensen naast zat, sprong door de wind open met een droge tik. Een plens regen waaide over tafel, de kaarsen gingen uit en het werd donker. Jensen deed het raam weer dicht, O'Hara depte haar gezicht droog met een papieren servetje en Botella negeerde het voorval. Hij stond al met een been in een andere wereld.

'De man heette Dunbar,' zei hij, terwijl Jensen de kaarsen opnieuw aanstak. 'Ik vond hem in het enige motel in Holbrook. Hij zong als een vogeltje. Het was misschien niet helemaal oké dat ik hem een beetje ruig heb aangepakt, maar onze kinderen zijn weg! Ik heb de baby's nog op mijn arm gehad toen ze klein waren. Oliver en Rick heten ze. En nu heeft die heks ze ergens verstopt. En Dunbar wist heel goed wie ze was. Hij flapte alles eruit. Ze woont hier in de bergen. Het dorp heet Nuevas Tazas. Maar hij verraadde nog meer, de kleine schijtluis.'

Omdat de kaarsen weer brandden, kon Botella de wijnfles ontwaren. Hij greep ernaar en nam nog een glas. Het zweet gutste van zijn gezicht. Hij trok zijn das los, opende het bovenste knoopje van zijn overhemd en zei: 'Het is ongelooflijk. Dat mannetje wist alles, die Dunbar bedoel ik. Ik denk dat hij die slet geneukt heeft. Ze heeft hem namelijk alles verteld.'

Jensen voelde de wijn zakken. Ook zijn glas was nooit lang vol. En hij dacht: ja, misschien heeft Dunbar het inderdaad wel met Aguilar en O'Hara gedaan.

'En nu, let op!' zei Botella. 'De adoptieouders, Joan en Brian Ritter bedoel ik, waren zware diabetici. En die Aguilar heeft ze genezen. En weet u hoe? Hebt u enig idee hoe? Ik wel. Kom op, zeg me hoe die Aguilar de twee heeft genezen. Wat denkt u?'

'Een quiz heeft in dit geval weinig zin,' zei O'Hara.

'Quiz? O, ik snap het. Nee, het was niet als quizvraag bedoeld. Ze vertelde de adoptieouders de hele shit van een goddelijke tweeling en van de zondvloed die op komst is. Ik begreep het niet toen die indiaan het vertelde en hij snapte er zelf ook niets van, dat weet ik zeker. Die Aguilar is gek. Ze bidt tot de een of andere Mayagod en gelooft dat de baby's, ik bedoel Rick en Oliver... ach onzin, het zijn helemaal geen baby's meer... ze zijn nu tien jaar. En die gestoorde gelooft dat ze in het een of andere boek voorkomen en dat je hun bloed moet drinken om te worden genezen. En dat heeft ze dus gedaan. Ze heeft die diabetici het bloed van onze kinderen te drinken gegeven! En die vervloekte roodhuid ook! Ze heeft bloed afgetapt en het al die verdomde idioten te drinken gegeven!'

Botella stond op. Hij wankelde, moest zich aan de leuning van zijn stoel vasthouden.

'Ik zweer... ik zweer bij alles wat me heilig is...' lalde hij, '...dat ik die vervloekte slet vind en dan neem ik de kinderen mee terug! Maar niet voor ik alle botten in haar lijf heb gebroken! Voor ze de kinderen doodt. Want dat is ze van plan. Ze tapt elke dag bloed bij ze af en ik zag het niet. Ik was er toch, drie jaar geleden. Ik deed de inspectie en ik heb het niet gezien. Maar dit laat ik niet toe!' riep hij en hij wees dreigend met zijn vinger naar Jensen. De tranen biggelden over zijn wangen. 'Ik maak het weer goed, dat zweer ik!'

Botella liet zich op zijn stoel vallen, legde zijn hoofd op zijn armen en huilde als een klein kind.

'Al goed,' zei Jensen. 'Rustig maar. Eet een stukje vlees. Dat zal u goeddoen.'

Botella schoof van Jensen weg. Hij wilde niet getroost worden. Zijn gesnik alarmeerde Gonzales, die radeloos in de deuropening bleef staan, bang misschien dat Botella's emotionele uitbarsting te maken had met zijn service.

O'Hara stond op, schoof haar stoel naast die van Botella, ging zitten en legde haar arm om hem heen.

'Het moet vreselijk zijn voor u,' zei ze zachtjes. 'Dat begrijp ik heel goed. Maar u moet zichzelf geen verwijt maken. Het is niet uw schuld.'

'Wel!' jammerde Botella. 'Het is mijn schuld. Ik deed die inspectie. Ik had langer met de kinderen moeten praten, maar ik zat daar maar thee te drinken en koekjes te eten en ik was jaloers, omdat ze het zo goed hadden...' Hij greep naar een hand van O'Hara en kneep erin.

'Alles komt goed,' fluisterde ze dicht bij zijn oor.

Jensen zat opeens helemaal stuk. Hij vulde zijn glas voor de zoveelste keer. Diabetici, dacht hij. Brian Ritter was zwaar diabetisch geweest? Daar had Balasundaram niets over gezegd. Dat had toch tijdens de autopsie, bij het bloedonderzoek, moeten blijken? Tenzij Ritter inderdaad genezen was geweest. Maar als Esperanza Aguilar de kinderen voor zulke weerzinwekkende rituelen misbruikte, hoe kwam het dan dat die haar als vriendin, als bondgenote beschouwden? Jensen had destijds, tijdens zijn gesprek met de tweeling in het hotel, niet de indruk gehad dat ze bang waren voor Esperanza Aguilar. Integendeel. Anderzijds waren daar die namen die Ritter had genoemd en die hij op internet op had gezocht: HUNAHPU en XBALANQUE, de namen van een mythische tweeling uit het heilige boek van de Maya's, het *popol vuh*. En dat paste bij Botella's bewering dat die Aguilar aanhangster was van een precolumbiaanse religie. Bloedrituelen. Het klonk zonderling, maar mensen waren tot alles in staat. Dat wist Jensen na twintig jaar bij de politie als geen ander. Misschien beperkten de rituelen zich niet tot het drinken van het bloed van de kinderen. Wellicht hadden Joan en Brian elkaar ook nog met hun eigen bloed ingesmeerd. Bloed speelde in veel godsdiensten een rol. Soms werd het in de vorm van miswijn gedronken, in de andere was alleen het echte sap goed genoeg. Het zou in elk geval kunnen verklaren waarom beide ouders aan de atypische vorm van de ziekte waren bezweken waarvan Jensen zich op dat moment de naam niet meer kon herinneren. Je maakte een sneetje, de ander wrijft zich in met het besmette bloed: het klonk plausibel. En misschien stonden de kinderen zo onder invloed van Esperanza Aguilar dat ze er zelfs trots op waren als hun bloed werd afgetapt voor zogenaamde medische doeleinden.

Te ingewikkeld, dacht Jensen. Veel te ingewikkeld.

Hij had te veel gedronken en hij zou in deze toestand geen betrouwbaar oordeel meer kunnen vormen over wat Botella zo-even had verteld.

Botella lag nog steeds met zijn hoofd in zijn armen en aaide met zijn duim over de rug van de hand van O'Hara.

'U moet iets eten,' zei ze.

Botella zweeg.

O'Hara keek op en zei in het Vlaams tegen Jensen: 'Hij liegt. Geen woord van wat hij heeft gezegd is waar. Laat de rest maar aan mij over.'

'Hoe weet je dat?' vroeg Jensen, ook in het Vlaams. 'Ik vind het best overtuigend klinken.'

'Ja, omdat jij hem ziet en hoort. Dat leidt af. Jij hoort alleen wat hij zegt. Maar ik hoor zijn stem. En ik zeg je: hij liegt. Het is voor een leugenaar heel moeilijk om zijn stem te verdraaien. In je stem klinkt altijd iets verraderlijks door voor degene die het kan horen.'

'Heeft u het over mij?' vroeg Botella. Hij liet de hand van O'Hara los en ging rechtop zitten. 'Dat ik een fantast ben? Dat ik uw avond heb verpest met mijn problemen? Het spijt me, ik zal u niet langer lastigvallen. Ik ga nu. Ik ben moe. Ik ga slapen.' Maar hij bleef zitten afwachten hoe O'Hara zou reageren.

Ze heeft hem omarmd. Haar geur is op hem overgegaan, dacht Jensen. Hij heeft haar hand aangeraakt, de zachtheid van haar huid gevoeld en hij is dronken genoeg om iets te wagen waar hij zich morgen niet voor hoeft te schamen als het mislukt. Hij kan zeggen dat het aan de drank lag.

'Nee,' zei O'Hara. 'We hebben niet over u gesproken. Ik heb mijn reisgenoot alleen gevraagd of hij mijn koffer even naar mijn kamer kan brengen, maar kennelijk vindt hij het belangrijker om de fles wijn nog soldaat te maken. Het is altijd hetzelfde. Goed, dan draag ik mijn koffer zelf wel.'

Reisgenoot, dacht Jensen. Mijn kamer. Ze had het benadrukt, mijn kamer, zodat Botella wist hoe het zat.

'Maar dat kan toch niet!' zei Botella onthutst. 'En u wilt echt blijven zitten?'

'Ja, dat wil je,' zei O'Hara in het Vlaams.

Nee, dacht Jensen. Nee, dat wil ik niet.

'Ik breng de koffer naar je kamer,' zei Jensen zonder de moed te hebben zijn voornemen onherroepelijk te maken door het in het Engels uit te spreken.

'Ja, hoe zit het nu?' vroeg Botella aan Jensen. 'Als u het niet doet, doe ik het. Heel graag zelfs. Blijf maar zitten, hoor.'

'Deze man brengt mijn koffer naar mijn kamer,' zei O'Hara op scherpe toon. 'En niet jij! Loop me niet in de weg!'

En op dat moment, beschermd door de roes waarin de gedachten dof en de daden zonder gevolgen waren, zei Jensen zonder angst voor de consequenties, want het kon hem even allemaal geen biet schelen, tegen O'Hara: 'Ik wil met je naar bed.'

20

'U heeft al een tijd naar me zitten luisteren, señor Gonzales.'

'Si, señor. Het was me een eer.'

'Ik wil u nu nog iets heel anders uitleggen, iets wat belangrijker is dan alle redenen waarom señora O'Hara met señor Botella naar boven is gegaan en niet met mij.'

'Ik luister. U kunt me alles vertellen.'

'Dat is vriendelijk van u, señor Gonzales. Het gaat om de vraag waarom u en ik, waarom de wereld, het melkwegstelsel en het universum bestaan. Het is al laat, dat weet ik. U bent moe en ik heb te veel gedronken, maar ik denk dat ik op die vraag een antwoord heb gevonden. Het is misschien niet het juiste antwoord, maar het zou juist kúnnen zijn. Ik heb erover nagedacht, señor Gonzales. Het dubbelspleet-experiment is de sleutel. Ik wil u dat graag uitleggen.'

'Si, señor. Ik ben niet moe.'

'Bij dat experiment... het is heel beroemd en het is al duizenden keren uitgevoerd, steeds met hetzelfde resultaat... Bij dat experiment wordt een elektron op twee heel dicht bij elkaar liggende, zeer dunne spleten geschoten. Een enkel elektron.'

'Een elektron, señor?'

'Vraagt u me niet wat dat is señor Gonzales. Niemand weet het. Geen mens heeft ooit een elektron gezien. Kijkt u maar eens naar uw hand. Daar zitten meer elektronen in dan er sterren aan de hemel staan. Zonder die elektronen was uw hand er niet en toch kunnen we niet precies zeggen wat een elektron is. Dat ligt aan het feit dat het heel veel kan zijn. Als je namelijk bij dat experiment een elektron afschiet op de twee spleten, deelt het zich voor de spleten op in twee golven. En dan gaat de ene golf door de linker- en de andere door de rechterspleet.'

'Si, señor.'

'Maar wat heeft zich precies opgedeeld, señor Gonzales? Men

heeft ontdekt dat zich helemaal niets opdeelt. Het is niet zo dat er iets was dat vóór de twee spleten besloot zich in twee werelden op te delen, nee, dat wat wij elektron noemen bestond van het begin af aan uit twee mogelijkheden. Er werd niet iets bestaands op de twee spleten afgeschoten, maar twee mogelijkheden. Als je nu achter de spleet op het detectorscherm kijkt, zie je dat de twee mogelijkheden zich gedragen als twee golven die met elkaar interfereren. Gooi twee stenen in het water en op de plek waar de twee golven elkaar raken ontstaat hetzelfde beeld als op het detectorscherm. En vandaag, señor Gonzales, is me duidelijk geworden wat er bij het experiment eigenlijk gebeurt. Het gaat om isolatie en wisselwerking. Als het experiment met een in het laboratorium geïsoleerd elektron wordt uitgevoerd en je het elektron daarbij niet observeert, dus niet probeert uit te vinden door welke spleet het gaat vliegen, dan bestaat dat elektron uit twee mogelijkheden die met niets een wisselwerking kunnen hebben behalve met zichzelf. En dat is nou precies wat die twee mogelijkheden doen. Ze interageren met zichzelf en wij zien dan twee golven die interfereren. Señor Gonzales?'

'Ja?'

'Ik dacht dat u in slaap was gevallen.'

'Nee, señor. Ik deed alleen even mijn ogen dicht om me de golven beter te kunnen voorstellen.'

'Weet u wat er gebeurt als je bij het dubbelspleet-experiment het elektron observeert, omdat je wilt weten door welke spleet het vliegt?'

'Nee, señor.'

'Als je het elektron observeert zijn de mogelijkheden waar het uit bestaat niet meer geïsoleerd. Want voor die observatie heb je licht nodig. Ten minste één foton wordt uitgezonden en als het op de twee mogelijkheden stoot, vindt interactie plaats. En door die interactie worden de twee mogelijkheden tot een waarachtig elektron. Ze worden tot een reëel deeltje dat nu nog maar één keus heeft: het vliegt door de linker- of door de rechterspleet. Ik wil dat graag nog een keer herhalen, señor Gonzales, want het is ontzettend belangrijk. Als je een elektron niet observeert, is het geïsoleerd en dan is het niets werkelijks. Het bestaat dan gewoon uit twee mogelijkheden die met elkaar interfereren, interageren dus, omdat er verder niets is waar ze mee zouden kunnen interfereren. Als je de twee mogelijkheden echter observeert, interageren ze met een foton, dus met iets anders dan zichzelf. En daardoor ontstaat een echt deeltje. Dat betekent dat mogelijkheden door wisselwerking tot iets echts worden. En dat bedoel ik niet in figuurlijke zin, in de trant van doe-iets-dan-ontstaat-er-iets. Nee, het is een fundamenteel principe. Alles wat is, was eerst mogelijkheid, voor het door wisselwerking tot iets werkelijks werd.'

'Si, señor. Dat is heel interessant.'

'Zo is het, señor Gonzales. Want het leert ons dat u en ik en het hele universum het resultaat zijn van een gigantische transformatie: de transformatie van iets mogelijks in iets werkelijks en wel door wisselwerking. Vanavond ben ik me ervan bewust geworden hoe vanzelfsprekend wij het vinden dat er dieren, stenen, bomen, planten en melkwegstelsels bestaan. En we vergeten dat dit allemaal alleen maar bestaat, omdat de mogelijkheid ertoe heeft bestaan. Het is wel zo dat met de transformatie van mogelijk in werkelijk een zekere degeneratie verbonden is, een reductie van mogelijkheden. Het is heel gemakkelijk te begrijpen als je voor ogen houdt dat het mogelijke op een heel ander principe berust dan het werkelijke. Señor Gonzales, als u genoeg geld zou hebben, zou u uw huis willen schilderen, niet?'

'Het is wel nodig, señor. Ja, u heeft gelijk.'

'Dan heeft u de keus. U kunt het wit, geel of zelfs blauw schilderen. Al die mogelijkheden bestaan gelijkwaardig naast elkaar zolang u geen keus maakt. Maar op het moment dat u kiest, laten we zeggen voor blauw, bestaan de andere twee mogelijkheden niet meer. U kunt uw huis niet tegelijkertijd blauw, geel en wit schilderen. Dat is de reden dat alle dingen vergankelijk zijn, de reden waarom wij dood moeten gaan. Het mogelijke baseert namelijk op het principe van het "en". Maar het werkelijke baseert op "of-of". En met elk "of" dat waar wordt, gaat een "of" verloren. Dat leidt ertoe dat met elke wisselwerking die in de natuur plaatsvindt, of het nu op nucleair of op macroscopisch niveau is, iets werkelijks ontstaat op kosten van het mogelijke. En hoe meer werkelijks er ontstaat, hoe meer wisselwerking er is, hoe minder ruimte er over-blijft voor het mogelijke. Waarom, señor Gonzales, zijn de wetten van de natuur zo betrouwbaar en waarom zijn er maar zo weinig natuurkrachten, namelijk maar vier? Dat is omdat de vandaag de dag zichtbare wetten van de natuur en de vier krachten zijn wat er over is van de oorspronkelijke, oneindige mogelijkheden. Het is de schamele rest van wat had kunnen zijn. Het universum is niet be-ter af dan wij, señor Gonzales. Hoe langer we leven, hoe benauw-der de boeien van het werkelijke worden dat zich in ons leven heeft opgehoopt. De zee van mogelijkheden is gekrompen tot een plas. Om die reden gedraagt het universum zich net als een oud mens uiterst conservatief. Het houdt zich slaafs aan de wetten van de na-tuur en alleen in onze fantasie raast het mogelijke nog uit, alleen daar bestaat nog wat zou kunnen zijn. Maar nu de dood. Ik mag de dood niet vergeten. De dood is een uitvinding van het mogelij-ke, want alleen het mogelijke heeft er baat bij dat er iets verandert. Het werkelijke wil bestendigheid, eeuwigheid. Maar dat is hem niet vergund en wel om een heel specifieke reden. Het mag, na al-les wat ik heb gezegd, paradoxaal klinken, maar het werkelijke is minder reëel dan het mogelijke. Het werkelijke is iets spookach-tigs dat alleen maar leeft van geleende tijd en een geleende ruimte, terwijl het mogelijke tijdloos is, en dus ook ruimteloos… señor Gonzales? Slaapt u? Hallo?'

21

Jensen werd wakker met het gevoel dat hij pas net naar bed was gegaan.

'Het spijt me dat ik u moet wekken,' zei Gonzales. 'Maar señora wil u spreken. Ze wacht in de bar op u. Ik heb al een kop koffie voor u klaargezet beneden.'

Jensen keek om zich heen. Hij bevond zich in de bezemkast waar hij die nacht een monoloog had gehouden tegen Gonzales. De kaarsen en de fles bronwater stonden nog op de grond. Buiten klonken alweer donderslagen. Het leek of de tijd stil was blijven staan.

'Hoe laat is het?' vroeg Jensen. Hij voelde zich nog steeds een beetje dronken. Zijn mond was droog en zijn slapen bonkten.

'Ongeveer zeven uur,' zei Gonzales. 'Ik moet mijn excuus maken. Ik heb met plezier naar u geluisterd vannacht. De golven waar u over vertelde en die dingen in mijn hand… het zal me nog lang bijblijven. Je krijgt hier in de bergen niet vaak zoiets leerzaams te horen. Maar het was erg laat en u was in slaap gevallen en ik dacht: moet ik señor nou wakker maken, alleen omdat ik nooit iets leerzaams te horen krijg en daarom graag wil dat hij verder vertelt? Dat zou wel heel zelfzuchtig van mezelf zijn geweest en daarom, met uw welnemen, heb ik u laten slapen.'

'Hartelijk dank,' zei Jensen. 'Zegt u maar tegen de señora dat ik eraan kom. Ik moet me even omkleden.'

Hij had in zijn kleren geslapen. Ze waren klam. Het vocht drong binnen door de spleten tussen de planken van de bezemkast. En het was koud.

Zeven uur, dacht hij, terwijl hij in zijn koffer op zoek ging naar een trui. Alsof die in Brugge vanzelf in de koffer terecht was gekomen. Geen trui dus. Jensen had alleen een sweatshirt meegenomen. Een reis tot op bijna tweeduizend meter hoogte was niet de bedoeling geweest.

Zeven uur. Dat O'Hara hem zo vroeg liet wekken, herinnerde hem aan de vlucht uit Holbrook, ook voor dag en dauw, om aan Dunbar te ontsnappen. Waarschijnlijk was het haar manier om met haar erotische missers om te gaan. En zo moest je het toch noemen als een zelfbewuste, mooie vrouw als O'Hara met mannen als Dunbar en Botella naar bed ging, alleen om iets te bereiken wat ook echt op een andere manier kon. Twee hemden, daar het katoenen sweatshirt overheen en dan het leren jack. Dat moest genoeg zijn.

Jensen verliet de bezemkast. De plastic slierten voor de ingang van het hotel werden door een windstoot uiteen geblazen en maakten zo de blik vrij op het grijze licht van een verregende ochtend. Het biljet van vijftig dollar lag niet meer onder het Mariabeeld, maar de rotte sinaasappels waren vervangen door twee eieren. Men offerde wat in de keuken gemist kon worden.

O'Hara stond met opgeslagen kraag aan de bar, want door een kapotte ruit drong een koude wind naar binnen. Jensen herinnerde zich vaag dat de ruit door zijn schuld kapot was gegaan. Nadat Botella en O'Hara hem alleen aan tafel hadden achtergelaten, had hij iets naar het raam gegooid. En er was nog iets geweest, iets waarvan op dit moment ook niet meer over was dan een vaag vermoeden, iets onaangenaams, iets wat Jensen deed aarzelen O'Hara aan te spreken. Maar natuurlijk had ze zijn aanwezigheid al gevoeld.

'Jensen, ben jij dat?'

Ze droeg een weerbestendig jack in een signaalkleur. Oranje. Jensen was onmiddellijk gealarmeerd. Hij had een bang voorgevoel voor wat ze van plan was vandaag. Zo'n jack droeg je alleen als je in gevaarlijk gebied van verre zichtbaar wilde zijn, mocht je verongelukken. De trekkingbroek die ze erbij aan had, zo'n broek met heel veel zakken waar je verband, kompas en energierepen in kon stoppen, paste er goed bij. En ze had zware wandelschoenen aan, stevig genoeg voor een mars.

'Ja, ik ben het. Het is pas zeven uur. Waar is Botella? Slaapt hij nog?'

'Hou je mond,' antwoordde ze en ze dronk een slok van haar

koffie. Haar haar zat slordiger dan anders. Ze had het vluchtig gekamd.

'Ik ga eerst heerlijk rustig ontbijten,' zei Jensen en hij scheurde een van de vele suikerzakjes open die Gonzales op het schoteltje had gelegd. 'En dan bespreken we wat we vandaag gaan doen.'

Het liefst niets, dacht hij.

Het liefst zou hij aan een tafeltje in de bar zijn gaan zitten om na te denken over zijn inzichten van de afgelopen nacht, over werkelijk en mogelijk. En verder moest ook de stelling t = o nog opgelost worden, dat in de fysica ontoegankelijke moment waarop het universum was ontstaan. De kwantumtijd, maal tien tot de macht min 43 seconden. Pas vanaf dat moment, dat dus niet precies overeenkwam met het punt nul, kon de natuurwetenschap betrouwbaar het ontstaan van het universum beschrijven. Maar uit de vergelijking 'werkelijkheid = mogelijkheid plus wisselwerking' kwam tenminste een aanwijzing wat er op punt nul gebeurd zou kunnen zijn. Bestond er iets essentiëlers dan zich met dergelijke substantiële en fundamentele verklaringen over het wezen der natuur bezig te houden? Jensen vond van niet.

De zoektocht naar Esperanza Aguilar interesseerde hem totaal niet en de vraag of gebed kan genezen hoorde in de prullenbak van de metafysica. Natuurlijk had je nog wel Rick en Oliver, twee tienjarige kinderen van wie je niet wist of ze zich in de macht van een vrouw bevonden die ze voor een mythische tweeling aanzag wier bloed genezende kracht had. En dat moest worden gecheckt, vond Jensen.

Hij wierp een verlangende blik op de vele lege stoelen in de bar. Hij zou er niet op plaatsnemen om te mijmeren over t = o. Hij had Rick en Oliver beloofd dat hij er was als ze hulp nodig hadden en wel onvoorwaardelijk.

'Wat?' vroeg hij. O'Hara had iets gezegd, maar hij was zo diep in gedachten verzonken geweest dat haar woorden hem niet hadden bereikt.

'Ik zei dat al duidelijk is wat we vandaag gaan doen. Als je je koffie op hebt, gaan we. De hoteleigenaar heeft me verteld dat de weg tien kilometer voor Nuevas Tazas niet meer passeerbaar is. Mazatil ligt ongeveer tien of vijftien kilometer van Nuevas Tazas af. Dat wist hij niet helemaal precies. Maar zelfs als het vijftien is, hoeven we in totaal maar 25 kilometer te voet. Dat is goed te doen in een dag.'

'Ik dacht het al,' zei Jensen. Zijn hoofdpijn werd sterker. De koffie viel niet goed. Hij had dringend veel water nodig. Hij keek of hij Gonzales zag, maar kon hem nergens ontdekken. 'Ik dacht al dat je van plan was om te gaan lopen. Wist je dat ik uit Konstanz kom?'

'Nee. Waarom?'

'Van daaruit is het niet ver naar de Alpen. Ik heb dus een klein beetje verstand van wandeltochten. Jij hebt stevige schoenen aan, zie ik. Ik heb alleen twee paar lichte schoenen bij me. Bij goed weer zou het al moeilijk zijn daarop te lopen in steil gebied. En hier is het overal steil. En het regent, zoals je vast al hebt gehoord. Het regent hard en sinds gisteravond hangt er een onweersbui boven ons. De stenen zijn nat, de rotsen glad, de ondergrond doorweekt en dus gevaarlijk. 25 kilometer in de bergen onder deze omstandigheden red ik nooit. Het is waanzin. Ik ben na vijf kilometer doorweekt en bij de eerste de beste misstap verlies ik een schoen of breek ik een enkel.'

Hij raaskalde maar door. Hij orakelde hele doemscenario's. Tegelijkertijd wist hij dat het niets uitmaakte. O'Hara was vastbesloten om te voet naar Mazatil te gaan en eigenlijk was hij het zelf ook.

'Wat wil je nou eigenlijk zeggen?' vroeg O'Hara en ze schoof haar koffiekopje van zich af. 'Hou toch op het zo te draaien dat jij het probleem bent. Het is walgelijk! Bij een bergtocht ben ik het probleem, dat weet ik zelf ook wel. Jij moet me leiden. Ik leg mijn hand op je schouder. Zo,' en ze legde haar hand op zijn schouder en kneep erin. Het deed pijn. 'Jij leidt me,' herhaalde ze, 'en dat is het enige wat je ooit mag doen.'

Ze trok haar stok op volle lengte uit en liep langs hem de bar uit. In de deuropening draaide ze zich om.

'Over vijf minuten bij de auto. Mijn koffer staat boven voor de deur van mijn kamer. Pak je eigen koffer in, breng de bagage naar de auto en laad hem in. We komen hier niet terug. Vijf minuten!' dreigde ze nog een keer en ze liep weg.

Jensen zag door het raam hoe ze door de regen naar de op het plein geparkeerde auto liep. Kennelijk had ze onthouden waar hij stond. Ze klikte op de afstandsbediening. De lampen lichtten even op, ten teken dat de auto open was. Ze stapte in en sloot het portier. Ze zat op hem te wachten en haar ongeduld was tot in de bar te voelen.

Dat is het enige wat je ooit mag doen.

Jensen begreep in eerste instantie niet wat ze daarmee bedoelde, maar opeens vrat die zin zich als een zuur door de nevelen in zijn hoofd en lag de herinnering aan gisteravond bloot en wat hij in zijn roes tegen O'Hara had gezegd.

Ik wil met je naar bed.

Je kunt het maar beter proberen te vergeten, dacht hij. En waarom eigenlijk niet? Hij was gisteravond echt graag met haar naar bed gegaan. Hoewel graag het verkeerde woord was. Hij had het gewild, al was het maar om eindelijk een einde te maken aan zijn geheelonthouding. Want die was inmiddels misschien in elk opzicht wel slecht voor hem. Wellicht was het om medische redenen wel raadzaam om eindelijk weer eens met een vrouw te zijn. Dus waarom zou je daar een geheim van maken? Haar opmerking van net toonde dat de kwestie wat haar betrof vergeven en vergeten was. Het stoorde hem alleen dat ze van nu af aan allerlei dingen verkeerd kon gaan opvatten door wat hij met zijn dronken kop tegen haar had gezegd. Maar ook dat zou met de tijd slijten.

Jensen dronk zijn koffie op en liep zonder haast de trap op om de koffer van O'Hara te gaan halen.

Naast haar kamerdeur was nog een deur. Het was die van de tweede hotelkamer, die van Botella. Jensen was uit principe niet van plan zich te houden aan de apodictische vijf minuten van O'Hara. Daar kwam nu nog bij dat hij nieuwsgierig was wat Botella op dit moment aan het doen was, of hij nog sliep. Hij nam het aan, want de man had een opwindende nacht achter de rug, niet geheel vrij van inspanning.

Jensen legde zijn oor tegen de deur, maar hij hoorde niets. Hij keek door het sleutelgat en zag twee blote voeten waar iets niet mee klopte. Je kon slecht zien door het sleutelgat. Er lag iets onder een

van de voeten, iets duns. Een dunne zwarte slang? Jensen wist niet
wat het was en omdat hij erg moe en nog steeds een beetje onder
de invloed van restalcohol was, deed hij iets wat hij onder normale
omstandigheden nooit zou hebben gedaan: hij draaide voorzichtig
aan de deurknop om een korte blik in de kamer te kunnen werpen.
Maar de deur zat op slot. Dat was merkwaardig. De sleutel zat namelijk niet in het slot. Waarom zou Botella de deur vanbinnen op
slot draaien en dan de sleutel uit het slot halen?

Beneden klonken stemmen. Het waren de stemmen van Gonzales en een vrouw. Jensen brak zijn expeditie af en droeg de koffer
van O'Hara de trap af. Daarna pakte hij de zijne in. Dat ging snel,
hij hoefde hem alleen maar dicht te doen.

Had O'Hara haar kamer en het eten al betaald? Jensen stond
zich dat net af te vragen toen Gonzales bij de deur van de bezemkast verscheen. Hij staarde naar de koffer in Jensens hand.

'Vertrekt u?' vroeg hij en zijn gezicht stond verdrietig van ver-
bijstering. 'Maar dat is… señor, daar heb ik niet op gerekend. Er is
geen hotel in Nuevas Tazas. En al helemaal niet in Mazatil. Waar
gaat u slapen? Was het eten niet in orde? De wijn? Nee, het is de kamer zeker? Ik weet het, señor, ik weet het, het is maar een noodop-
vang. Ik wilde u net voorstellen om naar een veel betere kamer te
verhuizen. Mijn vrouw maakt hem klaar voor u. Het is onze slaapkamer. Over een halfuur is de kamer klaar. Mijn vrouw maakt het
bed lekker fris op en ze…'

'Señor Gonzales,' onderbrak Jensen hem, 'ons vertrek heeft niets
te maken met uw gastvrijheid. Integendeel. We waren erg tevreden
met alles en ik zou graag nog een paar dagen zijn gebleven. Maar
het leven is onvoorspelbaar en daarom moeten we eerder dan verwacht vertrekken.'

Gonzales boog terneergeslagen zijn hoofd. 'Maar in Mazatil is
niets,' herhaalde hij. 'Je kunt daar niet overnachten. En daar wilt u
toch heen? We hebben het er gisteren nog over gehad.'

Jensen haalde zijn portemonnee uit zijn zak en plukte er een biljet van honderd dollar uit. Het was veel te veel voor de overnach-
ting en het eten, maar voor Gonzales' vriendelijkheid en de moeite
die hij had gedaan was het te weinig.

'Hier,' zei Jensen en hij drukte Gonzales het biljet in de hand. 'Ik wil u bedanken voor uw gastvrijheid. En dat u gisteravond zo lang naar me heeft geluisterd. Alle goeds, vaarwel.'

'Señor,' zei Gonzales en hij keek naar het geld in zijn hand. 'Ik zal het nooit vergeten. Ik bedoel niet uw gulle gift, maar dat u me señor noemde, van het begin af aan. De hele tijd. Dat zal ik nooit vergeten!' Hij omarmde Jensen en liep zonder nog een woord te zeggen weg.

Jensen droeg een beetje weemoedig de twee koffers naar de auto. Hij zou de vriendelijke oude man missen. Hij opende de kofferbak. O'Hara zat te mopperen waarom het zo lang duurde. Jensen luisterde niet. Hij gooide de koffers in de bak.

Toen hij achter het stuur wilde gaan zitten, zag hij Gonzales naar buiten komen. Hij zwaaide in de stromende regen naar Jensen en riep: 'En de golven! Daar zal ik over nadenken! En over die dingetjes in mijn hand!' Dat had hij vanochtend al een keer eerder gezegd, maar dit keer klonk het gemeend.

22

De weg waarover ze naar Veinte de Noviembre waren gekomen, was niet meer dezelfde. Hij was opgelost in de regen, een vaag lemen pad waar de wielen van de Chevrolet Blazer maar met moeite grip op kregen, ondanks de vierwielaandrijving. De wagen gleed voorwaarts en ook zijwaarts soms. Jensen reed in de eerste versnelling, maar niet te langzaam. Hij herinnerde zich ooit te hebben gelezen dat als de Arabieren met hun terreinwagens door de woestijn reden, ze er goed op letten dat ze een bepaalde snelheid aanhielden. Niet te snel en niet te langzaam, anders bleef je steken.

'We komen zo bij een afslag,' zei O'Hara. 'Je moet linksaf. Dat is de weg naar Nuevas Tazas.'

'Wegen kun je het hier niet noemen,' zei Jensen. De wagen brak uit. Hij moest stevig tegensturen. 'Hier is alleen maar modder en daar glibberen we overheen. En waar we ons nu bevinden is het nog vrij vlak. Als de weg straks gaat stijgen, en dat gaat hij, glijden we niet meer voor-, maar achteruit. Het is maar even dat je het weet.'

'Het is een goede auto,' zei O'Hara kort. 'Bovendien houdt het op met regenen. Ik heb vanochtend het weerbericht gehoord.'

De regen roffelde op het dak. De ruitenwissers zwiepten hectisch over de voorruit en toch tuurde Jensen naar een watergordijn. Het leek er in de verste verte niet op dat het weer zich ging houden aan wat het weerbericht had beloofd. De auto moest voortdurend in toom worden gehouden. Gelukkig werd zijn hoofdpijn minder. De concentratie versnelde zijn hartslag en ademhaling. Zijn hersens kregen meer zuurstof. Wat dat betreft deed de rit hem goed.

'We hadden allang bij de afslag moeten zijn,' zei O'Hara na een tijdje. 'Je hebt hem gemist.'

'Er was nog geen afslag.'

O'Hara zweeg. Maar ze had gelijk. Jensen zag de afslag in zijn achteruitkijkspiegeltje: een lichtgekleurd pad door een moeras dat langs kreupelhout steil omhoogging. Precies waar hij bang voor was geweest. Hij zette de auto in de achteruit en reed terug.

'Wat doen we nu?' vroeg O'Hara.

Jensen zweeg.

Hij ging linksaf. De weg liep langs een bergflank omhoog. Toch kwam je hier beter vooruit dan beneden, dankzij de erosie. Wind en weer hadden de humus afgegraven en zo kaal als de bergflank was ook de weg: gesteente, bedekt met gruis. De banden knarsten, soms werden onder hun gewicht steentjes weggeschoten met een zacht dof geluid. Jensen ontspande een beetje. Hier rijden was veel prettiger dan een stuk terug.

'En?' vroeg hij en hij keek opzij naar O'Hara die er in haar gevoerde, oranje stormjack wonderlijk kwetsbaar uitzag. De aanblik ontroerde hem.

'En wat?'

'Botella. Denk je nog steeds dat hij heeft gelogen?'

Ze keek hem aan. Een klein bleek gezicht boven dat monsterlijke jack. Een mooi, door pijn getekend gezicht.

'Dat is om het even. Het komt op hetzelfde neer.'

'Dat begrijp ik niet.'

'Hij zoekt Esperanza Toscano Aguilar. Als hij niet heeft gelogen, zoekt hij haar om de reden die we nu kennen. Heeft hij gelogen, zoekt hij haar om een andere reden. Leugen of geen leugen: het verandert niets aan het feit dat hij haar zoekt. Of heeft gezocht. Hij wilde haar vinden en daar moest ik een stokje voor steken.'

'En daarom ben je met hem naar bed geweest? Ken je geen andere methodes om iemand om te praten?' Waarom hou je niet gewoon je mond, dacht hij. 'Maar dat gaat me natuurlijk niets aan,' voegde hij eraan toe. 'Je bent merkwaardig, wist je dat?'

Hou nou toch gewoon je bek! Hé, waarom eigenlijk? Waarom moest hij zwijgen? Ze was merkwaardig en hij had het recht haar dat te zeggen. Hij moest zich eindelijk bevrijden van die bedruktheid. In haar aanwezigheid was hij zichzelf niet. Een escalatie, hier en nu! Hij was ervoor in de stemming. Rijden was een makkie, hij moest alleen goed rechts houden, want links ging het steil naar beneden.

'Ik vind je gedrag merkwaardig. We zijn nu al een paar dagen samen onderweg, maar ik weet niets over je. Helemaal niets. Je bent ziek, maar je wilt er niet over praten. Iedereen kan zien dat het niet goed met je gaat, maar je praat er niet over.'

'Je hebt me helemaal niet gevraagd.'

'Ik heb je wél gevraagd! Op die ochtend, voor ik naar sheriff Caldwell ging. Ik vroeg of je hulp nodig had, of ik medicijnen voor je moest halen. In plaats daarvan eiste je op hoge toon dat ik je schoenen moest zoeken. Dus: wat weet ik van je? Niets. Ik moet alles zelf bij elkaar puzzelen. Je bent ziek, ernstig ziek, en om die reden wil je bij dit weer 25 kilometer te voet door de bergen. Je wilt je door Esperanza laten genezen. Het gaat je niet om de herinneringen aan je man, dat geloof ik niet meer. Je zoekt genezing en met de ene kerel ga je naar bed zodat hij je verraadt waar je die genezeres kunt vinden, en met de andere doe je het zodat hij je plannetje niet doorkruist, als hij dat al van plan was, wat ik betwijfel. Heb je Botella in z'n kamer opgesloten? Dat vermoed ik namelijk. Je hebt hem opgesloten. Waarom heb je dat gedaan? Wie ben je eigenlijk? Misschien vergis ik me. Misschien ben je wel helemaal niet ziek. Ik hoop het voor je. Dus, Annick, zeg het maar als ik ernaast zit en vertel me eindelijk wat er met je aan de hand is!'

Jensen veegde het zweet van zijn voorhoofd. Het was koel in de auto, maar hij zweette. Hij had zin in een sigaret en een biertje. Nu, om acht uur 's ochtends had hij zin in een biertje.

'Ik ben niet met hem naar bed geweest,' zei O'Hara. 'Stelt dat je gerust?'

Hij wist het niet. Ja, misschien stelde het hem gerust. Hij was opgelucht. Maar niet om zichzelf, om haar.

'Ik heb hem geboeid, meer niet,' zette ze haar verhaal voort. 'Ik stelde het voor en hij ging akkoord. Hij vond het spannend. Hij was heel dronken, bereid om van alles te doen. Ik heb hem aan de spijlen van het bed vastgebonden. Daarna heb ik hem gekneveld en zijn duim en middelvinger gebroken. Van beide handen. Meer is niet nodig om te vermijden dat iemand zich aankleedt of auto kan rijden of iets anders doen met zijn handen.'

Jensen trapte op de rem. De auto kwam meteen tot stilstand

maar gleed op het fijne gruis zijdelings gevaarlijk dicht naar de afgrond toe. Het kon hem niet schelen. Hij rukte het portier open en stapte uit. De auto gleed verder. Jensen schoof een steen onder het linkerwiel en liep weg. Het regende niet meer. Vanuit het dal steeg nevel op en hulde de huizen van Veinte de Noviembre in het wit. Je kon ze niet meer zien.

'Kom terug!' hoorde hij O'Hara roepen. 'Wat moet dat? Ik eis dat je onmiddellijk doorrijdt!'

Jensen zette zijn onbestemde weg voort, onbestemd hoewel er maar één weg was. Hij had nergens anders heen kunnen gaan en toch was het een weg zonder doel. Hij gleed uit op het gruis, hield zich nog net staande. De lucht was koud. Een cicade sjirpte.

De vingers gebroken, dacht hij. Wat een perfide manier om iemand buiten gevecht te zetten. Gecalculeerde brutaliteit, efficiënt en doeltreffend. Beroepscriminelen handelden zo.

'Jensen!' schreeuwde ze.

Maar hij liep door. De afstand tussen hen twee was hem nog niet groot genoeg. Natuurlijk moest hij snel tot een besluit komen. Het had geen zin om terug te lopen naar Veinte de Noviembre.

Plotseling overviel hem een eigenaardige gedachte. Hij dacht aan het meisje van gisteravond dat haar tong naar hem had uitgestoken achter de rug van haar vriendje om. Hij kon op zoek gaan naar haar. Het kon in het kleine dorp niet moeilijk zijn om haar te vinden. Hij zou met haar kunnen praten. Misschien wilde ze naar Amerika. Waarom had ze hem dat teken anders gegeven. Vast niet om te worden omhelsd. Het ging haar om Los Angeles, wat op haar T-shirt had gestaan. Ze wilde naar Amerika, zoals de meesten van haar leeftijd hier waarschijnlijk. En haar vriendje had geen geld. Ik neem je mee, kom, stap in, ik neem je mee de grens over. Waarom niet, dacht Jensen. Waarom niet uit dit uitzichtloze verhaal stappen? Er waren geen alternatieven, geen mogelijkheden meer. Ze waren allemaal in iets werkelijks overgegaan, in een stenen woud van werkelijkheden zonder uitweg.

Hij had geen keuze meer. Hij moest naar Mazatil, de obsessie van O'Hara en zijn plichtgevoel ten aanzien van de jongens volgen. De richting was duidelijk. Nog maar één ding kon hem nog redden uit deze verpletterende onontkoombaarheid. Kwantumgedrag. Moeder Natuur had voor iemand in zijn situatie een mogelijkheid paraat die ze ook zichzelf toestond, namelijk je compleet te onderwerpen aan het toeval en onberekenbaar, onvoorspelbaar te handelen, het tegendeel te doen van wat je een seconde geleden nog had willen doen en je door een kwantumsprong te bevrijden van de dwangbuis van het werkelijke. Ja, het was in principe gepermitteerd je te gedragen als een foton, waarvan volkomen ongewis was of het door een ruit zou vliegen of door die ruit zou worden gereflecteerd. Een foton prefereerde vrijheid boven betrouwbaarheid.

Om zo te handelen had je echter ook het geweten van een foton moeten hebben, geen dus. En zo restte Jensen, terwijl hij terugliep naar de auto, slechts de troostende gedachte dat hij de mógelijkheid had gehad om terug te lopen naar het dorp, met het meisje naar Amerika te rijden en met haar naar bed te gaan in een motel.

'Dat was erg dom van je,' zei O'Hara, toen Jensen weer achter het stuur ging zitten. 'We zijn een boel tijd kwijt. Schiet op, man! En mocht je je zorgen maken om Botella: ik heb de kamersleutel vanochtend aan de vrouw van de hoteleigenaar gegeven. In vertrouwen. Ik heb tegen haar gezegd dat ze Botella twee uur na ons vertrek moest wekken en er voor die tijd met niemand over mocht praten. Ze vinden Botella dus ongeveer over een uur. En ik neem aan dat er hier ergens wel een dokter is die zijn vingers kan spalken. Dus wees een vent en rij eindelijk door!'

Jensen startte de motor en vervolgde de smalle weg. Het klaarde op. Tussen de gaten in het wolkendek door scheen waaiervormig zonlicht.

'Je hebt mijn vraag nog niet beantwoord,' zei Jensen na een tijdje. 'Wat wil je van Esperanza Aguilar?'

'Dat weet je toch? Genezen worden.'

'Heeft het iets met je ogen te maken?'

'In zekere zin wel.'

'Hoe bedoel je: in zekere zin wel.'

'Daarmee bedoel ik dat ik een heel ander soort genezing zoek.

Wat er met mijn ogen is gebeurd, heeft daar slechts indirect mee te maken. Meer wil ik er nu niet over kwijt. Als we er zijn, zul je begrijpen wat ik bedoel.'

'Maar ik wil het nu graag weten. Ik wil weten waar ik me mee inlaat.'

'Je bepaalt zelf waar je je mee inlaat en waarmee niet. Dat heeft niets met mij te maken. Let op de weg. We komen zo bij de plek waar we niet verder kunnen met de auto.'

Ze zoekt genezing, dacht Jensen. Maar het heeft niets te maken met haar ogen. De ogen waar iets mee gebeurd was. Druk je je zo uit als het een ongeluk of een ziekte was? Zou je een geheim maken van een ongeluk of een ziekte? Misschien was ze het slachtoffer van een misdaad. Iemand had iets met haar ogen gedaan. Maar waarom bracht ze Esperanza Aguilar daarmee in verband?

Ik zoek een heel ander soort genezing. Dat klonk merkwaardig, maar Jensen kende O'Hara inmiddels goed genoeg om te weten dat het geen zin had haar hierover verder vragen te stellen. Hij zou geen antwoord krijgen.

O'Hara deed het raampje open en stak haar hand naar buiten.

'Het regent niet meer,' zei ze. 'Hoe ziet de hemel eruit?'

'Het klaart op. Je snapt toch wel dat Botella de politie zal inschakelen? Gonzales weet waar we naartoe op weg zijn. Hij heeft me weliswaar beloofd dat hij erover zou zwijgen, maar nu, nadat je de vingers van Botella hebt gebroken, zal hij ons voor datgene houden wat jij in elk geval bent in mijn ogen.'

'En wat ben ik in jouw ogen?'

'Duister.'

O'Hara lachte kort. 'Een passende omschrijving voor een blinde,' zei ze. 'Overigens betwijfel ik of de politie van Veinte de Noviembre, als die al bestaat, zich interesseert voor de gebroken vingers van een buitenlander. Botella maakt zich alleen maar belachelijk. Een vrouw, een blinde ook nog, die de vingers van een man breekt? Geen Mexicaanse man, of hij nou politieman is of niet, neemt hem serieus. Ze zullen denken dat hij liegt, of dat jij eigenlijk zijn vingers hebt gebroken. Je was jaloers. Dat is iets wat mannen begrijpen. Maar jij hebt een alibi. Maria, de vrouw van de hoteleigenaar, heeft me verteld dat haar man bijna de hele nacht bij jou in de kamer heeft gezeten. Je hebt hem over je leven verteld en over dingen die met golven te maken hebben die gekke dingen doen. Ik neem aan dat je hem hebt ingewijd in de geheimen van de kwantumfysica.'

'Mogelijk,' zei Jensen.

'Je zei net dat je niets over me weet. Dat klopt. Maar ik weet net zo weinig over jou. Min een plus min een is min twee. We zitten dus stevig in de min, vind je ook niet?'

Opeens lag er na een bocht een recht stuk weg. Ze kwamen op een smalle, stenige hoogvlakte, niet meer dan een kam over een brede bergrug eigenlijk. In de verte stond een eenzame witte pijnboom en overal glansden regenplassen in het zonlicht. De weg leidde naar twee heuvels toe en eindigde bij een derde, kleiner heuveltje in het midden: de aardverschuiving die de weg versperde. Je kon al van verre zien dat het onmogelijk was eromheen te rijden, want aan beide zijden van de twee heuvels ging het steil naar beneden.

'Luister je naar me?' vroeg O'Hara.

'Ja. We zitten in de min. Daar ben ik het helemaal mee eens. Voor ons uit eindigt de weg. We zijn er zo.'

'Waarom ben je eigenlijk geen natuurkundige geworden?' vroeg O'Hara. 'Ik heb de indruk dat je je meer voor natuurkunde interesseert dan voor iets anders. Wat vind je eigenlijk interessanter: mensen of atomen?'

'Mensen natuurlijk,' zei Jensen.

Mensen die zich voor atomen interesseren, dacht hij.

'Ik geloof dat je je alleen maar voor mensen interesseert, omdat ze uit atomen bestaan,' zei O'Hara. 'En toch ben je geen natuurkundige geworden, maar rechercheur. Dat snap ik niet.'

'De meeste mensen die van Bach houden, spelen zelf geen instrument,' zei Jensen. 'Ze snappen niets van componeren, van fuga en contrapunt, maar ze begrijpen de muziek. Hetzelfde geldt voor mij en de natuurkunde. Ik hoef geen natuurkundige te zijn om de onzekerheidsrelatie van Heisenberg te begrijpen en daar gefascineerd over te zijn. Ik hoef de taal van de fysica niet te beheersen om van de diepzinnige waarheden te houden die de kwantumfysica heeft ontdekt, waarheden die ieder mens aangaan omdat ze in elk mens werken.'

Het einde van de weg was bereikt. Voor Jensen rees de met grote rotsblokken doorspekte steenmassa op die van de twee heuvels op de weg naar Nuevas Tazas was gerold. Jensen remde, zette de motor af en trok de handrem aan.

'De taal van de fysica is de wiskunde,' zei hij. 'Alleen de wiskunde kan het gedrag van de elektronen bij het dubbelspleetexperiment exact beschrijven, omdat het een abstracte taal is, net zo abstract als de elektronen zelf. Wie die taal niet beheerst, kan de fysica vanzelfsprekend alleen als toeschouwer bewonderen. Er is ooit een tijd geweest dat ik die taal vurig wilde leren. Daarop volgde een tijd waarin ik me realiseerde dat dit me nooit zou lukken. Ik zie getallen en begrijp ze niet. Ik begreep de meest elementaire algebra al niet: a plus b is b plus a. Ik kon dat met niets concreets verbinden. Ik snapte niet waarop het betrekking had. Sinus, cosinus en tangens klonken voor mij als abracadabra en pilatus pas en daarom was het me een raadsel waarom de wortel uit abra cadabra is en wat een wortel eigenlijk is. Ik had jaren nodig om te begrijpen wat er met het begrip massa bedoeld wordt. In de natuurkundeles zag ik Griekse letters in bosjes onder en boven de breuklijn staan. Maar het nut ervan was een compleet mysterie voor me. En het ergste was, dat ik absoluut niet begreep waarom mijn klasgenoten, zelfs de klasgenoten die verder in elk vak slechter waren dan ik, die formules snapten! Zij begrepen ze! Ze begrepen iets wat ik volslagen onbegrijpelijk vond. Zelfs de beroemdste formule: $E = Mc^2$, is mij nog steeds een raadsel. Ik begrijp natuurlijk wat hij betekent, het equivalent van energie en materie, maar ik snap de betekenis van de snelheid van het licht in het kwadraat niet. Ik snap niet, waarom...'

'Oké,' onderbrak O'Hara hem. 'Je hebt mijn vraag voldoende beantwoord. Ik neem aan dat we bij de aardverschuiving zijn. Kom, we stappen uit. We hebben nog een lange weg te gaan.'

Ze stapte uit. Ze had gelijk. Hij had te lang doorgekletst. Het was ook niet belangrijk. Niet voor haar althans. En waarschijnlijk interesseerde het haar ook niet werkelijk, zijn grote lijden, zijn onkunde in de wiskunde, het feit dat hij een wiskundige nul was, ertoe veroordeeld subnucleaire processen in woorden te beschrijven. Het stomme was dat atomen te klein waren voor woorden en als je al een woord in een atoom duwde, bestond het atoom daarna alleen nog maar uit dat woord. Het atoom zelf was verdwenen.

En dit leidde tot het pijnlijke besef dat hij leed aan zelfbedrog. Hij zat slechts met zijn pink in de kwantumfysica, met de top van zijn pink, met de rand van zijn pinknagel. Hij had eigenlijk geen flauw benul van natuurkunde. Het enige wat hij erover wist, had hij uit boeken, geschreven door natuurkundigen en wiskundigen, die er stuk voor stuk voor de eerlijkheid bij zeiden dat het ware wezen van de kwantumfysica alleen te begrijpen was op rekenkundige manier.

O'Hara tikte tegen het raam. 'Ik sta te wachten,' zei ze. 'Uitstappen! In mijn koffer zit een rugzakje. Dat moet mee. Er zit proviand en water in.'

23

Jensen gespte de rugzak om. De wind stond strak, de hemel was blauw en de zon scheen. Op deze hoogte kon dat heel verraderlijk zijn. Tweeënhalf duizend meter, schatte Jensen. Je kreeg hier nog goed lucht, maar dat zou veranderen als ze op weg gingen en je de inspanning begon te voelen. Vooral de zon baarde hem zorgen. Hij brandde op zijn gezicht en Jensen had geen zonnebrandcrème meegenomen. In de bergen kon je de vreselijkste verbrandingen oplopen.

'We volgen eerst de weg naar Nuevas Tazas,' zei O'Hara. 'Daar vragen we de weg naar Mazatil.' Ze had haar stormjack uitgetrokken en om haar heup gebonden.

'We moeten eerst over de aardverschuiving klimmen,' zei Jensen. 'Je kunt er niet omheen. Aan beide kanten van de weg gaat het steil naar beneden. Ik stel voor dat je bij me inhaakt, zo stijf als je kunt. Dan kan ik je desnoods opvangen als je uitglijdt.'

'Mijn idee,' zei O'Hara en ze kwam naast hem staan, zodat Jensen zijn rechterarm door haar linker kon halen.

'Hou je met je linkerhand aan je riem vast,' zei hij.

Op die manier zekerden ze elkaar. De eerste stappen waren moeizaam. Hij trok haar mee, of zij hem en omdat ze zo dicht op elkaar liepen, struikelden ze over elkaars voeten.

'We moeten nu over de aardverschuiving heen,' waarschuwde Jensen. 'Ben je er klaar voor?'

'Natuurlijk.'

Het bleek aanvankelijk niet zo eenvoudig. De kleine puinheuvel was steil aan de voet. Bij elke stap raakten stenen los. Jensen gleed uit. Zijn schoeisel was volstrekt ongeschikt voor dit terrein. Hij moest een aantal keren houvast zoeken bij O'Hara die hier met haar degelijke bergschoenen in het voordeel was. Zwijgend zwoegden ze door naar boven.

Nadat ze de top van de puinberg hadden bereikt, gebeurde het.

O'Hara stapte in het niets, viel, trok Jensen met zich mee, ze lieten elkaar los en glibberden zo de helling af. Het was niet echt gevaarlijk, wat schaafwonden aan hun handen, verder niets. De aardverschuiving was overwonnen en het verdere verloop van de weg over de kam leek eenvoudig. Aan beide kanten was voldoende ruimte.

Ze haakten weer bij elkaar in en vervolgden hun weg. Na verloop van tijd liepen ze in de pas. Ze schoten goed op. Tot O'Hara over een niet eens zo grote steen struikelde. Jensen had hem niet gezien.

'Zo gaat het niet,' zei O'Hara. 'Je moet me waarschuwen als er hindernissen voor ons liggen. En dat gaat zo. Ik kijk recht naar voren. Ik houd mijn hoofd dus op twaalf uur. Als jij een hindernis ziet, zoiets als die steen van net, zeg je: steen op tien uur, steen op één uur... Snap je?'

Het oriënteringssysteem van een gevechtsvlieger, dacht Jensen. In de lucht heb je geen oriënteringspunten. Het was net als met de duisternis waar O'Hara in leefde. Je oriënteerde je op de stand van je neus. Vijandig toestel op zes uur.

'Gesnopen,' zei Jensen.

'Mooi. Zo doen we het van nu af aan. Wat er ook gebeurt. Als ik vraag waar iets is, antwoord je mij op deze manier.'

'Zoals je wenst.'

Tot uw orders, dacht hij. Waarom sprak ze de hele tijd toch op zo'n commandotoon met hem? Hij moest leren het niet persoonlijk op te vatten. Het was een kuur van haar. Misschien kwam het ook wel omdat hij haar in een bijzondere fase van haar leven had leren kennen, een fase van pijn en inspanning. Vandaar haar vaak barse gedrag, haar onverdraagzaamheid en dus die bevelstoon. Wellicht was het allemaal van voorbijgaande aard, een consequentie van de bijzondere en moeilijke situatie waar ze zich momenteel in bevond.

Nu ze zo dicht naast elkaar liepen, had Jensen het idee dat hij haar inspanning kon voelen. Haar lichaam voelde hard, alsof alle spieren in staat van alarm waren, te allen tijde bereid om klappen op te vangen. Bovendien kostte het lopen haar veel moeite, ondanks het feit dat de route eigenlijk niet zwaar was. De weg steeg pas weer iets verderop.

O'Hara ademde zwaar. Dat kon aan de hoogte liggen. Ook Jensen voelde het. Hij moest een paar keer diep ademhalen om zuurstof bij te tanken. Maar bij O'Hara was het iets ernstigers. Ze had geen kracht. Jensen vroeg zich af of ze de twintig kilometer die ze nog voor zich hadden, überhaupt zouden redden. De zon ondermijnde de krachten ook nog eens. Het was erg heet en dat bij een complete windstilte. Eigenlijk waaide het altijd in de bergen. Een halfuur geleden nog, toen ze hun mars waren gestart, had het nog flink gewaaid. Maar nu stond de lucht stil. Je kon het gezoem van insecten horen. En het gegrom van...

Vanuit het niets stond er opeens een dier midden op het pad, een paar meter van hen af.

'Dier op twaalf uur,' zei Jensen zachtjes. 'Ik geloof dat het een coyote is.'

Of een wolf, dacht hij. Iets wat leek op een hond, iets met vangtanden, een mager hondachtig wezen dat het kennelijk niet gewend was mensen te zien, want het bleef op het pad staan en volgde Jensen en O'Hara met zijn ogen.

Had hij zich het gegrom ingebeeld? Hij hoorde het niet meer. O'Hara bleef staan.

'Hoe groot is het beest?' vroeg ze. 'Kleiner dan een herdershond?'

'Nee, ongeveer even groot.'

'Dan is het geen coyote. In de Sierra Madre zijn wolven zeldzaam, maar ze komen wel voor. Is hij alleen?'

Jensen keek om zich heen. De berm liep zacht glooiend af, maar hij kon vanuit zijn positie niet goed beoordelen of die overging in een afgrond of in een slenk waarin mogelijk nog meer wolven verstopt zaten.

'Ik weet het niet,' zei Jensen. 'Voorlopig zie ik alleen deze ene.'

'Gooi een steen naar hem. Probeer hem te doden. Dat is het beste. In elk geval is het belangrijk dat hij respect voor ons krijgt. Geen tijd te verliezen, vooruit!'

De wolf observeerde hen geduldig.

Geduld is de grootste deugd in het dierenrijk, dacht Jensen. Als hij nerveus was, zoals nu, schoten er vaak van dit soort gedachten door zijn hoofd, wijsheden die onder de gegeven omstandigheden geen enkele waarde hadden.

Hij bukte zich om een steen op te rapen. Heel langzaam, om de wolf niet af te schrikken. De steen was handzaam, maar de afstand was te groot. Bovendien wist Jensen niet zeker of het een goed idee was om de wolf aan te vallen. De wolf gaapte en keek in de richting van waar hij wellicht vandaan was gekomen. Zijn gelatenheid en demonstratieve onverschrokkenheid konden iets te maken hebben met het feit dat hij wist waar zijn vriendjes waren. Heel even raakte Jensen bevangen door de gedachte dat hij hier boven in de Mexicaanse bergen door wolven zou worden opgegeten, een manier van sterven waar hij van z'n levensdagen niet aan gedacht had. Hij haalde uit, gooide en miste de wolf op ruim twee meter. Toch begon de wolf te huilen. Hij sprong weg in paniek, maar bleef een paar meter verderop staan en likte zijn flank, zoals katten doen als ze verlegen zijn.

'Hij is weg,' zei Jensen, om O'Hara gerust te stellen.

'Maar je hebt hem niet geraakt. Anders hoorde ik hem nu piepen.'

'Dat klopt. Maar hij valt ons niet meer lastig.'

Plotseling greep O'Hara naar Jensens arm. Ze kneep er stevig in. Het deed bijna pijn. Haar gezicht nam een vreemde uitdrukking aan. Haar mond stond open. Ze zag er bijna zwakzinnig uit.

'Wat heb je?' vroeg Jensen.

Ze schudde haar hoofd.

'Gaat het niet goed met je?'

'Het gaat wel,' zei ze. 'Het is niets. Kom, we gaan verder. We schieten niet genoeg op.' Ze haakte weer bij hem in en trok hem mee.

Jensen hield de wolf in het oog en de wolf hem. Ze liepen langs het dier, dat bleef staan. Het zat nu dus achter hen.

'Hij is er nog steeds, hè?' zei O'Hara.

'Achter ons nu. Op vijf uur. Maar ik ben er inmiddels bijna zeker van dat hij alleen is. En hij is bang. Mijn steenworp heeft hem in de war gemaakt.'

'Daar ben ik niet zo zeker van,' zei O'Hara. 'Ik had net een van mijn ingevingen. Ik weet niet of het met de wolf te maken heeft. Maar ik weet dat we op moeten schieten.' En ze trok Jensen mee. Zij bepaalde het tempo.

Ze kwamen al snel bij de plek waar de straat steil omhoogging. Jensen keek om. De wolf volgde. Hij bleef op de weg lopen, waarschijnlijk omdat hij net als alle hondachtigen slecht zag. Hij ging af op zijn neus en als hij niet dom was, had hij gemerkt dat Jensens geurvlag een hoop adrenalinemoleculen bevatte, wat de wolf als strijdvaardigheid of als angst kon interpreteren. Wat allebei juist was, maar de angst overheerste.

Het volgende uur spraken ze weinig, want de helling hield niet op en ze konden het zich niet permitteren zuurstof te verkwanselen met praten. Ze hijgden zij aan zij. Jensen was nat van het zweet. Zijn overhemd plakte aan O'Hara vast. Soms kreunde ze zacht van de inspanning. Hij steunde ook en vroeg zich af of zij net als hij de curieuze analogie opmerkte: ze klonken als een liefdespaar.

De weg werd steeds onherbergzamer.

'Grote steen op een uur.'

'Gat op twaalf uur.'

Jensen moest dit soort waarschuwingen steeds vaker afgeven. En toch struikelde O'Hara vaak. Hij ving haar op.

Na een bijzonder zware stijging bereikten ze een punt van waaruit je een goed uitzicht had, een schrikbarend uitzicht. Aan hun rechterhand doemde een kale rotswand op, waarboven in de opwaartse wind vogels vlogen. De weg was nu niet meer dan een in de rotswand uitgehouwen spleet. Aan de linkerkant kon je tot in de oneindigheid naar beneden kijken, zo leek het. In de diepte hing mist waaruit een koude wind opsteeg.

Aanvankelijk was Jensen blij met de koelte, maar hij merkte al snel dat die zo gauw niet zou verdwijnen. Ze waren aangekomen op een grens wat weer en temperatuur betrof. Het zou niet lang meer duren of ze zouden terugverlangen naar de hitte waar ze net nog zo onder gebukt gingen.

'We rusten hier even,' zei O'Hara en ze trok haar jack aan. 'Maar niet gaan zitten, anders kost het lopen dadelijk twee keer zoveel moeite.'

'Oude padvinderswijsheid,' zei Jensen.

'Hoe is het met de wolf?'

Jensen draaide zich om.

'Ik zie hem niet. Maar vijf minuten geleden was hij er nog.'

'Hij is alleen. Anders had hij ons allang aangevallen. Geef je me wat water en een worstje uit mijn rugzak, alsjeblieft?'

Ze stonden wat te eten en te drinken. De worst smaakte ranzig. Jensen legde hem na een hap weer terug in de rugzak.

'Hoe kom je aan die worst?' vroeg hij.

'Van de vrouw van de hotelbaas. Ze zei dat het zelfgemaakte was.' O'Hara beet al in het tweede worstje. 'Ik vind ze lekker. Er zit kummel in en veel knoflook.'

Tien minuten later braken ze weer op. Ze wurmden zich langs de bergflank. Voor een derde persoon was geen plaats meer geweest. De mensen in Nuevas Tazas moesten zelfverzorgers zijn, want op dit smalle en gevaarlijke pad had nog niet eens een ezelskar goederen vanuit het dal naar boven kunnen brengen, laat staan een vrachtwagen.

Het was al ver in de middag. Ze waren zes uur onderweg en drongen steeds dieper het gebergte in. Tot nu toe hadden ze geen enkele menselijke behuizing gezien en omdat de omgeving steeds onherbergzamer werd, begon Jensen te twijfelen of er in een omtrek van honderd kilometer überhaupt iemand woonde.

'Het duurt niet meer lang,' zei O'Hara en ze haalde midden in de zin diep adem. 'We zijn zo in Nuevas Tazas.'

Volgens Jensen kon ze dat helemaal niet weten. Het klonk meer als een peptalk tegen zichzelf. Het was erg koud geworden. De zon had geen kracht meer en de mist trok op van beneden. Door Jensens ondeugdelijke schoeisel heen drong elke scherpe steen en bij de neus zat de zool los.

Wat een gekkenwerk, dacht hij. Zelfs als Nuevas Tazas bestond, wat hij inmiddels ernstig in twijfel trok, moesten ze de hele weg ook weer terug en hij dan waarschijnlijk op blote voeten als hij naar zijn gehavende schoenen keek. Zijn rechterarm was bijna helemaal verdoofd. Urenlang klampte O'Hara zich daar nu al aan vast. Maar ze had wel moed, dat moest hij toegeven. Een bergbeklimmende blinde die zo'n gevaarlijk gebied doorkruiste, moest worden gedreven door een sterke kracht. Hij had respect voor haar, maar was ook bezorgd. Wat was er zo belangrijk voor haar dat ze zo'n inspanning en gevaar ondernam?

Ik zoek een ander soort genezing.

Jensen nam zich voor haar dit nu toch nog een keer te vragen en erop aan te dringen dat ze een antwoord gaf. Alleen kreeg hij momenteel niet genoeg lucht. Hij schatte dat ze nog eens vierhonderd meter hoger zaten dan net. Zijn longen brandden en toch kwam er niet voldoende zuurstof in zijn benen aan. Ze voelden zwaar. Ze droegen hem niet, maar hij droeg zijn benen. Hij sleepte ze met zich mee als een zware last. Het enige waar Jensen zich op concentreerde, was de volgende stap. Voor het landschap had hij geen oog meer. Er heerste een overweldigende stilte. Je hoorde alleen de wind en het hijgen van twee mensen.

Op een gegeven moment legde O'Hara haar arm om zijn schouder. Nu voelde hij haar gewicht. Het drukte zijn benen nog dieper de grond in. Hij werd duizelig. De tijd leek wel elastiek waarvan het ene uiteinde bevestigd was aan Jensens laatste gedachte en het andere tot in de eeuwigheid reikte. Dat hij O'Hara had willen vragen wat voor soort genezing ze zocht, lag opeens zover terug in het verleden dat het een herinnering uit zijn jeugd leek. Hij dacht aan zijn moeder en het gebed waarmee hij haar gedood had.

'Nee,' zei hij tegen zichzelf. 'Nee, dat is niet waar. Ik ben alleen te moe.'

'Ja,' hoorde hij O'Hara zeggen. 'Ik ook. Het is de lucht. De hoogte. We zijn er zo.'

Ik heb haar niet gedood, dacht hij. Dat soort gedachten kwamen altijd op een zwak moment.

Aan hun voeten lag een breed dal. De weg ging bergafwaarts. Eindelijk. En in het dal stroomde een rivier. Er stonden bomen, ceders en de berghellingen waren begroeid met lage struiken.

'Het is groen!' riep hij blij verbaasd uit. 'Hier is alles groen!'

'Ja,' reageerde O'Hara dof. Zij zag geen verschil met het schrale en onbegroeide gebied waar ze de afgelopen uren doorheen waren gelopen. Maar Jensens ogen laafden zich aan het groen. Hij had het gevoel dat ze eindelijk waren aangekomen, want hier moesten mensen wonen. Er was water en gras voor geiten en hout om te koken en te verwarmen. Hij ging ervan uit dat ze dadelijk de eerste huisjes zouden zien.

Maar toen gebeurde er iets heel anders.

Jensen hoorde een eigenaardig geluid en zag O'Hara voorovervallen, omvergeworpen door een onwerkelijk wezen. Aanvankelijk had hij helemaal niet door wat er gebeurde. O'Hara lag op de grond, met de wolf op haar rug! Hij gromde. Zijn kaak hapte wild naar een geschikte plek in haar nek. Jensen keek toe. Hij had het gevoel een rustpunt te zijn in een vreselijke chaos. Hij bewoog zich niet, had zelfs de behoefte te gaan zitten. Pas toen O'Hara schreeuwde, begreep hij dat hij het zich niet inbeeldde. Hij was geen rustpunt, hij maakte deel uit van de chaos! Hij moest zich erin storten en dat deed hij.

Hij stortte zichzelf op de wolf. Een bijtende stank drong zijn neusgaten binnen. Hij viel op de rug van de wolf, maar het lukte hem een van de poten van het dier in handen te krijgen: een dunne, kwetsbare poot. Jensen voelde de botten. Je kon ze breken. Hij greep met twee handen naar de botten en boog ze met alle macht tot ze knakten en een bloedig stuk bot door het vel heen stak. De wolf had zich vastgebeten in Jensens schouder, maar diens leren jack zwakte de beet af en hij concentreerde zich woedend op het bloedige bot. Hij draaide aan de gewonde poot alsof hij een natte lap uitwrong. Ten slotte, toen een deel van de poot nog maar aan een stukje vel hing, sloeg de wolf over de kop bij een poging op de vlucht te slaan. Hij ontworstelde zich aan Jensens greep en rende weg op drie poten. De vierde poot bleef achter in Jensens bloederige hand.

Jensen stond op. Een zeldzame kracht stroomde door zijn aderen, zijn hart ging wild tekeer en zijn kreet echode tussen de bergen. Hij beefde over zijn hele lichaam van opwinding en slingerde zijn overwinningskreet nogmaals achter de wolf aan.

Pas daarna kwam hij tot zichzelf. Hij zag O'Hara op handen en voeten over de grond kruipen en hij hielp haar overeind. Hij zette haar donkere zonnebril weer recht, want dat vond ze vast belangrijk. Ze wilde niet dat iemand haar ogen zag.

'Ben je gewond?' vroeg hij.

Ze knikte.

'Waar? Wacht, ik kijk even.' Het gewatteerde jack van O'Hara had haar net zo tegen de beten van de wolf beschermd als zijn leren jack hem. Hij onderzocht haar keel en streek het haar uit haar nek. Hij zag wel wat schrammen, maar niets ernstigs.

'Nee,' zei ze. 'Niet de wolf! Ik ben door iets gebeten. Shit! Ik ben door iets gebeten! Hier!' Ze stak haar rechterhand naar hem uit. De hand trilde zo sterk dat hij hem vast moest houden. 'Bij de pols,' zei ze. Haar adem ging hortend en stotend. 'Bij mijn pols. Ik denk dat het een slang was. Toen ik viel. Zie je het nu eindelijk?' schreeuwde ze. 'Wat zit daar?'

Nu kon Jensen het zien: meerdere kleine zwarte gaatjes, vlak achter de rug van haar hand, paarsgewijs geordende prikjes.

'Ja,' zei hij. Zijn mond was droog en het zweet droop in zijn ogen. Hij was bang dat hij de situatie niet meester was. Het was te veel allemaal.

'Wat? Wat is het? Een slang? Het zijn slangenbeten, of niet?'

'Ja.'

Als je bevriest, dacht hij, word je heel moe. Je voelt de kou niet meer. Je hebt het warm. Je gaat in de sneeuw liggen en doet je ogen dicht. Jensen deed zijn ogen dicht. Wat zou het heerlijk zijn om gewoon te kunnen gaan liggen en alle verantwoordelijkheid over te geven aan de slaap. Gewoon slapen en er niet meer zijn.

'Shit, verdomme!' riep O'Hara. 'Vervloekte shit, verdomme! Je moet de wond opensnijden! Schiet op! Snij de wond open! En dan bind je mijn arm af! Waar wacht je nog op?'

'Luister nu eens goed,' zei Jensen zachtjes. 'Ik zal goed voor je zorgen. Vertrouw me. Ik laat je niet alleen. Maar het is belangrijk dat je nu even doet wat ik zeg. Je bent gebeten door een slang. Het moet een rotsratelslang zijn geweest. Alleen rotsratelslangen leven op zo grote hoogte. Hun beet is heel giftig. Ik wil dat je dat weet. Hun beet is levensgevaarlijk. Je moet nu doen wat ik zeg. Anders heb je geen schijn van kans. Mond dicht vanaf nu. En vooral rustig worden, rustig ademhalen als het kan. En hou je arm naar beneden.'

'Ben je gek?! Je moet de wond opensnijden. Je moet het gif uitzuigen! Je moet mijn arm...'

'Het spijt me,' zei Jensen. Hij hield haar vast, haalde uit met zijn
vrije hand – of vuist beter gezegd – en sloeg haar gericht tussen
kaak en jukbeen, zodat de verwonding zo klein mogelijk bleef.
O'Hara zakte in zijn armen in elkaar. 'Het spijt me echt,' herhaalde hij.

Hij had verstand van ratelslangen, maar dat had ze wellicht niet
geloofd. Ze had willen weten waarom hij er zoveel over wist en uiteindelijk, dat wist hij van haar inmiddels, was ze blijven mopperen
dat hij het bij het verkeerde eind had. En met zulke discussies waren ze kostbare tijd kwijt geweest. Haar opgewonden hartslag zou
het gif nog sneller door haar bloedvaten hebben gepompt. Nu ze
bewusteloos was, werd het gif niet zo snel verspreid. En daar ging
het om. Het was haar enige kans.

Hij legde haar armen over zijn schouders en trok haar over zijn
rug omhoog. Daarna haakte hij zijn armen om haar benen en begon te lopen. Hij volgde de loop van de rivier. Het ging langzaam.
Hij schatte dat hij het met O'Hara op zijn rug vijf tot acht kilometer zou redden en zelfs als hij Nuevas Tazas bereikte, betekende dat
niet dat het gevaar was geweken.

Een rotsratelslang, dacht hij. Een van de slangen uit het boek op
zolder. Als kind was hij vaak naar zolder gevlucht, weg van zijn
moeder. Dan had hij de kist opengemaakt waarin zijn vader uitgelezen boeken bewaarde. Uitgelezen boeken, zo had vader ze genoemd. En een zo'n boek was mysterieus en gevaarlijk geweest.
Ratelslangen die naar je sisten, met aan hun gebogen spitse gifti-
ge tanden de dodelijke druppels. Eerst had hij alleen de foto's be-
keken. Hij had op het plaatje een vinger in de keel van de slang
geduwd en genoten van zijn onkwetsbaarheid. Maar toen was hij
begonnen met lezen en kregen de monsters een plaats, een naam
en eigenschappen. Ze waren niet allemaal gelijk. Het gif van de
ene soort, de mojave, was weliswaar het dodelijkst, maar de mojave was traag en beet niet snel, in tegenstelling tot de diamant-
ratelslang die heel snel toebeet, maar waarvan het gif minder
werkzaam was.

De rotsratelslang leefde in het zuiden van Noord-Amerika en vooral in het bergachtige gebied van Mexico. Net als zijn soortgenoten was hij een pedante bijter. Hij was het gewend zijn tanden in zachte buit te zetten: muizen, ratten en andere kleine knaagdieren. Maar als hij van angst of in noodweer een mens beet, stuitten zijn tanden op weerstand. Hij stuitte op iets hards, voet- of handbeentjes. En omdat hij dacht dat hij niet goed had gebeten, bleef hij bijten. Bliksemsnel achter elkaar hapte hij toe en hij hield pas op als de gifklieren leeg waren. En dat was gebeurd bij O'Hara. Vandaar de vele beten. Zo'n wond mocht je nooit opensnijden of uitzuigen en ook de arm afbinden was uit den boze. Het gif verspreidde zich dan alleen maar sneller door het lichaam.

CroFab, dacht Jensen.

Hij droeg O'Hara nu al een halfuur op zijn rug. Ze werd bij elke stap zwaarder. Lang zou ze niet meer bewusteloos blijven en er was nog steeds geen hut, geen schutting of wat dan ook in zicht wat duidde op menselijk leven. Ze zou zo bijkomen en dan zou de koorts opkomen, de koude rillingen, de verlammingsverschijnselen. En morgen rond deze tijd leefde ze niet meer.

Jensen versnelde zijn pas. Hij had nog kracht. Hij hoopte op de verborgen reserves. De rivier werd breder, ruiste. Een vogeltje stond op een steen waar het water aan beide kanten omheen stroomde. Het vloog niet op toen Jensen met O'Hara langsliep. Misschien zag hij zo een hut, mensen, Nuevas Tazas, maar zelfs als dat zo was, wachtte O'Hara de dood.

Jensen kreunde onder de last. Tranen stroomden over zijn gezicht. Hij probeerde een paar stappen te rennen en dat lukte zelfs. Hij schoot steeds sneller op, werd misselijk van de inspanning. In zijn borst ontstond een scherpe, benauwende pijn. Maar het ergste was de zinloosheid. Het was alsof hij met zijn allerlaatste kracht een stervende een brandend ziekenhuis binnendroeg, waarin alle dokters dood waren en de medicijnen verkoold.

CroFab heette het tegengif. Hij had er een paar jaar geleden een documentaire over gezien. CroFab redde jaarlijks vijfhonderd kilometer ten noorden van deze plek, in de vs, honderden mensen het leven. Daar stierf nauwelijks iemand aan een slangenbeet. Elke

Amerikaanse dorpsdokter beschikte over CroFab. Voor een behandeling had je zes ampullen nodig. Maar hier, in dit afgelegen deel van de Sierra Madre, kon niemand het serum betalen. Het was te duur voor de inheemse bevolking. Voor een Mexicaanse boer betekende een slangenbeet meestal de dood. In Nuevas Tazas hadden ze geen CroFab. Alleen een hut met een brits waarop O'Hara zou sterven.

En toen zag hij drie kleine kinderen. Ze stonden tot aan hun knieën in het water van de rivier: twee jongetjes en een meisje. Het meisje hield haar rok op tegen het water. De jongens wezen naar Jensen en daarna sprongen ze allemaal weg. Een van de jongetjes gleed uit en viel voorover in het water. Het meisje trok hem overeind en ze vluchtten het pad langs de rivier op. Jensen zag hun blote voetjes en hij hoorde hun geschreeuw en hij voelde een onnoemelijk verdriet dat het doel dat O'Hara en hij met zoveel krachtinspanning hadden bereikt de oorzaak werd van haar dood. Hij droeg O'Hara nog een paar passen voordat zijn benen bezweken. Hij viel op zijn knieën terwijl de zon achter een berg verdween waarboven een vliegtuig twee condensstrepen in de hemel tekende. Het was een passagiersvliegtuig, onbereikbaar ver.

24

Vijf mannen met bezorgde gezichten naderden Jensen behoedzaam. In hun kielzog een hele kinderschaar. De kleinsten dwar-
relden om de benen van de mannen heen. Ze wilden allemaal de
vreemde zieke vrouw als eerste zien, maar de mannen duwden de
kinderen terug. Op een gegeven moment hief een van de mannen
zijn hand. Het leek of hij uithaalde om te slaan. De kinderen bleven staan en zwegen.

Toen de mannen bij Jensen waren, lichtten ze ter begroeting even
hun hoed, voor zover ze die op hadden. Jensen wees naar O'Hara.
Hij stroopte de mouwen van haar jack op zodat de mannen de
beetwonden konden zien. Ze keken er maar even naar. Kennelijk
wisten ze wat er aan de hand was.

Een van hen, een lange jongeman, wenkte naar wat mannen. Ze
kwamen bedaard naderbij met een draagbaar, bestaande uit twee
dikke takken, bij elkaar gehouden door gevlochten droge plant-
vezels. Zwijgend, zonder haast, maar wel geconcentreerd, legden
de mannen O'Hara op de draagbaar. Tot nu toe had niemand iets
gezegd.

Jensen vroeg de mannen of iemand Engels sprak.

'No english,' zei de jonge grote man. Hij zei het niet verontschuldigend. Het klonk meer hopeloos, alsof hij Jensen duidelijk wilde
maken dat het geen zin had om te spreken. Hij vormde een bek
met zijn handen. Hij liet duimen en vingers een aantal keer toe-
happen. Daarna boog hij zijn wijsvingers tot een haak en ten slotte
maakte hij met zijn hand een kronkelende beweging.

De twee baardragers tilden O'Hara op en droegen haar in de
richting van wat dicht op elkaar staande hutjes vlak bij de rivier.
Het waren schots en scheve behuizingen van met leem besmeerd
hout en golfplaten daken. Het zag er armoedig en provisorisch uit
en CroFab hadden ze hier vast niet.

Jensen volgde de baar. Het was net een rouwstoet en hij voelde de pijn van het verlies al. Hij liet zijn tranen de vrije loop. De mannen vonden het pijnlijk en keken de andere kant op, behalve een. Hij legde even een hand op Jensens schouder en schudde zijn hoofd. Misschien was het afkeuring, misschien was het troost. Jensen begreep het gebaar niet en het kon hem ook niet schelen.

De kinderen sloten zich bij de stoet aan. Een van hen, een ongeveer vijfjarig jongetje met een hazenlip, raakte de zonnebril van O'Hara aan, die nu opeens ook interessant werd voor de andere kinderen. Hun handjes grabbelden naar de bril. Het zou niet lang meer duren of een van de kindjes zou het wagen de bril te pakken en omdat geen van de mannen iets ondernam – waarschijnlijk waren ze zelf nieuwsgierig hoe de vreemde vrouw er zonder bril uitzag –, jaagde Jensen de kinderen weg. Hij trok ze grof bij de baar vandaan. Het liefst had hij een van de kinderen een pak slaag verkocht.

'Laat haar met rust!' schreeuwde hij.

De kinderen deinsden bang en boos achteruit. Hulpzoekend keken ze naar de mannen, vermoedelijk hun vaders. Maar de vaders bemoeiden zich er niet mee.

Het waren maar zeven of acht hutten. Voor een ervan hingen twee dode kippen aan een touwtje. Voor een andere hut lagen oude vrachtwagenbanden opgestapeld. Twee magere honden slopen rond. Het waren geen waakhonden, maar zwerfhonden, vreemd hier in het dorp. Ze waren steeds op hun hoede voor slaande mensen leek het, want ze blaften niet en bleven veilig op afstand.

De baardragers bleven voor een van de hutten staan. Iemand deed de deur open en ze droegen O'Hara naar binnen.

In de hut stonk het naar zweet en naar stront. De vloer was bedekt met stro. Geen tafel, geen bed. Jensen nam aan dat het een soort stal was, een geitenstal misschien. De mannen zetten de baar op het stro en liepen naar buiten. Voor de deur stonden de andere mannen te wachten, met de kinderen en ook een paar vrouwen nu. Ze keken allemaal de stal in. Zwijgend.

'*Gracias,*' zei Jensen en hij sloot de deur, ervan uitgaande dat de mannen O'Hara de stal in hadden gedragen zodat hij met haar alleen kon zijn. Ze wilden geen deel hebben aan haar dood. Ze was een vreemde en moest voor de ogen van de vreemdeling sterven.

Jensen knielde bij haar neer. Ze was nog steeds bewusteloos, maar niet meer vanwege zijn mep. Hij legde zijn hand op haar voorhoofd. Ze gloeide, had hoge koorts. De gebeten arm was blauw gezwollen en er kwam etter uit de wonden. Jensen aaide haar gezicht. Hij nam haar ongeschonden hand in de zijne. Er was niets wat hij voor haar kon doen. Hij hoopte vurig dat ze niet meer bij zou komen, de enige genade die haar nog restte: niet meer wakker worden, slapend sterven, zonder pijn.

Het was koud. Door de kieren van de stal floot een gure wind. Jensen trok zijn leren jack uit en legde het over O'Hara heen, hoewel het medisch gezien fout was haar lichaamstemperatuur nog op te drijven. Maar als genezing niet tot de mogelijkheden behoorde, was het beter de poorten voor de dood wijd open te zetten, zodat die zijn werk snel kon volbrengen.

Jensen boog zich over O'Hara heen en fluisterde in haar oor: 'Annick, ik wil dat je weet dat ik hier ben. Ik ben bij je. We zijn in Nuevas Tazas en ik kan niets voor je doen. Ik heb het tegengif niet. Het heet CroFab. En ik weet niet wat ik moet doen. Ik weet alleen dat ik niet wil dat je doodgaat. We zijn toch in de min, weet je nog? We zeiden: min een plus min een is min twee. Tja. En nu weet ik al niet meer wat ik moet zeggen. Er schiet me niets te binnen. Het ligt vast aan het feit dat we vreemden zijn gebleven voor elkaar. We hebben elkaar niet leren kennen, al die dagen niet. We waren te gesloten. We moeten veranderen, Annick. Ik wil je leren kennen. Ik wil weten wie je bent. En ik wil dat je vraagt wie ik ben. Dat klinkt banaal, ik weet het. Ik klets uit mijn nek. Maar we mogen niet als vreemden uit elkaar gaan. Ik wil dicht bij je komen, Annick, en dat kan niet als je nu doodgaat. Hoor je me? Je mag nu niet doodgaan!'

Het schuim stond op haar mond. Jensen veegde het weg. Hij voelde haar pols. Haar hart ging wild tekeer. Haar benen begonnen te trillen en opeens kreunde ze.

'Niet wakker worden,' zei Jensen. 'Niet wakker worden, Annick. Het zijn maar spierkrampen. Ik hou je vast. Voel je? Ik hou je vast.'

Hij hield haar vast zo stevig als hij kon. Ze richtte zich op, haar hele lijf rillend van het gif, haar benen en armen spastisch schok-

kend, met wijd open mond waar opnieuw schuim uit kwam. Ze
rochelde, hoestte. Het speeksel sproeide Jensen in het gezicht.

Ze stikt, dacht Jensen in paniek.

Ze stikt!

Hij hield haar stevig in zijn armen om de samentrekkingen op
te vangen en zoog met zijn lippen het schuim van haar mond. Hij
spuugde het uit, zoog opnieuw en spuugde weer uit. Zijn mond
brandde. Hij wist niet of hij het juiste deed. Zijligging, schoot hem
te binnen. Zijligging.

Hij draaide O'Hara op haar zij en maakte met zijn vingers haar
mond open om het speeksel af te kunnen laten vloeien. Haar arm
sloeg hard tegen zijn neusbeen. Hij moest haar onmiddellijk weer
vasthouden. De krampen werden sterker.

Op het moment dat hij zijn armen om haar heen wilde leggen,
voelde hij een hevige pijn in zijn schouder. Het was de plek waar de
wolf hem had gebeten. Uitgerekend nu kreeg hij last van de wond,
nu de dood zijn kaarten uitspeelde en O'Hara afmatte met spier-
kramp en hoge koorts, om haar uit deze wereld te verdrijven als de
honden die bij een drijfjacht de vossen vanuit het bos het open veld
in jagen. Maar dat laat ik niet toe, dacht Jensen. Hij ging boven op
O'Hara liggen, worstelde met haar en haar dood. Hij sloeg haar in
het gezicht. Word wakker, word wakker, Annick! Misschien was
dat toch beter. Ze moest bij bewustzijn zijn, vond hij opeens. Ze
moest bij bewustzijn zijn. Hij wilde met haar praten. Hij had haar
te vroeg opgegeven. Misschien gebeurde er wel een wonder. Misschien werd ze wel beter als ze wakker werd, als ze water dronk. Ze
moest water drinken. Ze had nog helemaal geen water gekregen.
Hij had er helemaal niet aan gedacht, had het zinloos gevonden.
Het had haar lijden alleen maar verlengd, maar dat wist hij eigenlijk ook niet zeker.

'Annick!' riep hij. Hij schudde haar met een arm. In de andere
had hij te veel pijn. Jensen tikte op haar wang, steeds harder, oor-
vijgen waren het. 'Annick! Kijk me aan. Je moet wakker worden!'

Mazatil, dacht hij. Mazatil. Esperanza Toscano Aguilar. O'Hara
had gelijk gehad. De naam klonk als een gedicht. En die vrouw
had mensen genezen, wat je daar ook van vond. Ze moest toch

iets kunnen, anders was Annicks man niet helemaal naar Mexico gereisd om met haar te spreken. Hij was tenslotte dokter geweest, een katholieke arts, iemand die wonderen onderzocht die Esperanza had verricht hoewel dat erg onwaarschijnlijk was. Maar zelfs het kleinste beetje waarschijnlijk was nu beter dan niets, beter dan O'Hara hier dood te laten gaan.

Jensen stond op, liep naar de deur en rukte hem open. Buiten stonden dezelfde mannen als voorheen. Het leek wel of ze hadden gewacht. Ze keken hem zwijgend aan.

'Mazatil!' riep Jensen. 'Esperanza Toscano Aguilar! Kennen jullie die vrouw? Esperanza Toscano Aguilar! Mazatil!'

De grote jongeman, hij was een kop groter dan de rest, wees met zijn hand in een richting. Daar stond een muilezel gespannen voor een smalle kar met twee wielen. Twee andere mannen laadden dingen van de kar af. Jensen kon niet goed zien wat het was, want het was donker geworden en de mannen hadden de fakkels die ze bij zich hadden nog niet aangestoken.

'Mazatil,' zei de man en hij duidde met zijn hoofd naar boven, naar de donkere schaduwen die boven het dorp uitstaken: de bergen. 'Mazatil,' herhaalde hij en hij wees opnieuw naar de kar.

En nu begreep Jensen dat hij zich had vergist. De mannen hadden O'Hara de stal niet in gedragen om haar hier aan haar lot over te laten, ze waren van het begin af aan van plan geweest haar naar Mazatil te brengen, naar de genezeres. Dat deden ze waarschijnlijk altijd als iemand van hen ziek werd. Maar ze hadden een muilezel moeten regelen en een kar om O'Hara mee te transporteren en zulke dingen kostten tijd.

Opeens schaamde Jensen zich. Deze mannen in hun versleten hemden in de avondwind, met hun blote basten in de kou, deze mannen hadden O'Hara niet opgegeven, hoewel ze voor hen niet meer dan een vreemdeling was. Haar dood liet ze vermoedelijk koud, vooral omdat de dood in dit arme dorp waarschijnlijk een permanente aanwezige was. Maar hij, Jensen, had O'Hara te snel opgegeven, hoewel rationeel en zakelijk gezien volkomen terecht. Als je over de nodige medische kennis beschikte, was het niet meer dan redelijk haar geen overlevingskans te geven. Maar deze mannen beschikten niet over kennis. Ze wisten niets van de proteasen in het gif van de rotsratelslang, eiwitten die de vernietiging van de skeletmusculatuur veroorzaakten. Ze hadden nog nooit iets gehoord van de hemorragische bestanddelen van het gif die de rode bloedlichaampjes vernietigden zodat het slachtoffer in zekere zin stikte. Niets wisten ze van dit al en daarom geloofden ze onverstoorbaar in die andere mogelijkheid, die van het wonder, van de genezing zonder CroFab, de genezing door veertig gebeden.

Jensen was bijna opgelucht dat de jongeman hem een ondubbelzinnig teken gaf. Hij wreef de toppen van zijn duim en wijs- en middelvinger tegen elkaar. Ze wilden geld. Ook zij hadden hun zwaktes. Jensen knikte en haalde een paar dollarbiljetten uit zijn zak, vijftig of honderd dollar. Hij wist het niet zo precies. Maar de jongeman had niet op zoveel gerekend. Hij stopte het geld haastig onder zijn strohoed en begon de anderen bars te commanderen. Iedereen kreeg aanwijzingen: laad de kar sneller uit, breng de dekens, sta niet te niksen, haal de vrouw uit de stal, leg haar op de kar, opschieten!

Jensen was ongelooflijk opgelucht dat eindelijk concrete reddingspogingen werden ondernomen. Zijn verstand zei hem weliswaar nog steeds dat het niet meer was dan een nutteloos spektakel en dat O'Hara, als het niet hier in de stal gebeurde, zou sterven onder de handen van een genezeres. Want hoe kon Esperanza Aguilar de proteasen ophouden en de andere desastreuze moleculaire processen die momenteel in het lichaam van O'Hara de zuurstofatomen uit de koolstofverbindingen verwijderden? Misschien verliep de vernietiging van O'Hara op moleculair niveau ook anders. Hij wist het eigenlijk niet precies. Scheikundig was hij niet voldoende onderlegd, maar hij begreep er genoeg van om te betwijfelen dat gebeden de vernietiging konden stoppen.

Toch knielde hij bij O'Hara neer. Hij streek met zijn hand over haar hete voorhoofd en zei: 'Nu komt het allemaal goed, Annick. We brengen je naar Esperanza Toscano Aguilar. Hou vol, nog een uurtje of twee. Ze maakt je gezond. Alles komt goed.'

Drie mannen kwamen de stal binnen. Een van hen had een houten schaaltje met water bij zich dat hij Jensen aanbood. De andere twee zetten O'Hara overeind zodat ze kon drinken. Jensen greep naar het schaaltje, maar de man trok het terug en zei: '*Un dollar, mister.*'

Jensen haalde opnieuw lukraak een biljet uit zijn broekzak. Opeens leek het hem raadzaam om de mannen niet te laten zien hoeveel geld hij bij zich had. Hij had na vertrek uit Holbrook vijfhonderd dollar gehaald bij een geldautomaat bij een tankstation in de buurt van El Paso. Hij had dus nog veel geld op zak, grotendeels in grote coupures ook nog. Het biljet dat hij nu blind tevoorschijn had gehaald was een vijfdollarbiljet. Hij gaf de man het geld, waarna deze hem gretig bedankte en het schaaltje water overhandigde.

Jensen zette het water aan Annicks lippen. Een van de twee andere mannen opende haar mond door haar wangen samen te drukken. Jensen goot het water naar binnen. Het meeste morste hij, maar O'Hara kreeg wat binnen. Daarna legden de mannen haar weer neer en droegen haar de stal uit.

Buiten werden de fakkels aangestoken. Een van de mannen hield zijn fakkel te dicht bij zijn strohoed. De rand vatte vlam. Schreeuwend gooide hij zijn hoed op de grond en begon erop rond te springen. De andere mannen bulderden van het lachen en Jensen deed mee, omdat de mannen naar hem omkeken. Ze vonden het belangrijk dat hij meelachte. Aangemoedigd door het gelach, sprong de man die voor dit komische moment had gezorgd overdreven lang rond op zijn hoed. Kostbare tijd ging verloren. Het was de grote jongeman die ten slotte een einde maakte aan de pret door de andere mannen ruw aan te stoten en opnieuw bevelen uit te delen. Jensen begreep dat hij zich het meest verplicht voelde vanwege de gulle betaling, al was het maar omdat hij wellicht hoopte op nog meer.

Terwijl de mannen die O'Hara uit de stal hadden gedragen haar nu op de muildierkar legden, stapte Jensen op de grote jongeman af.

'John,' zei hij en hij wees naar zichzelf.

De man knikte. Hij legde zijn vuist op de borst en zei: 'Pedro.'

Jensen stak zijn hand uit. Pedro schudde hem kort.

'Pedro, *vamos* Mazatil,' zei Jensen.

'Si. Mazatil,' zei Pedro en hij wees opnieuw naar boven, waar nu sterren aan de hemel stonden.

25

O'Hara lag onder wollen dekens op de kar. De houten wielen van de kar knarsten bij elke omwenteling. De muilezel klom met verbluffende kracht en snelheid bergopwaarts. Ze waren met z'n drieën: O'Hara, Jensen achter de kar en Pedro, die de muilezel kort aan de teugels leidde. Het was gemeen koud. Jensen greep onder de dekens naar zijn leren jack. Met een slecht geweten trok hij het jack aan. De lucht was te ijzig. Zijn tanden klapperden en het stormjack en de wollen dekens hielden O'Hara voldoende warm, hoopte hij.

Jensen kon geen pad of weg herkennen. Hij zag niet meer dan de grond voor zijn voeten, beschenen door Pedro's fakkel. De muilezel, bijna zo groot als een paard, zette zich schrap in het toom en trok de kar steeds sneller, zodat Jensen soms moeite had hem bij te benen. Pedro vuurde de muilezel voortdurend op zachte toon aan. Soms klakte hij met zijn tong en dan veranderde de muilezel van richting.

Na een uur ging O'Hara plotseling rechtop zitten. Ze zei iets, maar Jensen kon het niet verstaan. Ze sprak te zacht.

'Ik ben hier, Annick!' riep hij. Hij versnelde zijn pas om naast de kar te komen en probeerde haar in de rug te steunen. 'Je moet weer gaan liggen. We zijn zo in Mazatil, bij Esperanza Toscano Aguilar. Ze zal je helpen, maar nu moet je weer even gaan liggen.'

'Hij is dood,' kuchte O'Hara. 'Hij heeft het me verteld,' en ze viel terug in de dekens.

Jensen voelde haar keel. Hij probeerde haar hartslag te vinden en dat lukte ook. Hij voelde een zwak, maar krankzinnig snel pulseren.

Vier uur, dacht hij. Vier of vijf uur geleden werd ze gebeten. Hoe lang hield ze het nog vol? Hij wist het niet. Het was allemaal zo onzeker. Niet alles wat hij ooit in het boek over ratelslangen had gelezen, moest kloppen. Misschien herinnerde hij zich wel helemaal niet zo goed wat hij toen had gelezen en trad de dood bij een onbehandelde beet eerder in dan hij dacht.

'Pedro,' zei hij. 'Mazatil. *Un ora, due ora?*'

'Mazatil,' zei Pedro en hij wees met zijn fakkel het donker in. Het gebaar leek te betekenen dat ze er bijna waren. Vermoedelijk had Pedro Jensens Italiaanse koeterwaals best verstaan, alleen had hij de weg naar Mazatil nog nooit in uren gemeten.

De sterren waren gedoofd en het begon te regenen, niet heel erg hard, maar voldoende om de wollen dekens te doorweken. Als ze bij deze kou waren volgezogen met water, onderkoelde O'Hara en kreeg ze het nog zwaarder. Dus trok Jensen zijn leren jack weer uit en legde het opnieuw over O'Hara heen.

De houten wielen knarsten en de muilezel uitte een spookachtige, hese kreet, uit ongenoegen over de regen? De regendruppels sisten in de vlam van Pedro's fakkel. Hij dreigde uit te gaan. Pedro blies vol overgave in de vlam om te proberen hem leven in te blazen, want de fakkel was de enige lichtbron. Alles hing ervan af. Hoe moesten ze de weg in het duister vinden als hij doofde? Jensen vermoedde dat de muilezel de weg naar Mazatil goed kende. Hij had al vaak een zieke getransporteerd. Maar in het donker hielpen gewoonte en instinct wellicht niet, dacht Jensen bang. En de ezel zou gewoon blijven staan wachten op het ochtendlicht. Hij had alle tijd van de wereld. O'Hara niet. Zij was bij zonsopgang dood.

Het ging harder regenen. Pedro hield zijn hoed als een parapluutje boven zijn fakkel met de dovende vlam. En hij uitte iets, een vloek? Hij werd nerveus. Plotseling begon hij heel hard een mooi melancholiek lied te zingen van het soort dat de mensen hier aan een graf zongen, of als ze in nood waren en alle hoop hadden laten varen. Het was in elk geval geen lied waarmee je jezelf of de mensen om je heen bemoedigde. Toch was het niet het lied dat Jensen irriteerde. Het was de manier waarop het gezongen werd. Pedro zong het uit volle borst en dat paste niet bij de droevige melodie.

De regen plensde neer op O'Hara, op het leren jack die het vocht ook niet lang meer kon tegenhouden. Toen, op het moment dat er nog maar twee of drie waakvlammetjes krachteloos aan de fakkel likten, klaar om gedoofd te worden bij de volgende windstoot, hield Pedro opeens op met zingen. En uit de verte antwoordde iemand met hetzelfde lied!

'Ah!' zei Pedro.

Hij draaide zich om naar Jensen. Zijn gezicht straalde genoeglijk. Hij zong nog een paar maten, verstomde en luisterde. Een mannenstem beantwoordde zijn gezang. De fakkel ging uit, maar nu was daar die hulpvaardige zanger, ergens in het donker. Hij wees de weg. Beide mannen wisselden nu steeds sneller af. Soms zong Pedro nog maar twee of drie woorden en de ander ook. En op die manier vorderden ze, tot licht zich bij de zang voegde, het licht van een wild zwaaiende zaklamp.

'Ah,' herhaalde Pedro. 'Mazatil.' Hij klakte met zijn tong, klopte de muilezel op de rug om het dier te loven en aan te moedigen nog even vol te houden. In de stromende regen snelden ze op het licht af. Het leek of de muilezel de stal met voer rook. Hij trok de kar nu bijna gevaarlijk snel.

O'Hara kreunde. Het schudden van de wagen veroorzaakte waarschijnlijk pijn. Toen Jensen in het fakkellicht haar arm had gezien, was die al zwart aan het worden. De necrose, de ontbinding van het weefsel, was begonnen.

'Annick, we zijn er! In Mazatil. Het gaat zo beter met je. Je zult zien, alles komt goed.'

Pedro leidde de muilezel een bocht om en nu was het licht goed te zien. Jensen vond het bijna overdadig: een stralende aura in de duisternis met daarin ingebed een huis. Een heel groot huis, leek het. Een mannenstem riep ze iets toe. De man zelf was niet te zien. Alleen het licht van de zaklantaarn. Pedro antwoordde hem luidkeels. Jensen dacht er het woord *americanos* in te horen. De zaklantaarn ging uit en toen ze bij de plek kwamen waar de man net moest hebben gestaan, was die verlaten. De man was weg. Maar het huis straalde. Het was helemaal behangen met gloeilampen aan snoeren. Je hoorde een generator knetteren. En toen ze dichterbij kwamen, ontdekte Jensen dat wat hij voor tegen de muur aan staande zakken had gehouden, mensen waren.

'Mazatil,' zei Pedro. Hij klopte Jensen op de schouder. 'Mazatil. Señora Toscano Aguilar!'

De mensen zaten in dekens gehuld onder het houten voordak van het huis. Acht tot tien personen. Jensen zag een met een zeiltje afgedekte motorfiets. Je kon de brede spijkerbanden onder het zeil herkennen.

Ze stonden voor de deur van het huis. De muilezel bleef als vanzelfsprekend staan en liet zijn tanden zien. Een goed dier. Jensen klopte het op zijn hals. Hij vond het jammer dat hij geen suikerklontjes bij zich had. Hij had het dier graag bedankt.

'*Aquí*,' zei Pedro en hij wees naar de deur. Daarna strekte hij zijn hand naar Jensen uit. '*Por favor.*'

Een aantal mensen onder het voordak sliep. De rest, onder wie een kind, keek Jensen apathisch aan. Het kind zag er mager en verwilderd uit. Het rilde onder een dunne wollen deken.

Jensen greep weer lukraak in zijn broekzak. Dit keer trok hij een biljet van een dollar tevoorschijn, te weinig voor de moeite die Pedro had gedaan. De volgende graai bracht vijftig dollar aan het licht. Dat vond Jensen redelijk. Rap griste Pedro hem het geld uit de hand. Hij bedankte Jensen hartelijk. Daarna opende hij de laadklep van de kar en trok O'Hara aan haar voeten van de laadvloer. Jensen wilde helpen, maar Pedro weigerde. Hij wilde het alleen doen. Hij droeg O'Hara in zijn armen naar de deur en gebaarde naar Jensen dat die moest kloppen.

Jensen aarzelde een ogenblik. Hij was niet voorbereid op de ontmoeting met Rick en Oliver. En hij zou ze hier zonder twijfel ontmoeten, anders zat hij met al zijn vermoedens fundamenteel fout. Bovendien: hoe zouden de kinderen reageren nu hij hier zo plotseling verscheen? Hij zocht de kinderen al dagen en nu hij ze gevonden had, was hij helemaal blanco. Hij had geen plan, niet hoe hij de kinderen kon verklaren dat hij hier was of wat hij zou doen als bleek dat Esperanza Aguilar de kinderen hier inderdaad tegen hun wil vasthield. En nu was het te laat. Jensen was te moe, te uitgeput om in de laatste seconden voor hij op de deur klopte nog een plan te bedenken.

Opeens vond hij zijn gedachten weer eens volslagen onzinnig.

Hij keek naar O'Hara die als een kind in Pedro's armen lag. Alles concentreerde zich op dit punt: op de redding van O'Hara. De rest was volkomen irrelevant.

Jensen klopte op de deur die onmiddellijk werd geopend door een oude vrouw met grijze vlechten. De oude boerin van het vliegveld, dacht Jensen. Zij had de kinderen in Monterrey opgehaald, de campesina over wie de stewardess het had gehad.

De vrouw keek Jensen maar heel even aan. Pedro negeerde ze volledig. Ze interesseerde zich alleen voor O'Hara. Zwijgend legde ze haar hand op het voorhoofd van O'Hara, trok hem abrupt weer terug en veegde hem af aan haar rok alsof ze zich vies had gemaakt. Daarna deed ze een stap achteruit ten teken dat ze binnen mochten komen.

Pedro droeg O'Hara een grote kamer met ruwe stenen wanden in. Het plafond werd gestut door twee vierkant gehouwen balken waaraan bosjes kruiden hingen te drogen die een intense geur verspreidden. Een kat zat helemaal boven op een open keukenkast waarin hoofdzakelijk flessen stonden. Er stonden een tafel en een paar stoelen, een haardvuur knisperde en op een met een kanten kleedje gedekt tafeltje stond een televisie. Hij stond aan, zonder geluid. De antenne op het apparaat ontving vooral veel atmosferische storingen en weinig beeld. Onduidelijk was een blonde vrouw te herkennen die iets voor de camera hield, een mixer, of een ander keukenapparaat.

Met dribbelpasjes haastte de oude vrouw zich langs de televisie en met een ongeduldige handbeweging maakte ze Jensen en Pedro duidelijk dat ze haar moesten volgen naar een andere kamer. De motor buiten, de televisie, het verhoudingsgewijs mooie stenen huis: het verschilde allemaal zeer van de armoedige hutten in Nuevas Tazas.

Pedro droeg O'Hara een andere kamer in die net zo groot was als de kamer met de tv, maar een heel ander karakter had. Hier waren de muren behangen met wandtapijten waar vrome beeltenissen aan hingen: de maagd Maria, van pijn vertrokken bij haar gekruisigde zoon, de heilige Michael die zijn zwaard in de keel van een monster stootte, Jezus met het doornen hart. Het was precies hetzelfde plaatje als wat in de receptie bij Dunbar hing. Aan de steunbalken waren een heleboel identieke crucifixen bevestigd, net of iemand in Lourdes een hele zak van hetzelfde model had gekocht.

Er stonden drie bedden in de kamer. Pedro legde O'Hara ongevraagd op een van de bedden. Daarna sloeg hij een kruis, draaide zich om en wilde gaan. Ten afscheid knikte hij ernstig naar Jensen.

'Gracias, Pedro!' zei Jensen.

Pedro boog zijn hoofd, verliet de kamer en sloot de deur achter zich.

Jensen was nu alleen met de oude vrouw en O'Hara in deze met religieuze parafernalia volgestouwde kamer en omdat de vrouw roerloos naar O'Hara bleef staan kijken, wist hij niet wat hij moest doen. Hij voelde zich radeloos. Bij elke crucifix en elke heiligenbeeltenis meer die hij ontwaarde, zakte de moed hem verder in de schoenen. Dit zou O'Hara niet redden. Wat een kermis, nietserieus alleen al door de overdaad. De vele heilige oogopslagen mochten dan bij sterk gelovige en aan minder gevaarlijke ziekten lijdende mensen zelfgenezingsprocessen op gang helpen en zo bijdragen aan vermindering van de klachten, maar bij iemand die het hoog toxische gif van een rotsratelslang in zijn aderen had, leverde dit hier niets op. Toch mocht je niet opgeven. Geef niet op, dacht Jensen.

'Spreekt u Engels?' vroeg hij aan de vrouw.

Ze gaf geen antwoord. En ze keek hem ook niet aan. Ze keek alleen geconcentreerd naar O'Hara, die stil en met ingevallen bleek gezicht in haar stormjack op het bed lag.

'Esperanza Aguilar,' zei Jensen. 'Esperanza Aguilar, por favor.'

Op dat moment schoot O'Hara overeind, schijnbaar aangestuwd door een onzichtbare kracht. En ze begon te braken. Het bloed spoot uit haar mond en kleurde haar jack donkerrood. Jensen sprong naar haar toe en hield haar vast. Ze spuugde bloed. Hij wist wat dat betekende. Ze had het volgende stadium van verval bereikt.

'Esperanza Aguilar!' schreeuwde hij nu. 'Por favor! Por favor! Ik weet dat ze hier is. Haal haar!'

Het bloed stroomde over zijn hand. Het was heet en stonk naar ontbinding en zuur.

'Por favor!' riep hij nog eens.

Het hoofd van O'Hara viel in zijn armen achterover. Haar mond stond wijd open, bloedig rood met donker veneus bloed, niet het lichtrode bloed van de honderd open Jezusharten hier.

'Por favor!' schreeuwde Jensen nog eens wanhopig, maar toen hij zich omdraaide naar de oude vrouw was ze verdwenen en stond er iemand anders in de kamer.

26

Het was een kleine tengere vrouw met lang golvend ravenzwart haar. Ze had een lichte teint en een regelmatig gezicht, mooi op een onopvallende manier. Haar drukke kinderlijk aandoende plooirok was bedrukt met vlinders.

Achter haar stonden Rick en Oliver, gekleed in een wit overhemd en een witte broek, op blote voeten, met keurig achterover gekamd blond haar. Hun monden stonden open van verbazing. Ze wezen naar Jensen en begonnen druk in het Spaans tegen de vrouw te praten, allebei tegelijk, stotterend. En ze grepen de handen van de vrouw, om haar weg te slepen.

De vrouw liet alles kalm over zich heen komen, maar verzette zich tegen de greep van de jongens. Ze legde haar armen om ze heen en trok ze beschermend tegen zich aan. Ze hoefden niet bang te zijn.

'Maar dat is die man!' zei Rick nu in het Engels. 'Het is die politieman, ik weet het zeker!'

Jensen herkende Rick aan zijn slanke postuur. Oliver was ietsje steviger. En banger. Hij klampte zich met twee handen vast aan Esperanza's arm.

'Alsjeblieft,' smeekte Jensen. Hij hield O'Hara nog steeds vast. Ze hoestte bloed op, kreunde en bewoog haar lippen toonloos. 'Alsjeblieft! Ze is ziek. Ze is door een ratelslang gebeten. Ze gaat dood als niemand haar helpt.'

'Dat weet ik,' zei Esperanza. Ze sprak met een sterk accent en beklemtoonde de verkeerde lettergrepen. 'Laat me maar even alleen met deze meneer,' zei ze tegen Rick en Oliver. 'Jullie hoeven niet bang te zijn. Ga naar María Pilar. Ze maakt warme chocolademelk voor jullie. Ga nu maar.'

De jongens lieten Esperanza met tegenzin los.

'Maar het is die man!' zei Rick nog eens en hij keek boos naar Jensen.

'Ja, ik ben het,' zei Jensen. 'Maar ik ben hier niet om jullie te halen. Geloof me. Ik wil alleen maar dat die mevrouw hier gezond wordt. Ze heet Annick en ze gaat dood als niemand haar helpt!'

Rick zei iets tegen Esperanza. Jensen dacht te verstaan: hij liegt, geloof hem niet.

Esperanza wees naar de deur. Het was een bevel en de tweeling gehoorzaamde – eindelijk – en verliet de kamer. Rick sloeg de deur woedend achter zich dicht.

'En u legt haar nu neer,' zei Esperanza. 'U houdt haar niet meer vast, maar legt haar neer. En draai haar hoofd opzij. Nu.'

Jensen deed wat ze zei. Hij was bereid alles te doen wat deze vrouw hem opdroeg. Hij putte hoop uit haar charisma, de kracht die van haar uitging. Of verbeeldde hij zich die en wenste hij vurig dat ze een tovenares was, de belichaming van de door natuurkundige wetten niet geheel uitgesloten maar oneindig geringe waarschijnlijkheid dat er wonderen geschieden in het universum?

'Sta op,' zei Esperanza en ze hief haar handen. Ze keek vastberaden, gebiedend, maar toch niet onvriendelijk. Jensen stond op. Zijn knieën trilden. Hij kon nauwelijks rechtop blijven staan. Hij was volkomen uitgeput. De tranen sprongen in zijn ogen.

'We hebben u zien komen,' zei Esperanza. 'Rick en Oliver hebben gezegd dat u de politieman bent die in Europa met ze heeft gesproken. En nu bent u hier. Met die doodzieke vrouw. U heeft ons gezocht. Ik wil niet weten waarom. Daar is nu geen tijd voor. Ik zeg alleen dit: ik maak haar gezond. Ik bid tot de Quis ut Deus, de engel in rode kleuren. Maar u moet me eerst iets beloven. U belooft dat u Rick en Oliver niet mee zult nemen, dat u met die vrouw hier weg zult gaan als ze gezond is. En u belooft dat u nooit terug zult keren en dat u niemand zult vertellen dat u hier was. Heeft u dat begrepen?'

'Ik beloof het.' Hij aarzelde geen moment. 'Ik beloof het.' Hij wilde er nu niet over nadenken. Hij was zich bewust van de consequenties van zijn belofte. Als Botella de waarheid had gesproken, waren de kinderen in de macht van een religieuze fanatiekeling die hun bloed afnam en ze met haar waanvoorstellingen vergiftigde. Ze maakte hun leven misschien wel kapot. Maar Jensen had gekozen voor O'Hara en voor de geringe kans dat de vrouw haar belofte hield.

'Ik beloof het,' zei hij opnieuw.

Maar Esperanza schudde haar hoofd. 'U moet het mij niet beloven, maar de kinderen,' zei ze. Ze riep iets in het Spaans. De naam María Pilar kwam erin voor. 'Beloof het, of ik genees de vrouw niet.'

'Ja, haal de kinderen. Maar schiet alstublieft op,' zei Jensen.

O'Hara werd opnieuw getroffen door spierkrampen. Er was al zoveel tijd verloren gegaan met gepraat. Het gif in het lichaam van O'Hara had niets te maken met beloftes, het hield zich aan zijn eigen wetten.

De oude vrouw met de vlechten, kennelijk María Pilar, bracht Rick en Olver binnen. Ze aaide bemoedigend over hun wangen.

'Kom hier naar deze meneer,' zei Esperanza.

Rick en Oliver gingen voor Jensen staan. Rick keek wantrouwig en Oliver had grote ogen van angst. Heel even was het stil. Je kon de regen buiten horen.

Esperanza Aguilar sloeg een kruis. De jongens deden het haar na. Ook Jensen, hoewel niemand erom vroeg, sloeg met zijn duim een kruis op voorhoofd, kin en borst. Hij wilde elk uitstel vermijden.

'Beloof het nu,' zei Esperanza tegen Jensen. 'Leg uw hand op het voorhoofd van Ricco en Oliver en beloof het.'

Jensen deed wat ze zei. Hij legde zijn hand op het voorhoofd van de jongens en begon: 'Ik beloof dat ik jullie niet mee zal nemen.'

'Ga door. Beloof alles precies zoals ik het u heb gezegd.'

Jensen kon zich alles niet meer precies herinneren. Dus zei Esperanza het hem voor en hij sprak haar na. En terwijl hij zijn belofte deed, keek hij in de ogen van de jongens. Hij zag hun blijdschap en hun opluchting. Zelfs de wantrouwige Rick scheen van harte te hopen dat Jensen het eerlijk meende. De jongens wilden hier blijven. Hij vergiste zich niet. Hij zag het in hun ogen. De jongens namen zijn belofte gretig in zich op. Ze wilden bij Esperanza blijven. En als dat zo was, dan ging het hier goed met ze. Ze waren niet bang, er viel geen tegenstrijdigheid te ontdekken, geen teken dat ze hier iets tegen hun wil deden.

'Ik geloof u,' zei Oliver toen Jensen de hand van zijn voorhoofd nam.

'En wat je belooft moet je ook doen,' zei Rick tegen Jensen. 'En u houdt uw belofte. U bent politieman. U mag niet liegen.'

'Beloofd,' zei Jensen.

'Ik geloof de meneer ook,' zei Esperanza. 'Zo en nu gaan jullie weer met María Pilar mee. Jullie moeten naar bed. Ga slapen, het is al laat.'

'Wie er als eerste is!' riep Rick en de jongens renden naar de deur.

Toen ze weg waren, kwam Esperanza heel dicht bij Jensen staan. Ze ging op haar tenen staan. 'En als het een leugen was,' fluisterde ze in zijn oor, 'overleeft u het niet.' En ze hield een mes onder zijn kin.

Jensen voelde het koude blad. Hij was niet bang, hij vroeg zich alleen af waar ze het mes de hele tijd verborgen had gehouden.

'Ik heb nog nooit iemand gedood,' zei ze zachtjes. 'Ik zal u morgen vertellen waarom ik het nu wel zou doen als uw belofte een leugen was.' Ze gooide het mes op een van de lege bedden.

'Zo. We hebben niet meer veel tijd. Draag de vrouw daarheen,' zei Esperanza en ze wees naar een tweede deur waar een groot, met verse bladeren omkranst kruis hing.

Jensen wilde O'Hara optillen, maar Esperanza stompte hem in zijn zij. 'Nee! Niet bewegen! U moet het bed verschuiven. Ze moet rustig liggen. Duw het bed daar naar binnen.'

Ze liep naar de deur met het kruis en opende die.

Nu pas zag Jensen dat de dunne metalen pootjes van het bed kleine wieltjes hadden, net als in het ziekenhuis. Hij ontgrendelde de wieltjes en rolde het bed door de smalle deur een volkomen donkere ruimte binnen.

'Waar moet het staan?' vroeg hij. Zijn stem klonk hol. Het moest een grote ruimte zijn.

'Dat maakt niet uit,' zei Esperanza. 'Zet maar neer waar u wilt.'

Jensen rolde het bed nog een of twee meter verder de duisternis in en tastte met zijn vingers naar de vergrendeling. Het rook eigenaardig in de kamer, naar ozon, net als de geur die opkomt op straat als het na lange droogte in de zomer begint te regenen.

'Ga nu weg,' zei Esperanza. Ze stond bij de deur. Hij zag alleen haar omtrekken. 'Ga naar buiten en wacht daar. Mijn broer komt. Hij heet Ramón. U hebt Ricco en Oliver iets beloofd. Dat was voor de kinderen. Ramón moet u iets geven voor de vrouw. Ga nu.'

Iets voor de vrouw, dacht Jensen. Natuurlijk was de genezing niet gratis. De motor, de televisie, het was allemaal betaald door de zieken, de mensen die buiten in de regen onder het voordak zaten te wachten.

Jensens scepsis won weer terrein. Wat een onzin, dacht hij, wat een charlatanerie, een gruwelijk spel met de hoop van wanhopige mensen.

O'Hara rochelde en er klonk uit de richting waar ze lag een gorgelend geluid. Waarschijnlijk kwam er weer bloed uit haar mond.

Ze gaat dood, dacht Jensen, onder onwaardige omstandigheden, in een rariteitenkabinet. Zou ze dat hebben gewild? Had ze het goed gevonden dat hij haar overliet aan deze vrouw, die tegen het gezond verstand in beweerde dat ze een doodzieke kon genezen? O'Hara had Esperanza gezocht, maar misschien niet om haar te genezen van een lichamelijke ziekte. Dat had hij vanochtend nog wel vermoed, maar misschien had haar zoektocht toch te maken gehad met haar man. Ik zoek een ander soort genezing, had ze uitdrukkelijk gezegd. In dat geval ging ze misschien liever dood zonder deze poppenkast. Misschien. Uiteindelijk kende hij haar gewoon niet goed genoeg om te weten wat ze op een moment als dit zou hebben gewild.

'Ga nu!' zei Esperanza. Ze trok aan zijn arm. 'We hebben geen tijd meer te verliezen! Ga en wacht voor het huis!'

Jensen ontworstelde zich aan haar greep en tastte naar het bed van O'Hara. Hij aaide haar over het nu ijskoude voorhoofd. Hij wilde niet weggaan zonder afscheid te nemen. Hij was ervan overtuigd dat hij haar niet meer levend terug zou zien.

'Annick,' fluisterde hij dicht bij haar hoofd en hij rook haar zure bloed. 'Annick, de sterren stralen.'

Daarna wendde hij zich tot Esperanza en zei: 'Niet haar bril afdoen. Dat zou ze niet willen.'

27

Zoals hem was opgedragen, verliet Jensen het huis. Hij ging een stukje van de in dekens gehulde mensen af onder het voordak op de houten planken zitten wachten. Het regende niet meer. Je hoorde alleen de generator brommen en af en toe het hoesten of kermen van een zieke. Jensen begreep niet waarom ze de mensen niet in het huis lieten slapen. Er was genoeg plek. Het was erg koud hier buiten en alles was vochtig: de houten planken, de huismuren. Een nacht onder deze omstandigheden maakte zelfs gezonde mensen ziek.

Jensen stond op. Om zich warm te houden ijsbeerde hij onder het voordak op en neer. Hij deed zijn best zachtjes te doen. Hij wilde de zieken niet storen. Toch kraakten de planken onder zijn voeten bij elke stap. In de verte huilde een dier. Jensen kon nog steeds niet geloven dat hier wolven waren, hoewel hij vandaag toch echt een halve poot van een wolf had afgerukt. Het leek onwerkelijk nu. Hij kon zich niet voorstellen dat hij daartoe in staat was geweest of dat het überhaupt mogelijk was een poot van een wolf te breken met blote handen. Hij deed zijn leren jack uit, trok het sweatshirt van zijn schouder en keek naar de pijnlijke plek. Het zag er bont en blauw uit, maar het was niet meer dan een beurse plek. De kracht van een wolvenkaak was kennelijk toch beperkt.

Jensen ging weer zitten. Hij dacht aan O'Hara. Onbestemde gedachtes. Als hij had gekund, had hij voor haar gebeden. Hij realiseerde zich dat er troost in een gebed kon liggen, zowel voor de degene die bad als degene die wist dat er voor hem of haar werd gebeden. Maar in Jensens universum bestond niemand tot wie hij zijn gebed kon richten. Er hing niemand aan het kruis en er keek ook geen schepper neer op zijn werk. Denkend aan die vreselijke kamer met de bedden en de religieuze afbeeldingen en kruisen borrelde een heilige, want in zijn ogen pure en gerechtvaardigde woede in hem op jegens mensen die de door generaties natuurkundigen vergaarde kennis over leven en kosmos naast zich neerlegden, hoewel die voor iedereen vrij toegankelijk was. Die mensen geloofden liever dan te weten. Maar die bestaande kennis te versmaden was in feite niets anders dan blasfemie. Een god die zijn zoon offerde, stond net zover van de werkelijkheid van het universum af als een bacterie van koorgezang. Als je uitging van het bestaan van een over wil en macht beschikkende god, moest het universum je compleet mesjogge lijken. Waarom bijvoorbeeld zou zo'n god een universum scheppen dat voor negentig procent uit leegte bestond? Waarom een maan, asteroïden en miljarden gasreuzen waarop nooit wezens zullen bestaan die je vereren? Zo'n god moest wel een liefhebber van hete gassen, dood gesteente en eindeloos lege ruimtes zijn. En als hij bestond, moest je aan zijn verstand twijfelen of in elk geval aan zijn vakmanschap.

Toch was het universum vervuld van een goddelijk tintje. Maar dat werd je pas duidelijk als je het bestaan van een god verwierp en het eigenlijke wonder erkende: het universum had zichzelf geschapen. Al in de kleinste deeltjes, de quarks en elektronen, werkte een blind gezond verstand, een nooit gesmeed plan, aan samensmelting, een geordende samenklontering waaruit steeds complexere structuren ontstonden: zonnen, planeten, amoebes en ten slotte een mens die aan de piano de aria van de *Königin der Nacht* componeerde. En dat was allemaal veel wonderbaarlijker en mysterieuzer dan alles wat ooit in een heilig boek geschreven was. En daarom, vond Jensen, was het beter als je die boeken voorgoed dichtklapte. Maar hij dacht ook dat hij dit dacht terwijl hij O'Hara aan iemand had overgelaten die op dat moment haar veertig gebeden richting Quis ut Deus stuurde, de aartsengel Michael.

Quis ut Deus betekende: wie is God? Jensen had het tijdens zijn opleiding ooit gehoord, zoals vermoedelijk elke politieman uit een katholieke regio. De aartsengel Michael was schutspatroon van de politiemacht.

Plotseling begon het weer hard te regenen. Een schim schoot over de voorplaats van het huis en zocht bescherming onder het voordak. Het was een gedrongen, corpulente man. Hij bleef dicht naast Jensen staan en schudde het vocht uit zijn schouderlange haar.

De broer, dacht Jensen.

De man stampte met zijn voeten om zijn leren laarzen te ontdoen van modder. Daarna wreef hij zijn zolen schoon aan de houten planken.

De broer, wie anders. Hij had een nieuwe spijkerbroek aan – wel doorweekt nu – en zijn buik hing over een broekriem met zilverbeslag heen. Aan zijn vingers glansden diverse ringen. Ramón, schoot Jensen weer te binnen. Ramón heette hij en het zag ernaar uit dat hij goed kon leven van het geld dat zijn zusje verdiende met bidden.

'U moet die americano zijn,' zei Ramón en hij wees naar Jensen. 'Mijn naam is Ramón Toscano Aguilar.'

Hij stak zijn hand uit naar Jensen en toen die naar de hand greep, trok hij hem er met een ruk aan op.

'Niet op de grond blijven zitten zoals die daar,' zei Ramón en hij knikte schamper naar de mensen die onder hun dekens op de ochtend zaten te wachten. 'Dat zijn maar boeren. Maar u bent een intelligent mens, dat zie ik meteen. Kom, hou me gezelschap in mijn kantoor. We hebben veel te bespreken met elkaar. Laten we dat nu meteen doen. De boer die u naar ons toe heeft gebracht, vertelde dat uw vrouw is gebeten door een ratelslang. Dus is haast geboden. Kom, mijn kantoor is hier vlakbij.'

Ramón liep dicht langs de huismuur, langs twee met houten luiken gesloten raamopeningen, en terwijl hij liep, bond hij zijn haar met een elastiekje tot een paardenstaart. Jensen, die hem volgde, rook de aftershave. Ramón ging er niet zuinig mee om.

'We zijn er zo,' zei Ramón en hij wees vaag in de verte.

Het huis leek oneindig groot. Ze kwamen langs steeds meer ramen en deuren. En langs rechthoekige uitsparingen in de muur. Nu herkende Jensen het vestingachtige karakter van het gebouw. De uitsparingen waren schietgaten. Vermoedelijk ging het om een voormalige kazerne, een basis uit een vergeten oorlog. Hoewel Jensen zich niet voor kon stellen wat er op deze hoogte ooit verdedigd had moeten worden, behalve de kazerne zelf.

Ramón haalde een sleutelbos uit zijn zak en stak een sleutel in een slot waarboven een met twee rode strepen doorkruiste witte hand geverfd was.

'Mijn kantoor,' zei hij en hij nodigde Jensen uit om binnen te komen. 'Neem plaats op de bank, dat zit het lekkerst.'

Ramón deed het licht aan. Zijn kantoor was klein, maar luxueus ingericht. Een zwartleren bank, een lichthouten bureau, een glazen tafel met een fles en glazen erop. Aan de muren hingen posters van Amerikaanse rockbands en acteurs met banden om het voorhoofd en machinegeweren in hun handen. Een tienerkamer, vond Jensen. Maar Ramón was helemaal niet zo jong. In het schelle licht van de spotjes aan het plafond kon je het duidelijk zien.

Jensen ging op de bank zitten. Ramón nam plaats achter zijn bureau. Het ging tenslotte om een zakelijk gesprek.

'De omstandigheden nopen ons ertoe meteen ter zake te komen,' zei Ramón. Zijn Engels was uitstekend, bijna accentloos, maar het werkelijk opvallende aan hem zag Jensen nu pas. Zijn ogen waren ongelijk. Het ene was blauw en het andere bruin. Een pigmentafwijking waardoor Ramóns blik iets iriserends kreeg.

'Ik kan u helpen, maar het soort hulp dat ik aanbied, vereist een zekere mate van vertrouwen. De jongens hebben me verteld dat ze u kennen. U bent politieman. U komt uit België. De kinderen zijn alleen vergeten hoe u heet.'

'Hannes Jensen.'

Ramón vouwde zijn handen. 'Goed. Wat de kinderen betreft, señor Jensen, heeft mijn zusje het nodige met u besproken. Mij is duidelijk dat u hier bent, omdat u de kinderen zocht. Maar dat gaat me niets aan, dat is de aangelegenheid van mijn zus. Wat ik niet snap – en dat gaat me wel aan – is de aanwezigheid van uw vrouw. Ze is blind, nietwaar?'

'Ja, maar ze is niet mijn vrouw. U zei dat u mij kon helpen. Wat bedoelde u daarmee?'

'Dat leg ik u zo uit. Ze is dus niet uw vrouw. Wie is ze dan?'

'Een vriendin.' Jensen wilde het niet te ingewikkeld maken.

'En haar naam is…?'

Het was zo'n moment waarop Jensen instinctief voelde dat hij op zijn hoede moest zijn, misschien veroorzaakt door de nauwelijks merkbare verandering in Ramóns blik.

'Annick Stassen.' Hij wist niet waarom hij loog, maar Ramóns reactie gaf hem gelijk. Ramón glimlachte, leunde ontspannen achterover in zijn stoel. Hij leek gerustgesteld, alsof iets waar hij bang voor was geweest, onnodig bleek.

'En u gaat bergbeklimmen met een blinde vrouw? Vindt u dat niet een beetje roekeloos? Goed, het gaat me ook niets aan. Daarmee is alles duidelijk. Ik weet wie u bent en wie uw vriendin is. Dat is voldoende. Misschien ben ik te goed van vertrouwen, maar het gaat hier om leven en dood, señor Jensen.'

Met een armbeweging schoof Ramón wat dingen op zijn bureau opzij: een Marilyn Monroe van plastic en een met speldjes gevulde goudvissenkom; het soort speldjes dat fans op hun leren jack speldden als ze naar een concert gingen.

Ramón boog naar hem toe over zijn bureaublad en zei zacht: 'Señor Jensen. Ik zal open kaart spelen. Mijn zus is bij de boeren hier in de buurt erg geliefd. De mensen hier hebben geen geld voor een dokter, dus komen ze hiernaartoe. Maar niet alleen daarom. Ze geloven dat mijn zus beter is dan een dokter. Ik durf daar niet over te oordelen.' Ramón maakte een vragend gebaar met zijn handen en schudde zijn hoofd. 'Echt niet! Ze komen hier met kiespijn, met struma, met etterende wonden, met hartklachten. En als ze weer gaan, bazuinen ze overal rond dat mijn zusje ze heeft genezen. Het zal allemaal wel. Maar u en ik, wij zijn mensen die alleen op hun verstand vertrouwen. Ik denk dat ik dat wel zo mag zeggen. Ik zie het aan u. U bent een intelligent mens. U weet dat uw vrouw, of vriendin, vanmiddag, dus...' Ramón keek op zijn horloge, '...nu al zes of zeven uur geleden is gebeten door een ratelslang. Een rotsratelslang. Andere soorten leven hier niet. En uitgerekend deze soort is erg giftig, wist u dat?'

'Ja, dat weet ik.'

'Precies,' zei Ramón met een glimlach op zijn lippen. 'En nu heeft u twee mogelijkheden. U kunt erop vertrouwen dat mijn zus uw vriendin geneest door gebed, zoals ze altijd doet. Dat kost u vijftig dollar. Natuurlijk vraag ik veel minder van een arme boer, maar ja, wie wil er dan ook boer zijn?'

'En mogelijkheid nummer twee?' vroeg Jensen. Hij vermoedde het al en begon te zweten van opwinding. 'Heeft u een tegengif?'

'Mogelijkheid nummer twee,' bevestigde Ramón en hij genoot even van het moment voor hij verder sprak. 'Mijn zusje is een begenadigde genezeres, dat zegt iedereen, en ik ben de laatste die haar kwaliteiten in twijfel trekt. Ze is in staat mensen te laten geloven dat ze genezen zijn. Ik heb daar het grootste respect voor. Maar als mijn vriendin zeven uur geleden zou zijn gebeten door een ratelslang, zou ik op mijn gezonde verstand vertrouwen.' Ramón tikte tegen zijn voorhoofd. 'En mijn verstand zou me zeggen dat er gevallen zijn die het een zieke onmogelijk maken om aan zijn genezing te geloven. Als je in coma ligt bijvoorbeeld.'

Jensen stond op en liep naar Ramóns bureau. 'Zo is het wel genoeg,' zei hij. 'Kom ter zake. Heeft u een tegengif of niet? CroFab? Heeft u CroFab?'

Ramón keek Jensen aan. Die ongelijke ogen. De pupil van het blauwe oog was piepklein, die van het bruine oog veel groter. Irritant.

'Ik begrijp uw ongeduld,' zei Ramón. 'U heeft gelijk, ik kom ter zake,' en hij haalde zijn sleutelbos weer tevoorschijn. Met een klein sleuteltje opende hij een bureaula, haalde er twee ampullen uit en legde ze op tafel. Ze gaven licht, glansden, vond Jensen.

'Is het CroFab?' vroeg hij. 'Zit in deze ampullen CroFab?'

'Neem toch weer plaats,' zei Ramón. 'Ik wil niet moeten voorkomen dat u de ampullen grijpt. Dat zou heel dom van u zijn en het is ook helemaal niet nodig. Ga zitten!'

Jensen gehoorzaamde. Wat kon hij anders?

'Zo is het beter. Het is belangrijk dat u kalm blijft. Er is geen reden voor paniek, want u hebt geluk. Ik ben vijf jaar geleden zelf door een ratelslang gebeten. In Amerika. En toen ik naar mijn vaderland terugkeerde...'

'Señor Aguilar,' zei Jensen met bevende stem. Hij stond op het punt om zijn zelfbeheersing te verliezen. 'Als dat wat daar op uw bureau ligt CroFab is, moet mijn vriendin het onmiddellijk ingespoten krijgen. Nu meteen, snapt u dat? En twee ampullen zijn niet voldoende. Ik heb er minstens zes nodig. Geeft u mij dus alstublieft antwoord: is het CroFab? En hoeveel ampullen kunt u mij geven?'

'Het is CroFab. En ik verkeer in de luxe positie dat ik u zelfs acht ampullen aan kan bieden, voor een prijs van vierhonderd dollar per ampul. Ja, ik weet dat het een koopje is en ik wil u de waarheid niet onthouden. Ze zijn zo goedkoop omdat de houdbaarheidsdatum verlopen is, zes weken. U kunt het nalezen op het etiket. Maar zes weken is niets. Bij een halfjaar zou ik niet eens durven wagen u de ampullen aan te bieden, maar zes weken kan ik verantwoorden, ook tegenover God.'

Hij handelt met oude voorraden, dacht Jensen. Hij koopt ergens, waarschijnlijk in de vs, ongebruikt en te lang of verkeerd opgeslagen CroFab op. Normaal wordt het weggegooid, maar hij koopt het op en verpatst het in Monterrey aan dubieuze artsen.

'Zes weken,' herhaalde Jensen. Hij dacht ooit gehoord of gelezen te hebben dat het serum ook na afloop van de houdbaarheidsdatum nog een tijd werkzaam was. Zes weken lag nog binnen de marge. En zelfs als dat niet zo was, moest hij het toch proberen.

'Laat me de ampullen zien,' zei hij. 'Allemaal. En als het inderdaad om zes weken gaat, koop ik ze voor de genoemde prijs.'

Ramón maakte een weids gebaar. 'Prachtig,' zei hij. 'Ik wist dat uw verstand zou zegevieren. Natuurlijk mag u de ampullen controleren als het geld op tafel ligt. Tweeëndertighonderd dollar. Nee, wacht. Ik rond het af naar beneden. Drieduizend is een mooi rond bedrag.'

'Zoveel geld heb ik niet bij me,' zei Jensen. Hij stond op, plukte het geld uit zijn zak en gooide het op het bureau. 'Dit moeten ongeveer drie- of vierhonderd dollar zijn,' zei hij. 'Meer heb ik momenteel niet.'

Ramón negeerde het gebaar. Het bedrag was te klein om het ook maar één blik waardig te gunnen. 'Ik doe u een voorstel,' zei hij. 'U stopt dit geld weer in uw zak. Dan geeft u mij uw creditcard en uw pincode. Ik was sowieso van plan om morgen naar Monterrey te gaan voor zaken. Ik neem uw creditcard mee, pin het overeengekomen bedrag en als ik over drie of vier dagen weer hier ben, is uw vriendin gezond en krijgt u uw pasje terug. De gemakkelijkste weg is altijd de beste. U heeft toch wel een creditcard?'

Jensen haalde zijn paspoort uit de binnenzak van zijn jack. Zijn creditcard zat in het paspoort. Hij gooide hem op het bureau. 'Drie, vijf, zes, acht,' zei hij.

Ramón krabbelde de pincode op een blaadje en vouwde de creditcard erin. 'Prachtig,' zei hij. 'Dan is dit van u.' Hij legde nog zes ampullen bij de twee die al op tafel lagen en schoof ze naar Jensen toe. 'Overtuig uzelf. Het serum is zo goed als vers. Het is helder. Het mag niet troebel zijn en zoals u ziet is het niet troebel.'

Jensen controleerde elke ampul. De etiketten leken echt, de vervaldatum kwam overeen met wat Ramón had gezegd en vermoedelijk was het echt CroFab en niet gewoon een zoutoplossing. In dat geval zou Ramón geen etiketten met verlopen datum hebben vervalst.

'Goed,' zei Jensen. 'En dan nu de injectienaalden.'

Ramón kwam vanachter zijn bureau vandaan en duwde Jensen een zakje spuiten in de hand.

'Een cadeautje,' zei hij ernstig. Het was niet cynisch bedoeld, hij verwachtte serieus een woord van dank. 'En nu moet u even goed luisteren.' Hij legde zijn hand op Jensens schouder. 'Mijn zusje mag onder geen beding iets over onze transactie horen. Geen woord dat tussen u en mij is gevallen, mag deze kamer verlaten. Het gaat me daarbij alleen om de eer van mijn zusje. Ze geniet veel aanzien bij de mensen hier en ze zou het niet overleven als het gerucht zou ontstaan dat haar bloedeigen broer twijfelt aan haar kwaliteiten. En ik twijfel daar ook helemaal niet aan, zo waar helpe mij God. Ik doe het allemaal alleen maar voor u en uw vriendin.'

Jensen vergiste zich niet. Ramóns ogen waren vochtig.

'Daarom vraag ik u om absolute discretie,' zei Ramón.

'U hebt mijn woord.' Ramóns angsten interesseerden Jensen geen biet. Hij wilde zo snel mogelijk naar O'Hara om haar het serum te injecteren. 'Dan ga ik maar eens,' zei Jensen en hij draaide zich om naar de deur.

Maar Ramón hield hem tegen. 'Heeft u niet geluisterd?' vroeg Ramón. 'Het moet allemaal met de grootst mogelijke discretie,' en hij wierp een blik op zijn horloge. 'Mijn zusje is nu klaar met haar genezing. Het duurt nooit langer dan een halfuur. Uw vriendin ligt zo in de bedkamer, dat is zo gebruikelijk, in de kamer met de drie bedden en de vele kruisen met onze Heiland eraan, gestorven om onze zonden weg te nemen.' Ramón sloeg een kruis en sloot zijn ogen even. 'Mijn zusje is vast naar bed gegaan. Ze is altijd erg moe na een genezing. Mijn moeder en de tweeling slapen ook al, denk ik. Dat maakt het makkelijker. Toch moeten we voorzichtig zijn. Ik neem u nu mee naar de binnenplaats. Daar is een deur naar de gebedskamer en van daaruit komt u in de bedkamer. Mondje dicht onderweg, daarom zeg ik het u nu alvast: wees in hemels- naam stil! U spuit uw vriendin de zes ampullen na elkaar. Dan verstopt u de spuiten en de lege ampullen. U kunt op een van de lege bedden slapen. We zien elkaar pas over een paar dagen weer, als ik terug ben uit Monterrey. Señor Jensen: het beste.'

Ramón schudde Jensens hand.

'En geen woord. Tegen niemand.'

'Ik heb het begrepen. Kunnen we nu eindelijk gaan?'

Maar Ramón liet Jensen niet gaan. Met een plotselinge, krach- tige beweging trok hij Jensen tegen zich aan. En terwijl hij hem stevig vasthield, zei hij zachtjes: 'We zijn niet meer dan zakenpart- ners. Geen vrienden. Vergeet dat nooit.'

28

Jensen volgde Ramón de binnenplaats op. Het was donker en erg stil. Hij hoorde Ramón ademhalen en hij rook de aftershave. Onder zijn schoenen knerpte iets, glasscherven misschien. Naarmate zijn ogen gewend raakten aan het duister, doemden er vreemde vormen op: heuveltjes waar lange dingen uit staken.

Na een tijdje greep Ramón hem vast en trok hem dichter tegen de huismuur aan. 'Hier is de deur naar de gebedskamer,' fluisterde hij. Ramón duwde iets in Jensens hand. Een zaklantaarn. Het gerammel van sleutels, het gepiep van een deur en Jensen werd naar binnen geduwd. Zonder nog iets te zeggen sloot Ramón de deur achter hem en stond hij alleen in de kamer die hij herkende aan de ozonlucht.

Jensen deed de zaklantaarn aan. Hij liet de lichtstraal over de vloer en de muren zwerven. De kamer was helemaal leeg. Jensen richtte de straal op de deur naar de bedkamer en liep eropaf. De ampullen rinkelden in zijn jaszak. Hij lachte stilletjes. Het was gewoon te bizar, te mooi om waar te zijn. Hij had CroFab! Hij had een zak vol CroFab, hier, midden in de godvergeten Mexicaanse Alpen. Het was gewoon ongelooflijk. En dat alleen omdat Ramón een klootzak was, een dealer van de ergste soort. Hartelijk dank, dacht Jensen. Want als Ramón – en onder andere omstandigheden zou je dat hebben gewild – een fatsoenlijke kerel zou zijn geweest, hadden die CroFab-ampullen nu niet zo heerlijk aangevoeld in zijn zak. In bijzondere gevallen als deze bewezen mensen als Ramón de mensheid juist door hun gewetenloosheid een dienst.

Voorzichtig deed Jensen de deur open. Hij zag O'Hara liggen. Hij deed de zaklantaarn uit. Die had hij nu niet meer nodig, want op een rek naast het bed van O'Hara brandden wat kaarsen.

Zachtjes sloop Jensen naar het bed waar O'Hara onder een sterk naar lavendel ruikende deken in lag. Het was een kalmerende, aangename geur en in het kaarslicht zag ze er ontspannen en vredig uit. Haar mond was schoon. Iemand had het bloed weggeveegd en haar een witte wollen trui aangetrokken. Het met bloed besmeurde jack hing over een stoel.

Jensen legde zijn hand op haar voorhoofd. Het voelde warm, maar niet meer heet aan en haar adem klonk regelmatig. Ze leek te slapen.

'Annick?' fluisterde hij en hij hield zijn oor dicht bij haar mond. 'Annick, kun je me horen?' Hij verwachtte geen antwoord en kreeg ook geen antwoord. 'Ik heb het tegengif, Annick. Ik injecteer het zo meteen en dan gaat het beter met je. Ik zei toch dat alles goed kwam? De sterren stralen, Annick.'

Met bevende vingers pakte hij de eerste ampul uit zijn zak en scheurde het zakje met de spuiten open. Hij had nog nooit iemand een spuit gegeven, maar het was vast niet moeilijk. Toch was hij bang dat het hem niet zou lukken, dat hij de ader niet vond of dat hij te diep kwam te zitten. Hij kon zoveel fout doen.

Concentreer je, dacht hij.

De naald in zijn hand bibberde boven de rubberen afdichting van de ampul. Hij stak, maar de naald gleed weg. Pas bij de tweede poging drong hij door het membraan. Langzaam trok hij het serum op in de spuit.

Hij had dit allemaal nog nooit gedaan, maar hij zag het voor zich. In films had hij dit vaak gezien. Eerst moest je de spuit recht houden en met de plunjer de overtollige lucht uit de cilinder drukken. Uit de naald moest een beetje serum spuiten ten teken dat er geen lucht meer in de cilinder zat.

Jensen hield de nu kant-en-klare spuit met de ene hand vast en trok met de andere de deken een stukje terug om bij de arm van O'Hara te kunnen. De gebeten arm was nog steeds gezwollen, maar veel minder dan een uur geleden.

Hij had beide handen nodig om de mouw op te stropen. Dus nam hij de spuit tussen zijn tanden. Nadat hij de elleboog vrij had gemaakt, realiseerde hij zich dat hij haar bovenarm moest afbinden. Maar waarmee?

Hij maakte een veter los, trok hem uit de schoengaten, met de spuit nog steeds tussen zijn tanden. Waar had hij hem anders kunnen neerleggen? Op de grond? Dat was wel makkelijker, maar nog-al onhygiënisch geweest. Hij bond de veter om de bovenarm – niet te strak, niet te losjes. De ader zwol iets aan.

Schuin, dacht hij. De naald moest schuin, in een scherpe hoek worden ingebracht. Het zweet liep in zijn ogen. De naald drong moeiteloos door de huid en Jensen begon de plunjer naar beneden te duwen, zonder zeker te weten of de naald goed zat. Langzaam, streepje voor streepje, leegde hij de cilinder.

Bij het met een snelle beweging uittrekken van de naald welde maar één druppel bloed uit de ader. Jensen zag het als teken dat alles in orde was en begon de volgende spuit te prepareren. Hij was vergeten de arm te desinfecteren, bedacht hij, en hij had niets bij zich om dat te doen, nog niet eens een steriel watje waarmee hij voor de volgende prik het bloed weg kon deppen. Dus likte hij het maar weg met zijn tong. Belangrijk was dat het serum in de bloed-baan van O'Hara terechtkwam.

Na de derde injectie kwam er verontrustend veel bloed uit de plek waar hij geprikt had. Jensen trok de veter strakker om de bo-venarm en stak de laatste drie spuiten iets verderop in de ader, bo-ven de bloedende plek. Een keer voelde hij weerstand, een spier waarschijnlijk. Hij trok de spuit terug en probeerde het nog een keer.

Toen hij eindelijk klaar was, maakte hij de veter los en stopte hem in zijn jaszak bij de spuiten en de lege ampullen. Hij hoopte dat minstens de helft van het serum in de aderen van O'Hara te-recht was gekomen. De rest was waarschijnlijk verloren gegaan. Hij likte nog een keer het bloed weg, rolde de mouw terug en ver-stopte alles onder de naar lavendel ruikende deken. Hij kon alleen maar hopen dat Esperanza Aguilar niets merkte de volgende och-tend.

En wat dan nog, dacht hij. Hij was helemaal kapot. Hij kon niet meer. Hij wankelde naar een van de bedden, liet zich voorover val-len en viel in slaap nog voor hij kon bedenken dat hij eigenlijk he-lemaal niet kon slapen op zijn buik.

29

Iemand kneep in zijn wang. Het was de oude vrouw met de vlechten. Ze gaf Jensen niet de tijd om echt wakker te worden. Ze trok hem bijna van het bed af terwijl ze in het Spaans op hem in praatte. Hier, kijk, leek ze te willen zeggen, hier kun je niet blijven liggen. Kijk naar al die mensen. De dag is begonnen!

Teruggetrokken in de hoeken van de kamer zaten allemaal schuchtere mensen, sommigen in dekens, sommigen biddend met een rozenkrans in de hand. Een oude man met een bloedneus werd gesteund door twee jongere.

María Pilar, zo heette ze, herinnerde Jensen zich. Ze wees naar de openstaande deur. De moeder van Esperanza en Ramón. Ga weg, schiet op. Ze maakte een gebaar alsof ze naar een lastige vlieg sloeg.

'Sí,' zei Jensen. 'Ogenblikje nog.' En hij wees naar O'Hara.

María Pilar trok een grimas. Oké. Een minuut. Ze stak een wijsvinger op. Maar dan ga je.

De zieken, zelfs de meest zwakken die op de grond waren gaan zitten, vergaten heel even hun eigen leed. Ze keken allemaal geconcentreerd naar die zeldzame vreemdeling, die americano die zich over het bed boog waar die vrouw op lag. De vrouw met de zonnebril, de blinde *gringa* die door een slang was gebeten. Het gerucht had vast al de ronde gedaan.

'Annick? Ben je wakker? Kun je me horen?'

'Ja. Ja. Het gaat al veel beter met me. Veel beter.'

Toen de mensen haar hoorden spreken, rees een devoot gemompel op. Iemand applaudisseerde en een man met een gedeeltelijk verlamd gezicht stak zijn armen in de lucht en riep God, Jezus Christus en de Heilige Moeder aan. Een aantal mensen sloeg een kruis. Ze knikten. Ja, er was opnieuw een wonder geschied. Zeven keer had de slang gebeten en toch leefde de gringa. Jensen kon zien hoe hun zieke lichamen zich aanspanden van de hoop. Als deze vrouw genezen was, konden ook zij worden gered.

Heel even vergat Jensen O'Hara. Hij keek in de knokige gezichten en naar de eeltige handen van de mensen die geen dokter konden betalen en wier enige kans het was zichzelf te genezen door hun geloof. O'Hara leefde. Ze kon weer spreken. De koorts was minder geworden, de arm minder dik en dat omdat hij, Jensen, CroFab had kunnen betalen. Drieduizend dollar. Zoveel verdienden deze mensen nog niet eens in een jaar. Van dankbaarheid en schaamte besloot Jensen de mensen te helpen door hun geloof in de genezende kracht van Esperanza te versterken.

'Annick, kun je heel even opzitten? Heel even maar? Ik hou je vast.'

'Ja.' Ze kwam overeind, steunde op haar ellebogen.

Jensen legde een arm om haar schouders en trok haar voorzichtig overeind.

De mensen zagen haar nu rechtop in bed zitten. Over een dag, een uur, of een minuut zelfs, zou deze vrouw, die gisteren nog doodziek was, uit bed op kunnen staan. Het was nu doodstil in de kamer. Sommige zieken glimlachten alsof een engel aan hen was verschenen. Een vrouw, mager tot op het bot, trilde over het hele lijf. Ze vouwde haar handen en huilde.

De oude María Pilar keek Jensen aan. Ze scheen te hebben begrepen wat hij probeerde te doen. Ze knikte hem erkentelijk toe en stak drie vingers in de lucht. Jensen begreep daaruit dat hij drie minuten cadeau had gekregen om met O'Hara te spreken.

'Ik wil graag weer gaan liggen,' zei O'Hara.

'Ja, natuurlijk. Ga maar weer liggen. Je hebt rust nodig. Heb je dorst? Honger? Ik ga iets voor je halen.'

O'Hara schudde het hoofd. 'Het gaat goed met me,' zei ze. 'Ik voel me alleen nog erg slap.'

'Heb je nog pijn?'

'Nee, alleen mijn arm doet nog pijn.'

'Ik zal er even naar kijken.'

Jensen wierp een steelse blik op María Pilar. Maar die keek niet naar hem. Ze was bezig met de zieken, gaf aanwijzingen. Sommigen raakten haar arm even aan, zag Jensen. Niet om de aandacht te krijgen, maar om te aanbidden. Het was devoot, net als het kussen van de voeten van een Mariabeeld.

Jensen sloeg de deken terug en zag dat er een grote bloedvlek op de witte trui zat, een gevolg van de injecties van de vorige nacht.

'Doet het hier pijn?' vroeg hij en hij raakte de bewuste plek even aan.

'Ja.'

'Ik rol de mouw even op. Ik wil het graag beter bekijken.'

Hij deed wat hij had gezegd en stelde opgelucht vast dat het bloed geronnen was en er geen bloed meer vloeide. De elleboog was een beetje gezwollen, maar daar maakte hij zich geen zorgen om. De CroFab had gewerkt en niets leek op een bloedvergiftiging.

De bloedvlek was natuurlijk verraderlijk. Esperanza zou hem ontdekken. Eigenlijk had Jensen O'Hara in vertrouwen moeten nemen en zeggen dat ze haar arm onder de deken moest houden. Maar hij wilde O'Hara nu nog niet alles uitleggen. Ze moest rust houden. En wat kon het hem eigenlijk schelen? Hij was Ramón niets verplicht. Het was een deal geweest, een voor de broer van Esperanza zeer lucratieve deal. Hij moest het zelf verder maar met zijn zusje uitvechten.

'Alles in orde,' zei hij tegen O'Hara. 'Het doet niet lang pijn meer. En over een paar dagen ben je weer op de been. Ik moet je helaas alleen laten nu. Er zijn veel zieken hier en ik loop alleen maar in de weg. Maar zo gauw ik kan zal ik…'

'Jensen,' zei O'Hara en ze legde haar hand op zijn arm. 'Ze heeft me genezen. Esperanza Toscano Aguilar heeft me genezen.'

Ze zei het heel nadrukkelijk en Jensen wilde haar niet tegenspreken.

'Ja. In elk geval gaat het beter met je, veel beter.'

'Nee, je begrijpt het niet. Ik weet het. Ze heeft me genezen afgelopen nacht. In die donkere kamer. Ik kan het niet uitleggen, maar ik weet het gewoon.'

'Is goed. Je moet nu rusten.' Jensen merkte dat het hem een beetje irriteerde. CroFab. Hij had haar genezen. Ze zou het nog wel te weten komen. Later, niet nu.

'Maar dat verandert niets,' zei ze. Haar stem werd zwakker. Ze klonk doezelig.

'Nee, het verandert niets.'

María Pilar hield hem een hand voor het gezicht. Het betekende: klaar nu. Ga weg. De zieken maakten ruzie om de bedden. Er waren er maar twee over. De twee jongemannen die de oude man steunden, gebruikten hun ellebogen om hun last op een van de bedden kwijt te raken.

'Ik moet nu gaan,' zei Jensen.

'Het verandert niets,' zei O'Hara. 'Ik kan er niets aan doen.'

Jensen stond op, maar O'Hara greep zijn arm. 'Mijn jack,' zei ze. 'Ik moet mijn jack hebben. Waar is het?'

Het hing nog steeds over de stoel bij haar bed.

'Hier is het.'

O'Hara greep met beide handen naar het jack en trok het tegen zich aan. 'Dank je.'

'Ik kom over een uur weer.'

'Wacht. Mijn naam,' zei ze. 'Je mag tegen niemand zeggen hoe ik heet. Alsjeblieft. Het is heel belangrijk.'

'*You!*' riep María Pilar en ze trok Jensen mee. Haar geduld was op. '*Go! Go!*'

Ze duwde hem voor zich uit. Jensen kon het begrijpen. Hij was niet ziek, maar hij bevond zich in de ziekenkamer. Hij stoorde. Het verzoek van O'Hara verontrustte hem. Hij had er graag nog verder met haar over gesproken, maar María Pilar liet hem pas met rust toen ze buiten op het voorplein stonden onder een waterig zonnetje dat net boven de bergtoppen uit piepte.

Ook buiten stonden mensen, tussen de tien en twintig. Sommigen rookten, sommigen dronken sterkedrank. Waarschijnlijk ging het om familieleden van de zieken die waren meegekomen. Ze keken nieuwsgierig naar Jensen.

Om de blikken te ontwijken liep hij weg van het huis dat, merkte hij nu, op een plateau gebouwd was van waaruit je ver naar beneden kon kijken in de kloven, het gegroefde gesteente waardoor ze gisteravond met Pedro naar boven waren geklommen. In de diepte was een dun bos met pijnbomen te zien, dennen misschien zelfs. Tussen de bomen losten mistbanken op.

Een van de nevelslierten liet een spoor achter in de lucht, net als een proton dat door een natuurkundige door de ethanoldamp van een nevelvat werd geschoten om het zichtbaar te maken. Maar eigenlijk werd het proton niet zichtbaar, dacht Jensen, alleen het spoor dat het achterlaat. En ook dat spoor was onbetrouwbaar, want het bestond uit condensdruppeltjes die veel groter waren dan het proton zelf. Je wist niet waar precies binnen het spoor het proton zich had bevonden. De blik op de wereld werd steeds onscherper naarmate je beter keek.

Jensen ging aan de voet van een groot rotsblok zitten. Hij leunde met zijn rug tegen de nog koude steen aan, die met het aan kracht winnen van de zon snel warmer zou worden. De motor die gisteren nog bij het huis had gestaan, was weg. Ramón was waarschijnlijk al voor zonsopgang op weg gegaan naar Monterrey. Een crossmotor was in dit onherbergzame gebied een uitstekend transportmiddel. Zelfs de aardverschuiving bij Nuevas Tazas was voor Ramón geen hindernis.

Hij was moe. Hij had het gevoel dat hij de nacht met open ogen had doorgebracht. De steen waar hij tegenaan zat, was comfortabel, glad, en helde licht achterover. Het was net een harde ligstoel. Een goed plekje voor een dutje. Toch kon dat nog even niet. Er zat hem iets dwars. Gisteren had hij Ramón belogen over de naam van Annick met een onbestemd gevoel van onbehagen. En nu bleek dat hij als het ware blind juist had gehandeld. O'Hara wilde haar naam geheimhouden.

Ik zoek een ander soort genezing, had ze gisteren gezegd, vlak na hun vertrek uit Veinte de Noviembre. En nu dacht ze dat Esperanza haar had genezen, gered van een onvoorzien levensgevaar. Maar dat veranderde kennelijk niets. Dat had ze net gezegd: het verandert niets. Ik kan er niets aan doen.

Het begon te waaien. De wind blies de zonnewarmte weg. Jensen ging in de luwte van het rotsblok zitten.

Wat kan ze niet veranderen? En waarom had ze haar jack zo hartstochtelijk gegrepen? Het sloeg nergens op. Het jack was vies, besmeurd met het bloed dat ze gisteren had overgegeven. Een ander soort genezing. Misschien bedoelde ze daar genoegdoening mee. Gerechtigheid, waarom niet? Wraak? Ja, dat zou allemaal kunnen. O'Hara had deze plek verbeten gezocht. Ze was met Dunbar naar bed gegaan om te weten te komen waar Esperanza zich bevond en ze had de vingers van Botella gebroken om te voorkomen dat hij hier ook naartoe kwam.

Je bent nog steeds een politieman, dacht Jensen. Wat denk je dat er in dat jack zit? Een pistool soms?

Als je gevaar liep verstrikt te raken in allerlei vermoedens, hielp het soms om van het denkbaar gekste en onwaarschijnlijkste uit te gaan. Dan kwam je meestal weer met beide benen op de grond terecht.

Goed. Stel dus dat het een pistool was. Een wapen en de wens haar echte naam geheim te houden. Dat viel alleen maar met elkaar te rijmen als je de echtgenoot van O'Hara bij het verhaal betrok. Hij was hier twee jaar geleden geweest. Hij had Esperanza leren kennen, had gezegd wie hij was. Ze kende dus zijn naam. Hij had haar genezingen willen onderzoeken. Dat wilde ze niet. Ze wees hem af. Vlak voor zijn terugreis stierf hij en O'Hara had nooit gehoord op welke manier.

Jensen herinnerde zich het mes dat Esperanza hem gisteravond op de keel had gezet.

Onzin, dacht hij.

Het was de vermoeidheid. Die veroorzaakte die spookachtige hersenspinsels. Esperanza die de man van O'Hara om een of andere reden had doodgestoken en een weduwe die, gedreven door wraak, met een pistool in een windjack achter de moordenares aanzat om haar een kogel tussen de ogen te schieten. Een blinde weduwe ook nog. Maar zelfs als O'Hara dat pistool had, kon ze daar bijna onmogelijk doelgericht mee schieten, een banale conclusie die Jensen erg geruststelde, vooral omdat hij zo eenvoudig was. Uiteindelijk was alles altijd veel eenvoudiger dan je stiekem misschien hoopte. Wat voor redenen O'Hara ook had gehad om naar deze plek te komen, het was vast niet geweest om iemand dood te schieten. Maar om uit te rusten, dacht Jensen.

Uitrusten.

Zijn ogen vielen dicht. Heel even slapen en dan terug naar Brugge. Hij zag het donkere stille water van de Dijvergracht. Er dreef een populierenblad op, als een scheepje, met dauwdruppels beladen. Maar er stond geen zuchtje wind. Het blaadje lag stil. Het was herfst, het mooiste jaargetijde in Brugge. 's Nachts echoden de voetstappen in de steegjes. En de Madonna in de nis aan de Spiegelrei zegende de eenzaamheid van de mensen achter de ramen die op een over de natte keien vluchtende kat zaten te wachten.

30

'Wakker worden!'

Jensen deed zijn ogen open. Voor hem stond Esperanza Aguilar, met de zon op haar schouder. Hij werd erdoor verblind en kneep zijn ogen weer dicht.

'Ik wil met u spreken,' zei ze en ze ging naast hem op de grond zitten.

'Goed.' Jensen was heel even kwijt waar hij was en hoe hij hier terecht was gekomen. Zijn rug deed pijn. 'Ik heb geslapen.' Hij schraapte zijn keel.

'Het is middag. Ik heb de tijd, een halfuur. Dan moet ik weer gaan. Luister dus goed, dan verdoen we onze tijd niet.'

Ze streek een pluk haar uit haar gezicht. Ze had mooie handen met lange, slanke vingers. Haar gezicht stond ernstig, maar het kon ook anders en wel op elk moment. Haar lippen zouden van elkaar kunnen gaan en de zorgelijke blik zou uit haar ogen kunnen verdwijnen. Ze droeg dezelfde rok als gisteren en als ze op een wei in de rondte had gedraaid, waren de vlinders misschien wel weggefladderd in een wolk van kleur.

'Ik luister.'

'U heeft me iets beloofd en ik zei dat ik zou kunnen doden om ervoor te zorgen dat u uw belofte houdt. U wilt weten waarom en dat vertel ik u nu.'

Ze keek Jensen in de ogen. Het was een dwingende, betoverende blik. Het leek net of haar ogen geen midden hadden, vond Jensen. Hij verdronk in die ogen. En toen hij zijn blik afwendde, omdat het hem onaangenaam was, was het net of hij bovenkwam uit een diepte.

'Kijk me aan,' zei ze en ze gaf hem een tik op zijn arm. 'Kijk in mijn ogen. Ik wil dat u ziet dat ik de waarheid spreek.'

'Goed.' En hij keek weer in haar ogen.

'Die mensen,' begon Esperanza, 'waren niet de echte ouders van

Ricco en Oliver. Ze hebben ze aangenomen toen de tweeling nog heel klein was. Die mensen, u weet wel, Joan en Brian Ritter, die nu dood zijn. Ze hadden geen kinderen en ze wilden per se een tweeling. Ik zeg u nu waarom ze een tweeling wilden. Ik ben twee jaar geleden bij hen in dienst gekomen om voor Ricco en Oliver te zorgen. Ze zeiden: jij bent het kindermeisje. Je brengt ze naar bed en kleedt ze keurig aan. Ze mogen twee uur televisiekijken en een uur computeren. Je zorgt voor ze als wij weg zijn en ook als we er zijn. En dat deed ik. Ik zorgde voor Ricco en Oliver. Ik praatte elke dag met ze en ik zag de wondjes. Ik sprak ze erop aan en ze logen tegen mij. Het waren wondjes aan hun armen.' Esperanza wees naar haar elleboog. 'Hier zaten die wondjes, kleine prikjes. Elke week verse wondjes. En elke week vroeg ik: wat is dat? Waarom hebben jullie die prikjes? Een jaar lang logen ze tegen me, uit angst. En toen begon ik met ze te bidden. Ik vertelde ze over Quis ut Deus, *el ángel*. Ik leerde ze bidden. En ik heb ze beloofd dat el ángel, de rode engel, ze zal beschermen. Want niemand zegt de waarheid als hij niet zeker weet of hij beschermd wordt, of hij veilig is. En toen Ricco en Oliver voelden dat Quis ut Deus bij ze is, vertelden ze me de waarheid. Ze zeiden dat hun oom, de broer van hun moeder, had gedreigd dat hij ze zou doden als ze iemand iets zouden vertellen. Ik heb die man vaak gezien in dat huis. Hij heet Frank Wayman. U kent hem. U kent die man.'

'Frank Wayman? Nee, die naam zegt me niets.'

'U heeft twee dagen geleden met hem gegeten. U denkt dat hij Botella heet, maar dat is een valse naam. Hij heeft u belogen. Hij heet Frank Wayman en zijn ziel is ziek. Hij is een zwarte schaduw, een stinkende poel, een achterwaarts vliegende gier.'

'Botella? Botella is de broer van Joan Ritter? En hoe weet u dat hij met ons heeft gegeten?'

Esperanza hief bezwerend haar handen. 'Ik zie alles,' fluisterde ze. 'En ik weet alles. Ik ben een witte heks!'

Ze is knettergek, dacht Jensen.

'Maar het zou ook kunnen zijn,' fluisterde Esperanza, 'dat we hier boven een zendapparaat hebben.' En ze begon schaterend te lachen met haar hand voor haar mond. 'Sorry, hoor! Maar uw gezicht... het is zo grappig!' En ze keek onmiddellijk weer ernstig.

'Luister. Fernandez Gonzales is mijn oom. Hij keurt niet goed wat ik doe, maar hij blijft mijn oom. Dus heeft hij me alles verteld. Hij hoorde wat Frank Wayman u vertelde. Dat ik Ricco en Oliver bloed afneem, omdat ik geloof aan een heidense god. Dat ik het bloed aan de zieken te drinken geef en dat ik ook de señor en de señora die nu dood zijn, het bloed van hun kinderen te drinken heb gegeven. En dat klopt allemaal, behalve een ding: hij was het zelf. Frank Wayman. Hij tapte herhaaldelijk bloed af bij Ricco en Oliver en dat gaf hij zijn zus en haar man te drinken. Hij noemde zichzelf Hmen, naar de oude heidense priesters van de indianen. En hij geloofde dat er over zeven jaar een grote zondvloed komt die al het leven vernietigt. Alleen de mensen die het bloed van de tweeling Hunahpu en Xbalanque drinken, overleven de zondvloed. Hij heeft die mensen, die nu dood zijn, vergiftigd met zijn goddeloze gezwets. Hij zei tegen ze dat Ricco en Oliver de tweeling Hunahpu en Xbalanque zijn en dat ze hun bloed moesten drinken om te overleven. Maar eerst moest de tweeling de vijf continenten bereizen met hun vader. Daardoor zou hun bloed de kracht der aarde krijgen.'

Esperanza keek Jensen kwaad aan. 'U ziet in mijn ogen dat ik de waarheid zeg. Die man, die Frank Wayman, is een coyote die in een cirkeltje loopt. Heeft u dat wel eens gezien?'

'Wat?'

'Een coyote is een dier. Maar ook een dier kan zijn verstand verliezen. De coyote loopt dan rond in cirkeltjes, alsof hij zich in zijn eigen staart bijt. Hij draait rondjes, urenlang, dagenlang, twee dagen lang en dan valt hij dood om. Ik heb het al zien gebeuren. En ik heb Frank Wayman gezien. Hij draaide ook in de rondte en zijn zus en haar man begonnen mee te draaien, om Ricco en Oliver heen. Steeds sneller en sneller. Het hele huis stonk naar waanzin! En ik heb Ricco en Oliver uit dat kringetje gehaald. Ik heb ze meegenomen zodat ze niet zelf ook op een dag zouden zijn gaan draaien, samen met die gekke coyotes. En nu wil ik graag een antwoord: heb ik goed of slecht gehandeld?'

De wind dreef zwarte wolken samen. Ze hoopten zich op achter een berggraat. Het zou niet lang meer duren, dan begon het te regenen.

'Het is uw woord tegen het zijne. Botella, of Frank Wayman, beschuldigt u en u beschuldigt hem. Juridisch zit het zo in elkaar.'

Wat een onzin, dacht hij. Met juridisch had dit hier niets te maken. Hier waren alleen Esperanza's ogen en het vertrouwen in zijn instinct dat hem tot nu toe zelden in de steek had gelaten. En instinctief wist hij dat hij die ogen kon vertrouwen.

'Ik geloof u,' zei hij. 'U hebt juist gehandeld. Maar de wet ziet dat anders. Na de dood van de adoptieouders gaat de voogdij over op de naaste familieleden, in dit geval Frank Wayman. Voor de wet heeft u zich schuldig gemaakt aan de ontvoering van twee minderjarigen. Daarom raad ik u aan de Amerikaanse politie op te zoeken en te vertellen wat u mij net heeft verteld, want dan...'

Midden in de zin realiseerde Jensen zich hoe wereldvreemd zijn advies klonk. Geen enkele Amerikaanse rechtbank zou de voogdij aan Esperanza toevertrouwen, ook niet als bewezen was dat Rick en Oliver door hun adoptieouders en een oom misbruikt waren voor duistere religieuze rites. Men zou de kinderen in een tehuis stoppen en nieuwe pleegouders zoeken. Hoewel ze in Esperanza eigenlijk iemand hadden die van hen hield en die bereid was om voor ze te zorgen.

'De politie,' begon Esperanza, 'pakt de kinderen van me af. Dat weet u.' Ze stond op en staarde in de verte naar de bergkam waarachter onweer ontstond. 'Ik moet nu gaan,' zei ze. 'Alles is gezegd. Over twee dagen kan uw vrouw opstaan. Over drie dagen kunt u weg. Mijn broer is naar Monterrey. Tot uw vertrek kunt u in zijn kantoor slapen. Mijn moeder geeft u iets te eten. Ricco en Oliver krijgt u niet meer te zien. Ik heb ze naar een andere plek gestuurd. Niet om u. U heeft uw woord gegeven en ik vertrouw u.'

Ze bukte zich, pakte een steen op en gooide die een stuk naar beneden op het pad dat naar het plateau leidde. 'Maar daar waar die steen nu ligt,' zei ze, 'zal Frank Wayman ooit staan. Niet vandaag, niet morgen, maar ooit. Daarom heb ik de kinderen een tijdje weggestuurd.'

'En wat doet u als Frank Wayman komt?'

'Bidden.'

Ja, dacht Jensen. Daar moeten we het nog over hebben. Daar moet ik nog antwoord op hebben.

Esperanza draaide zich om om te gaan, maar Jensen zei: 'Een vraag nog. Joan en Brian Ritter zijn gestorven aan een vreemde ziekte. Heeft u erover gehoord?'

'Nee,' zei ze en ze liep weg.

'Wacht!' riep Jensen en hij stond ook op om haar te volgen. 'Ik heb mijn vraag nog helemaal niet gesteld. U geneest toch mensen door gebed? Ik heb die mensen gezien. Ze komen naar u toe omdat ze geloven dat uw gebeden helpen, nietwaar?'

Esperanza bleef staan en draaide zich naar hem om. 'Zo is het.'

'Maar als er gebeden zijn die kunnen genezen, bestaan er dan niet ook gebeden die het tegenovergestelde doen? Gebeden die mensen kwaaddoen?'

Esperanza schudde verontwaardigd van nee. 'Als je iemand kwaad wil doen,' zei ze, 'waarom zou je dan bidden? Dan kun je beter benzine gaan halen en het huis van je vijand in brand steken. Of je koopt en mes. Als ons huis hier boven een ziekenhuis zou zijn en ik medicijnen had en die mensen medicijnen konden betalen, denkt u dat ik dan zou bidden om die zieken te genezen? Je bidt als je niet anders kunt. Om iemand te helpen, of jezelf te troosten. Maar als je iemand iets wilt aandoen, is er altijd een andere moge- lijkheid dan bidden en die zijn allemaal beter dan bidden! Denkt u dat ik die mensen die nu dood zijn, heb vermoord? Mijn oom vond dat u een wijs man bent. Maar als u zulke dingen denkt, heeft hij zich vergist. Want dan gelooft u in hekserij. U denkt dat je kunt doden door gebed? Waarom? Waarom denkt u dat?'

'Ik dacht het als kind. Ik was bang dat het zo kon zijn.'

Het verraste hem dat hij er zo vrijmoedig over sprak, maar het was net of het nu, op dit moment en in aanwezigheid van Esperan- za, eens en voor altijd de wereld uit moest.

'U begrijpt dit soort dingen,' zei hij. Zij was toch een bidster? Haar kon hij dit wel toevertrouwen. 'Mijn moeder,' begon hij, 'was verslaafd aan alcohol. Met haar samenleven was moeilijk en soms onverdraaglijk. Op een nacht, ik was toen elf, bad ik tot God. Ik bad: alstublieft lieve Heer, zorg dat ze doodgaat. En de volgende dag was ze dood. Ik weet nu natuurlijk dat het niet aan mijn gebed lag, maar destijds wist ik dat niet en ik...'

Esperanza legde haar hand op zijn voorhoofd. Het was niet meer dan dat, een zacht gebaar. De bladeren van de struiken ritselden in de wind, de zon verduisterde. Het rook naar regen en het donderde in de verte. Jensen sloot zijn ogen. Esperanza's hand op zijn voorhoofd was warm en troostend en hij zou graag nog lang zo zijn blijven staan, behoed door deze hand.

Zonder nog iets te zeggen liep Esperanza weg. Jensen keek haar na. Haar rok met de vlinders wiegde op en neer. Ze had haast. De zieken wachtten op haar.

Na een tijdje ging Jensen weer zitten. Hij leunde achterover tegen de rots aan en wachtte op de regen. Soms moest je je principes laten varen. De natuurkunde verklaarde het sterrenstelsel, het ontstaan van zonnen en waarom er in de kosmos leven was ontstaan en waaruit dit leven in het binnenste bestond. Ze schonk de waarheid, maar ze legde niet haar hand op je voorhoofd als je vergiffenis zocht.

Het begon te regenen. Jensen stond op en rende terug naar het huis, de kazerne. Onder het voordak was het druk. Sommige zieken knikten hem toe en hij zwaaide naar ze in het voorbijgaan, hoewel hij niet goed snapte waarom ze hem groetten. Misschien waren het de mensen die 's ochtends getuige waren geweest van de genezing van O'Hara. Hij herkende hun gezichten niet, maar zij het zijne kennelijk wel.

De zwarte wolken die het daglicht wegnamen, stortten hun water nu met bakken uit. Jensen sprong onder het voordak en ging dezelfde weg als de vorige nacht naar het kantoor van Ramón. Het beviel hem niet dat hij uitgerekend was ingekwartierd op deze plek, want de kamer rook naar Ramóns aftershave en overal waar je keek zag je een gehelmd doodshoofd van hard plastic of een van die stoere posters die je als vijftienjarige aan de muur hangt om je sterker te voelen dan je ooit zou worden. Met ingehouden adem ging Jensen op de bank liggen. Hij probeerde wat te slapen, redenerend dat Ramón pas over een paar dagen uit Monterrey terug zou komen. Hij werd hier niet graag door hem verrast.

Toen hij wakker werd was het volkomen donker en stil in de kamer. Jensen had geen idee hoe laat het kon zijn. Hij stond op van de bank en deed de deur open. Buiten flakkerden de gloeilampen en achter het zwarte massief stonden wat sterren aan de hemel.

Jensen had stevige trek. Hij liep naar de grote kamer, klopte op de deur en liep naar binnen. María Pilar zat voor de tv, met net als gisteravond geen deugdelijk beeld. De antenne was te zwak.

Toen María Pilar Jensen zag, stond ze op. Ze maakte een gebiedend gebaar dat hij hier moest wachten en verdween door een deur. Het was niet die naar de beddenkamer, maar een andere: de deur waar Rick en Oliver gisteravond naartoe waren gerend, overmoedig en blij om wat Jensen ze had beloofd. Hij had graag nog een keer met de kinderen gesproken. Niet omdat hij twijfelde aan Esperanza's oprechtheid, maar om er zeker van te zijn dat ze het met haar eens waren. Hij zou vooral graag willen weten wat ze van Ramón dachten. Hem alleen zou je de kinderen echt niet kunnen toevertrouwen. Hij zou zelfs het hondenvoer hebben verzilverd dat hij had gekregen om voor je hond te zorgen terwijl jij met vakantie was. Jensen kon alleen maar hopen dat Esperanza wist wat voor vlees ze in de kuip had met haar broer en dat ze Rick en Oliver bij hem weghield.

María Pilar kwam terug. Ze bracht Jensen een bord met kleine ronde pannenkoekjes die eruitzagen als tortilla's, geitenkaas en een paar reepjes gedroogd vlees. Hij nam het bord van haar aan, *gracias, muchas gracias.* Hij kreeg niets te drinken.

'Señora,' begon Jensen en hij wees naar de deur van de beddenkamer. Hij had honger, maar hij kon wachten met eten. Hij wilde liever eerst naar O'Hara om te zien hoe het met haar ging.

'No!' zei María Pilar. Ze legde haar handpalmen tegen elkaar aan tegen haar wang. De señora slaapt. Je mag haar nu niet storen. *'Go! You go!'* Ze tikte Jensen even op zijn arm en knikte in de richting van de deur.

Daar ging hij weer. En omdat het buiten te koud was, nam hij zijn bord mee naar het kantoor en ging daar op de bank zitten, de enige plek in deze kamer waar hij zich een beetje thuis voelde. Hij at de tortilla's met zijn vingers en daarna de kaas. Te laat kwam hij op het idee dat het lekkerder was geweest als hij de kaas in de tortilla's had gerold.

Toen hij zijn bord leeg had, was hij even onzeker over zijn volgende stappen. Hij schatte dat het tien of elf uur 's avonds was. Omdat hij voldoende had geslapen, was hij niet moe genoeg om alweer te gaan liggen. Dus ging hij naar buiten waar een koude wind stond en de sterren fonkelden aan een heldere hemel.

Anders dan gisteren overnachtte vandaag niemand voor het huis. Misschien lagen de zieken in de beddenkamer waar hij niet naar binnen had gemogen van María Pilar. Besluiteloos en rusteloos ijsbeerde hij over het voorplein op en neer.

Net toen hij vanwege de kou weer terug wilde keren naar het kantoor, hoorde hij een deur piepen. Esperanza kwam naar buiten. Ze bleef onder het voordak staan. Ze stak een sigaret op, zag hij aan het vlammetje dat oplichtte. Jensen was blij haar te zien.

'Goedenavond,' zei hij.

'Ja,' antwoordde ze kort. Ze blies de rook over haar schouder. Het was een afwijzend gebaar.

'Ik hoop dat ik niet stoor.'

'U kunt me niet storen,' zei ze en haar stem klonk raar. 'Mijn oom zei dat u veel weet over de dingen. Dat onze handen uit golven bestaan en dat die golven tegelijkertijd kleine stukjes zijn. Klopt dat?'

'Zo zou je het kunnen uitdrukken.' Het had niet altijd zin om alles te preciseren. 'Hoe is het met Annick? Ik wilde naar haar toe, maar uw moeder gaf aan dat het niet kon.'

'Het gaat goed met haar. Over twee dagen kunt u vertrekken. Ze heeft met me gesproken. Ze heeft zich bedacht. Alles is gedaan. Alles is gezegd.' Ze spuugde de laatste zin bijna uit en draaide haar gezicht met een ruk naar Jensen toe. Het was te donker om haar ogen te kunnen zien, maar hij voelde haar blik. Ze was kwaad, dat voelde hij duidelijk.

'Is er iets niet in orde?' vroeg hij.

'U heeft me vandaag iets over uw moeder verteld. U heeft het me verteld, omdat u denkt dat ik er iets van begrijp. Mijn oom zei dat u iets weet van het universum, van het leven en waarom er mensen zijn. Ik vertel u nu ook iets, want als mijn oom gelijk heeft, zult u het begrijpen. Toen ik zes jaar was, werd ik opgetild door een windstoot. Heel even zag ik mezelf vanbuiten. En toen het voorbij was, wist ik alles. Ik wist waarom de mensheid bestaat, planten, dieren, alles. Het komt allemaal door de twee engelen, de twee krachten in het universum.' Ze gooide haar sigaret op de grond en drukte hem stevig uit met haar voet. 'De ene engel bestaat uit water en de andere uit ijzer. Ze worstelen met elkaar, maar het is geen gevecht. Ze worstelen met elkaar, omdat ze levende dingen moeten voortbrengen. En dat gaat alleen als beide engelen even sterk zijn. De engel van water wil wanorde, steeds meer wanorde. De engel van ijzer wil orde. Hij wil dat niets zich meer beweegt. Geen van beide mag sterker zijn dan de andere, want alle levende dingen ontspringen in het midden. Ze kunnen niet in de orde en niet in de wanorde leven, alleen in het midden. Dat is alles wat ik weet.'

Jensen begreep niet waarom ze dit hem vertelde, maar dat deed er ook niet toe. Ze had daarnet een van de fundamenteelste inzichten van de natuurkunde geformuleerd. Uit haar mond klonk het weliswaar als een sprookje, maar dat deed niet af aan het feit dat ze volkomen correct het evenwicht tussen de sterke kernkracht en de entropie had beschreven.

'U weet veel,' zei hij. 'En u heeft helemaal gelijk. De engel van water, zoals u het noemde, wordt in de natuurkunde aangeduid met entropie. Zoals u heel juist opmerkte, streeft de entropie naar de grootst mogelijke wanorde. Entropie wil dat alle atomen in het heelal zich gelijkmatig verdelen over het hele universum. Maar dan zouden er geen structuren ontstaan, geen zonnen, planeten en mensen. Als de entropie zou winnen, zat het hele universum vol waterstofatomen. Het is net of je je huis steen voor steen afbreekt en de stenen gelijkmatig verdeelt over het hele land. Dan houd je alleen die overal rondliggende stenen over en heb je geen huis meer.'

Het was mogelijk dat zijn uiteenzetting Esperanza niet interesseerde. Hij had zelfs sterk de indruk dat dit zo was, *hoewel* of *om-*

dat ze zweeg. Maar hij had de behoefte haar kennis, die ze zonder meer had, in wetenschappelijke banen te leiden.

'De andere kracht,' zei hij, 'die de entropie of de engel van water tegenwerkt, noem je sterke kernkracht of sterke kracht. U noemde deze kracht de engel van ijzer en dat is volkomen juist. De sterke kernkracht wil precies het tegendeel van de entropie, namelijk dat uit het eenvoudigste atoom, de waterstof, zwaardere en complexere atomen ontstaan. En dat die atomen zich niet over het universum verdelen, maar op een bepaalde plek samenklonteren. De sterke kracht streeft naar de grootst mogelijke orde, wil het huis – om bij dat voorbeeld te blijven – in ijzer omzetten, want ijzer is het stabielste en daarom meest geordende van alle atomen. Als de sterke kracht zou winnen, zou het huis van ijzer zijn, en ook de ramen, de deuren, de tafels en stoelen. Alles zou een groot blok ijzer zijn, star en ontoegankelijk.'

Ongelooflijk, dacht Jensen. Hoe had Esperanza Aguilar als zesjarig meisje intuïtief kunnen komen tot een inzicht dat het resultaat was van decennialang wetenschappelijk onderzoek?

'En nu is het inderdaad zo,' ging hij voort, hij was nu niet meer te stoppen, 'dat de elementen waaruit alle organische, levende dingen zijn samengesteld, te weten koolstof, zuurstof, zwavel en fosfor, precies in het midden ontspringen, exact zoals u zei. De sterke kracht wil alles in ijzer, in starre orde omzetten en de entropie wil structuurloze wanorde, chaos. U en ik bestaan hoofdzakelijk uit koolstofverbindingen. En koolstof is wat ontstaat als de entropie en de sterke kernkracht in evenwicht zijn en geen van beide krachten de overhand krijgt. Het leven is dus een compromis tussen chaotische wanorde en verstikkende orde.'

Esperanza Aguilar begon zachtjes een droevig lied te zingen. Jensen zweeg bedremmeld. Hij wist niet wat hij ervan moest vinden. Waarom zong ze? Hij had zoveel moeite gedaan om haar alles precies uit te leggen en nu vond ze zingen belangrijker?

Ze verstomde midden in een couplet. De staart van een vallende ster doofde aan de hemel. 'Mijn leven,' zei ze, 'staat in het teken van de waterengel. Hij wil dat alles uiteenvalt en ik kan er niets aan doen. De stenen van dit huis zullen binnenkort verdeeld zijn over het hele land, zonder enige vorm van orde.'

'Maar waarom?' vroeg Jensen. 'Wat is er dan gebeurd? Heeft het iets met Annick te maken?'

'Met Annick O'Hara.'

Esperanza Aguilar ging tegenover hem staan en legde haar armen op zijn schouders. Hij pakte haar bij de heupen om haar op afstand te houden als ze iets van plan was. Hem kussen?

'Ze heeft haar naam genoemd?' vroeg hij verbaasd.

Esperanza knikte. Ze vlijde zich tegen hem aan, bewoog zich alsof ze wilde dansen. Hij was radeloos. Het was het beste om het maar gewoon te laten gebeuren en te blijven praten.

'Ze heeft dus haar naam genoemd toen ze met u sprak. En waar heeft ze met u over gesproken?'

'Over Ramón,' zei Esperanza zachtjes. 'Ramón,' en ze begon zijn naam te zingen, terwijl ze met haar heupen wiegde. Ze wilde met hem dansen. Waarom niet? Stijf volgde hij haar bewegingen. Dansen had hij nooit gekund.

'En wat is er met Ramón?' vroeg hij, terwijl hij zich door haar liet leiden. Het was een geluidloze dans. Haar adem rook naar melk. De houten planken kraakten onder haar voeten. Waarschijnlijk had nog nooit iemand op deze planken gedanst. En al helemaal niet zo dicht bij elkaar en onder zo merkwaardige omstandigheden.

'Ramón heeft hem vermoord,' fluisterde Esperanza. Ze legde haar hoofd op zijn borst. 'Hij heeft de man gedood die hier twee jaar geleden was, vlak voor ik naar de vs ging. Ze heeft het me verteld en ik geloof haar. Ramón, mijn broer Ramón, heeft haar echtgenoot vermoord.'

Ze greep naar Jensens hand, strekte zijn arm uit en greep Jensen bij zijn heupen. De dans werd energieker. Esperanza deed de pasjes voor en Jensen probeerde haar na te doen. Hij vond het beter om maar gewoon te blijven dansen. Dan had hij de tijd om na te denken. Hij had het gevoel dat hij na moest denken, hoewel eigenlijk alles al was gedacht, vanochtend, toen hij aan de rand van het plateau had zitten filosoferen over de beweegredenen van O'Hara die nu juist bleken te zijn.

'En wat gaat u nu doen?' vroeg hij.

'Doordansen,' zei ze en ze liet hem ronddraaien. 'De waterengel en de ijzerengel moeten dansen. Dan komt alles weer goed. Misschien.' Ze wreef met haar hand over Jensens rug. 'U bent hier te stijf,' zei ze. 'U moet losser worden. U bent de ijzerengel, dat weet ik. Maar u moet vloeibaar worden, net als ik. U moet zich laten gaan. Word water. We moeten dansen, u en ik.'

Ze neuriede een liedje, boog Jensen, trok hem naar zich toe en stootte hem van zich af. Ze haalde hem terug, haakte haar vingers in de zijne en draaide om haar eigen as.

'Ze is gekomen om Ramón te doden. Dat heeft ze toegegeven. Maar ik heb haar genezen en daarom kan ze het nu niet meer doen. Dat heeft ze me beloofd.'

Esperanza zong een regel en fluisterde Jensen in het oor: 'Luister, ijzerengel. Je moet ervoor zorgen dat ze haar belofte houdt. En dat doet ze alleen als ze denkt dat ze bij mij in het krijt staat. Luister. Ze mag niets weten van de spuiten. Je hebt haar gisteren iets gespoten. Ik wil niet weten wat het was, maar ik wil dat ze het niet te weten komt. Als ze begint te denken dat niet ik maar de injecties haar hebben genezen, houdt ze haar belofte niet en doodt ze Ramón. En dat kan mij persoonlijk niets schelen, maar ik wil niet dat ze door hem schuld op zich laadt. Dus zwijg jij over die injecties. En over twee dagen moet je met haar weg, want over vier dagen is Ramón terug. Breng haar naar huis en zwijg.'

'En wat doet de waterengel dan?' vroeg Jensen onder invloed van Esperanza's nabijheid. Maar daarom hoefde hij toch niet haar taaltje over te nemen? Hij herstelde zich. 'Wat gaat u doen?'

'Als jij doet wat ik je zeg, spreek ik met mijn moeder. Ik vertel haar wat Ramón heeft gedaan.'

'En wat gebeurt er dan?'

Esperanza maakte zich van Jensen los en liet hem midden in een draai staan. 'Ze zal hem ten overstaan van iedereen vervloeken,' zei ze toonloos.

'En wat betekent dat voor hem?'

'Dat betekent dat niemand hem zich meer herinnert. Hij kan hier op de deur kloppen, maar we kennen hem niet. Hij zal proberen in contact te komen met de mensen uit Nuevas Tazas en Veinte de Noviembre, maar ze zullen hem niet horen. Hij wordt een geest, voortgejaagd door de wind.'

Oudtestamentisch, dacht Jensen. Oudtestamentische excommunicatie. Hij wist zeker dat zo'n vloek hier boven, in deze door de wereld vergeten bergen, iedereen deed huiveren. Ook Ramón, die zich probeerde te distantiëren met Marilyn Monroe en heavy metal, maar die toch niet van hier loskwam.

'Goed,' zei Jensen. 'Zo zal het zijn.'

31

De ochtend van hun vertrek regende het. Pedro, die met zijn kranige ezel al vroeg uit Nuevas Tazas was vertrokken om ze op te halen, droeg een nieuw wit overhemd en een nieuwe broek. Maar alles was doorweekt, ook de nieuwe hoed die hij, toen hij Jensen en O'Hara zag, even lichtte en tegen zijn borst drukte.

O'Hara steunde op Jensen. Ze was nog te zwak en bibberde van de kou. Jensen tilde haar op de kar en Pedro legde een deken om haar schouders. Hij had aan alles gedacht. Hij gaf Jensen een grote zwarte paraplu en klopte met zijn hand op het laadvlak ten teken dat Jensen naast O'Hara plaats moest nemen. Dus klom Jensen ook op de kar en zette de paraplu op. Hij schoof dichter naar O'Hara toe om ook zelf een beetje droog te blijven. Pedro klakte met zijn tong en de muilezel kwam in beweging.

'Ze is niet gekomen,' zei Jensen. Hij keek nog steeds of hij Esperanza zag, want hij had graag afscheid van haar genomen. Maar de afgelopen twee dagen had ze zich onzichtbaar gemaakt. María Pilar had hem verboden het hoofdhuis te betreden.

'Het is beter zo,' zei O'Hara.

De regen roffelde op de paraplu. De kar hobbelde, de wielen knarsten. Het geluid was bijna vertrouwd.

Toen ze de rand van het plateau bereikten, keek Jensen nog een keer naar het stenen huis met het voordak, waar hij en Esperanza onder gedanst hadden in die merkwaardige nacht.

Het pad liep nu steil naar beneden. Pedro, die naast de kar liep, duwde met twee handen de hendel van het houten remblok naar achteren. De voorste wielen blokkeerden, de kar gleed opzij, zodat Pedro de rem weer los moest laten en zijdelings tegen de kar aan moest duwen. Hij bleef erbij lachen. De inspanning scheen hem niet te deren. Hij had zelfs nog tijd om Jensen op de schouder te tikken en naar de paraplu te wijzen. Hij zei iets. Kennelijk was hij vergeten dat Jensen geen Spaans verstond.

'Wat zei hij?' vroeg Jensen aan O'Hara.

'Dat het een goede paraplu is. Hij is van zijn broer.'

'Zeg hem alsjeblieft dat we hem bedanken, voor alles.'

O'Hara zei een paar woorden.

'*De nada, de nada*,' zei Pedro.

'Waar brengt hij ons eigenlijk naartoe?' vroeg Jensen. 'Naar Nuevas Tazas?' Hij had er nog helemaal niet bij stilgestaan, maar O'Hara kon onmogelijk de hele weg van Nuevas Tazas terug naar de auto lopen.

'María Pilar heeft overal voor gezorgd,' zei O'Hara. 'Relax.'

Een vreemd verzoek, dacht Jensen.

O'Hara had de rits van haar jack tot aan haar kin dichtgetrokken. De deken lag slordig om haar schouders. Je kon de opgedroogde bloedslierten op haar jack zien. En ergens in een binnenzak zit het pistool, dacht Jensen. Hij dacht ook aan María Pilar die daarboven in dat huis, dat nu niet meer te zien was, nog van niets wist. Misschien vandaag, misschien morgen, zou ze van haar dochter horen dat haar zoon een moordenaar was, gedoemd om een geest te worden, voortgejaagd door de wind.

'Heeft ze het je verteld?' vroeg O'Hara. Ze hield zich vast aan het zijschot van de kar.

'Ja.'

'Leg je arm om me heen,' zei ze. 'Hou me vast. Het schudt te veel.'

Jensen nam de paraplu in de rechterhand en legde zijn linkerarm om haar heen. Het zat ongemakkelijk, want hij moest de paraplu van rechts boven haar houden. En hij moest haar de vraag stellen. Langer uitstellen kon niet.

'Had je het gedaan? Had je Ramón vermoord als er niets tussen was gekomen?'

'Daar was ik voor gekomen,' zei ze.

Ze reden langs pijnbomen waarvan de natte stammen rood glansden. Vreemde kleur, dacht Jensen, maar niet vreemder dan alles hier.

'Ja, ik had het gedaan. En toen ik op de ochtend na de genezing wakker werd, was ik pas echt overtuigd. Een slang en een wolf. Het was absurd je er door twee dieren van af te laten brengen iemand te doden die het belangrijkste, het kostbaarste wat je ooit hebt gehad, heeft weggenomen. En Ramón wist het niet eens. Hij wist niet hoeveel ik van mijn man heb gehouden. Hij wist niet eens dat ik bestond. Hij heeft mijn man zomaar gedood. Ik weet niet eens precies waarom. Waarschijnlijk om aan zijn geld te komen. Het beetje geld dat hij bij zich had. Voor Ramón was het of hij een insect plattrapte, een bijzaak, een terloopse moord. Hij kende mij niet en mijn man niet. Het was geen haat of nijd, het was niets persoonlijks, begrijp je Jensen? Het was niets persoonlijks. Het was alleen maar oneindig zinloos en banaal. En daarom wilde ik hem doden. Ik wilde dat hij bij het uitblazen van zijn laatste adem begreep dat de vreemdeling die hij twee jaar geleden het ravijn in duwde, een mens was, iemand van wie werd gehouden. Een persoon die Patrick O'Hara heette en die niet alleen was, ook niet na zijn dood.'

O'Hara ritste haar jack open. Ze haalde een klein pistool tevoorschijn, een Walther, zag Jensen. Klein kaliber, maar dodelijk op korte afstand. En natuurlijk zou O'Hara op korte afstand gevuurd hebben. Ze zou Ramón op een uitgekiend moment het pistool op de borst hebben gezet. Op die manier zou het haar als blinde gelukt zijn hem dodelijk te treffen.

O'Hara hield het pistool over de rand van de wagen en liet hem vallen. Pedro draaide zich om. Hij had het geluid gehoord, maar Jensen schudde het hoofd.

'*Nada,*' zei hij, '*nada.*'

Pedro knikte en richtte zijn blik weer op het pad, terwijl het pistool als een zwarte onheilstijding op de grond achter de wagen te zien was en stapvoets kleiner werd.

'Maar toen heb je je bedacht.'

'Ramón heeft zijn leven ironisch genoeg te danken aan een ratelslang. En ik heb mijn leven te danken aan zijn zus. Ik weet niet hoe ze het heeft gedaan. Ik herinner me alleen dat ik wakker werd en ze me iets te drinken gaf. Ze zei dat als ik het hele kommetje leeg kon drinken, ik binnen drie dagen gezond was. En ik kon het hele kommetje leegdrinken. Ik dronk alles en wist dat ik zou genezen, door haar. Pas later realiseerde ik me wat dat betekende, namelijk dat we quitte stonden. Mijn leven voor dat van Ramón. Ik weet niet of ze van haar broer houdt. Toen ik haar vertelde wat hij had gedaan, had ik niet het idee. Ik geloof dat ze allang weet wat voor mens hij is. Maar dat doet niets af aan het feit dat hij haar broer is. En ik kan niet de broer van de vrouw doden die mijn leven heeft gered. Helaas. Ik kan het niet.'

Ze zweeg.

Jensen keek omhoog naar de bergtoppen. Het was net of ze onder de wolken weg bewogen. Zo kon je het ook zien. De bergen bewegen en de wolken staan stil. O'Hara was ervan overtuigd dat ze haar leven aan Esperanza te danken had en zo zou het ook blijven, dacht Jensen. Maar natuurlijk was dat niet zo. Het was veel noodlottiger dan ze ooit zou kunnen denken. Ramón had haar het leven gered, uitgerekend Ramón. Hij had het om het geld gedaan, zonder het te willen, maar daarin lag de zeldzame ironie. Ramón had haar man gedood om het geld en in haar geval had hij met hetzelfde motief iets positiefs teweeggebracht. Als de zon opging, stierf de een van de hitte, terwijl de ander werd gered van een wisse dood door bevriezing. En dat was precies wat hier was gebeurd. Het was gewoon kosmisch. Noch Ramón, noch O'Hara kende de samenhang. Ze waren onbewust de speelbal van een wisselwerking.

Ja, dacht Jensen, ze stonden quitte, anders dan O'Hara denkt, maar dat doet er niet toe. Hij vond het een weliswaar immorele, maar op een bepaalde manier toch bevredigende oplossing. Het evenwicht was hersteld, de cirkel gesloten.

'Hoe ben je eigenlijk te weten gekomen dat Ramón je man heeft vermoord?'

'Zijn dictafoon. Patrick had op reis altijd een dictafoon bij zich. Hij schreef niet graag. Hij maakte nooit aantekeningen. Als hij iets wilde onthouden, sprak hij het in op zijn dictafoon. Vier maanden geleden hebben ze zijn lichaam gevonden, hier in de Sierra Madre, in een ravijn bij Monterrey. Ze vonden ook zijn dictafoon, met zijn laatste woorden erop. Patrick was altijd erg uit op gerechtigheid. De broer van de genezeres. Vijf woorden. Ik heb ze steeds opnieuw afgespeeld. De broer van de genezeres. Hij moet, voor hij stierf, nog de kracht hebben gehad die vijf woorden op te nemen. Hij wilde dat zijn moordenaar niet vrijuit ging. Het was...' Ze schudde het hoofd. 'Sorry, maar ik kan nu even niet verder praten.'

'Dat begrijp ik.'

Even was het stil, maar opeens begon ze, heel snel, alsof ze het kwijt wilde voordat ze zich bedacht: 'Hij kwam niet terug van zijn reis, twee jaar geleden, hij kwam gewoon niet terug. Hij logeerde in een hotel in Monterrey. Dat was alles wat ik wist. Hij belde me vlak voor hij verdween. Hij zei dat Esperanza hem niet wilde ontvangen en hij daarom twee dagen later terug zou vliegen. Hij was zo vaak op reis, dat was heel normaal. Als hij in het buitenland was, wist ik heel vaak niet precies waar hij de volgende dag uithing. Maar dit keer kwam hij niet terug. Mijn enige aanknopingspunt was Monterrey. Ik belde de Mexicaanse politie. Die was heel behulpzaam. Maar ze zeiden dat als ze niet wisten waar ze moesten zoeken, ze niet wisten waar ze moesten zoeken.' De laatste woorden zei ze heel zachtjes, met zwakke stem. Ze moest eerst bijkomen en zweeg weer een tijdje.

Daarna zei ze: 'Ik kan niet meer huilen, Jensen.' En ze draaide haar gezicht naar hem om. Jensen zag zichzelf gespiegeld in haar donkere zonnebril, met een convex vervormd hoofd. 'Ik kan niet meer huilen.'

Jensen herinnerde zich de vreemde stroperige blauwachtige tranen op haar wang. Waarschijnlijk bedoelde ze het letterlijk. Ze kon niet meer huilen door de aandoening aan haar ogen.

'Vraag me nu alsjeblieft niets meer,' zei ze. 'Op een dag zal ik alles vertellen. Ik beloof het je. Maar nu niet.'

'Ik kan wachten,' zei Jensen. 'Niet altijd hoeft alles te worden uitgelegd.' En sommige dingen kun je niet uitleggen, dacht hij.

'Nuevas Tazas!' riep Pedro. Hij strekte zijn arm uit en wees. Hij wilde dat ze wisten dat daar in de verte Nuevas Tazas lag, zijn thuis. 'Veinte de Noviembre,' zei Pedro en hij wees in een andere richting.

'De sterren stralen,' zei O'Hara.

'Dat weet je nog?'

'Je zei het tegen me. Ik kon je stem horen. Het was heel vreemd. Ik kon het horen, maar ik kon niet antwoorden. Je zei: Annick, de sterren stralen en ik kon ze zien. Ik kan ze ook nu nog zien. Het was mooi om te horen, voor een blinde mooi om te horen. Dank je wel.'

Jensen wist even niet wat hij moest zeggen.

'En wat ga je doen als je terug bent in Brugge?' vroeg hij.

'Wat ga jij doen?'

'Ik weet het niet,' zei hij en hij was verbaasd over zijn eigen antwoord. Het dubbelspleet-experiment. Hij had er zo naartoe geleefd. Hij zou, als hij weer thuis was, een elektronenkanon kopen en een detectorscherm en dan zou hij zich helemaal wijden aan dit experiment. Dat was hij van plan geweest. Maar nu zat hij met O'Hara onder een paraplu, met zijn arm om haar schouder. Hij voelde hoe ze ademde en soms waaide er een pluk haar in zijn gezicht. De gedachte dat hij bij terugkomst alleen naar huis terug moest, stemde hem somber. Deze hele reis had alleen zin gehad als er iets veranderde in zijn leven en tussen hem en O'Hara. En misschien hadden die twee wel iets met elkaar te maken, zijn leven en O'Hara.

'Ik weet het niet,' herhaalde hij. 'Misschien kom je een keer een kopje thee drinken, verse thee. Ik zal thee kopen.'

'Dat is een goed idee. Samen theedrinken. Meteen als we terugkomen. Van het vliegveld direct naar jouw huis en jij koopt darjeeling, Tippy Golden Flowery Pekoe. En ik laat je zien hoe je echt theezet. Het is een heel goede thee en je moet hem goed zetten. En we gaan het niet meer hebben over deze reis. We vergeten alles. We zitten bij jou op de bank, drinken thee en proberen in de plus te komen. Weet je nog, we zitten nog steeds in de min. Ik wil niet dat dat zo blijft. Ik geloof dat ik je graag wil leren kennen, Hannes. Wat vind je daarvan?'

Voor Lisa, Fabia en Beda (in order of appearance)

Met dank aan Hanspeter, Chili Shorthair,
Esther Kormann en Wolfgang Hörner